L'Affaire Protheroe

Jeux de glaces

Agatha Christie

L'Affaire Protheroe

Nouvelle traduction de Raymonde Coudert

Jeux de glaces

Nouvelle traduction de Jean-Marc Mendel

ÉDITIONS FRANCE LOISIRS

Titre de l'édition originale : *The Murder at the Vicarage*

Titre de l'édition originale : *They do it with Mirrors*

Édition du Club France Loisirs,
avec l'autorisation de la Librairie des Champs-Élysées et des Éditions du Masque-Hachette Livre.

France Loisirs,
123, boulevard de Grenelle, Paris
www.franceloisirs.com

ISBN : 978-2-298-00449-6

L'Affaire Protheroe

1

Il est bien difficile en vérité de savoir quand débuta cette histoire. Pour moi, ce fut au cours d'un déjeuner, un certain mercredi, au presbytère. Ce jour-là, la conversation – par ailleurs sans rapport avec notre sujet – roula sur un ou deux points qui ne sont pas sans importance pour la suite de l'affaire.

Je venais de découper une pièce de bœuf bouilli – des plus coriaces, soit dit en passant – quand, tout en me rasseyant, je fis remarquer, dans un esprit convenant bien peu à mon habit, que quiconque tuerait le colonel Protheroe rendrait au monde un fier service.

— Voilà qui sera retenu contre vous, le jour où on le retrouvera baignant dans une mare de sang ! s'écria aussitôt mon jeune neveu, Dennis. Mary pourra en témoigner, n'est-ce pas, Mary ? Elle racontera de quel geste vindicatif vous brandissiez ce couteau à découper.

Mary, qui, faute de mieux, travaillait au presbytère, se borna à annoncer d'une voix forte et toute professionnelle : « Les légumes », et lui fourra sous le nez un plat ébréché.

— Vous a-t-il vraiment contrarié ? me demanda ma femme d'un ton compatissant.

Je ne répondis pas tout de suite car Mary, posant sans douceur les légumes sur la table, me présenta un plat où surnageaient des boulettes spongieuses fort peu ragoûtantes. Comme je refusais de me servir, elle planta le tout devant moi et quitta la pièce.

— Quel dommage que je fasse une si piètre maîtresse de maison, dit ma femme avec, dans la voix, une pointe de regret sincère.

J'étais bien de son avis. Mon épouse porte le doux prénom de Griselda – prénom rêvé pour une femme de pasteur, mais pas du tout pour elle, qui est tout le contraire de la douceur.

J'ai toujours été d'avis qu'un homme d'Eglise devrait rester célibataire. J'ignore encore pourquoi j'ai imploré Griselda de m'épouser alors que je la connaissais depuis vingt-quatre heures à peine. De même ai-je toujours pensé que le mariage est une chose sérieuse qu'on n'aborde qu'après mûre réflexion, et seulement si l'on partage goûts et inclinations.

Griselda a presque vingt ans de moins que moi. Elle est ravissante et tout à fait incapable de rien prendre au sérieux. Elle ne sait à peu près rien faire, ce qui ne facilite pas l'existence en commun. A l'en croire, ma paroisse n'existe que pour son divertissement. J'ai fait tout ce qui était en mon pouvoir pour lui former l'esprit, sans succès. Et je suis plus que jamais persuadé aujourd'hui que le célibat est l'état qui convient aux membres du clergé. Je me suis d'ailleurs efforcé plus d'une fois d'en convaincre Griselda qui s'est contentée de me rire au nez.

— Si seulement vous y mettiez un peu du vôtre, dis-je.

— Mais c'est ce à quoi je m'astreins parfois, et cela ne fait qu'aggraver la situation, me répondit Griselda. Il est clair que je ne suis pas faite pour être une bonne maîtresse de maison. Je préfère m'en remettre à Mary, quitte à pâtir de ses services et de sa cuisine.

— Mais avez-vous songé à votre mari, ma chérie ? demandai-je d'un ton de reproche. (Et, suivant l'exemple de Satan citant les Ecritures pour son propre bénéfice, j'énonçai :) « Elle prenait grand soin des affaires de son ménage… »

— Et vous-même, avez-vous songé que vous auriez pu être jeté en pâture aux lions, ou brûlé vif sur le bûcher ? Après tout, il y a pire martyre qu'une mauvaise cuisine, un peu de poussière et quelques cadavres de guêpes par-ci, par-là. Mais parlez-moi plutôt du colonel Protheroe. En tout cas, les chrétiens des premiers âges n'avaient pas à supporter les chicaneries des marguilliers.

— Quelle effroyable vieille baderne, ce Protheroe, dit Dennis. Pas étonnant que sa première femme l'ait quitté.

— Elle n'a pas eu le choix, fit ma femme.

— Griselda, dis-je d'un ton sec, je ne veux pas vous entendre parler ainsi.

— Chéri, lança-t-elle pour m'amadouer, racontez-moi plutôt ce qui s'est passé. De quoi s'agissait-il ? Des simagrées et des sempiternels signes de croix de Mr Hawes ?

Hawes, le nouveau vicaire, est des nôtres depuis

trois semaines environ. C'est un traditionaliste qui observe rigoureusement le jeûne du vendredi. En revanche, le colonel Protheroe exècre tout rituel.

— Pas cette fois-ci, dis-je. Il s'est contenté d'y faire allusion en passant. Non, c'était à propos du malheureux billet d'une livre de Mrs Price Ridley.

Mrs Price Ridley est l'une de mes ferventes paroissiennes. A l'office du matin, que je célébrais pour l'anniversaire de la mort de son fils, elle avait fait don à la quête d'un billet d'une livre. Or, en consultant la liste recensant le détail des offrandes, elle avait constaté avec dépit qu'il n'y avait aucun billet d'un montant supérieur à dix shillings.

Lorsqu'elle vint s'en plaindre à moi, je crus bon de lui faire remarquer qu'elle s'était peut-être tout bonnement trompée.

— Nous nous faisons vieux, dis-je pour couper court. Et il nous faut payer notre tribut au temps qui passe.

Assez curieusement, ces paroles ne firent que l'exaspérer davantage. Elle me déclara que la chose lui paraissait pour le moins suspecte et se montra surprise que je ne fusse pas du même avis. Puis elle me planta là pour aller sans doute s'en ouvrir au colonel Protheroe. Protheroe est homme à aimer faire des histoires à tout propos et en tout lieu. Il fit donc une histoire et, par malheur, cela tombait un mercredi. Or, le mercredi matin, j'enseigne le catéchisme, ce qui me rend nerveux pour tout le reste de la journée.

— Ma foi, il faut bien qu'il se distraie, commenta ma femme, faisant mine de juger les choses en toute impartialité. Personne ne papillonne autour de lui en l'appelant « mon cher pasteur », personne ne lui brode d'affreuses pantoufles ni ne lui offre des chaussettes pour Noël. Sa femme et sa fille en ont par-dessus la tête de lui. Il faut croire qu'il est ravi de se sentir important pour quelqu'un.

— Oui, mais pourquoi en faire une histoire ? m'écriai-je. Il n'a pas dû mesurer les conséquences de ses propos. Il prétend vérifier tous les comptes de l'église pour s'assurer qu'il n'y a pas de détournement de fonds. Il a bien dit détournement ! Me soupçonnerait-il de détourner les fonds de notre église ?

— Nul ne songe à vous soupçonner de quoi que ce soit, chéri, dit Griselda. Vous êtes tellement au-dessus de tout soupçon que vous auriez bien tort de ne pas en profiter. Si seulement vous pouviez partir avec la caisse des missions ! J'exècre les missionnaires. Je les ai toujours exécrés.

Je n'aurais pas manqué de réprimander Griselda pour cette déclaration si Mary n'était entrée à cet instant, avec un gâteau de riz à moitié cuit. J'émis une faible protestation mais mon épouse entreprit de m'expliquer que les Japonais mangeaient toujours le riz ainsi, et qu'il fallait y voir la cause de leur intelligence exceptionnelle.

— Je dirai même, ajouta-t-elle, que si vous mangiez du gâteau de riz comme celui-ci tous les jours jusqu'à dimanche, vous feriez le meilleur sermon de votre carrière.

— Dieu m'en garde, hoquetai-je avec un frisson de dégoût. Protheroe vient demain soir pour vérifier les comptes avec moi, et je dois finir aujourd'hui de préparer ma conférence pour le cercle paroissial. Comme je cherchais une référence, je me suis plongé dans *Réalité*, le livre du chanoine Shirley, et je n'ai guère avancé. Et vous, Griselda, que faites-vous cet après-midi ?

— Mon devoir, dit-elle. Mon devoir de femme de pasteur. Thé et potins à 4 heures et demie.

— Qui attendez-vous ?

Griselda recensa ses invitées sur ses doigts avec une mine angélique.

— Mrs Price Ridley, miss Wetherby, miss Hartnell et la terrible miss Marple.

— J'aime bien miss Marple, dis-je. Au moins elle a le sens de l'humour.

— C'est la plus mauvaise langue du village… Toujours au courant de tout ce qui se passe, et prompte à en tirer à chaque fois les pires conclusions.

Comme je l'ai dit, Griselda est beaucoup plus jeune que moi. Et à mon âge, on sait que ce sont toujours les pires éventualités qui se réalisent.

— Ne m'attendez pas pour le thé, Griselda, dit Dennis.

— Chameau ! dit Griselda.

— Peut-être, mais je dois aller faire un tennis chez les Protheroe aujourd'hui.

— Chameau ! répéta ma femme.

Prudent, Dennis battit en retraite tandis que Griselda et moi passions dans mon cabinet de travail.

— Je me demande sur le dos de qui nous

casserons du sucre cet après-midi, dit Griselda en s'asseyant sans façon sur mon bureau. Sur le Dr Stone et miss Cram, sans doute, à moins que ce ne soit sur Mrs Lestrange. A propos, je suis passée chez elle hier mais elle était sortie. Oui, je crois que Mrs Lestrange fera les frais de ce thé. Tout est si mystérieux, non ?... Son arrivée et son installation ici, sa quasi-réclusion... C'est un vrai roman policier. Vous savez... « Qui était cette femme énigmatique au beau visage pâle ? Quelle était son histoire ? Nul ne la connaissait. Une aura vaguement menaçante planait autour d'elle. » Je crois que le Dr Haydock sait quelque chose à son sujet.

— Vous lisez trop de romans policiers, Griselda, fis-je remarquer avec douceur.

— Et vous donc ? rétorqua-t-elle. J'ai cherché partout *La Tache sur l'escalier* le jour où vous vous étiez enfermé dans votre bureau pour rédiger votre sermon. Et quand, enfin, je suis entrée pour vous demander si vous l'aviez vu, qu'ai-je aperçu... ?

J'eus le bon goût de rougir.

— Je l'avais ramassé sans y songer. Une phrase avait attiré mon attention et...

— Je connais ce genre de phrase, dit Griselda qui cita sur un ton émouvant : « C'est alors que survint un incident surprenant ; Griselda se leva, traversa la pièce et embrassa tendrement son vieux mari. »

Et elle joignit le geste à la parole.

— Est-ce donc si surprenant ? demandai-je.

— Si c'est surprenant ! Vous rendez-vous compte, Len, que j'aurais pu épouser un ministre, un baron, un riche promoteur, trois lieutenants, un séduisant vaurien, et qu'au lieu de cela, je vous ai choisi, vous ? Ne trouvez-vous pas cela étonnant ?

— J'avoue que cela m'a étonné sur le coup. Et je me suis demandé plus d'une fois pourquoi vous m'aviez épousé.

Griselda soupira et murmura :

— J'ai éprouvé un tel sentiment de puissance… Tous les autres me jugeaient merveilleuse et désiraient m'avoir pour épouse. Mais vous, vous n'avez pas pu résister à mes charmes, alors que j'incarne tout ce que vous désapprouvez, tout ce que vous abominez ! Je vous ai cédé par vanité ! Il est ô combien plus délicieux d'être le péché mignon d'un homme qu'une plume à son chapeau. Je vous mets à la torture, je vous entraîne toujours sur la mauvaise pente, et pourtant vous m'adorez. Car vous m'adorez, n'est-ce pas ?

— Bien entendu, je vous aime beaucoup, ma chérie.

— Oh ! Len, vous êtes fou de moi. Vous rappelez-vous le jour ou j'étais restée en ville et où je vous avais envoyé un télégramme que vous n'avez jamais reçu, parce que la sœur de la postière avait eu des jumeaux, et qu'elle avait oublié de le transmettre ? Vous étiez dans tous vos états… Vous avez appelé Scotland Yard, remué ciel et terre…

Il est des choses qu'on n'aime guère se voir remettre en mémoire. Cette fois-là, je m'étais conduit comme un imbécile.

— Si cela ne vous ennuie pas, ma chérie, je

voudrais finir de préparer ma conférence pour le cercle paroissial.

Griselda eut un soupir excédé, m'ébouriffa les cheveux et les raplatit sur mon crâne :

— Vous ne me méritez pas. Voilà la vérité. Je vais avoir une aventure avec l'artiste. Je vous aurai prévenu, et alors quel scandale dans la paroisse !

— Je crois qu'il y en a déjà bien assez comme cela, murmurai-je d'un ton radouci.

Griselda se mit à rire et m'envoya un baiser. Puis elle sortit par la porte-fenêtre.

2

Griselda s'y entend pour vous mettre les nerfs en pelote. En me levant de table, j'étais dans les meilleures dispositions pour préparer à l'intention du cercle paroissial une allocution énergique ; mais à présent j'étais chiffonné et vaguement mal à l'aise.

A l'instant précis où je me mettais au travail, Lettice Protheroe fit une apparition. C'est à dessein que j'utilise le mot apparition ; j'ai lu quantité de romans où la jeunesse déborde d'énergie, de joie de vivre et de vitalité, or si j'en crois mon expérience, tous les jeunes me font l'effet d'aimables apparitions.

Lettice était particulièrement spectrale cet après-midi-là. C'est une grande et jolie fille, blonde et toujours dans la lune. Elle apparut donc à la porte-fenêtre, enleva d'un geste machinal son béret jaune et murmura d'un ton distrait et étonné :

— Tiens ! C'est vous ?

Le sentier de Old Hall coupe à travers bois et débouche juste à la barrière de notre jardin, si bien que la plupart des gens, au lieu d'accéder à la porte d'entrée par la route qui fait un grand tour autour de la maison, préfèrent pousser la grille et se présenter à la porte-fenêtre de mon bureau. Nullement étonné de voir Lettice emprunter ce chemin, je fus néanmoins un peu agacé par ses manières. Si vous vous rendez au presbytère, n'est-il pas normal d'y trouver un pasteur ?

Elle entra donc et se laissa choir dans un de mes grands fauteuils en faisant bouffer ses cheveux, les yeux au plafond.

— Dennis est là ?

— Je ne l'ai pas vu depuis le déjeuner. J'avais cru comprendre qu'il allait jouer au tennis chez vous.

— J'espère qu'il n'en a rien fait. Il n'aura trouvé personne.

— Et pourtant, selon lui, vous l'aviez invité…

— C'est possible, en effet. Mais c'était vendredi. Et aujourd'hui, nous sommes mardi.

— Nous sommes mercredi.

— C'est affreux. C'est donc la troisième fois que j'oublie une invitation à déjeuner (par bonheur, la chose ne semblait guère l'affecter). Griselda est là ?

— Vous devriez la trouver au jardin, dans l'atelier… en train de poser pour Lawrence Redding.

— Mon père a fait toute une histoire au sujet du peintre. Père est terrible.

— Quelle hist… De quoi s'agissait-il ?

— Tout cela parce qu'il fait mon portrait. Père a découvert le pot aux roses. Pourquoi ne pourrais-je pas poser en maillot de bain ? Si je vais à la plage en maillot de bain, pourquoi ne ferait-on pas mon portrait dans cette tenue ? (Après un temps, elle reprit :) C'est vraiment ridicule... Père interdisant sa porte à un jeune homme. Bien sûr, Lawrence et moi n'avons fait qu'en rire. Je pourrais venir ici et nous continuerions dans votre atelier.

— Non, ma chère enfant. Pas si votre père l'a interdit.

— Mon Dieu ! soupira Lettice. Comme les gens sont fatigants ! Je n'en peux plus, je suis à bout. Epuisée. Si au moins j'avais de l'argent, je partirais, mais sans argent, c'est impossible. Si au moins père avait la bonne idée de mourir, tout serait réglé.

— Vous ne devez pas parler ainsi, Lettice.

— Eh bien, s'il ne veut pas que je souhaite sa mort il ferait bien d'être moins odieux pour les questions d'argent. Rien d'étonnant à ce que ma mère l'ait quitté. Figurez-vous que pendant des années je l'ai crue morte ! Savez-vous comment était le jeune homme avec lequel elle est partie ? Etait-il sympathique ?

— C'était avant que votre père ne vienne s'installer ici.

— Je me demande ce qu'elle est devenue. Anne ne tardera pas à avoir une aventure. Elle me déteste... Elle reste polie avec moi, mais elle me déteste. Elle vieillit et, cela, elle ne le supporte pas. Elle a atteint l'âge critique.

Je me demandais si Lettice avait l'intention de passer tout l'après-midi dans mon bureau.

— Vous n'auriez pas vu mes disques, par hasard ? me demanda-t-elle encore.

— Non.

— C'est assommant. J'ai pourtant bien dû les

laisser quelque part. J'ai aussi perdu le chien. Et ma montre est Dieu sait où. D'ailleurs, tant pis car elle ne marchait plus. Mon Dieu, je tombe de sommeil. Je me demande bien pourquoi, car je suis restée au lit jusqu'à 11 heures. Mais la vie est épuisante, vous ne trouvez pas ? Oh ! zut, il faut que je me sauve. Je dois aller voir les fouilles du Pr Stone à 3 heures.

Je jetai un coup d'œil à ma pendulette et lui fis remarquer qu'il était 4 heures moins 25.

— Vraiment ? C'est épouvantable ! Pourvu qu'ils ne m'aient pas attendue. Et s'ils étaient partis sans moi ! Je ferais mieux de me dépêcher. (Elle se leva et disparut en jetant par-dessus son épaule :) N'oubliez pas d'en parler à Dennis, n'est-ce pas ?

J'acquiesçai machinalement pour m'apercevoir trop tard que je n'avais pas la moindre idée de ce que je devais dire à Dennis. Puis, m'avisant que cela ne devait guère avoir d'importance, je me mis à penser au Pr Stone, archéologue très connu, installé depuis peu au *Sanglier Bleu*, pour diriger des fouilles sur la propriété du colonel Protheroe. Plusieurs disputes avaient déjà éclaté entre les deux hommes et je m'étonnais qu'il ait donné rendez-vous à Lettice pour visiter son chantier.

Il me vint à l'esprit que Lettice Protheroe était une chipie. Comment allait-elle s'entendre avec miss Cram, la secrétaire de l'archéologue ? J'étais curieux de le savoir. Miss Cram est une jeune femme de vingt-cinq ans, exubérante et énergique, au teint fleuri, et dont la dentition m'a toujours paru surabondante.

Le village était divisé en deux camps à son sujet :

les uns pensaient qu'elle était ce qu'on supposait qu'elle était, les autres la tenaient pour une jeune fille défendant farouchement sa vertu, avec l'idée bien arrêtée de se faire épouser par son patron. Elle est en tout cas l'exact opposé de Lettice. J'imaginais sans peine que tout ne devait pas être facile à Old Hall. Le colonel Protheroe s'était remarié quelque cinq ans auparavant, et la seconde Mrs Protheroe était une très jolie femme, d'une beauté pour le moins originale. Je m'étais toujours douté que les relations entre sa belle-fille et elle manquaient de cordialité.

Je fus à nouveau interrompu, par mon vicaire, cette fois. Hawes voulait connaître les détails de mon entretien avec Protheroe. Je lui rapportai que le colonel avait déploré ses penchants pour le rituel traditionnel mais j'ajoutai que ce n'était pas là l'essentiel des préoccupations de notre voisin. J'en profitai aussi pour lui dire qu'il devait en toutes choses se conformer à mes ordres. Dans l'ensemble, il accepta de bonne grâce mes remarques.

Après son départ, je m'en voulus presque de ne pas l'apprécier davantage. Ces sympathies et antipathies que nous éprouvons vis-à-vis des autres sont peu conformes aux enseignements des Evangiles, cela ne fait aucun doute.

Constatant avec un soupir que les aiguilles de la pendulette sur mon bureau marquaient 5 heures moins le quart, ce qui voulait dire qu'il n'était que 4 heures et demie, je me rendis au salon. Quatre de mes paroissiennes s'y trouvaient réunies autour d'une tasse de thé. Griselda présidait, s'efforçant de prendre l'air naturel ; elle paraissait plus déplacée encore que de coutume.

Je serrai les mains à la ronde et m'assis entre miss Marple et miss Wetherby.

Miss Marple est une vieille demoiselle aux cheveux blancs et aux manières affables et distinguées, tandis que miss Wetherby est d'un tempérament à la fois aigre et fleur bleue. Miss Marple est de loin la plus dangereuse des deux.

— Nous étions en train de parler du Pr Stone et de miss Cram, dit Griselda d'une voix sucrée.

Un refrain leste concocté par Dennis me traversa l'esprit. *Miss Cram n'en fait pas un drame...* J'eus une brusque envie de le clamer tout haut pour juger de l'effet produit, mais par bonheur, je m'en abstins.

— Aucune jeune fille digne de ce nom ne se le permettrait, déclara miss Wetherby, laconique, en pinçant ses lèvres minces dans une moue désapprobatrice.

— Ne se permettrait quoi ? demandai-je.

— D'être la secrétaire d'un célibataire, déclara miss Wetherby, horrifiée.

— Oh ! ma chère, dit miss Marple, à mon avis, les hommes mariés sont les pires. Rappelez-vous cette pauvre Molly Carter.

— Il faut reconnaître que les hommes mariés vivant séparés de leur femme sont de tristes sires, approuva miss Wetherby.

— Et que dire de certains d'entre eux qui vivent avec leur femme ? murmura miss Marple. Je me rappelle...

— Pourtant, de nos jours, les jeunes filles peuvent

travailler tout comme les hommes, dis-je pour couper court à ces réminiscences déplacées.

— Pour courir les routes ? Et loger au même hôtel ? demanda Mrs Price Ridley d'une voix sévère.

— Et dans des chambres situées au même étage, confia miss Wetherby à miss Marple, en aparté.

Elles échangèrent un coup d'œil entendu.

Miss Hartnell, une aimable femme au teint hâlé, véritable terreur des pauvres et des nécessiteux de notre paroisse, fit observer d'une voix à la fois forte et émue :

— Le pauvre homme va se laisser piéger avant même d'avoir compris ce qui lui arrivait. Il est aussi innocent que l'enfant à naître, c'est évident.

Nous employons parfois de bien curieuses tournures. Aucune de ces dames ne se serait avisée de risquer la moindre allusion à un nourrisson avant de le voir de ses yeux dans son berceau.

— C'est contre nature, continua miss Hartnell avec son tact habituel. Il a, au bas mot, dans les vingt-cinq ans de plus qu'elle.

Trois voix de femmes s'élevèrent pour l'empêcher de poursuivre ; on entendit parler tout à coup de l'excursion des enfants de chœur, du regrettable incident survenu lors de la dernière réunion de l'association des mères de famille et des courants d'air sévissant dans notre église. Miss Marple jeta à Griselda un regard pétillant.

— Ne croyez-vous pas, demanda ma femme, que miss Cram aime peut-être tout bonnement faire un travail intéressant, et qu'elle considère le Pr Stone comme un simple employeur ?

Un silence tomba. De toute évidence, pas une de ces dames n'était de cet avis. Miss Marple reprit la parole.

— Vous êtes très jeune, ma chère, dit-elle en tapotant le bras de Griselda. Et les jeunes sont bien innocents.

Griselda rejeta cette idée avec indignation.

— Bien sûr, ajouta miss Marple sans tenir compte de cette interruption, vous ne voyez que le bon côté des gens.

— Croyez-vous vraiment qu'elle veuille épouser ce bonhomme triste et chauve ?

— J'ai cru comprendre qu'il avait quelque fortune, observa miss Marple. Mais il est, semble-t-il, d'un tempérament plutôt violent. L'autre jour, il a eu une dispute assez sérieuse avec le colonel Protheroe. (Toutes se penchèrent avec intérêt.) Le colonel Protheroe l'a traité d'âne bâté.

— C'est tout le colonel Protheroe ! Voilà qui est stupide ! s'écria Mrs Price Ridley.

— C'est tout le colonel Protheroe, mais ce n'est pas si stupide, répliqua miss Marple. Vous souvenez-vous de cette femme qui avait fait le tour du village en prétendant représenter le service social ? Elle avait recueilli des cotisations et on n'avait plus jamais entendu parler d'elle ; on a découvert ensuite qu'elle n'avait rien à voir avec le service social. Nous avons trop tendance à faire confiance aux gens et à prendre pour argent comptant tout ce qu'ils nous disent.

Pour ma part, je ne me serais jamais risqué à

dépeindre miss Marple comme quelqu'un de confiant et de crédule.

— Il y a eu une scène à propos de ce jeune artiste, Mr Redding, n'est-ce pas ? demanda miss Wetherby.

Miss Marple acquiesça.

— Le colonel Protheroe l'a chassé de chez lui. Il paraît qu'il faisait le portrait de Lettice en costume de bain.

Emoi bien compréhensible chez ces dames !

— Je me suis toujours doutée qu'il y avait quelque chose entre eux, dit Mrs Price Ridley. Ce jeune homme passe sa vie à traîner dans les parages. Quel malheur que cette petite n'ait plus sa mère ! Une belle-mère, ce n'est pas la même chose.

— Je dois reconnaître que Mrs Protheroe fait de son mieux, dit miss Hartnell.

— Les filles sont si cachottières, déplora Mrs Price Ridley.

— Quelle belle histoire d'amour, soupira la sentimentale miss Wetherby. Il est si beau garçon !

— Mais bien peu recommandable, trancha miss Hartnell. Un artiste ! Paris ! Les modèles ! Le nu !

— Faire son portrait en costume de bain, dit Mrs Price Ridley, ce n'est guère convenable…

— Il fait aussi le mien, avoua Griselda.

— Mais pas en costume de bain, ma chère, corrigea miss Marple.

— C'est peut-être pire, déclara Griselda avec sérieux.

— Farceuse, dit miss Hartnell, pour ne pas être en reste.

Les autres me parurent un peu choquées.

— Lettice vous a-t-elle parlé de ce problème ? me demanda miss Marple.

— A moi ?

— Oui, je l'ai vue traverser le jardin en direction de votre bureau.

Miss Marple voit toujours tout. Sous prétexte de jardiner et d'observer les oiseaux à la jumelle, elle surveille son monde.

— Elle y a fait allusion, oui, admis-je du bout des lèvres.

— Mr Hawes avait l'air préoccupé, continua miss Marple. J'espère qu'il n'a pas travaillé trop dur.

— Oh ! s'exclama Mrs Wetherby, j'allais oublier. Je savais bien que j'avais quelque chose à vous dire. J'ai vu le Dr Haydock sortir de chez Mrs Lestrange.

Toutes ces dames s'entre-regardèrent.

— Serait-elle souffrante ? suggéra Mrs Price Ridley.

— Dans ce cas, cela se sera déclaré très brusquement, fit miss Hartnell, car je l'ai vue se promener dans son jardin, à 3 heures de l'après-midi, et elle semblait en parfaite santé.

— Le Dr Haydock et elle sont peut-être de vieilles connaissances, dit Mrs Price Ridley. Il est très discret à ce sujet.

— N'est-ce pas curieux qu'il n'en ait jamais parlé ? demanda miss Wetherby.

— A propos..., chuchota Griselda d'un air mystérieux avant de s'interrompre. (Ces dames prêtèrent l'oreille.) Il se trouve que je sais, reprit mon épouse d'une voix vibrante, que son mari était missionnaire. C'est une histoire terrible. Il a été dévoré par les cannibales. Oui, et figurez-vous qu'elle a été contrainte de devenir la femme du chef de la tribu. Le Dr Haydock faisait partie de l'expédition qui l'a secourue.

Il y eut un instant de vive émotion, puis miss Marple dit d'un ton de reproche mais avec un sourire : « Farceuse ! » en gratifiant ma femme d'une tape réprobatrice sur le bras.

— Ce ne sont pas des choses à faire, ma chère ; si vous inventez des histoires pareilles, les gens sont bien capables de les croire. Et cela pourrait entraîner des complications.

Il y eut un froid. Deux des invitées se levèrent pour partir.

— Je me demande s'il y a quelque chose entre le jeune Lawrence Redding et Lettice Protheroe, lança miss Wetherby. On dirait bien que tel est le cas. N'est-ce pas votre avis, miss Marple ?

— Certes non. Il ne s'agit pas de Lettice mais d'une tout autre personne, à mon avis, répondit miss Marple d'un air pensif.

— Mais le colonel Protheroe a dû penser…

— Le colonel Protheroe m'a toujours paru assez stupide, coupa miss Marple. Il est homme à se mettre une fausse idée en tête sans vouloir en démordre. Vous rappelez-vous Joe Bucknell, du *Sanglier Bleu* ? Quel scandale n'a-t-il pas fait au sujet de sa fille qui flirtait, prétendait-il, avec le jeune Bailey ! Alors qu'en fait, c'était sa friponne de femme qui flirtait avec ce sacripant.

Comme elle fixait Griselda tout en parlant, je sentis soudain une vague de colère m'envahir.

— Ne croyez-vous pas, miss Marple, dis-je, que nous avons tendance à avoir la langue trop bien pendue ? Il n'est guère charitable de voir le mal partout, et les langues de vipère peuvent causer bien du tort.

— Cher pasteur, dit miss Marple, vous vivez si retiré du monde... Mais laissez-moi vous dire qu'à force d'observer la nature humaine, je finis par me demander s'il y a grand-chose à en attendre. Je reconnais que les commérages sont parfois peu charitables et bien cruels, mais hélas ! ils révèlent bien souvent la vérité.

Et sur cette dernière flèche du Parthe, miss Marple prit congé.

3

— Quelle vieille chipie ! s'écria Griselda avant de tirer la langue à la porte qui venait de se refermer sur nos visiteuses. Dites-moi la vérité, Len : me soupçonnez-vous de flirter avec Lawrence Redding ? me demanda-t-elle ensuite en riant.

— Jamais de la vie, ma chérie.

— Mais pourtant vous avez bien cru que miss Marple faisait allusion à quelque chose de ce genre, et vous avez pris ma défense, en grand seigneur, comme... comme un véritable tigre en colère.

J'éprouvai un soudain malaise. Un tigre en colère... Voilà qui était fort déplacé pour un membre du clergé. Quoi qu'il en soit, j'étais convaincu que Griselda en rajoutait.

— Je ne pouvais pas laisser passer cela sans rien dire, Griselda, mais je vous saurais gré de surveiller vos paroles à l'avenir.

— Voulez-vous parler des cannibales ou de mes séances de pose pour Lawrence ? Si ces dames savaient qu'il me peint engoncée dans un manteau avec un grand col en fourrure – une sorte de cuirasse dans laquelle vous pourriez vous présenter devant le pape en personne, et qui ne laisse même pas voir un seul pouce de chair tentatrice ! En fait, tout est très pur entre nous, et Lawrence n'a jamais cherché à me faire la cour ; d'ailleurs je me demande bien pourquoi…

— Il n'ignore pas que vous êtes une femme mariée.

— Ne jouez pas les innocents, Len, et n'oubliez pas que la jeune et séduisante épouse d'un homme mûr est un don du ciel pour un jeune homme. Non, il doit avoir quelque raison cachée car je ne manque pas de charme, ce n'est pas vous qui direz le contraire !

— Etes-vous bien sûre que vous n'apprécieriez pas un petit brin de cour ?

— Nnnon, dit Griselda après une brève hésitation que je ne fus pas loin de juger indécente.

— S'il est amoureux de Lettice Protheroe…

— Ce n'est pas là ce que semble penser miss Marple.

— Miss Marple peut se tromper.

— Miss Marple ne se trompe jamais. Les vieilles chipies de son espèce ont toujours raison. (Griselda resta un instant silencieuse et ajouta, en me jetant un regard en coin :) Vous me croyez, Len, quand je vous dis qu'il n'y a rien entre Lawrence et moi ?

Un peu surpris, je le lui confirmai et elle vint m'embrasser.

— J'espère que vous n'êtes pas de ceux qui se laissent facilement abuser, Len. Vous devez me croire, quoi que je dise.

— J'entends bien, ma chérie, mais je vous supplie de surveiller vos propos. N'oubliez pas que ces dames manquent singulièrement d'humour et prennent tout au pied de la lettre.

— Un peu de vice dans leur existence ne leur ferait pas de mal. Ainsi, elles ne passeraient pas leur temps à fourrer leur nez dans les affaires des autres, conclut mon épouse en quittant la pièce.

Un coup d'œil à ma montre m'apprit qu'il était grand temps pour moi de rendre certaines visites qui attendaient depuis le matin.

On ne se bousculait pas à l'office du mercredi soir. Je venais de me débarrasser de mon habit dans la sacristie avant de traverser l'église vide, quand je vis une femme en arrêt devant les vitraux ; nous en possédons quelques-uns d'assez anciens et, d'ailleurs, notre église mérite le détour. La visiteuse se retourna au bruit de mes pas : c'était Mrs Lestrange.

Nous eûmes l'un et l'autre un instant d'hésitation.

— J'espère que vous aimez notre église dis-je.

— Le jubé me plaît beaucoup. (Sa voix était agréable, grave mais néanmoins très distincte.) Je suis navrée d'avoir manqué votre épouse, hier, ajouta-t-elle.

La conversation roula encore un moment sur notre église. De toute évidence, j'avais affaire à une personne cultivée, férue d'architecture religieuse et d'histoire. Nous sortîmes ensemble de l'église et prîmes l'un des chemins qui mènent au presbytère en passant devant chez elle.

— Entrez, me dit-elle aimablement comme nous arrivions à sa porte. J'aimerais connaître votre avis sur mes aménagements.

J'acceptai l'invitation. Little Gates était naguère habité par un colonel anglo-indien et je fus grandement soulagé de constater que les plateaux en cuivre et les bouddhas avaient disparu. La maison était désormais meublée dans un goût classique et dépouillé, et respirait la sérénité et l'harmonie.

Néanmoins, j'eusse été curieux de savoir ce qui avait bien pu amener une femme du monde comme Mrs Lestrange à venir s'enterrer à St. Mary Mead.

Nous nous tenions dans son grand salon bien éclairé, et c'était la première fois que j'avais le loisir de l'examiner de près.

Elle était grande, avec des cheveux blonds tirant sur le roux. J'étais incapable de déterminer si ses cils et ses sourcils étaient noirs naturellement ou maquillés : si c'était du fard, comme je le croyais, l'effet était des plus réussis. Au repos ses traits étaient énigmatiques et ses yeux dorés les plus étranges que j'eusse jamais vus.

En dépit de son élégance et de ses manières qui étaient celles d'une femme distinguée, quelque chose en elle détonnait et déconcertait un peu. Comme si elle dissimulait quelque chose. Le mot de Griselda à son sujet me revint en mémoire : *menaçante*. C'était absurde ! Mais après tout, était-ce si absurde ? Une pensée me traversa l'esprit : cette femme ne devait reculer devant rien.

Notre conversation fut des plus banales et roula sur la peinture, la littérature et les vieilles églises, mais je ne pouvais me défaire de l'impression que Mrs Lestrange désirait m'entretenir d'un tout autre sujet.

Une ou d'eux fois, je surpris son regard posé sur moi, indécis. Je remarquai qu'elle se cantonnait strictement aux sujets qui ne la concernaient pas directement, c'est ainsi qu'elle n'évoqua ni son mari ni sa famille, et pas davantage ses amis.

« Puis-je vous parler ? » me suppliaient ses yeux. « J'aimerais pouvoir. Pouvez-vous m'aider ? »

Cet appel muet finit par cesser ; peut-être n'avait-il été qu'un effet de mon imagination. Je crus comprendre qu'il était temps de prendre congé et me levai pour partir. En sortant de la pièce, je jetai un coup d'œil par-dessus mon épaule et vis Mrs Lestrange qui me fixait de ses yeux inquiets.

— S'il y a quoi que ce soit que je puisse faire, commençai-je en revenant sur mes pas.

— C'est très aimable à vous…, dit-elle d'une voix hésitante. (Nous restâmes un instant silencieux puis elle ajouta :) J'aimerais savoir… C'est très difficile. Non, je ne pense pas que l'on puisse m'aider, mais je vous remercie beaucoup de votre sollicitude.

Elle n'ajouta plus rien et je m'en fus, perplexe. Nous n'avons pas l'habitude de faire des mystères à St. Mary Mead.

La preuve ! Comme je passais la grille, quelqu'un fondit sur moi comme un oiseau de proie.

— Je vous ai vu ! s'écria miss Hartnell sans le moindre tact. Je brûle de savoir, mais vous allez tout me dire, hein ?

— A quel propos ?

— A propos de la mystérieuse Mrs Lestrange !

Est-ce qu'elle est veuve ? A-t-elle un mari quelque part ?

— Je n'en sais rien car elle ne me l'a pas dit.

— Comme c'est bizarre ! J'aurais pensé qu'elle évoquerait sa situation, par hasard ou dans le courant de la conversation. C'est à croire qu'elle a de bonnes raisons de se taire, non ?

— Ce n'est pas mon avis.

— Oh ! mon cher pasteur, miss Marple a raison : vous êtes si détaché des choses de ce monde ! Dites-moi, connaît-elle le Dr Haydock depuis longtemps ?

— Il n'a pas été question de Haydock, aussi je l'ignore.

— Vraiment ? Mais de quoi avez-vous donc parlé ?

— De peinture, de musique et de littérature, dis-je.

Ce qui était la stricte vérité.

Miss Hartnell, qui n'a pour seul sujet de conversation que la vie privée de ses congénères, arborait une expression entre méfiance et incrédulité. Profitant d'un instant de flottement dans la conversation, je lui souhaitai bonne nuit et m'éloignai en toute hâte. Après une dernière visite qui m'appelait en bas du village, je rentrai au presbytère par le chemin de derrière, non sans avoir longé, comme je le fais souvent, le champ de mines que constitue le jardin de miss Marple. En la circonstance, je ne voyais pas comment il eût été humainement possible que la nouvelle de ma visite à Mrs Lestrange fût déjà parvenue à ses oreilles, aussi me sentais-je à peu près tranquille.

Je refermais la grille derrière moi quand je songeai soudain que je pourrais aller voir comment progressait le portrait de Griselda, dans le hangar au fond du jardin que le jeune Lawrence utilisait en guise d'atelier.

Je dois relater ici un fait important pour la suite de cette affaire, mais je m'en tiendrai aux détails strictement nécessaires.

Je croyais l'atelier vide. Aucun bruit de voix ne m'avait laissé supposer le contraire et sans doute nul n'entendit mes pas dans l'herbe.

J'ouvris la porte et restai pétrifié sur le seuil. Deux personnes enlacées échangeaient un baiser passionné.

Lawrence Redding et Mrs Protheroe.

Je battis en retraite et filai me réfugier dans mon bureau. Là, je m'assis, sortis ma pipe et me mis à réfléchir à la scène.

J'étais d'autant plus frappé par ma découverte que ma conversation de l'après-midi avec Lettice m'avait convaincu qu'il y avait quelque chose entre elle et le jeune homme ; et pour moi, Lettice était à mille lieues de se douter des sentiments du peintre pour sa belle-mère.

Grave erreur ! Je m'inclinai donc bon gré mal gré devant la clairvoyance et la perspicacité de miss Marple, qui n'était pas passée très loin de la vérité. Force m'était de reconnaître que je m'étais totalement mépris sur le sens de son coup d'œil à Griselda.

L'idée qu'il pût s'agir de l'épouse du colonel ne m'avait pas effleuré. Calme et réservée comme elle l'était, incapable de passion, Mrs Protheroe passait pour un modèle de vertu.

J'en étais à ce point de ma réflexion lorsqu'un coup frappé au carreau me fit sursauter. Je me levai pour aller voir et découvris Mrs Protheroe devant ma fenêtre. Elle entra sans attendre d'y être invitée, marcha droit sur le sofa où elle s'effondra.

Je me trouvai devant une inconnue. La femme placide et retenue que je croyais connaître avait cédé la place à une créature désespérée, au souffle court.

Pour la première fois, je m'avisais qu'Anne Protheroe était une belle brune au teint pâle, aux grands yeux d'un gris profond. Les joues en feu, elle haletait. On eût dit une statue qui se fût soudain animée. Je n'en croyais pas mes yeux.

— J'ai jugé préférable de venir vous parler, dit-elle. Vous… vous nous avez vus, n'est-ce pas ? (J'acquiesçai d'un signe de tête.) Nous nous aimons, ajouta-t-elle simplement.

Et malgré son désarroi et son trouble, elle ne put retenir un sourire, celui d'une femme ravie contemplant quelque merveilleuse vision.

Comme je demeurais silencieux, elle ajouta :

— Cela doit vous paraître très mal…

— Je ne puis vous dire le contraire, Mrs Protheroe.

— Oui, oui… bien sûr.

Je poursuivis, sur le ton le plus aimable possible :

— Vous êtes une femme mariée, Mrs Protheroe.

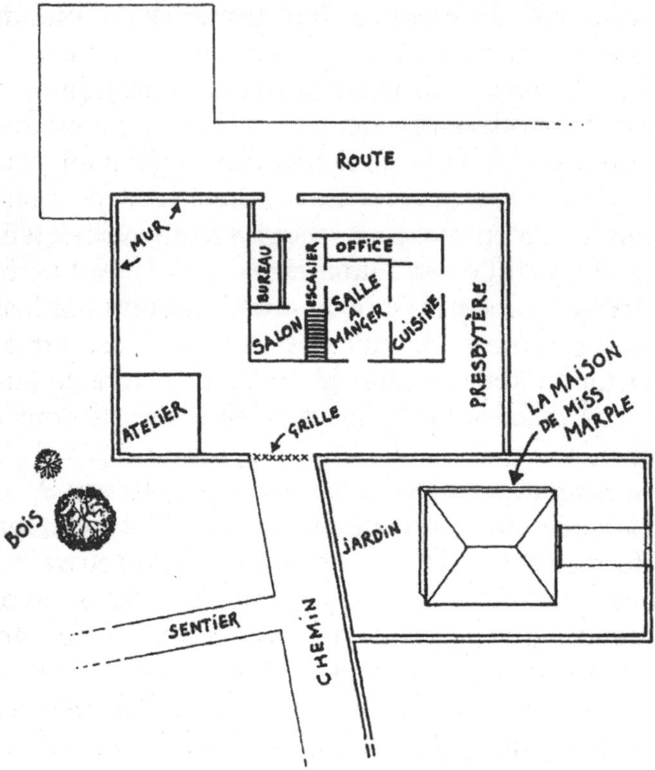

— Oh ! Je sais ! Je sais ! Figurez-vous que je n'ai cessé de ruminer tout cela ! Mais je ne suis pas une mauvaise femme ! lança-t-elle. Et les choses ne sont pas ce que vous pourriez croire.

— Je suis heureux de vous l'entendre dire, fis-je d'un ton grave.

— Allez-vous le rapporter à mon mari ? me demanda-t-elle avec une sorte de timidité.

— A vous entendre, les membres du clergé ne

savent pas se conduire en hommes du monde, dis-je plutôt sèchement. Mais il n'en est rien.

Elle me lança un regard plein de gratitude.

— Je suis si malheureuse, si effroyablement malheureuse ! Cela ne peut pas durer ! Je n'en peux plus. Et je ne sais pas quoi faire. (Sa voix monta dans les aigus.) Vous ne pouvez pas savoir ce qu'est ma vie. J'ai toujours été malheureuse avec Lucius, depuis le début. Il est incapable de faire le bonheur d'une femme. J'aimerais le voir mort. C'est terrible mais c'est ainsi. Je suis désespérée, je vous le jure, je suis désespérée ! (Elle se leva brusquement et regarda par la fenêtre.) Qu'est-ce que c'était ? J'ai cru entendre quelqu'un. Lawrence, peut-être ?

Je sortis par la porte-fenêtre que je n'avais pas refermée comme je l'avais cru, et scrutai en vain le fond du jardin. Il me semblait moi aussi avoir entendu quelqu'un. A moins que ce ne fût une suggestion de ma visiteuse.

Quand je rentrai, je la trouvai effondrée, tête basse, vivante image du désespoir.

— Je ne sais pas quoi faire, répéta-t-elle.

J'allai m'asseoir près d'elle et lui dis ce que je croyais devoir lui dire, avec toute la conviction nécessaire, mais je ne parvenais pas à me débarrasser de l'opinion que j'avais moi-même émise au déjeuner : le monde ne se porterait pas plus mal sans le colonel Protheroe.

Je la suppliai de ne pas agir sous le coup d'une impulsion : quitter son mari et son foyer eût été une folie.

Je doutais de l'avoir convaincue, sachant

d'expérience que c'est en pure perte que l'on raisonne les amoureux, mais j'aime à penser que mes paroles lui apportèrent un peu de réconfort.

Lorsqu'elle se leva pour partir, elle me remercia et me promit de réfléchir.

Son départ me laissa néanmoins très inquiet. Je m'étais lourdement trompé sur son compte et la voyais désormais comme une femme désespérée, capable de tout, totalement sous l'emprise de la passion, et éperdument amoureuse de Lawrence Redding, un garçon beaucoup plus jeune qu'elle. Et je n'aimais pas cela du tout.

4

J'avais bel et bien oublié que nous attendions Lawrence Redding à dîner ce soir-là. Aussi, lorsque Griselda fit irruption dans mon bureau pour me réprimander et me donna deux minutes pour passer à table, je restai pantois.

— J'espère que tout ira bien, me lança-t-elle dans l'escalier. J'ai réfléchi à notre petite conversation de midi et j'ai choisi quelque chose de délicieux pour le dîner.

Je dois avouer au passage que notre dîner devait s'avérer la confirmation éclatante de l'opinion énoncée un peu plus tôt par ma femme : les choses étaient encore pires lorsqu'elle s'en mêlait. Le menu était d'une conception ambitieuse et Mary semblait avoir pris un malin plaisir à faire alterner les mets trop cuits et à moitié crus. Nous fûmes hélas dans l'impossibilité de goûter les huîtres que Griselda avait commandées, et qui étaient censées échapper à l'incompétence de notre bonne, car nous n'avions aucun instrument dans la maison qui nous permît de les ouvrir, et nous ne nous aperçûmes de cette lacune que lorsque nous eûmes les coquillages dans notre assiette.

A dire vrai, je n'eusse pas été étonné si notre

invité avait trouvé une excuse pour ne pas paraître au dîner, mais il arriva à peu près à l'heure et nous passâmes à table.

Il faut reconnaître que Lawrence Redding est fort sympathique. La trentaine, brun aux yeux bleus, il a un regard d'une telle intensité qu'il en est presque effrayant. C'est le genre d'homme à qui tout réussit. Sportif, habile au tir et excellent acteur amateur, il n'a pas son pareil pour vous raconter une histoire et s'y entend à merveille pour animer une soirée. Je jurerais que du sang irlandais coule dans ses veines. Il est à cent lieues de l'image conventionnelle de l'« artiste », et bien que je n'y connaisse rien, je crois qu'il compte parmi les bons peintres actuels.

J'eusse trouvé naturel qu'il fût quelque peu distrait ce soir-là. Au contraire, il joua son rôle à la perfection et je ne pense pas que Dennis ni ma femme aient pu deviner quoi que ce soit. Je n'aurais moi-même rien remarqué si je n'avais été au courant.

Griselda et Dennis étaient en verve et rivalisaient d'esprit au sujet de miss Cram et du Pr Stone, notre petit scandale local ! Je m'avisai soudain avec une pointe d'angoisse que Dennis était plus proche de mon épouse par son âge que moi-même. Pour lui, je suis « oncle Len » tandis qu'il appelle Griselda par son prénom, ce qui me donne parfois un profond sentiment de solitude.

A croire que la scène avec Mrs Protheroe m'avait troublé car il n'est pas dans mes habitudes de m'abandonner à ce genre de vaines pensées.

Griselda et Dennis poussaient le bouchon un peu loin parfois, mais je n'étais pas d'humeur à les refréner. Je déplore de passer pour un rabat-joie du seul fait d'appartenir au clergé.

Lawrence se mêla gaiement à la conversation mais je notai que son regard revenait immanquablement sur moi, aussi ne fus-je pas autrement étonné quand, à la fin du dîner, il manœuvra pour m'entraîner dans mon bureau.

Dès que nous nous trouvâmes en tête-à-tête, son attitude changea du tout au tout, et son visage devint grave et anxieux.

— Vous avez découvert notre secret, dit-il, presque hagard. Que comptez-vous faire à présent ?

Je n'avais pas besoin d'y mettre les formes avec lui, comme avec Mrs Protheroe, mais il ne m'en tint pas rigueur.

— Bien sûr, dit-il quand j'en eus terminé, c'est votre rôle de pasteur de dire ces choses-là. Ne le prenez pas en mauvaise part. Vous avez raison sur toute la ligne, mais ce qu'il y a entre Anne et moi est au-dessus de tout cela.

Je lui fis remarquer que bien d'autres avant lui avaient prononcé ces mêmes mots depuis la nuit des temps, et un petit sourire bizarre étira ses lèvres.

— Vous voulez dire que chacun se croit unique au monde ? Peut-être, mais vous devez me faire confiance sur un point.

Et il me déclara qu'il ne s'était rien passé entre eux de répréhensible. Anne, me confia-t-il, était la femme la plus honnête et la plus droite qui soit au monde. Il se demandait quel tour allaient prendre les choses.

— Si nous étions dans un roman, fit-il d'un ton funèbre, le vieux mourrait et tout le monde pousserait un ouf ! de soulagement. Je ne dis pas que je vais lui planter un couteau dans le dos, ajouta-t-il comme je désapprouvais sa remarque. Mais je remercierais du fond du cœur quiconque s'en chargerait. Il n'y aurait pas grand monde pour aller lui graver une belle épitaphe. Dieu sait pourquoi Mrs Protheroe, la première, ne l'a pas expédié *ad patres*. Je l'ai rencontrée il y a des années, et elle était de taille à le faire… C'était une de ces femmes impassibles et capables de tout. Quant à ce vieux démon de Protheroe, il passe son temps à fulminer et cherche noise à tout le monde, avec son caractère de cochon ! Vous n'imaginez pas ce qu'il fait endurer à Anne. Je n'ai pas un sou vaillant, sinon je l'enlèverais sans autre forme de procès.

Ce fut à mon tour de lui parler du fond du cœur. Je le suppliai de quitter St. Mary Mead ; s'il restait, il ne ferait que nuire à Mrs Protheroe qui était déjà en fâcheuse posture. Les rumeurs finiraient par parvenir aux oreilles du colonel, et ce serait un drame pour Anne.

— Personne ne sait rien, mon père, sauf vous, protesta Lawrence.

— Jeune homme, vous sous-estimez le goût des habitants d'un petit village comme le nôtre pour l'espionnage. A St. Mary Mead, tout le monde sait tout de votre vie privée. Il n'est pas, en Angleterre, de fin limier capable de rivaliser avec une vieille fille désœuvrée.

Heureusement pour lui, déclara-t-il, on croirait qu'il était amoureux de Lettice.

— Vous êtes-vous avisé que Lettice pourrait être la première à le croire ? lui demandai-je.

Cette idée le surprit car, à son avis, Lettice se souciait de lui comme d'une guigne.

— Je reconnais que c'est une drôle de fille, fit-il. Elle paraît distraite mais, au fond, je la soupçonne d'avoir les pieds bien sur terre. Son air de tomber de la lune est une pose ; en fait, elle sait où elle va et c'est une fichue rancunière. Aussi bizarre que cela paraisse, elle déteste Anne, elle la déteste littéralement alors qu'Anne est un ange avec elle.

Je ne me laissai pas abuser ; je n'ignore pas que tous les amoureux voient leur dulcinée sous les traits d'un ange du paradis. Néanmoins, pour ce que j'en savais, Anne avait toujours traité sa belle-fille avec affection et gentillesse. Un peu plus tôt dans l'après-midi, j'avais moi-même été surpris par le ton amer de Lettice.

Dennis et Griselda firent irruption dans mon bureau, alléguant que je n'avais pas le droit d'accaparer Lawrence comme si nous étions de vieux amis, et notre conversation s'arrêta là.

— Ah ! s'écria Griselda en se jetant dans un fauteuil. Comme j'aimerais qu'il se passe quelque chose d'extraordinaire ! Un meurtre ! Un cambriolage !

— Je crains qu'il n'y ait pas grand-chose à cambrioler, hormis le dentier de miss Hartnell, dit Lawrence pour se mettre au diapason.

— Il claque avec un bruit horrible, dit Griselda. Mais vous avez tort de croire que rien ne vaille la peine d'être volé. Et l'argenterie de Old Hall ? Des salières, une coupe Charles II, et j'en passe. Il y en a pour plusieurs milliers de livres, paraît-il.

— Le vieux n'hésiterait pas à se servir de son revolver d'ordonnance, dit Dennis. Il n'attend que ça.

— Oh ! mais nous prendrions la précaution de le ficeler, dit Griselda. Qui a un revolver ?

— J'ai un Mauser, dit Lawrence.

— Ah oui ? C'est passionnant ! Et pourquoi avez-vous un revolver ?

— Souvenir de guerre, répondit Lawrence, laconique.

— Aujourd'hui, le père Protheroe a montré son argenterie à Stone qui était tout émoustillé, intervint Dennis.

— Je croyais qu'ils s'étaient disputés au sujet des fouilles, fit Griselda.

— Ils se sont réconciliés ! s'exclama mon neveu. De toute façon, je me demande bien pourquoi les gens s'acharnent à farfouiller dans la terre.

— Curieux, ce Pr Stone, non ? dit Lawrence. Et distrait avec ça… ou alors totalement incompétent.

— C'est l'amour, reprit Dennis qui se mit à fredonner : « Oh ! ma belle Gladys Cram, vous n'en faites pas un drame. J'aime votre sourire carnassier, qui vous sied. Envolez-vous avec moi, ma promise en émoi. Et su' le plancher d' la chambre à coucher… »

— Ça suffit, Dennis, coupai-je.

— Bien, fit Lawrence Redding. Je dois vous quitter. Je vous remercie infiniment, Mrs Clement, pour ce délicieux dîner.

Griselda et Dennis le raccompagnèrent, mais mon neveu revint seul dans mon bureau. Quelque chose avait dû le contrarier car il se mit à tourner sans but dans la pièce, donnant des coups de pied dans les meubles et fronçant les sourcils.

Notre pauvre mobilier ne risquait plus rien depuis longtemps, mais je me sentis obligé de protester, pour la forme.

— Excusez-moi, dit Dennis. (Puis, après un silence, il explosa :) Il n'y a rien de pire que les commérages !

Je fus quelque peu surpris par ce comportement qui ne ressemblait pas à Dennis, et lui demandai à quoi il faisait allusion.

— Je ne sais pas si je dois le répéter. (Ma surprise allait croissant.) C'est ignoble, répéta-t-il. Colporter ça partout… sans affirmer les choses clairement mais les insinuer. Bon Dieu ! Pardonnez-moi… Je ne peux pas le répéter, c'est trop ignoble.

Je le regardai avec curiosité mais me gardai de le presser de poursuivre : c'était si peu dans son caractère de prendre ainsi les choses à cœur.

Griselda reparut bientôt.

— Miss Wetherby est passée nous faire savoir que Mrs Lestrange était sortie à 8 heures et quart et n'était toujours pas rentrée chez elle. Personne ne sait où elle est allée.

— Et pourquoi devrait-on le savoir ?

— Une chose est sûre : elle n'est pas allée chez le

Dr Haydock. Miss Wetherby est formelle : elle a pris la peine d'appeler miss Hartnell, qui est la voisine du docteur et qui n'aurait pas manqué de la voir rentrer et sortir.

— Je me demande quand les gens d'ici trouvent le temps de manger, dis-je. A croire qu'ils prennent leurs repas debout derrière les rideaux, pour ne rien perdre de ce qui se passe dans la rue.

— Et ce n'est pas tout, dit Griselda avec délectation. Il y a du nouveau au sujet du *Sanglier Bleu :* miss Cram et le Pr Stone logent dans des chambres contiguës mais… (Elle agita un index significatif.)… sans porte de communication !

— J'en connais plus d'une qui a dû être déçue, dis-je.

Griselda éclata de rire.

La journée du jeudi commença mal. Deux de mes paroissiennes se chamaillèrent au sujet de la décoration de l'église et je me vis contraint d'arbitrer la querelle entre ces dames, tremblantes de rage. N'était le caractère navrant du débat j'aurais pu le considérer comme un intéressant phénomène biologique.

Ensuite j'adressai un blâme à deux enfants de chœur qui suçaient des bonbons pendant tous les offices, mais je sentis bien que je ne m'acquittais pas de ma tâche avec tout le sérieux requis.

Puis ce fut au tour de notre organiste – homme très soupe-au-lait, il est vrai – que je dus réconforter après je ne sais quelle anicroche.

J'eus enfin à subir les doléances de miss Hartnell

qui avait essuyé une rébellion ouverte de quatre de mes paroissiens parmi les plus pauvres.

Sur le chemin de la maison, je tombai sur un colonel Protheroe de la meilleure humeur qui soit car il venait, en qualité de magistrat, de faire condamner trois braconniers.

— De la poigne ! criait-il de sa voix de stentor. (Etant un peu dur d'oreille, il a tendance à hausser le ton.) Voilà ce qu'il faut, de nos jours. De la poigne ! Il faut faire un exemple. Il paraît que ce vaurien d'Archer est sorti hier en proférant des menaces contre moi. Le chenapan ! Mais les menaces n'ont jamais tué personne. Je lui ferai voir, moi, ce que valent ses menaces, la prochaine fois que je le pincerai à l'affût de mes faisans ! Ah ! le laxisme ! Nous sommes trop laxistes, par les temps qui courent ! Pour moi, il faut juger les gens sur leurs actes et non pas s'apitoyer sur le sort de leur famille. Foutaise ! Bagatelles ! Pourquoi un homme serait-il soustrait aux conséquences de ses actes sous prétexte qu'il a femme et enfants ? Le résultat est le même à mes yeux, et peu importe que j'aie affaire à un médecin, à un avocat, à un pasteur, à un braconnier ou à un ivrogne désœuvré ; si vous l'agrafez du mauvais côté de la barrière, la loi vaut pour lui comme pour les autres. N'êtes-vous pas d'accord avec moi ?

— Vous oubliez, dis-je, que les obligations de mon ministère me font un devoir de placer le pardon au-dessus de tout.

— Moi, je suis un homme de justice et personne ne peut dire le contraire. (Comme je ne soufflais mot, il poursuivit d'un ton sec :) Vous ne répondez pas, hein ? Je paierais cher pour savoir ce que vous avez dans le crâne, cher pasteur.

J'hésitai encore, mais finis tout de même par m'expliquer.

— Je songeais que je ne serais pas très fier si pour justifier mes actes, à l'heure du Jugement Dernier, je ne pouvais invoquer que le seul fait d'avoir été juste ; car je n'aurais rien d'autre à espérer pour moi-même que la justice.

— Peuh ! Il suffit de faire preuve d'un peu de charité chrétienne. J'ai toujours fait mon devoir, du moins je le crois. Eh bien, assez parlé ! Je passerai chez vous ce soir, comme convenu. Comptez plutôt sur 6 heures et quart si cela ne vous dérange pas. Je dois voir quelqu'un au village.

— Cela m'ira très bien.

Il brandit sa canne et s'en fut à grands pas. Tournant les talons, je me heurtai à Hawes dont la mauvaise mine me frappa. J'avais eu l'intention d'évoquer différents sujets de son ressort et qu'il n'avait fait qu'embrouiller, voire négliger purement et simplement, mais son teint cireux me donna à penser qu'il était réellement souffrant.

Il s'en défendit, quoique sans conviction, quand je pris de ses nouvelles, et finit par convenir qu'il ne se sentait pas d'aplomb. Se rangeant à mon avis, il accepta d'aller se mettre au lit.

Je déjeunai sur le pouce et sortis faire mes visites. Griselda avait profité du train du jeudi pour se rendre à Londres.

J'étais de retour au presbytère vers 4 heures

moins le quart, avec la ferme intention de travailler à mon sermon du dimanche, c'est alors que Mary m'annonça que Mr Redding m'attendait dans mon bureau.

Je le trouvai en train de faire les cent pas, le visage pâle et défait ; il se tourna vers moi comme j'entrais.

— Ecoutez ! j'ai réfléchi à ce que vous m'avez dit hier soir. Je n'en ai pas dormi de la nuit. Vous avez raison : je dois la quitter, et je dois quitter St. Mary Mead.

— Vous êtes un brave garçon, dis-je.

— Vous voyez juste au sujet d'Anne. Ce serait lui nuire que de rester ici. Elle est... elle est trop bonne pour mériter ça. Je dois partir. Je lui ai déjà rendu les choses bien assez difficiles... Dieu me pardonne.

— C'est la seule solution, dis-je. Je sais que ce n'est pas la plus facile mais, croyez-moi, c'est la meilleure, et vous en conviendrez bientôt.

C'était facile à dire, pour un homme comme moi, et il n'en était pas dupe.

— Vous veillerez sur Anne ? Elle a besoin d'un ami.

— Soyez sûr que je ferai tout ce qui est en mon pouvoir.

— Merci, Mr Clement, dit-il en me broyant les doigts. Je sais que je peux compter sur vous. Je dois lui dire au revoir ce soir et je ferai mes bagages pour partir demain matin. Rien ne sert de prolonger l'agonie. Merci pour l'atelier. Je suis désolé de laisser le portrait de Mrs Clement inachevé.

— Ne vous inquiétez pas pour cela, mon garçon. Au revoir, et que Dieu vous bénisse.

Une fois seul, j'essayai de m'atteler à mon sermon, sans résultat. La pensée de Lawrence Redding et d'Anne Protheroe me tourmentait.

J'avalai une tasse de thé exécrable, froid et trop fort, et à 5 heures et demie le téléphone sonna. On m'informait que Mr Abbott de Lower Farm était mourant et on me demandait de venir toute affaire cessante.

J'appelai aussitôt Old Hall car Lower Farm était à trois kilomètres de là, et je ne serais jamais de retour à 6 heures et quart. J'avoue humblement n'avoir jamais pu apprendre à monter à bicyclette.

Le colonel Protheroe venait de partir en voiture, me dit-on, aussi me mis-je en route, non sans avoir prévenu Mary que je ferais mon possible pour être au presbytère à 6 heures et demie.

5

Il n'était pas loin de 7 heures lorsque je fus en vue de la grille du presbytère. C'est alors qu'elle s'ouvrit à la volée tandis que Lawrence Redding sortait en trombe. Il s'arrêta net à ma vue et je fus immédiatement frappé par son apparence ; il était comme hébété, les yeux fous, blanc comme un linge, tremblant de tous ses membres et agité de tics.

La pensée qu'il avait bu m'effleura mais je la chassai bien vite.

— Bonsoir, dis-je. Vous vouliez me parler ? Je suis désolé de vous avoir fait faux bond, j'arrive à l'instant, et il faut encore que je voie le colonel Protheroe pour les comptes de l'église, mais je ne devrais pas en avoir pour très longtemps.

— Protheroe ! rétorqua-t-il dans un éclat de rire. Protheroe ? Vous devez voir Protheroe ? Oh ! pour le voir, vous le verrez. Ah ! ça, oui…

J'étais ébahi. D'instinct, je lui tendis la main mais il s'écarta d'un bond.

— Non ! cria-t-il presque. Je dois vous quitter… j'ai besoin de réfléchir !… de réfléchir, vous entendez ?

Il s'élança et disparut au bas de la rue, en direction

du village ; je restai planté là, et l'idée qu'il pût être ivre revint s'imposer à mon esprit. Puis, perplexe, je m'acheminai vers le presbytère. La porte d'entrée est toujours ouverte, je sonnai néanmoins, et Mary apparut, s'essuyant les mains sur son tablier.

— Vous voilà enfin ! fit-elle.

— Le colonel Protheroe est là ? demandai-je.

— Il poireaute depuis 6 heures et quart dans votre bureau.

— Mr Redding est venu ?

— Il a demandé après vous, il y a un instant. Je lui ai dit que vous ne tarderiez plus et que le colonel Protheroe vous attendait déjà ; il a dit qu'il attendrait lui aussi et l'a rejoint dans votre bureau.

— Il est reparti. Je viens de le croiser dans la rue.

— Ah ! bon. Je ne l'ai pas entendu. C'était une visite éclair... Madame n'est pas encore revenue de Londres.

J'acquiesçai machinalement et Mary retourna à la cuisine. Je pris le couloir et poussai la porte de mon bureau.

Après la pénombre du corridor, le soleil de cette fin de journée qui inondait la pièce me fit cligner des yeux. J'avançai d'un pas et stoppai net.

Pendant un bref instant, je ne pus en croire mes yeux.

Le colonel Protheroe était couché en travers de mon bureau, dans une horrible posture qui n'avait rien de naturel, et sa tête baignait dans une mare de sang noir qui dégouttait lentement sur le sol avec un affreux « Ploc ! Ploc ! Ploc ! ».

Je me ressaisis et m'approchai de lui. Il était froid, sa main, que je soulevai, retomba inerte. Il était mort... d'un coup de pistolet tiré en pleine tête.

J'allai à la porte, appelai Mary et lui ordonnai de se précipiter chercher le Dr Haydock, qui habite au coin de la rue. Je me bornai à lui dire qu'il y avait eu un accident.

Puis je refermai la porte de mon bureau et attendis le médecin.

Par bonheur, Mary trouva Haydock chez lui. Notre médecin est un solide gaillard, avec une bonne bouille aux traits rudes.

Il haussa un sourcil bourru quand je lui montrai sans un mot le cadavre du doigt, mais, en véritable homme de l'art, il ne manifesta aucune émotion. Il se pencha sur le corps pour un examen rapide et se redressa, fixant les yeux sur moi.

— Eh bien ? demandai-je.

— Il est bel et bien mort... depuis une demi-heure, à mon avis.

— Il s'est suicidé ?

— C'est impossible, mon vieux ! Regardez où est la plaie... Et puis, s'il s'était tué, où serait passée l'arme ?

Rien en effet ne permettait de déduire qu'il se fût suicidé.

— Il vaut mieux tout laisser en l'état, dit Haydock. J'appelle la police.

Il décrocha le téléphone, exposa les faits en

termes laconiques et raccrocha avant de revenir vers moi.

— C'est embêtant, cette affaire ! Comment lui êtes-vous tombé dessus ?

Je le lui racontai.

— C'est embêtant, cette affaire, répéta-t-il.

— Est-ce… un meurtre ? demandai-je d'une voix éteinte.

— C'est ce qu'on dirait. Qu'est-ce que ça pourrait être d'autre, à votre avis ? C'est incroyable ! Je me demande qui pouvait bien en vouloir à ce pauvre Protheroe. Je sais bien qu'il était plutôt impopulaire, mais ce n'est pas une raison pour se faire assassiner… Il n'a pas eu de chance !

— Il y a un détail bizarre, dis-je. On m'a appelé au chevet d'un mourant cet après-midi, mais quand je suis arrivé, tout le monde a semblé très surpris de me voir. Le malade s'était remis depuis quelques jours, et sa femme a juré ses grands dieux qu'elle ne m'avait pas téléphoné.

Haydock fronça les sourcils :

— C'est bizarre, en effet… très bizarre, même. On a voulu vous éloigner d'ici. Où est votre femme ?

— Elle est allée passer la journée à Londres.

— Et la bonne ?

— Mary est à la cuisine… à l'autre bout de la maison.

— Elle n'aura rien entendu. C'est embêtant, cette affaire ! Qui savait que Protheroe avait rendez-vous avec vous ce soir ?

— Il l'a fixé lui-même ce matin, en pleine rue, et en beuglant, comme à son habitude.

— Tout le village était donc au courant ! Ce qui aurait été le cas de toute façon. Vous voyez qui pouvait avoir une dent contre lui ?

Le souvenir du visage livide et des yeux fous de Redding me revint en mémoire, mais un bruit de pas dans le couloir m'épargna la peine de répondre.

— Voilà la police, dit Haydock en se levant.

L'agent Hurst, représentant local des forces de police, entra, l'air important et préoccupé.

— Bonsoir, messieurs, nous dit-il. L'inspecteur sera là d'une minute à l'autre et, en l'attendant, permettez-moi de suivre ses instructions. Si je comprends bien, le colonel Protheroe a été découvert assassiné au presbytère… (Il s'interrompit et me jeta un coup d'œil soupçonneux et glacial tandis que je m'efforçais de soutenir son regard de l'air le plus innocent.) Interdiction de toucher à quoi que ce soit avant l'arrivée de l'inspecteur, ajouta-t-il en s'approchant du bureau.

J'ai cru bon, pour la gouverne de mes lecteurs, de tracer un plan de la pièce :

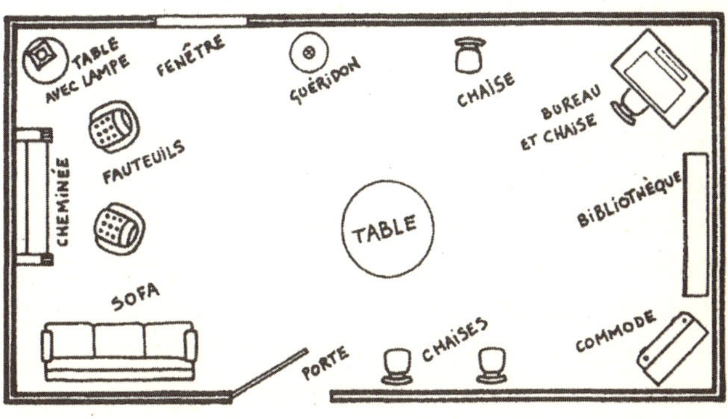

Ensuite l'agent Hurst sortit un calepin, mouilla sa mine de plomb et nous jeta un regard interrogatif.

Il consigna mon récit de la découverte du corps, ce qui prit un certain temps, puis se tourna vers le Dr Haydock :

— Je vous écoute, docteur. Avez-vous déterminé la cause du décès ?

— Un coup de revolver en pleine tête, à bout portant.

— Avec quelle arme ?

— Je ne pourrai pas me prononcer avant d'avoir extrait la balle, mais il semblerait que ce soit un petit calibre… Peut-être un Mauser 25.

Je sursautai au souvenir de notre conversation de la veille avec Redding, qui avait admis posséder une arme semblable. L'agent Hurst reporta sur moi son regard glacial.

— Vous disiez ?

— Rien, rien, fis-je.

Quels que soient les soupçons que je pouvais nourrir, ce n'étaient que de simples soupçons et ils ne regardaient que moi.

— A quelle heure a eu lieu le drame, à votre avis ?

— Il y a une demi-heure, dit Haydock après une brève hésitation. Pas davantage.

— La bonne a-t-elle entendu le coup de feu ? me demanda Hurst.

— Je ne pense pas, mais il vaudrait mieux le lui demander.

C'est alors que l'inspecteur fit son entrée ; il

venait en voiture de Much Benham, à trois kilomètres de là.

Tout ce que je puis dire de l'inspecteur Flem, c'est que jamais homme ne porta aussi mal son nom. C'était un brun efficace dont les yeux noirs vous vrillaient jusqu'au tréfonds ; ses manières étaient rudes, voire grossières, et il ne tenait pas en place.

Il répondit à notre bonsoir par un bref hochement de tête, s'empara du calepin de son subordonné et le lut avec attention ; puis il échangea quelques mots à voix basse avec Hurst et se dirigea vers le corps.

— J'imagine que tout a été déplacé, dérangé…

— Je n'ai touché à rien, déclara Haydock.

— Moi non plus, fis-je en écho.

L'inspecteur examina longuement les objets qui encombraient le bureau et la mare de sang.

— Ah ! s'écria-t-il, triomphant. J'ai trouvé ! Il a renversé la pendulette en tombant, ainsi nous avons l'heure du crime : 18 h 22. A quelle heure faites-vous remonter le décès, docteur ?

— Il a dû se produire il y a une demi-heure, mais…

L'inspecteur consulta sa montre :

— 19 h 05. J'ai été prévenu voilà dix minutes, à 7 heures moins 5. Le corps a été découvert aux alentours de 7 heures moins le quart. J'ai cru comprendre que vous aviez été appelé aussitôt. Disons que votre examen a eu lieu à moins 10… Nous avons l'heure du crime à la seconde près !

— Il m'est impossible de garantir l'heure à la seconde près, intervint Haydock. Je ne puis donner qu'une heure approximative.

— Ça ira, docteur. Ça ira très bien.

— Au sujet de cette pendulette..., glissai-je.

— Si vous voulez bien m'excuser, je vous interrogerai quand je le jugerai bon. Le temps presse et j'exige que l'on se taise.

— Oui, mais je voudrais juste vous dire...

— Que l'on se taise ! répéta l'inspecteur en me jetant un coup d'œil féroce.

J'obéis tandis qu'il continuait à scruter le bureau.

— Pourquoi s'était-il assis là ? grogna-t-il. Pensait-il écrire un mot ? Ah, ah ! Qu'est-ce donc ?

Il brandit avec jubilation une feuille de papier ; sa satisfaction était si grande qu'il nous laissa approcher pour lire avec lui.

C'était une page du carnet à en-tête du presbytère qui portait au recto l'heure du message, 18 h 20, et disant : *Cher Clement ; Je suis navré de ne pouvoir attendre davantage mais je dois...*

Le dernier mot s'achevait par un gribouillage illisible.

— C'est clair comme de l'eau de roche, claironna l'inspecteur Flem, rayonnant. Il s'est assis à la table pour rédiger son message ; un ennemi est entré sans bruit par la porte-fenêtre et l'a tué pendant qu'il écrivait. Que voulez-vous de plus ?

— Je dois préciser que..., commençai-je.

— Laissez-moi passer, s'il vous plaît. Je veux vérifier s'il y a des empreintes de pas.

Il marcha à quatre pattes jusqu'à la porte-fenêtre grande ouverte.

— Je pense qu'il faut que vous sachiez..., m'obstinai-je.

L'inspecteur se releva et déclara sans colère, quoique d'un ton ferme :

— Nous verrons cela après. Je vous serais reconnaissant de sortir de cette pièce. Sortez, s'il vous plaît.

Nous nous laissâmes mettre à la porte comme des gamins.

Une éternité semblait s'être écoulée mais il n'était pourtant que 7 heures et quart.

— Si c'est comme ça, fit Haydock, quand cet imbécile arrogant aura besoin de moi, vous lui direz de passer à mon cabinet. Bonsoir.

— Madame est rentrée, m'annonça Mary sortie un instant de sa cuisine. (Les yeux écarquillés, elle paraissait bouleversée.) Elle est arrivée il y a cinq minutes.

J'allai au salon rejoindre une Griselda mi-effrayée, mi-excitée, et lui racontai toute l'affaire. Elle m'écouta avec attention.

— Le message porte 18 h 20, dis-je pour conclure. Et la pendulette est arrêtée sur 18 h 22.

— Vous ne lui avez donc pas dit que votre pendulette avançait d'un quart d'heure ?

— Non, je ne le lui ai pas dit. D'ailleurs, il ne m'en a pas laissé le loisir. J'ai fait tout ce que je pouvais, mais…

Quelque chose chiffonnait Griselda.

— Mais, Len, ce détail rend toute l'affaire invraisemblable ! Car lorsque la pendulette marquait 18 h 20, il n'était en réalité que 18 h 05, et, à 18 h 05, le colonel Protheroe n'était pas encore arrivé au presbytère !

6

Nous nous perdîmes en conjectures sur le casse-tête de la pendulette, sans résultat. Griselda était d'avis que je renouvelle mes efforts pour en parler à l'inspecteur Flem, mais je m'y refusai absolument.

L'inspecteur s'était inexplicablement comporté avec moi comme le pire des mufles. J'espérais bien avoir l'occasion, dans un avenir proche, de faire valoir mon opinion et de lui mettre le nez dans son erreur. Je ne me ferais pas faute alors de lui reprocher gentiment de ne m'avoir point écouté.

Je m'attendais à le revoir avant qu'il ne quitte le presbytère mais, à notre vive surprise, il était parti, comme nous l'apprîmes par Mary, non sans avoir fermé mon bureau à clef et ordonné que nul n'y pénètre.

Griselda se proposa d'aller à Old Hall.

— Anne Protheroe doit être aux cent coups... avec la police et tout. Peut-être pourrais-je faire quelque chose pour elle.

J'approuvai son projet généreux et elle partit, après que je lui eus dûment recommandé de me téléphoner si elle pensait que je pusse être de quelque utilité pour réconforter Mrs et miss Protheroe.

Etant donné les circonstances, je jugeai préférable de prévenir les professeurs de catéchisme, qui devaient venir à 8 heures moins le quart pour la préparation de la leçon hebdomadaire, que la réunion était remise.

Après quoi mon neveu revint d'une partie de tennis et se déclara ravi que le meurtre ait eu lieu au presbytère.

— Qui aurait cru qu'on se trouverait sous les feux de la rampe dans une affaire de meurtre ! J'ai toujours rêvé d'être le héros d'une histoire de ce genre. Pourquoi la police a-t-elle fermé la porte de votre bureau ? N'auriez-vous pas une autre clef ?

Je refusai tout net de me prêter à ce petit jeu et Dennis renonça à contrecœur à son projet. Après m'avoir soutiré tous les détails possibles, il sortit dans le jardin en quête d'empreintes de pas.

— Encore heureux que la victime ait été ce vieux Protheroe que personne ne pouvait sentir, fit-il remarquer.

Son cynisme enjoué me heurta mais je songeai que mon jugement sur lui était peut-être un peu sévère, car après tout, une histoire de meurtre est un don du ciel à son âge. En effet, quoi de plus excitant qu'une affaire criminelle avec un vrai cadavre, servi sur un plateau ? Il y a là de quoi combler un jeune homme jouissant d'une bonne santé mentale. Que signifie la mort pour un garçon de seize ans ?

Griselda rentra au presbytère au bout d'une heure. Elle était arrivée à Old Hall sur les talons de l'inspecteur venu annoncer le décès du colonel à Anne Protheroe.

Lorsqu'il apprit que Mrs Protheroe avait vu son mari pour la dernière fois au village à 6 heures moins le quart et qu'elle ne pouvait apporter aucune lumière sur l'affaire, l'inspecteur avait pris congé en annonçant qu'il reviendrait le lendemain pour un entretien approfondi.

— Il s'est montré très correct, dit Griselda à contrecœur.

— Comment Mrs Protheroe a-t-elle pris les choses ? demandai-je ?

— Bien, je crois. Elle a gardé son calme... Mais il faut dire qu'il ne lui arrive pas souvent de le perdre.

— C'est vrai. Je ne vois pas Anne Protheroe piquer une crise de nerfs.

— Vous pensez bien qu'elle était sous le choc ! Elle s'est montrée très reconnaissante de ma visite et m'a vivement remerciée, quoique je n'aie rien pu faire pour elle.

— Et Lettice ?

— Elle jouait au tennis chez des amis et n'était pas encore rentrée. (Après un silence, Griselda ajouta :) J'ai trouvé Anne Protheroe bizarre, Len, très bizarre.

— Peut-être était-ce le choc ?

— Je n'en doute pas, mais... (Griselda fronça des sourcils perplexes :) Mais ce n'était pas cela. Disons qu'elle m'a paru moins bouleversée qu'effrayée.

— Effrayée ?

— Oui. Sans vouloir le montrer, bien sûr, ou

plutôt sans s'apercevoir que cela se voyait. C'est son regard étrange et inquiet qui la trahissait ; j'ai fini par me demander si elle n'avait pas une idée de l'identité du criminel. Elle m'a demandé je ne sais combien de fois s'il y avait un suspect.

— Vraiment ? fis-je, pensif.

— Elle ne s'est jamais départie de son calme, mais je voyais bien qu'elle était bouleversée. Plus que je ne l'aurais cru car, après tout, ce n'est pas comme si elle avait été très attachée au colonel ; je crois même qu'elle le détestait.

— Il se peut que nos sentiments soient altérés par la mort, dis-je.

— Peut-être avez-vous raison, Len.

Dennis rentra du jardin surexcité car il avait découvert une empreinte de pas dans une plate-bande ; d'après lui, la police ne l'avait même pas remarquée alors qu'il s'agissait d'un élément capital.

Je dormis très mal. Au matin, Dennis était sur le pont bien avant l'heure du petit déjeuner pour « étudier les derniers développements de l'affaire », comme il disait.

Néanmoins, ce ne fut pas lui mais Mary qui nous assena la nouvelle la plus sensationnelle.

A peine étions-nous assis autour du petit déjeuner qu'elle se rua dans la pièce, le visage en feu.

— On a peine à le croire, mais le boulanger vient de me le dire : ils ont arrêté le jeune Mr Redding, fit-elle sans cérémonie, comme à son habitude.

— Arrêté Lawrence ! s'écria Griselda qui n'en

croyait pas ses oreilles. C'est impossible ! Il doit s'agir d'une erreur.

— Y a pas d'erreur, madame, reprit Mary sur un ton d'exultation sauvage. Mr Redding s'est rendu de son plein gré ; c'est le tout dernier événement de la soirée. Il est allé les trouver, il a jeté son pistolet sur la table et il a dit comme ça : « C'est moi qui l'ai tué. »

Elle nous regarda tour à tour, hocha vigoureusement la tête et se retira, pas mécontente de l'effet produit.

Griselda et moi nous entre-regardâmes.

— C'est impossible ! s'exclama mon épouse. Il n'aurait jamais fait ça. (Devant mon silence, elle insista :) Len, vous ne pensez pas qu'il a pu faire une chose pareille, n'est-ce pas ?

Je ne pus me résoudre à lui répondre et restai sans rien dire, l'esprit en effervescence.

— Il faut qu'il soit devenu fou, reprit-elle. Complètement fou. Ou alors... peut-être étaient-ils en train de regarder le revolver, et le coup est parti ?

— Il ne semble pas que les choses se soient passées ainsi.

— Mais il doit s'agir d'un accident ! Il n'y a pas l'ombre d'un mobile. Pouvez-vous me dire quelle raison aurait eue Lawrence de tuer le colonel Protheroe ?

J'avais les moyens de répondre à cette question sans détour, mais je tenais à protéger Anne Protheroe. Il y avait peut-être une chance infime de ne pas mêler son nom à cette affaire.

— Avez-vous oublié qu'ils s'étaient disputés ?

— Pour l'affaire du maillot de bain ? Oui, mais c'était idiot. Et même si Lettice et Lawrence s'étaient fiancés en secret, était-ce une raison pour assassiner le père Protheroe ?

— Nous ne connaissons pas tous les détails de l'affaire, Griselda.

— Vous le croyez donc coupable, Len ! comment pouvez-vous ? Faites-moi confiance, je suis sûre que Lawrence n'aurait jamais porté la main sur Protheroe.

— Je vous ai dit que je l'avais rencontré non loin du presbytère. Il était comme fou.

— Oui, mais… Oh ! c'est impossible…

— Et il y a la pendulette, continuai-je. Lawrence a pu l'arrêter sur 18 h 22 pour se forger un alibi. D'ailleurs l'inspecteur Flem est tombé en plein dans le piège.

— Ça ne tient pas, Len. Lawrence savait que notre pendulette avançait. Il disait toujours : « Voilà pourquoi le pasteur est à l'heure. » Il n'aurait pas commis l'erreur de l'arrêter à 18 h 22. Il aurait choisi une heure vraisemblable… 7 heures moins le quart, par exemple.

— Il ne pouvait pas savoir à quelle heure le colonel Protheroe devait arriver au presbytère, et il avait peut-être oublié que notre pendulette avançait.

Griselda n'était pas d'accord.

— Ce sont des détails qui comptent si vous tuez quelqu'un.

— Comment le savez-vous, ma chérie ? Cela ne vous est jamais arrivé.

Avant qu'elle n'ait eu le temps de répondre, une ombre s'étira sur la table du petit déjeuner et la voix aimable de notre voisine, miss Marple, se fit entendre :

— Pardonnez mon indiscrétion, mais en ces tristes circonstances…

Nous protestâmes poliment et l'invitâmes à entrer par la porte-fenêtre tandis que je lui avançais une chaise. Son teint était animé et elle semblait passablement agitée.

— Quel malheur ! Pauvre colonel Protheroe ! Certes, il n'était guère sympathique et pas très populaire, mais c'est tout de même bien triste. Et l'on m'a dit qu'il avait été tué dans votre bureau ? (J'acquiesçai et elle se tourna vers ma femme :) Mais notre cher pasteur était absent à ce moment-là ?

J'expliquai ce qui m'était arrivé.

— Mr Dennis n'est pas avec vous, ce matin ? demanda encore miss Marple en regardant autour d'elle.

— Il joue les détectives amateurs, répondit Griselda. Il a découvert une empreinte de pas dans une plate-bande du jardin, et a dû courir l'annoncer à la police.

— Oh ! ma chère, quelle affaire ! Ainsi Mr Dennis a son idée de l'identité du meurtrier ? Il est vrai que nous avons tous notre petite idée.

— Pensez-vous que ce soit si évident ? demanda Griselda.

— Que non, ma chère. Pas du tout. Chacun a sa petite idée, c'est tout ce que je veux dire. Mais ce qui compte, ce sont les preuves. Ainsi, j'ai moi-même mon idée sur l'identité du criminel, mais je dois avouer que je n'ai pas l'ombre d'une preuve. Et il faut faire très attention à ce que l'on dit en pareille situation, sous peine de se voir accusé de diffamation ; n'est-ce pas là le terme qu'on utilise ? Pour ma part, je me montrerai très prudente avec l'inspecteur Flem. Il voulait me voir ce matin, il vient de se décommander par téléphone ; ce ne serait plus nécessaire, selon lui.

— Depuis l'arrestation, probablement, dis-je.

— L'arrestation ? (Miss Marple se pencha vers nous, rose de curiosité.) J'ignorais qu'il y avait eu une arrestation.

Il est si rare que miss Marple soit la dernière informée que j'aurais parié qu'elle connaissait déjà la nouvelle.

— Nous nous étions mal compris, dis-je. Eh bien, Lawrence Redding a été arrêté.

— Lawrence Redding ? (Miss Marple était stupéfaite.) Je n'aurais jamais cru…

Mon épouse l'interrompit avec véhémence :

— Moi non plus ! Et je n'y crois pas. Même depuis qu'il a avoué.

— Avoué ? répéta miss Marple. Vous dites qu'il a avoué ? Oh ! mon Dieu ! Je me suis bien trompée… Ah ! ça, oui.

— A mon avis, il s'agit d'un accident, poursuivit Griselda. N'est-ce pas, Len ? Le fait qu'il se soit rendu est là pour le confirmer.

— Il s'est *rendu*, dites-vous ? fit miss Marple dans un sursaut.

— Oui.

— Ah ! soupira la vieille demoiselle, soulagée. Je préfère cela, vraiment.

Je la regardai, interloqué.

— Je pense qu'il a agi sous l'emprise du remords, dis-je.

— Du remords ? demanda miss Marple, étonnée à son tour. Mais, cher pasteur, vous ne croyez tout de même pas qu'il est coupable !

J'étais de plus en plus ébahi :

— Mais puisqu'il a avoué…

— C'est bien la preuve qu'il n'a rien à voir à l'affaire.

— Eh bien, j'ai peut-être l'esprit obtus mais je ne suis pas de votre avis. Si vous n'avez tué personne, je ne vois pas pourquoi vous iriez vous mettre un crime sur le dos.

— Il avait ses raisons d'agir ainsi. On a toujours une raison, n'est-ce pas ? Les jeunes gens d'aujourd'hui ont la tête si près du bonnet ! Et ils sont toujours enclins à envisager le pire… N'est-ce pas, ma chère ? ajouta-t-elle en se tournant vers ma femme.

— Je… je ne sais pas, dit Griselda. Je ne sais plus que penser. Je ne vois pas ce qui a pu pousser Lawrence à ce geste insensé.

— Vous auriez dû voir son visage, hier soir… commençai-je.

Et, cédant aux instances de miss Marple, je décrivis mon retour à la maison, tandis qu'elle m'écoutait avec attention.

— Il m'arrive d'être parfaitement idiote, dit-elle

quand j'eus achevé mon récit, et je ne vois pas toujours les choses comme elles sont en réalité, mais je ne saisis pas votre point de vue. Il me semble à moi qu'un jeune homme qui tue l'un de ses semblables de sang-froid peut difficilement s'en trouver bouleversé après coup. Le meurtrier qui a prémédité son coup peut commettre de petites erreurs et paraître un peu troublé, mais je doute qu'il soit en proie à l'agitation que vous décrivez. Il est certes difficile de se mettre à sa place mais je ne crois pas, quant à moi, que je me mettrais dans pareil état.

— Que savons-nous des circonstances exactes ? objectai-je. Peut-être se sont-ils disputés, et le coup est parti malencontreusement. Ensuite Lawrence aura pris peur. Je pencherais plutôt pour cette version des faits.

— Cher Mr Clement, quelle que soit la version que l'on préfère, les faits sont là, n'est-ce pas ? Et à mon avis les choses ne se sont pas passées comme vous le pensez. Votre bonne affirme que Mr Redding n'est pas resté plus de deux minutes au presbytère, pas assez, donc, pour qu'éclate une dispute comme celle que vous évoquez. Et si j'en crois ma propre bonne, le colonel Protheroe a été tué d'une balle dans la tête, tirée dans son dos, alors qu'il écrivait une lettre…

— C'est vrai, dit Griselda. Il écrivait un mot pour dire qu'il ne pouvait attendre plus longtemps. Son message était daté de 18 h 20 et la pendulette arrêtée sur 18 h 22. Ce détail nous chiffonne, Len et moi.

Puis mon épouse fit état de notre habitude consistant à avancer la pendulette d'un quart d'heure.

— Comme c'est curieux, dit miss Marple. Mais le message me paraît plus curieux encore. Je veux dire que…

Elle s'interrompit et leva les yeux sur Lettice Protheroe, plantée dans l'embrasure de la porte-fenêtre. La jeune fille entra et fit un signe de tête dans notre direction en murmurant un « B'jour ».

Elle se laissa tomber sur une chaise et dit d'un ton plus animé que de coutume :

— J'ai entendu dire qu'on avait arrêté Lawrence.

— Oui, dit Griselda. Ç'a été un véritable choc pour nous.

— Je n'avais jamais pensé que mon père pourrait être assassiné un jour. (Il était évident qu'elle mettait un point d'honneur à ne pas paraître affectée.) Pareille idée a dû traverser la tête à plus d'un, j'en suis sûre. Il m'est même arrivé à moi d'en avoir envie.

— Voulez-vous prendre quelque chose ? demanda Griselda.

— Non, merci. Je venais juste voir si vous n'aviez pas trouvé mon béret dans le coin… Un drôle de petit béret jaune. Il me semble l'avoir oublié dans le bureau du pasteur, l'autre jour.

— Si c'est le cas, il y est toujours, dit Griselda. Ce n'est pas Mary qui l'aurait rangé.

— Je vais aller voir, dit Lettice en se levant. Désolée de vous déranger, non seulement j'ai perdu mon béret mais ma tête avec.

— C'est dommage, mais vous ne pouvez aller le

chercher tout de suite, dis-je. L'inspecteur a fermé mon bureau à clef.

— Quelle barbe ! Peut-être pourrais-je passer par la fenêtre ?

— Il n'en est pas question ! D'ailleurs, elle est fermée de l'intérieur. Et puis, que feriez-vous d'un béret jaune en la circonstance, Lettice ?

— Vous pensez au deuil et tout ça ? Je me fiche bien du deuil. C'est une tradition dépassée. Mais pour Lawrence, quelle barbe, là aussi ! (Elle resta plantée là, pensive, et vaguement ennuyée.) C'est de ma faute… C'est cette histoire de maillot de bain… Comme c'est stupide !

Griselda ouvrit la bouche mais, curieusement, ne souffla mot.

Un curieux petit sourire étira les lèvres de Lettice.

— Eh bien, je vais rentrer pour annoncer à Anne que Lawrence a été arrêté, dit-elle doucement.

Et elle ressortit comme elle était venue.

— Pourquoi m'avez-vous fait du pied sous la table ? demanda aussitôt Griselda à miss Marple.

La vieille demoiselle sourit.

— Vous brûliez de parler, ma chère, mais bien souvent mieux vaut laisser les choses suivre leur cours naturel. A mon sens, cette jeune fille n'est pas aussi distraite qu'elle veut bien le faire croire. Elle a une idée en tête, et elle s'y tient.

Après un coup frappé à la porte, Mary fit irruption dans la pièce.

— Qu'est-ce que c'est ? demanda Griselda. Mary, tâchez de vous souvenir que vous n'avez pas à frapper avant d'entrer. Je vous l'ai déjà dit.

— Je croyais que vous étiez occupés, dit Mary. Le colonel Melchett est là. Il veut voir le pasteur. (Le colonel Melchett est le chef de police de notre district, aussi me levai-je sur-le-champ.) J'ai pensé que vous n'aimeriez pas que je le fasse poireauter dans le couloir, alors je l'ai mis au salon. Faut-il que je débarrasse ?

— Cela peut attendre, dit Griselda. Je sonnerai.

Je la vis se tourner vers miss Marple comme je quittais la pièce.

7

Le colonel Melchett, chef de la police du comté, est un sémillant petit homme aux cheveux roux, aux yeux bleus et au regard pénétrant, connu en outre pour ses reniflements intempestifs.

— Bonjour, pasteur, dit-il. Sale affaire, hein ? Pauvre Protheroe. Je n'irais pas jusqu'à dire qu'il m'était très sympathique… Je ne l'aimais guère et je crois que je n'étais pas le seul dans ce cas… Sale affaire pour vous aussi. J'espère que votre dame n'a pas été trop tourneboulée. (Je le rassurai sur ce point et il poursuivit :) Tant mieux ! Tant mieux ! Mais on n'aime pas beaucoup voir survenir ce genre de drame sous son propre toit. Je dois vous avouer que je suis stupéfait ! Qui aurait pu le croire ? Ce jeune Redding… Accomplir son forfait sans se soucier le moins du monde de l'embarras dans lequel il allait mettre les gens !

Je me retins de rire car je voyais bien que le colonel Melchett ne trouvait rien de cocasse dans l'idée qu'un criminel pût avoir ce genre de scrupules.

— Je ne vous cacherai pas que je suis resté comme deux ronds de flan quand j'ai appris que notre jeune artiste était allé se livrer, fit-il en se laissant tomber sur une chaise.

— Comment cela s'est-il passé, exactement ? m'enquis-je.

— Hier soir, sur le coup de 10 heures, il s'est amené, il a jeté son revolver sur le bureau et a fait : « C'est moi ! C'est moi qui l'ai tué. » Comme je vous le dis !

— A-t-il donné quelque raison à son geste ?

— Il n'a pas dit grand-chose. Bien sûr il a été sommé de faire une déclaration mais il nous a ri au nez, et s'est borné à raconter qu'il était allé au presbytère pour vous voir et qu'il y avait trouvé Protheroe. Ils auraient eu des mots et il aurait tiré sur le colonel. Quant à la raison de leur dispute, motus et bouche cousue. Entre nous, Clement, vous n'auriez pas une petite idée ? Les langues vont bon train... Protheroe lui avait interdit sa porte, paraît-il. C'est ça ? Il en avait après la jeune fille, hein ? Nous ne voulons pas la mêler à cette histoire plus qu'il ne sera nécessaire, par égard pour tout le monde, mais qu'est-ce qu'il y a eu, au juste ?

— Tout ce que je puis vous affirmer, c'est que cela n'a rien à voir avec Lettice ; mais je ne peux pas en dire plus, pour le moment.

— Je préfère savoir ça, fit-il en se levant. Ah ! les cancans... Il y a trop de femmes, dans ce coin. Eh bien, il faut que j'y aille. Je dois voir Haydock. Il faisait sa tournée mais il a dû rentrer à présent. Je vous dirai franchement que je suis peiné pour Redding. Il m'a toujours fait l'effet d'être un bon petit gars. Pour sa défense, on pourra toujours évoquer le contrecoup de la guerre, un traumatisme ou je ne sais quoi, surtout s'il n'a pas de mobile sérieux.

J'y vais. Vous m'accompagnez un bout de chemin ?

— Avec plaisir, dis-je en me levant pour sortir avec lui.

Le Dr Haydock habite la maison voisine. Sa bonne nous informa qu'il venait de rentrer et nous fit passer au salon, où le médecin était attablé devant des œufs au bacon fumants.

— Pardonnez-moi, dit-il après nous avoir salués amicalement. J'ai été appelé pour un accouchement. J'ai passé la soirée sur votre affaire ; voilà la balle, ajouta-t-il en montrant une petite boîte sur la table.

— Calibre vingt-cinq ? fit Melchett en l'examinant.

Haydock acquiesça :

— C'est aux enquêteurs que je dois fournir tous les détails techniques mais je peux vous assurer que la mort a été presque immédiate. Faut-il être fou ! Pourquoi ce geste fatal ? Ce qui est incroyable, c'est que personne n'ait entendu le coup de feu.

— Je suis bien de votre avis, renchérit Melchett.

— La fenêtre de la cuisine donne de l'autre côté de la maison, dis-je. Si les portes du bureau, de l'office et de la cuisine sont fermées, je doute que quiconque puisse entendre le moindre bruit. Et n'oubliez pas que Mary était seule à cette heure-là.

— Hum ! grommela Melchett. C'est quand même bizarre. Je me demande si cette vieille demoiselle… Comment l'appelez-vous, déjà ?

Miss Marple… ne l'aurait pas entendu, elle. La porte-fenêtre de votre bureau était ouverte.

— Vous avez raison ! s'exclama Haydock.

— Je ne crois pas, dis-je à mon tour. Elle était au presbytère il y a un instant, et elle n'aurait pas manqué de nous le dire, croyez-moi.

— Peut-être n'y a-t-elle pas fait attention… elle aura cru à un bruit de pot d'échappement. (Je fus frappé par la bonne humeur presque indécente du Dr Haydock ; il me sembla même qu'il s'évertuait à cacher sa mine réjouie.) Le revolver était peut-être muni d'un silencieux ce qui expliquerait que personne n'ait rien entendu.

— Ce n'est pas l'opinion de Flem, intervint Melchett. Il a interrogé Redding à ce sujet. Le jeune homme a commencé par ne rien comprendre à la question, puis il a nié formellement. Pourquoi ne le croirait-on pas ?

— En effet ! Le pauvre diable !

— Un fichu crétin, oui ! s'exclama le colonel Melchett. Excusez-moi, Clement, mais que dire d'autre ? Qui pourrait croire qu'il a assassiné quelqu'un ?

— A-t-il un mobile ? demanda Haydock en avalant une dernière gorgée de café avant de repousser sa chaise.

— Il prétend qu'une dispute a éclaté entre eux, qu'il s'est énervé et qu'il a tiré sur le colonel.

— Vous préféreriez un homicide involontaire, hein ? fit le Dr Haydock, perplexe. Mais cela ne tient pas debout. Il est arrivé par-derrière et lui a logé une balle dans la tête pendant que l'autre était assis en train d'écrire. Que devient votre dispute dans ces conditions !

— En tout cas, ils n'ont pas eu le temps de se disputer, dis-je en me souvenant des paroles de miss Marple. Se rendre à mon bureau, tuer le colonel, mettre les aiguilles de la pendulette sur 18 h 22 et repartir par le même chemin lui aurait pris tout le temps qu'il est resté au presbytère. Je n'oublierai jamais son visage lorsque je l'ai vu dans le chemin, ni la manière dont il m'a dit : « Vous voulez voir Protheroe… Oh ! pour ça, oui, vous le verrez ! » Cela aurait dû me mettre la puce à l'oreille, j'aurais dû soupçonner ce qui venait de se passer…

— Qu'entendez-vous par « ce qui venait de se passer » ? Quand Redding a-t-il tué Protheroe, à votre avis ? me demanda Haydock en me regardant fixement.

— Quelques minutes avant que je n'arrive au presbytère.

— Impossible ! Tout à fait impossible, s'écria le médecin avec conviction. Il était mort depuis plus longtemps !

— Ecoutez, mon vieux, vous avez dit vous-même que vous estimiez que la mort remontait approximativement à une demi-heure ! s'écria le colonel Melchett.

— Une demi-heure, trente-cinq minutes ou vingt-cinq minutes, vingt minutes, peut-être, mais pas moins, ça non ! Sinon le corps aurait été encore chaud quand je l'ai examiné.

Nous nous regardâmes. Haydock était devenu

livide et avait vieilli d'un seul coup. Je me demandais ce qui lui arrivait.

— Mais dites-moi, Dr Haydock, fit le colonel qui avait retrouvé sa langue, si Redding admet avoir tué Protheroe à 7 heures moins le quart…

Haydock se leva d'un bond.

— Je vous dis que c'est impossible, rugit-il. Si Reedding prétend qu'il a tué Protheroe à 7 heures moins le quart, il ment ! Enfin, quoi ! Je suis médecin, non ? Je sais ce que je dis. Le sang avait commencé à figer.

— Si Redding ment…, commença Melchett pour s'interrompre aussitôt. Nous ferions mieux de filer au poste pour le voir, conclut-il.

8

C'est en silence que nous nous rendîmes au poste de police, mais, troublé, Haydock traîna derrière pour me chuchoter à l'oreille :

— Je préfère vous dire que je n'aime pas cela du tout. Il y a quelque chose qui ne va pas dans cette histoire.

Le moins que l'on puisse dire est qu'il était très contrarié.

L'inspecteur Flem nous reçut au poste et nous ne tardâmes pas à voir Lawrence Redding.

En dépit de sa pâleur et de ses traits tirés, il était calme, très calme même, compte tenu des circonstances.

Melchett renifla.

— Ecoutez, Redding, grommela-t-il, nerveux. J'ai cru comprendre que vous aviez déclaré à l'inspecteur Flem vous être rendu au presbytère vers 7 heures moins le quart ; là, vous avez trouvé Protheroe, vous vous êtes disputé avec lui, vous lui avez tiré dessus et vous êtes reparti. Je n'ai pas lu votre déclaration mais c'est en substance sa teneur.

— En effet.

— J'ai quelques questions à vous poser. On vous

a déjà dit que vous pouviez choisir de vous taire. Votre avocat…

— Je n'ai rien à cacher, l'interrompit Lawrence. J'ai tué Protheroe.

— Si vous le dites ! renifla Melchett. Pouvez-vous m'expliquer par quel hasard vous aviez un revolver sur vous ?

— Je l'avais dans ma poche, fit Lawrence après une brève hésitation.

— Vous vous étiez muni d'un revolver pour vous rendre au presbytère ?

— Oui.

— Peut-on savoir pourquoi ?

— J'avais l'habitude de le porter sur moi.

J'avais encore perçu une hésitation dans sa voix : il mentait, bien évidemment.

— Pourquoi avoir retardé la pendulette ? poursuivit Melchett.

— La pendulette ? répéta Lawrence, perplexe.

— Oui. Les aiguilles marquaient 18 h 22.

Son visage refléta une terreur subite.

— Ah ! oui. Je les ai touchées, en effet.

— Où avez-vous tiré sur le colonel Protheroe ? intervint Haydock.

— Dans le cabinet de travail du pasteur.

— Je veux savoir dans quelle partie du corps ?

— Oh ! je… Dans la tête, je crois. Oui. C'est cela : dans la tête.

— Vous n'en êtes pas sûr ?

— Si vous le savez, à quoi bon me le demander ?

C'était une bien piètre fanfaronnade. Il y eut du

bruit au-dehors et un agent de police se présenta nu-tête une lettre à la main :

— C'est pour le pasteur. Urgent ! fit-il.

Je déchirai l'enveloppe et lus :

S'il vous plaît... Venez ! Je vous en supplie ! Je ne sais que faire. Ce qui se passe est terrible. J'ai à vous parler. Pouvez-vous venir tout de suite ? Avec qui vous voulez. Anne Protheroe.

J'adressai un coup d'œil à Melchett qui saisit l'allusion et nous sortîmes en même temps que les deux policiers. J'eus tout juste le temps d'entrevoir le visage de Lawrence Redding ; ses yeux étaient fixés sur la lettre que je tenais à la main, et jamais homme n'avait eu un regard empreint d'une si grande angoisse et d'un désespoir plus profond.

L'image d'Anne Protheroe s'effondrant sur mon sofa et s'exclamant : « Je suis désespérée » me revint en mémoire, et je me sentis moi-même envahi d'une peine immense. Je commençais à comprendre pourquoi Lawrence Redding s'était accusé du crime. Etait-ce possible ? Melchett et Flem étaient en conférence.

— Avez-vous des détails sur les allées et venues de Redding au cours de l'après-midi ? Il y a tout lieu de penser qu'il a tué Protheroe plus tôt qu'il ne le prétend. Renseignez-vous sur ce point.

Le colonel se tourna vers moi et je lui tendis sans un mot la lettre d'Anne Protheroe. Il la lut et fit une moue étonnée, puis il me jeta un regard perçant avant de me demander :

— C'est à cela que vous pensiez ce matin, hein ?

— Oui, mais ce matin, je ne me sentais pas le droit de parler. A présent, je crois que c'est mon devoir.

Et je lui racontai ce qui s'était passé dans mon bureau, ce fameux soir.

Le colonel Melchett et l'inspecteur Flem échangèrent quelques mots, puis nous nous mîmes en route pour Old Hall avec le Dr Haydock.

Un maître d'hôtel vint nous ouvrir avec dans son attitude, une pointe d'ennui très étudiée.

— Bonjour, dit le colonel Melchett. Voulez-vous faire dire à Mrs Protheroe que nous sommes ici et que nous voudrions la voir ? Nous aurons également quelques questions à vous poser.

Le maître d'hôtel fit diligence et revint bientôt nous informer qu'il avait délivré notre message. Melchett l'interrogea sur la journée précédente et lui demanda si le colonel avait déjeuné chez lui.

— Oui, monsieur.

— Etait-il comme à l'ordinaire ?

— Autant que je m'en souvienne, oui, monsieur.

— Que s'est-il passé après le déjeuner ?

— Mrs Protheroe est allée s'allonger et le colonel s'est enfermé dans son bureau. Miss Lettice a pris son cabriolet pour se rendre à une partie de tennis. J'ai servi le thé pour le colonel et Madame à 4 heures et demie, au salon. La voiture était commandée pour 5 heures et demie. M. le pasteur a téléphoné aussitôt après leur départ. (Il s'inclina vers moi.) Et je lui ai dit qu'ils étaient en route pour le village.

— Hum ! fit le colonel Melchett. Quand Mr Redding a-t-il paru ici pour la dernière fois ?

— Mardi après-midi, monsieur.

— J'ai cru comprendre qu'il avait eu des mots avec le colonel...

— En effet, monsieur. Le colonel m'a ordonné d'éconduire Mr Redding à l'avenir.

— Auriez-vous entendu leur dispute ? demanda le colonel Melchett d'un ton brusque.

— Le colonel Protheroe avait une bonne voix, monsieur, surtout lorsqu'il était en colère. Je n'ai pu m'empêcher de saisir quelques bribes.

— Assez pour comprendre de quoi il retournait ?

— Il s'agissait du portrait que Mr Redding faisait de miss Lettice, monsieur.

— Avez-vous vu le jeune homme lorsqu'il a quitté la maison ? grogna Melchett.

— Oui, monsieur. C'est moi qui l'ai reconduit.

— Etait-il en colère ?

— Non, monsieur. Si je puis me permettre, il m'a même semblé trouver la chose plaisante.

— Ah ! Et il ne s'est pas présenté à la porte, hier ?

— Non, monsieur.

— Quelqu'un d'autre est-il venu ?

— Personne n'est venu hier, monsieur.

— Et avant-hier ?

— Mr Dennis Clement nous a fait une visite l'après-midi, ainsi que le Pr Stone. Et il y a eu une dame, le soir, monsieur.

— Une dame ? fit Melchett en sursautant. Qui était-ce ?

Le maître d'hôtel chercha en vain le nom de la

dame. Il ne l'avait jamais vue auparavant. Oui, elle avait donné son nom, et lorsqu'il lui avait annoncé que tout le monde était à table, elle avait répondu qu'elle attendrait. Il l'avait donc fait passer dans le petit salon.

Elle avait demandé à voir le colonel Protheroe et non pas Madame. Le maître d'hôtel avait prévenu le colonel et celui-ci s'était rendu dans le petit salon aussitôt après le déjeuner.

Combien de temps était-elle restée ? Environ une demi-heure, pensait-il. C'était le colonel qui l'avait reconduite. Ah ! Voilà, le nom lui était revenu, il s'agissait de Mrs Lestrange.

Nous fûmes tous trois fort surpris.

— Voilà qui est très curieux, dit Melchett.

Mais nous ne pûmes nous étendre davantage car, à cet instant, un message nous parvint : Mrs Protheroe était disposée à nous recevoir.

Elle était couchée, pâle et le regard fiévreux. Elle arborait une expression de sombre détermination qui m'inquiéta.

— Merci d'être venu si vite, dit-elle en me regardant. Je vois que vous avez saisi mon message et que vous êtes venu accompagné. (Après une courte pause, elle reprit :) Mieux vaut en finir, n'est-ce pas ? (Elle eut un pauvre sourire pathétique.) Je pense que c'est à vous que je devrais parler, colonel Melchett. Voilà, c'est moi qui ai tué mon mari.

— Chère Mrs Protheroe…, dit courtoisement Melchett.

— Vous devez me croire ! Sans doute vous l'ai-je avoué un peu crûment, mais je ne suis pas de celles qui font des scènes. Je le haïssais depuis longtemps et, hier, je l'ai tué. (Elle s'abandonna contre ses oreillers et ferma les yeux.) C'est tout. Il ne vous reste qu'à m'arrêter et à m'emmener. Je vais me préparer aussitôt que je le pourrai. Pour le moment, je ne me sens pas très bien.

— Savez-vous, Mrs Protheroe, que Mr Lawrence Redding s'est déjà accusé de ce crime ? demanda Melchett.

Anne rouvrit les yeux et acquiesça d'un mouvement nerveux de la tête :

— Je le sais. Quel idiot ! C'est parce qu'il est amoureux de moi. C'est un beau geste de sa part… mais c'est pure folie.

— Savait-il que c'était vous…

— Oui.

— Comment le savait-il ?

Elle hésita.

— Le lui avez-vous avoué vous-même ?

Elle hésita encore et se décida enfin :

— Oui… C'est moi qui le lui ai dit. (Elle tressaillit et eut un haussement d'épaules irrité.) Voulez-vous me laisser, maintenant ? Je vous ai tout dit. Je n'ai rien à ajouter.

Comment vous êtes-vous procuré le revolver, Mrs Protheroe ?

— Le revolver ? Oh ! c'était celui de mon mari. Je l'ai pris dans un tiroir de sa table de toilette.

— Je vois. Et vous l'avez emporté au presbytère ?

— Oui. Je savais que Lawrence devait voir le pasteur…

— Quelle heure était-il ?

— Il devait être 6 heures passées… 6 heures et quart… 6 h 20… quelque chose comme ça.

— Avez-vous pris le revolver dans le dessein de tuer votre mari ?

— Non… Je… Je l'avais pris pour moi.

— Je vois. Mais vous êtes bien allée au presbytère ?

— Oui. Je suis allée jusqu'à la porte-fenêtre. Il n'y avait aucun bruit de voix ; j'ai regardé à l'intérieur et j'ai vu mon mari. Il s'est passé quelque chose en moi et j'ai tiré.

— Et ensuite ?

— Ensuite ? Je me suis éloignée…

— Et vous êtes allée dire à Mr Redding ce que vous aviez fait ?

De nouveau, je notai une hésitation dans sa voix quand elle dit « oui ».

— Vous a-t-on vue entrer au presbytère ou en sortir ?

— Non. Enfin, si. La vieille demoiselle dans son jardin, miss Marple. Je lui ai parlé un instant. (Elle se retourna nerveusement sur ses oreillers.) N'est-ce pas assez ? Je vous ai tout dit. Pourquoi continuer à me tourmenter ?

Le Dr Haydock lui tâta le pouls.

— Je vais rester auprès d'elle pendant que vous prenez vos dispositions, murmura-t-il en faisant un signe à Melchett. Mieux vaut ne pas la laisser seule, elle pourrait commettre un geste irréparable.

Melchett acquiesça et nous quittâmes la chambre.

Comme nous descendions l'escalier, un homme maigre au visage sinistre sortit de la pièce voisine ; suivant mon impulsion, je remontai les marches.

— Etiez-vous au service du colonel Protheroe ?

— Oui, Monsieur, répondit l'homme, surpris.

— Savez-vous si le colonel gardait un revolver quelque part ?

— Pas que je sache, monsieur.

— N'en avait-il pas un dans le tiroir de sa table de toilette ? Réfléchissez, mon ami.

— Non, monsieur, fit-il, péremptoire. Sinon je l'aurais vu, ça, c'est sûr.

Je me hâtai de descendre rejoindre Melchett.

Anne Protheroe nous avait menti. Le colonel n'avait pas de revolver.

Pourquoi ce mensonge ?

9

Son rapport remis au poste de police, le colonel Melchett nous annonça qu'il comptait rendre visite à miss Marple.

— Vous feriez mieux de m'accompagner, cher ami, me dit-il. Je ne tiens pas à déclencher une crise de nerfs chez une de vos paroissiennes. Accordez-moi la grâce de votre présence apaisante.

Je souris. Sous son apparence fragile, miss Marple est capable de damer le pion à tous les fins limiers de la terre.

— Qu'en pensez-vous, vous qui la connaissez ? me demanda le colonel comme nous sonnions à sa porte. Peut-on lui faire confiance ?

— Je le crois, dis-je sans m'avancer. Du moins tant qu'il s'agit de ce qu'elle a vu de ses yeux, car pour ce qui est de ses hypothèses et de ses conclusions, c'est tout à fait différent. Elle ne manque pas d'imagination et a un peu tendance à voir le mal partout.

— La vieille fille dans toute sa splendeur, en somme, ricana Melchett. Je connais ce genre d'oiseau. Sapristi ! Ne me parlez pas de l'heure du thé à St. Mary Mead…

Une bonne haute comme trois pommes nous introduisit dans un salon minuscule.

— Plutôt encombré, fit Melchett en regardant autour de lui. Mais il y a de belles choses. Un intérieur typiquement féminin, pas vrai, Clement ?

J'acquiesçais quand la porte s'ouvrit devant miss Marple.

— Je suis désolé de vous déranger, miss Marple, dit le colonel après que je l'eus présenté. (Et, avec la faconde toute militaire propre, selon lui, à séduire les dames d'âge mûr, il ajouta :) C'est que j'accomplis mon devoir !

— C'est bien naturel, dit miss Marple. Voulez-vous vous asseoir ? Peut-être accepterez-vous un petit verre de cherry brandy de ma fabrication ? C'est une recette de ma grand-mère.

— Mille mercis, miss Marple, c'est très aimable à vous, mais je ne prends jamais rien avant le déjeuner, c'est ma devise. Maintenant, j'aimerais qu'on parle de cette lamentable affaire, qui, à coup sûr, nous a tous bouleversés. Compte tenu de la situation de votre maison et de votre jardin, vous avez peut-être quelque chose à nous dire au sujet des événements d'hier soir.

— J'étais en effet dans mon jardin hier, dès 5 heures, et de là… Eh bien, on ne peut pas s'empêcher de voir ce qui se passe à côté.

— Vous auriez donc vu passer Mrs Protheroe.

— Oui. Nous avons même échangé quelques mots et elle a admiré mes roses.

— Puis-je vous demander l'heure qu'il était ?

— Il devait être 6 heures et quart passées d'une

ou deux minutes. Le quart venait juste de sonner à l'église.

— Et ensuite ?

Mrs Protheroe devait rejoindre son mari au presbytère pour rentrer avec lui à Old Hall. Elle a continué son chemin et est entrée par la grille du jardin.

— Elle venait par le chemin.

— Oui, je vais vous montrer.

Elle sortit avec empressement et nous indiqua le chemin qui longeait le fond de son jardin.

— Le sentier que vous voyez en face, avec la barrière, mène à Old Hall, nous expliqua-t-elle. C'est par là qu'ils devaient passer. Mrs Protheroe venait du village.

— Je vois, dit le colonel Melchett. Et vous disiez qu'elle avait pénétré dans le jardin du presbytère...

— Je l'ai vue qui tournait le coin de la maison, mais il faut croire que le colonel n'y était pas, car elle a réapparu presque aussitôt et est allée tout droit à l'atelier, au bout de la pelouse, cette cabane là-bas, que le pasteur avait laissée à Mr Redding pour y peindre.

— Et... vous n'auriez pas entendu un coup de feu, miss Marple ?

— Ce n'est pas à ce moment-là que j'ai entendu une détonation.

— Vous avez donc entendu quelque chose ?

— Oui, il me semble avoir entendu un coup de feu dans les bois, environ cinq ou dix minutes après que j'ai vu Mrs Protheroe... et, j'insiste, cela venait des bois. Du moins, c'est ce que je crois. Ce ne pouvait être, non, ce n'était pas...

Elle s'interrompit, pâle d'émotion.

— Bien, nous verrons cela après, dit le colonel Melchett. Racontez-nous la suite. Mrs Protheroe est allée droit à l'atelier...

— Elle y est entrée et a attendu. Mr Redding est bientôt apparu sur le chemin venant du village. Il s'est approché de la barrière du presbytère, a jeté un coup d'œil à la ronde...

— Et il vous a vue, miss Marple.

— A vrai dire, il ne m'a pas vue, dit la vieille demoiselle en rougissant. Car, voyez-vous, à cet instant j'étais accroupie, m'évertuant à arracher ces maudits pissenlits. C'est si difficile ! Ensuite, il est entré dans le jardin et est allé vers l'atelier.

— Il n'est pas allé du côté de la maison ?

— Pas du tout, il a marché tout droit vers l'atelier. Mrs Protheroe lui a ouvert et ils ont disparu à l'intérieur.

Un silence éloquent suivit.

— Peut-être posait-elle pour lui, suggérai-je.

— Peut-être, fit miss Marple.

— Quand sont-ils ressortis ? demanda Melchett.

— Ils n'y sont pas restés plus de dix minutes.

— C'est-à-dire ?

— La demie avait sonné au clocher de l'église. Ils n'avaient fait que quelques pas dans le chemin quand le Pr Stone a débouché du sentier qui mène à Old Hall. Il a enjambé la barrière et les a rejoints, puis ils ont continué tous les trois en direction du village. Je ne l'affirmerais pas mais il me semble que miss Cram s'est jointe au petit groupe, au bout du chemin. J'ai cru reconnaître miss Cram car elle avait une jupe très courte.

— Vous avez de bons yeux, miss Marple, pour remarquer ces détails de si loin.

— J'observais un oiseau, sans doute un roitelet huppé. Un bien gentil petit oiseau. J'avais mes lunettes, c'est pourquoi j'ai reconnu miss Cram, car c'était bien elle.

— Admettons, dit le colonel Melchett. Maintenant, puisque vous êtes si bonne observatrice, miss Marple, dites-nous quel était le comportement de Mrs Protheroe et de Mr Redding, sur le chemin ?

Ils souriaient et bavardaient. Ils avaient l'air très heureux d'être ensemble, si vous voyez ce que je veux dire.

— Ils ne vous ont paru ni troublés ni inquiets ?

— Bien au contraire !

— C'est fichtrement bizarre, dit le colonel. On peut dire qu'il y a quelque chose de bizarre dans cette affaire.

Nous fûmes stupéfaits d'entendre miss Marple nous demander d'une voix calme si Mrs Protheroe avait déclaré avoir commis un crime.

— Crénom de nom ! s'écria le colonel, comment l'avez-vous deviné ?

— Disons que j'avais envisagé cette hypothèse. Comme cette chère Lettice d'ailleurs. En voilà une qui n'a guère de scrupules, mais elle est très dégourdie. Ainsi donc, Anne Protheroe s'est accusée du meurtre de son mari… Quant à moi, je n'y crois pas. Non, je n'y crois pas. Pas d'une femme comme elle. Bien qu'il soit difficile de rien affirmer, n'est-ce pas ? Mais je vous donne mon avis. A quelle heure l'aurait-elle tué ?

— A 18 h 20, juste après vous avoir parlé.

Miss Marple secoua lentement la tête avec un air de compassion, compassion destinée, je pense, aux deux imbéciles que nous étions et qui avaient cru en cette fable.

— Avec quoi l'a-t-elle tué ? demanda-t-elle.

— Un revolver.

— Où avait-elle pu trouver un revolver ?

— Elle l'avait sur elle.

— C'est impossible, dit miss Marple d'un ton sans réplique. Elle ne portait pas de revolver sur elle, j'en mettrais ma main au feu.

— Peut-être cela vous a-t-il échappé ?

— Je l'aurais vu !

— Et s'il était dans son sac à main ?

— Elle n'en avait pas.

— Eh bien, peut-être était-il caché… euh… sur elle…

Chagrine, miss Marple jeta un regard condescendant à mon compagnon.

— Cher colonel Melchett, vous savez comment sont les jeunes femmes de nos jours, sans pudeur, s'exhibant telles que Dieu les a faites. Elle n'aurait même pas pu cacher une épingle sur elle…

— Vous devez reconnaître que tout concorde, s'obstina-t-il, l'heure, la pendulette arrêtée sur 18 h 22…

— Vous ne lui avez donc rien dit au sujet de votre pendulette ? me fit-elle.

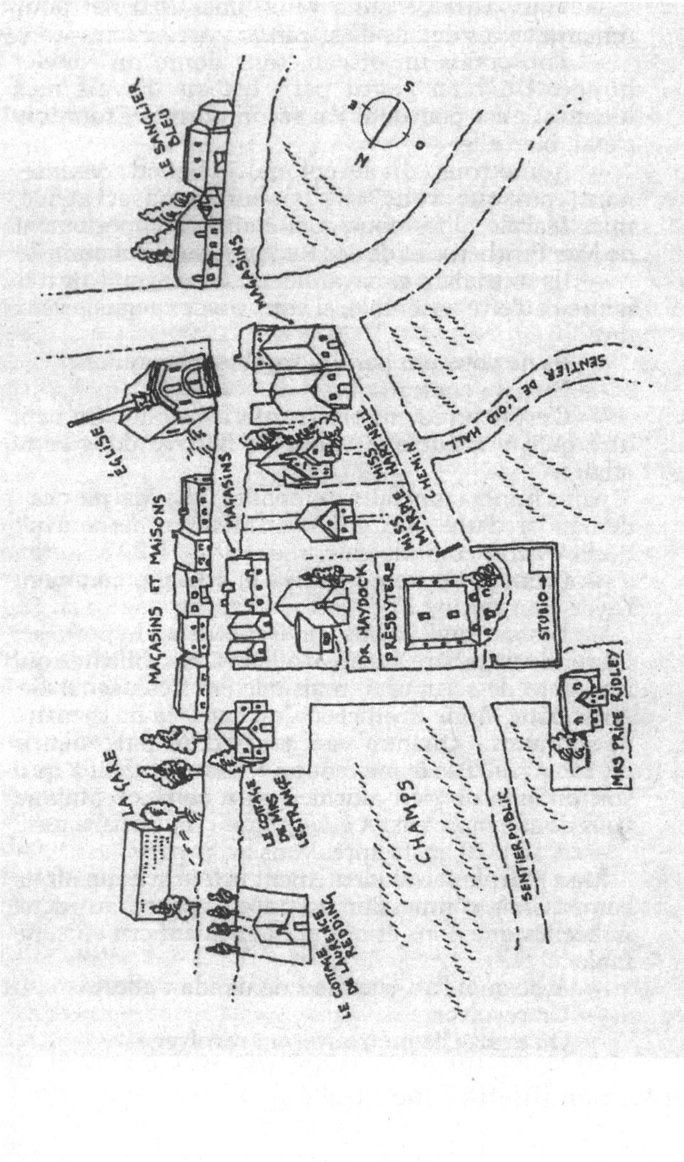
LE SANGLIER BLEU
MAGASINS
ÉGLISE
MAGASINS ET MAISONS
MAGASINS
MAGASINS
MISS HARTNELL
MISS MARPLE
CHEMIN
SENTIER DE L'OLD HALL
DR. HAYDOCK
PRESBYTÈRE
STUDIO
MRS PRICE RIDLEY
LA GARE
LE COTTAGE DE MRS LESTRANGE
CHAMPS
SENTIER PUBLIC
LE COTTAGE DE LAURENCE REDDING

— Qu'est-ce que c'est encore que cette histoire, Clement ?

Je lui expliquai notre habitude d'avancer l'heure au presbytère, et il en fut très contrarié.

— Pourquoi diable n'avez-vous rien dit à Flem, la nuit dernière ?

— Il ne voulait rien savoir.

— C'est idiot, vous auriez dû insister.

— Je veux bien croire que l'inspecteur Flem ne se comporte pas avec vous comme avec moi. Il n'a rien voulu entendre.

— Cette affaire est de plus en plus extravagante, dit Melchett. Si un troisième larron s'amène pour revendiquer le meurtre, je suis bon pour l'asile de fous.

— Si je puis me permettre…, murmura miss Marple.

— Oui ?

— Si vous alliez dire à Mr Redding que Mrs Protheroe s'accuse du meurtre mais que vous ne la croyez pas coupable, et si ensuite vous alliez dire à Mrs Protheroe que Mr Redding est lavé de tout soupçon… Eh bien, peut-être tous deux vous diraient-ils la vérité. La vérité est bien utile, quoique je doute qu'ils sachent grand-chose, ces malheureux.

— En attendant, ils sont les seuls à avoir un mobile.

— Oh ! ce n'est guère mon avis, colonel Melchett, répliqua miss Marple.

— Soupçonneriez-vous quelqu'un d'autre ?

— Voyons… Un, deux, trois, quatre, cinq, six…,

fit-elle en comptant sur ses doigts. Six et peut-être sept. Je ne vois pas moins de sept personnes qui eussent été soulagées de la disparition du colonel Protheroe.

— Sept personnes ? A St. Mary Mead ? s'exclama Melchett, l'œil rond.

Miss Marple triomphait.

— Attention ! Je n'ai pas donné de noms, dit-elle, ce ne serait pas correct. Laissez-moi vous dire, colonel Melchett, qu'il y a bien de la méchanceté de par le monde. Mais sans doute cela n'atteint-il pas un brave soldat comme vous.

Il me sembla que notre colonel était au bord de l'apoplexie.

10

Comme nous quittions la maison de miss Marple, le colonel Melchett s'autorisa sur son compte quelques remarques peu flatteuses.

— Quand je pense que cette vieille pie-grièche qui croit tout savoir sur tout n'est jamais sortie de son trou ! C'est incroyable ! Qu'est-ce qu'elle peut bien connaître de la vie ?

Je crus bon de faire remarquer à mon compagnon que miss Marple ne connaissait sans doute rien de la vie avec un grand V, mais qu'en revanche elle n'ignorait rien de ce qui se passait à St. Mary Mead.

Melchett fut bien forcé de l'admettre. Le témoignage de miss Marple était capital, surtout pour Mrs Protheroe.

— Et, bien sûr, on peut se fier à elle ?

— Si miss Marple affirme que Mrs Protheroe n'avait pas de revolver sur elle, vous pouvez la croire sur parole, dis-je. S'il y avait eu la plus petite chance que Mrs Protheroe fût armée, la vieille demoiselle ne nous eût fait grâce d'aucun détail.

— C'est bon. Allons faire un tour à l'atelier.

L'atelier, comme nous l'appelions, n'était qu'une cabane de bois brut éclairée par une lucarne, qui n'avait d'autre issue que par la porte. Sa curiosité satisfaite, Melchett m'annonça qu'il reviendrait plus tard, en compagnie de l'inspecteur.

— Je vais de ce pas au poste de police, me dit-il.

De mon côté, je retournai au presbytère où un bruit de voix m'attira au salon.

Jambes croisées gainées d'une paire de bas rose bonbon, Gladys Cram se vautrait sur le divan près de Griselda. Elles étaient en grande conversation.

— Ah ! Vous voici, Len ! me lança mon épouse.

— Bonjour, Mr Clement, fit miss Cram. C'est horrible, non ? Ce qu'on raconte sur ce pauvre colonel Protheroe…

— Miss Cram est très gentiment venue nous proposer ses services pour les scouts. Vous vous souvenez que nous avions lancé un appel aux volontaires, dimanche dernier…

Je ne l'avais pas oublié et j'aurais parié, comme ma femme du reste, à en juger par le ton de sa voix, que l'idée de s'enrôler dans les scouts ne serait jamais venue à l'esprit de miss Cram si le presbytère n'avait été tout récemment le théâtre d'un drame.

— J'étais justement en train de dire à Mrs Clément que les bras m'en étaient tombés, poursuivit la jeune fille. Un meurtre ? Un meurtre dans ce trou perdu où il n'y a même pas un cinéma ? Voilà ce que je me suis dit… car il ne se passe pas grand-chose ici, il faut bien le reconnaître ! Et quand j'ai su que c'était le colonel Protheroe… je n'en croyais pas mes oreilles ! Il n'était pas du genre à se faire assassiner.

J'ignore quelles étaient les compétences requises selon miss Cram pour être victime d'un meurtre, et il ne m'avait jamais paru que les personnes assassinées appartinssent à une catégorie particulière, mais il ne faisait pas de doute que sous sa coupe à la garçonne, la tête blonde de miss Cram recelait sur ce point des idées bien arrêtées.

— Voilà pourquoi miss Cram est venue aux nouvelles, fit Griselda.

Je craignis un instant que notre visiteuse ne s'offusquât de cette remarque sans détour, mais elle se mit au contraire à rire à gorge déployée.

— Vous, alors, vous ne prenez pas de gants, Mrs Clement ! Et ce que vous pensez, vous ne l'envoyez pas dire ! Mais après tout, c'est bien naturel de vouloir tout savoir d'une histoire pareille, non ? Et je vous jure que je suis prête à vous aider pour vos scouts ; je trouve ça passionnant, et ces temps-ci, ma vie manque singulièrement de piquant, je vous assure. Ce n'est pas que mon travail soit sans intérêt, pas du tout, au contraire, je suis bien payée et le Pr Stone est un homme tout à fait comme il faut. Mais une fille comme moi a besoin d'avoir sa vie à elle après le travail ; je ne vois que Mrs Clement à qui parler ici, en dehors de cette bande de vieilles chipies.

— Et Lettice Protheroe ? dis-je.

— Elle se croit trop bien pour moi ! s'exclama Gladys Cram. C'est qu'elle ne se prend pas pour rien, celle-là ! Elle n'irait pas s'abaisser à fréquenter une fille obligée de travailler pour gagner sa vie. Même si je l'ai entendue de mes oreilles dire qu'elle pourrait bien se mettre à la recherche d'un boulot ; mais qui irait l'embaucher, je vous le demande ? Elle serait fichue dehors en moins d'une semaine. Peut-être pourrait-elle devenir mannequin, à se déhancher dans de belles toilettes. Bon, disons mannequin…

— Elle serait très bien, en effet, car elle ne manque pas d'allure, dit Griselda qui n'avait rien d'une vieille chipie. Quand a-t-elle parlé de gagner sa vie ?

Un instant décontenancée, miss Cram retrouva bien vite son ton espiègle.

— Vous aimeriez bien le savoir, hein ? Elle l'a dit, un point c'est tout. La vie n'est pas rose chez elle, à ce que je sais ; moi non plus, je n'aimerais pas vivre sous le même toit que ma belle-mère ; je n'y resterais même pas une seconde.

— C'est que vous êtes pleine de vie et très indépendante ! dit Griselda sans sourire, tandis que je lui jetais un coup d'œil soupçonneux.

Miss Cram était aux anges :

— Vous avez deviné. C'est tout moi. Pas question de me faire marcher à la baguette ; d'ailleurs, c'est ce que m'a révélé une diseuse de bonne aventure, il n'y a pas si longtemps. Je ne suis pas de celles qui se laissent marcher sur les pieds. Et les choses ont toujours été claires avec le Pr Stone : j'ai besoin de mon temps libre. Ces vieux professeurs s'imaginent qu'on est des robots… Ils ne vous voient même pas.

— Aimez-vous votre travail avec le Pr Stone ? Ce doit être intéressant, si vous êtes versée dans l'archéologie.

— Je n'y connais pas grand-chose, avoua la jeune fille. Pour moi, fouiller la terre pour retrouver des gens morts depuis des siècles a quelque chose d'un peu… indiscret, disons. Mais le Pr Stone est tellement absorbé par son travail qu'il en oublierait le boire et le manger si je n'étais pas là.

— Est-il sur le chantier, aujourd'hui ? demanda Griselda.

— Non, fit miss Cram. Il ne se sentait pas très bien, ce matin, expliqua-t-elle. Ça me fait des vacances.

— Voilà qui est fâcheux, dis-je.

— Oh ! ce n'est rien de grave, nous n'aurons pas un deuxième cadavre sur les bras, rassurez-vous ! Mais j'ai entendu dire que vous aviez passé la matinée avec la police, Mr Clement. Qu'est-ce qu'ils pensent de tout ça ?

— Eh bien, rien n'est encore très sûr…, dis-je, prudent.

— Ah ! s'écria miss Cram, ils n'en ont donc plus après Lawrence Redding ! Il est beau garçon, hein ? On dirait un acteur de cinéma. Et son sourire, quand il vous dit bonjour ? Je suis restée comme deux ronds de flan quand j'ai appris son arrestation. On n'a pas tort de dire que les flics n'ont pas inventé la poudre, dans ces campagnes.

— Vous auriez tort de les incriminer, en l'occurrence, dis-je. C'est Mr Redding lui-même qui s'est constitué prisonnier.

— Quoi ? (La jeune fille était stupéfaite.) Le pauvre garçon ! Si j'avais commis un crime, ce n'est pas moi qui irais me rendre. J'aurais cru qu'il avait quelque chose dans la cervelle. Se rendre, comme ça ! Est-ce qu'il a dit pourquoi il avait tué Protheroe ? Etait-ce à cause d'une simple dispute ?

— Il n'est pas sûr que ce soit lui.

— Mais s'il dit que c'est lui, il doit bien avoir une raison, Mr Clement ?

— Certes, mais la police a besoin de preuves.

— Mais enfin ! Pourquoi irait-il dire qu'il l'a tué s'il ne l'a pas tué ?

Il n'était pas dans mes intentions d'éclairer miss Cram sur ce point, aussi restai-je évasif :

— A mon avis, dans toute affaire importante, la police reçoit quantité de lettres de gens qui s'accusent du crime.

— Ils sont complètement toqués ! s'écria miss Cram avec une certaine arrogance. Ce n'est pas moi qui irais faire un truc pareil.

— Je le crois sans peine, dis-je.

— Il faut que je vous quitte, soupira-t-elle en se levant. Le Pr Stone sera ravi d'apprendre la nouvelle.

— Cette affaire l'intéresserait donc ? demanda Griselda.

— Bof ! il est bizarre, fit miss Cram en fronçant des sourcils indécis. On ne sait jamais, avec lui. Parfois, il n'y a que le passé qui l'intéresse et il préfère cent fois un vieux tranchoir de bronze exhumé d'un tombeau que le couteau de Jack l'Eventreur. Parfois…

— Et je le comprends, dis-je, non sans déceler dans le regard de miss Cram un éclat d'incompréhension mêlé de mépris.

Sur ce, elle nous redit au revoir et s'en fut.

— Elle n'a pas beaucoup de malice, dit Griselda dès que la porte se fut refermée sur elle. Très commune, certes, mais c'est une de ces bonnes filles toujours de bonne humeur et qui forcent la sympathie. Je serais curieuse de savoir ce qui l'a amenée ici.

— La curiosité.

— C'est bien mon avis, mais je vous en prie, Len, je brûle d'envie de savoir…

Je m'installai et lui fis le récit fidèle de tous les événements de cette matinée. Elle m'écouta avec intérêt, ponctuant mes propos de ses exclamations.

— C'était donc après Anne que Lawrence soupirait ? Et non pas Lettice… Et nous ne nous étions aperçus de rien ! Voilà à quoi miss Marple faisait allusion, hier, n'est-ce pas ?

— J'acquiesçais en détournant les yeux quand Mary entra.

— Deux hommes demandent après vous… deux journalistes, à ce qu'ils disent. Vous voulez les voir ?

— Non, répliquai-je. Il n'en est pas question. Adressez-les à l'inspecteur Flem, au poste de police. (Mary tourna les talons mais je la rappelai :) Revenez nous voir lorsque vous les aurez renvoyés ; je veux vous poser quelques questions.

Plusieurs minutes s'écoulèrent avant qu'elle ne réapparaisse.

— C'était pas une mince affaire que de les fiche dehors, dit-elle. De vrais crampons ! On n'a jamais vu ça. Ils ne comprenaient pas que quand je dis non, c'est non…

— Je crains que nous n'en ayons pas encore fini, avec eux. Maintenant, Mary, je voudrais savoir si vous êtes bien sûre de ne pas avoir entendu un coup de feu, hier soir.

— Celui qui a tué le colonel ? Non, je ne l'ai pas entendu. Sinon, je serais allée voir ce qui se passait.

— Oui, mais… (Je me souvenais du coup de feu dans les bois entendu par miss Marple, aussi modifiai-je ma question.) Auriez-vous entendu une détonation venant des bois, par exemple ?

— Ah ! ça ! (Elle s'interrompit un instant avant de reprendre :) Oui, maintenant que vous le dites, je crois que j'ai entendu une détonation dans les bois. Une seule. Un drôle de bruit, d'ailleurs.

— A quelle heure ? demandai-je.

— A quelle heure ?

— Oui, je voudrais savoir à quelle heure.

— Je ne saurais dire, mais c'était après le thé. Ça, c'est sûr.

— Vous ne pouvez rien dire de plus précis ?

— Non. J'ai mon travail, hein ? Je ne suis pas toujours en train de regarder l'heure. Et puis, à quoi ça me servirait, vu que le réveil prend trois bons quarts d'heure par jour ? Et avec votre manie d'avancer les pendules, on ne peut jamais savoir où on en est !

Voilà peut-être pourquoi nos heures de repas

étaient si fantaisistes ; nous nous mettions toujours à table soit trop tôt, soit trop tard.

— Etait-ce longtemps avant la venue de Mr Redding ?

— Non, dix minutes, un quart d'heure avant, pas plus.

J'acquiesçai, satisfait.

— C'est tout ? demanda Mary. Parce que j'ai mon rôti au four, et le pudding va être trop cuit.

— Vous pouvez y aller.

Elle quitta la pièce et je me tournai vers Griselda :

— Doit-on considérer qu'il est hors de question d'exiger qu'elle dise « monsieur » ou « madame » ?

— Je le lui ai déjà demandé, mais elle n'arrive pas à se le mettre en tête. Elle est plutôt nature, vous savez.

— Je sais, mais ne pourrait-on cultiver un peu cette nature ? Et passer du cru au cuit…

— Ce serait très mauvais, dit Griselda. Vous n'ignorez pas qu'il est impossible de la payer plus généreusement. Si elle était plus stylée, elle nous laisserait tomber aussitôt pour toucher de meilleurs gages, mais tant qu'elle ne saura pas cuisiner et agira au mépris des bonnes manières, eh bien, nous pouvons être tranquilles, personne n'en voudra.

Je m'aperçus que les méthodes de ma femme dans l'art de tenir une maison étaient loin d'être aussi hasardeuses que je l'avais cru jusqu'ici, et l'on pouvait même y déceler une certaine logique, encore que je jugeais discutable la thèse selon laquelle il valait mieux, dans notre situation, nous contenter d'une bonne mal payée, incapable de faire la cuisine et qui vous jetait les plats à la tête avec le même aplomb que les remarques désobligeantes.

— Et de toute façon, poursuivit Griselda, le moment est mal choisi pour lui reprocher ses mauvaises manières ; vous ne voudriez tout de même pas qu'elle s'apitoie sur la mort du colonel Protheroe qui a fait emprisonner son fiancé ?

— Le colonel Protheroe a fait emprisonner son fiancé ?

— Oui, pour braconnage. Vous savez, Archer ? Mary le fréquentait depuis deux ans.

— Je n'en avais jamais entendu parler.

— Oh ! Len chéri, vous n'entendez jamais parler de rien !

— Ce qui est curieux, c'est que tout le monde évoque un coup de feu venant des bois.

— En quoi cela est-il curieux ? Il n'est pas rare d'entendre des coups de feu tirés dans les bois, aussi lorsqu'on entend une détonation, on a tendance à penser qu'elle vient des bois. Peut-être celle-ci était-elle plus forte que d'habitude. Bien sûr, si un coup de feu avait été tiré dans la pièce à côté, vous n'auriez pu vous méprendre sur sa provenance, mais de la cuisine, avec la fenêtre donnant de l'autre côté, la confusion n'était pas impossible.

Mary apparut de nouveau à la porte.

— Le colonel Melchett est là, avec l'inspecteur, et ils aimeraient bien vous voir. Ils sont déjà dans votre bureau.

11

Je discernai au premier coup d'œil que le colonel Melchett et l'inspecteur Flem étaient en désaccord sur notre affaire. Contrarié, Melchett était tout congestionné tandis que l'inspecteur boudait.

— Je le déplore, dit Melchett, mais l'inspecteur ne croit pas à l'innocence du jeune Redding.

— S'il n'est pas le meurtrier, pourquoi serait-il venu claironner le contraire au poste de police ? demanda Flem, sceptique.

— N'oubliez pas que Mrs Protheroe en a fait autant, Flem.

— Cela n'a rien à voir. C'est une femme et, comme toutes les femmes, elle fait n'importe quoi. Je n'y ai pas cru un seul instant. Elle aura entendu dire que Redding était dans de sales draps et aura monté cette histoire de toutes pièces. Je connais la chanson. Si vous saviez de quelles idioties les femmes sont capables ! Mais pas Redding. Lui, il a la tête sur les épaules, et s'il admet avoir tué, eh bien, je le crois. C'est son revolver… vous êtes bien obligé d'en convenir. Et Mrs Protheroe nous a donné la clé du mobile. Jusqu'ici, il nous faisait défaut mais à présent, nous le tenons… Ça ne fait pas un pli.

— Il aurait donc tué le colonel Protheroe plus tôt ? Disons à 6 heures et demie ?

— C'est impossible.

— Vous connaissez son emploi du temps ?

— Oui. Il était au village, devant le *Sanglier Bleu*, à 18 h 10. De là, il a pris le petit chemin de derrière, où la vieille demoiselle l'a vu ; vous l'avez dit vous-même... entre nous, elle n'en manque pas une, celle-là... puis il a rejoint Mrs Protheroe dans l'atelier au fond du jardin. Ils en sont repartis ensemble, juste après 6 heures et demie, et ont pris la direction du village ; c'est là que le Pr Stone les a rejoints. Je l'ai vu et il m'en a donné la confirmation. Ils ont bavardé un moment près de la poste, puis Mrs Protheroe a fait une petite visite chez miss Hartnell qui devait lui prêter une revue de jardinage. J'en ai également la confirmation. Mrs Protheroe est restée à faire la causette avec miss Hartnell jusqu'à 7 heures puis, surprise de voir qu'il était si tard, elle a déclaré qu'elle devait rentrer.

— Dans quel état d'esprit était-elle ?

— Très à l'aise et plutôt de bonne humeur, d'après miss Hartnell. Elle n'a montré ni chagrin ni inquiétude, en tout cas.

— Ensuite.

— Redding, de son côté, est entré avec le Pr Stone au *Sanglier Bleu* où ils ont pris un verre. Il en est ressorti à 7 heures moins 20, a remonté en hâte la rue du village et a pris le chemin du presbytère. Plusieurs personnes l'ont vu.

— Il a fait le grand tour, cette fois ? demanda le colonel.

— Oui… il s'est présenté à la porte de devant et a réclamé le pasteur. Apprenant que le colonel Protheroe était là, il est entré et l'a tué, comme il l'a raconté par la suite ! Voilà la vérité toute nue, et il n'y a pas à chercher plus loin.

— Et le témoignage du médecin ? bougonna Melchett. Vous ne pouvez pas tout bonnement l'éliminer. Protheroe a été tué avant 6 heures et demie.

— Oh ! les médecins, moi, vous savez… fit l'inspecteur Flem d'un ton chargé de mépris. Si vous commencez à croire ce qu'ils racontent ! Ils vous arrachent toutes les dents – c'est tout ce qu'ils savent faire, de nos jours – et ils finissent par conclure, désolés, qu'en réalité vous souffrez de l'appendicite. Ah ! parlons-en, des médecins…

— Il ne s'agit pas là d'un diagnostic. Le Dr Haydock est formel sur ce point. Vous ne pouvez passer par-dessus une preuve de cet ordre, Flem.

— Je peux, pour ma part, vous fournir une preuve qui vaut ce qu'elle vaut, dis-je en me souvenant soudain d'un détail. J'ai touché le corps et il était froid. Je peux vous l'affirmer.

— Vous voyez ! s'exclama Melchett.

L'inspecteur fut forcé de s'incliner.

— Bon ! d'accord, dans ces conditions… Mais vous ne pouvez pas dire le contraire… C'était un superbe cas d'école. Mr Redding brûlait d'être pendu, si j'ose dire !

— C'est bien ce qui me paraissait suspect ! fit remarquer le colonel Melchett.

— Chacun ses goûts, ça ne se discute pas, dit

l'inspecteur. Il ne serait pas le seul à être toqué des suites de la guerre. Et maintenant, nous devons repartir de zéro. (Il se tourna vers moi :) Pourquoi m'avez-vous laissé me fourvoyer au sujet de votre pendulette, Mr Clement ? Obstruction à l'enquête, voilà comment s'appelle le délit que vous avez commis.

— Par trois fois, j'ai essayé de vous en parler, fis-je, piqué au vif. Et chaque fois, vous avez refusé de m'écouter.

— C'est vous qui le dites. Vous auriez parfaitement pu me parler si telle avait été votre intention. La pendulette arrêtée et l'heure du message concordaient ! Tout était parfait, et maintenant vous venez me dire que l'heure était fausse. A-t-on jamais vu ça ? Quel sens cela a-t-il d'avoir sur son bureau une pendule qui avance d'un quart d'heure ?

— C'est une méthode personnelle pour être ponctuel…, risquai-je.

L'inspecteur renifla.

— Il n'y a pas lieu d'insister, inspecteur, intervint le colonel Melchett avec tact. Il nous faut à présent tâcher de connaître la vérité par la bouche de Mrs Protheroe et de Mr Redding. J'ai appelé le Dr Haydock pour lui demander de nous amener Mrs Protheroe ; ils seront ici dans un quart d'heure. A mon avis, nous ferions aussi bien d'entendre Redding le premier.

— J'appelle le poste de police, dit l'inspecteur Flem en saisissant le récepteur. (Il parlementa un moment, raccrocha et me jeta un regard entendu :) Et maintenant, au travail.

— Dois-je comprendre que ma présence est indésirable ? demandai-je.

Il m'ouvrit aussitôt la porte, mais le colonel Melchett me rappela :

— Revenez lorsque le jeune Redding sera là, s'il vous plaît, cher pasteur. Vous êtes son ami et vous saurez l'influencer pour le convaincre de nous dire la vérité.

Je trouvai ma femme en grande conversation avec miss Marple.

— Nous avons passé en revue toutes les possibilités, disait Griselda. J'aimerais tant que vous trouviez le mot de l'énigme, miss Marple, comme lors de la disparition du bocal de crevettes décortiquées chez miss Wetherby ; c'est le sac de charbon, qui n'avait rien à voir à l'affaire, qui vous avait mise sur la voie.

— Ne vous moquez pas, fit miss Marple. Après tout, c'est un moyen comme un autre de parvenir à la vérité… L'intuition ! Cette fameuse intuition dont on nous rebat les oreilles ! C'est comme de lire un mot sans avoir besoin de l'épeler : un enfant n'a pas assez d'expérience pour le déchiffrer mais un adulte le reconnaît aussitôt pour l'avoir vu souvent dans le passé. Vous saisissez, cher pasteur ?

— Je crois, dis-je prudemment. Si une chose vous en évoque une autre… eh bien, c'est qu'il y a de bonnes raisons à cela.

— Tout à fait !

— Et peut-on savoir ce qu'évoque pour vous la mort du colonel Protheroe ?

Miss Marple soupira :

— C'est bien là le drame. Elle m'évoque tant de choses ! Le major Hargraves, par exemple, un marguillier lui aussi, et de très bonne réputation. Eh bien, il menait une double vie avec une bonne qu'il avait eue chez lui. Voyez-vous cela ! Avec cinq enfants par-dessus le marché ! Cinq ! Ce fut un choc terrible pour son épouse et sa fille.

Je m'évertuai sans succès à me représenter le colonel Protheroe dans le rôle du pécheur vautré dans une duplicité perverse.

— Ou encore cette affaire chez la teinturière, poursuivit notre voisine. Miss Hartnell avait imprudemment oublié de dégrafer sa broche en opale sur un corsage à jabot donné au nettoyage. La personne qui trouva le bijou n'en voulait pas et n'était pas le moins du monde une voleuse. Néanmoins, elle le cacha chez une connaissance qu'elle accusa du vol. Et cela par pure méchanceté. Voilà bien un motif stupéfiant – la méchanceté… Il y avait un homme là-dessous, comme c'est presque toujours le cas.

Cette fois je fus incapable de tracer le moindre parallèle, même au second degré.

— Il y a eu aussi la fille de ce pauvre Elwell…, continua miss Marple d'un ton rêveur. Gracieuse, angélique… N'a-t-elle pas tenté d'étouffer son petit frère ? Et l'argent récolté pour l'excursion des enfants de chœur – rassurez-vous, cher pasteur, c'était avant que vous ne soyez affecté à notre paroisse – qui fut dérobé par l'organiste ? Son épouse était criblée de dettes. Oui, ce meurtre évoque bien des choses… trop de choses, même, et il n'est pas facile de cerner la vérité.

— Je serais curieux de connaître les sept suspects, dis-je.

— Les sept suspects ?

— N'avez-vous pas déclaré que vous soupçonniez sept personnes d'avoir pu… disons… enfin… d'être soulagées par la mort du colonel Protheroe ?

— Vous croyez ? Ah ! oui, je me souviens, en effet.

— Est-ce vrai ?

— Si c'est vrai ! Mais je ne peux révéler aucun nom. Du reste, il vous sera très facile de reconstituer la liste.

— J'en serais bien incapable ! A part Lettice Protheroe qui va hériter de son père, je ne vois personne. Et d'ailleurs, soupçonner Lettice, c'est stupide !

— Et vous, ma chère ? fit-elle en regardant Griselda.

A ma vive surprise, ma femme rougit, ses yeux s'emplirent de larmes et elle tordit ses petites mains d'un geste nerveux en s'exclamant, indignée :

— Oh ! Les gens sont ignobles… ignobles ! Et ils ne disent que des choses ignobles !

Je l'observai, curieux de savoir où elle voulait en venir. Il n'est guère dans les habitudes de Griselda d'être aussi troublée. Voyant que je la regardais, elle m'adressa un pauvre sourire.

— Ne me lorgnez pas comme si j'étais un spécimen de quelque espèce inconnue de vous, Len. Gardons notre sang-froid et ne nous laissons pas égarer. Je suis sûre que ce n'est ni Anne ni Lawrence, et Lettice pas davantage. Mais il y a sûrement quelque part un détail qui nous mettra sur la voie.

— Et d'abord, le message, dit miss Marple. Comme je vous l'ai dit ce matin, ce message me chiffonne.

— En tout cas, il fixe l'heure de la mort avec une remarquable précision, dis-je. Mais est-ce vraisemblable ? Mrs Protheroe aurait à peine eu le temps de quitter le bureau et de se rendre à l'atelier. La seule solution que je vois est celle-ci : le colonel a dû consulter sa propre montre, et elle retardait.

— A moins que la pendulette n'ait été retardée avant, dit Griselda. Non, c'est idiot, le résultat serait le même.

— On n'y avait pas touché lorsque je suis sorti, dis-je. Je me rappelle avoir comparé l'heure de la pendulette à celle de ma montre. Mais, comme vous dites, cela ne change rien à l'affaire.

— Qu'en pensez-vous, miss Marple ? demanda Griselda.

— Ma chère amie, j'avoue que je n'abordais pas les choses sous cet angle. Ce qui me frappe, et qui m'a frappée dès le début, c'est le contenu du message.

— Je ne vois pas, dis-je. Le colonel Protheroe a simplement écrit qu'il n'avait pas le temps d'attendre…

— A 18 h 20 ? fit miss Marple. Votre petite Mary ne lui avait-elle pas dit que vous ne seriez pas de retour avant 6 heures et demie au plus tôt ? On peut penser qu'il avait accepté d'attendre au moins jusqu'à cette heure-là et, pourtant, à 18 h 20, il s'assied à votre bureau et vous écrit qu'il ne peut attendre plus longtemps.

Je saluai la sagacité de la vieille demoiselle qui avait décelé ce que nous avions tous échoué à constater. Voilà qui était étrange… très étrange, en vérité.

— Si seulement l'heure ne figurait pas sur le message…, dis-je.

— Vous avez raison ! fit-elle. Si seulement l'heure n'y figurait pas…

Je m'efforçai de me représenter le feuillet griffonné portant en haut, d'une écriture nette : « 6 h 20 », et je sursautai. Une chose était sûre : ces chiffres n'étaient pas de la même main que le message qui suivait.

— Supposons, dis-je, que l'heure n'ait pas figuré sur le message. Supposons que le colonel Protheroe ait commencé à s'impatienter vers 6 heures et demie et se soit assis à mon bureau pour écrire qu'il ne pouvait pas attendre davantage. Et que, tandis qu'il écrivait, quelqu'un soit entré par la porte-fenêtre et…

— Ou par la porte, intervint Griselda.

— Le bruit aurait attiré son attention.

— N'oubliez pas qu'il était dur d'oreille, dit miss Marple.

— Vous avez raison. Peut-être n'a-t-il rien entendu. En tout cas, quel que soit le chemin emprunté par le meurtrier, celui-ci est resté caché à la vue du colonel et l'a abattu par-derrière. Ensuite il a vu le message et la pendulette, et l'idée lui est venue d'écrire 18 h 20 en haut de la feuille et de placer les aiguilles de la pendulette sur 18 h 22. C'était astucieux ; il se constituait ainsi un parfait alibi – ou du moins le croyait-il.

— Il nous reste donc à découvrir quelqu'un qui ait un solide alibi pour 18 h 20, dit Griselda, mais pas d'alibi pour… C'est qu'il n'est pas facile de fixer une heure…

— Néanmoins la fourchette est étroite, glissai-je. Pour le Dr Haydock le meurtre n'a pu être commis après 6 heures et demie, disons… 6 h 35 pour la vraisemblance ; en effet, Protheroe n'avait de raison de s'impatienter qu'à partir de 6 heures et demie. De cela du moins, nous sommes sûrs.

— Et la détonation que j'ai entendue ? demanda miss Marple. Peut-être… Mais cela ne m'est pas venu à l'esprit ! Pas un instant… C'est humiliant, à la fin. Quand j'y songe, il me semble que cette détonation avait quelque chose d'inhabituel, de singulier.

— Plus forte ? suggérai-je.

Non. Miss Marple n'était pas d'accord. En fait, elle était bien en peine de dire en quoi ce coup de feu était singulier, mais une chose était sûre : il était singulier.

Je la soupçonnais d'essayer de s'en convaincre plutôt que de s'en souvenir, mais elle avait apporté une contribution si précieuse à notre affaire que mon respect pour elle demeurait intact.

Elle se leva en murmurant qu'il était l'heure de rentrer… L'envie de venir bavarder un moment avec cette chère Griselda avait été la plus forte, mais elle devait nous quitter. Je la raccompagnai jusqu'à la grille du jardin et revins auprès de Griselda que je trouvai perdue dans ses pensées.

— Encore ce message ? lui demandai-je.

— Non. (Elle frissonna et haussa une épaule impatiente.) Len, j'ai peur que quelqu'un ne voue à Mrs Protheroe une haine féroce.

— Une haine féroce ? Comme vous y allez !

— Mais êtes-vous donc aveugle ? Il n'y a aucune preuve concrète contre Lawrence Redding… toutes les preuves contre lui sont, pour ainsi dire, fortuites. Il se trouve qu'il s'est mis dans la tête de venir au presbytère à cette heure-là. Sans cela… eh bien, personne n'aurait jamais pensé qu'il avait un quelconque rapport avec le meurtre. Mais ce n'est pas du tout la même chose pour Anne. Admettons que quelqu'un ait su quelle était ici à 18 h 20 précises – soit l'heure indiquée par la pendulette et le message : l'heure du crime… Dans ce cas, tout la désigne. Je ne crois pas à cette histoire d'alibi forgé de toutes pièces grâce à la pendulette. Pour moi, elle a été arrêtée sur cette heure-là pour faire soupçonner Anne du meurtre de son mari.

» S'il n'y avait pas eu miss Marple pour dire qu'elle n'avait pas de revolver sur elle et qu'elle était allée presque aussitôt à l'atelier… oui, s'il n'y avait pas eu miss Marple… (Elle frissonna de nouveau.) Len, quelqu'un déteste Anne Protheroe et je… je n'aime pas ça.

12

Je fus convoqué dans mon propre bureau lorsque Lawrence arriva, l'air hagard et méfiant.

— Nous voulons vous poser quelques questions… là, sur les lieux, lui déclara Melchett d'un ton plutôt cordial.

— Je vois ! fit Lawrence avec un ricanement de mépris. La reconstitution… à la française.

— Ne le prenez pas sur ce ton avec nous, jeune homme, enchaîna Melchett. Savez-vous qu'une autre personne a avoué le crime que vous affirmez avoir commis ?

L'effet de cette révélation sur Lawrence fut foudroyant et fit peine à voir.

— Quel… quel… quelqu'un d'autre ? bafouilla-t-il. Mais qui… Qui ?

— Mrs Protheroe, annonça Melchett sans le quitter des yeux.

— C'est idiot. Elle ne l'a pas tué. Elle ne peut pas l'avoir tué. Non !

— Nous ne croyons pas à son histoire… des plus bizarres, je vous l'accorde, pas plus que nous ne croyons à la vôtre, poursuivit le colonel. Le Dr Haydock soutient qu'il est impossible que le meurtre ait été commis à l'heure que vous prétendez.

Ce qui vous innocente, que vous le vouliez ou non. Et maintenant, vous êtes prié de nous aider en nous racontant ce qui s'est passé, sans rien omettre.

Lawrence eut encore une brève hésitation :

— Vous ne cherchez pas à me tromper au sujet de… de Mrs Protheroe ? Est-il bien vrai qu'aucun soupçon ne pèse sur elle ?

— Vous avez ma parole, fit Melchett.

— J'ai été fou, avoua-t-il après un profond soupir.

Complètement fou. Comment ai-je pu croire un seul instant qu'elle avait pu…

— Et si vous commenciez par le commencement ? suggéra le chef de police.

— Ce sera vite fait. Je… j'ai vu Mrs Protheroe cet après-midi-là…

— Nous sommes au courant, convint Melchett comme Lawrence s'était interrompu. Les sentiments que vous partagiez avec Mrs Protheroe étaient un secret de Polichinelle et tout le village en faisait des gorges chaudes. De toute façon, l'heure est venue de tout dire.

— Bien, bien. Vous devez avoir raison. J'avais donc fait au pasteur, ici présent… (il me jeta un coup d'œil) le serment de… de quitter le village. J'ai retrouvé Mrs Protheroe ce soir-là, à l'atelier, à 6 heures et quart, pour lui annoncer ma décision. Elle a convenu que c'était la seule chose à faire et nous… nous nous sommes dit adieu. Nous n'avions pas sitôt quitté l'atelier que le Pr Stone nous rejoignait. Anne s'efforçait de paraître naturelle, mais j'étais incapable d'en faire autant. J'ai pris congé d'elle et j'ai accompagné le Pr Stone au *Sanglier Bleu* pour boire un verre ; après quoi je comptais rentrer chez moi mais, au coin de la rue, j'ai brusquement décidé de retourner au presbytère. J'avais besoin de parler à quelqu'un.

» J'ai appris par Mary que Mr Clement ne tarderait plus à rentrer et que le colonel Protheroe était déjà là, à l'attendre. Je ne voulais pas m'esquiver comme si je craignais de le rencontrer, aussi j'ai décidé d'aller le retrouver dans le cabinet de travail du pasteur.

— Oui ? l'encouragea le colonel Melchett.

— Protheroe était assis au bureau, comme vous l'y avez trouvé. Je suis allé à lui et j'ai constaté qu'il était mort. Puis j'ai regardé machinalement sous ses pieds ; le revolver avait glissé sur le parquet ; je l'ai ramassé : c'était le mien.

» Je n'en revenais pas. C'était mon revolver ! De là à conclure qu'Anne avait dû me le chiper, il n'y avait qu'un pas… peut-être pour s'en servir contre elle-même quand elle ne pourrait plus supporter la vie qu'elle menait. Elle avait dû le prendre avec elle ce jour-là et, après que nous nous étions séparés au village, elle était revenue au presbytère et… et… Oh ! quelle folie d'avoir pensé cela ! Mais c'est pourtant bien ce que j'ai pensé. Ensuite, j'ai glissé le revolver dans ma poche et pris mes jambes à mon cou. J'ai croisé Mr Clement un peu plus bas, et il a tout naturellement fait allusion à Protheroe. C'est alors que le fou rire m'a pris. Le pasteur était là, égal à lui-même, et moi je ne m'appartenais plus. Je me souviens de lui avoir crié un truc idiot et d'avoir vu son visage changer. J'étais comme fou. J'ai marché, marché... A la fin, je n'en pouvais plus... Si Anne avait vraiment commis ce geste atroce, j'en portais la responsabilité. C'est pourquoi je suis allé me rendre à la police.

Le silence persista après qu'il eut achevé son récit. Puis Melchett reprit la parole, d'une voix toute professionnelle :

— J'ai quelques questions à vous poser. D'abord, avez-vous déplacé, ou tout simplement touché le corps ?

— Non. Il suffisait d'un coup d'œil pour s'apercevoir que Protheroe était mort.

— Avez-vous remarqué un message sur le buvard du sous-main, que son corps aurait caché à moitié ?

— Non.

— Avez-vous touché à la pendulette ?

— Non. Je crois me souvenir qu'elle était renversée sur le bureau, mais je n'y ai pas touché.

— Et enfin, quand avez-vous vu votre revolver pour la dernière fois ?

— C'est difficile à dire, fit Lawrence Redding après mûre réflexion.

— Où le gardiez-vous ?

— Avec des bricoles, au salon, chez moi, sur une étagère de la bibliothèque.

— Vous le laissiez comme cela, au vu et au su de tout le monde ?

— Oui. Je n'y faisais pas attention. Il était là, c'est tout.

— Et n'importe qui, entrant chez vous, pouvait le voir.

— En effet.

— Et vous ne vous souvenez pas de la dernière fois que vous l'avez vu ?

Lawrence fronça les sourcils dans un visible effort pour rassembler ses souvenirs.

— Je suis presque sûr qu'il était là avant-hier. J'ai dû le déplacer pour prendre ma vieille pipe. C'était avant-hier… ou peut-être le jour avant.

— Qui est allé chez vous récemment ?

— Beaucoup de monde. Les allées et venues sont incessantes, chez moi. Nous avons pris le thé avant-hier, Lettice Protheroe, Dennis et toute la bande. Et puis il y a ces dames qui passent… tantôt l'une, tantôt l'autre.

— Fermez-vous votre porte à clé lorsque vous sortez ?

— Non ! Pour quoi faire ? Il n'y a rien à voler ; d'ailleurs, personne ne ferme à clé, au village.

— Qui tient votre maison ?

— La vieille mère Archer vient tous les matins faire le ménage.

— Pensez-vous qu'elle se souviendrait de la dernière fois qu'elle a vu le revolver ?

— Comment savoir ? C'est possible mais on ne peut pas dire qu'elle soit une fanatique de l'époussetage.

— Somme toute, votre revolver a pu tomber entre n'importe quelles mains ?

— J'en ai bien peur…

La porte s'ouvrit soudain et le Dr Haydock apparut en compagnie de Mrs Protheroe.

Elle tressaillit à la vue de Lawrence qui fit un pas dans sa direction.

— Pardonnez-moi, Anne, dit-il. Je suis un monstre d'avoir pensé ce que j'ai pensé.

— Je... (Elle se troubla et adressa un regard suppliant au chef de la police :) Puis-je croire le Dr Haydock ?

— Au sujet de l'innocence de Mr Redding ? Oui. Et maintenant, nous vous écoutons Mrs Protheroe. Allez-y.

— Vous devez me juger bien mal, commença-t-elle avec un pauvre sourire. C'était de ma part une idée monstrueuse...

— Disons plutôt... un peu stupide. Ce que je veux savoir, Mrs Protheroe, c'est la vérité... rien que la vérité.

— Je vais vous la dire. Dois-je comprendre que vous savez... en ce qui concerne...

— Oui.

— J'avais donc rendez-vous avec Lawrence – Mr Redding – ce soir-là, à l'atelier, à 6 heures et quart. Mon mari et moi étions venus en voiture au village où j'avais des courses à faire. Comme nous partions chacun de notre côté, il mentionna incidemment qu'il devait passer au presbytère. Il m'était impossible de prévenir Lawrence et je ne savais que faire. Je... enfin, il était gênant de le rencontrer à l'atelier pendant que mon mari serait dans le bureau du pasteur. (Son visage était en feu tandis qu'elle parlait. Elle passait un mauvais quart d'heure.) Puis j'ai songé que mon mari ne resterait peut-être pas très longtemps au presbytère. J'ai pris le petit chemin de derrière et je suis passée par le jardin pour voir s'il était encore là. J'espérais que personne ne m'apercevrait mais, bien sûr, miss Marple était dehors ! J'ai dû m'arrêter un instant et faire un brin de causette ; je me suis sentie obligée de dire quelque chose et j'ai prétendu que j'allais chercher mon mari. Peut-être m'a-t-elle crue, peut-être pas, en tout cas elle m'a paru bizarre.

» En la quittant, je me suis dirigée droit vers le presbytère et j'ai contourné la maison pour m'approcher de la porte-fenêtre du bureau sur la pointe des pieds. On n'entendait aucun bruit de voix et, à ma surprise, il n'y avait personne. J'ai jeté un coup d'œil dans la pièce vide et me suis précipitée vers l'atelier au bout de la pelouse, où Lawrence m'a presque aussitôt rejointe.

— Vous dites que le bureau était vide, Mrs Protheroe ?

— Mon mari n'y était pas.

— C'est incroyable !

— Dois-je comprendre que vous ne l'avez pas vu, madame ? insista l'inspecteur.

— En effet. Je ne l'ai pas vu dans le bureau.

L'inspecteur Flem chuchota un instant à l'oreille du chef de la police qui acquiesça d'un signe de tête et reprit l'interrogatoire :

— Voulez-vous avoir l'amabilité de refaire devant nous ce que vous avez fait ce jour-là ?

Anne Protheroe se leva de bonne grâce ;

l'inspecteur Flem lui ouvrit la porte-fenêtre et elle sortit sur la terrasse pour tourner à gauche.

L'inspecteur Flem m'ordonna d'un signe d'aller m'asseoir à mon bureau, ce que je n'appréciai guère, mais j'obtempérai néanmoins.

Un bruit de pas me parvint du dehors ; il s'interrompit, reprit et s'évanouit. L'inspecteur Flem me fit signe que je pouvais me lever. Mrs Protheroe fit son entrée par la porte-fenêtre.

— Cela s'est passé exactement de cette façon ? demanda le colonel Melchett.

— Je crois, oui.

— Pouvez-vous nous dire où était Mr Clement lorsque vous avez regardé dans la pièce ? demanda l'inspecteur Flem.

— Mr Clement ? Je… C'est-à-dire que… je ne l'ai pas vu.

— Voilà qui explique que vous n'ayez pas vu non plus votre mari, conclut Flem. Il était assis au bureau, là, dans le coin.

— Oh ! (Elle s'interrompit et ses yeux s'agrandirent d'horreur.) C'est là que… que…

— Oui, Mrs Protheroe. Cela s'est produit pendant qu'il était assis au bureau.

— Oh, non ! fit-elle encore en frissonnant.

— Connaissiez-vous l'existence du revolver de Mr Redding, Mrs Protheroe ? poursuivit l'inspecteur.

— Il m'en avait parlé.

— Y avez-vous jamais touché ?

Elle fit non de la tête.

— Savez-vous où il était rangé ?

— Je n'en suis pas sûre mais je crois… oui, c'est cela, je l'ai vu sur une étagère, chez lui. Est-ce que je me trompe, Lawrence ?

— Quand vous êtes-vous rendue chez Mr Redding pour la dernière fois, Mrs Protheroe ?

— Il y a trois semaines environ. Nous y étions allés pour prendre le thé, mon mari et moi.

— Et vous n'y êtes pas retournée ensuite ?

— Non. Je n'allais jamais chez Mr Redding. Voyez-vous, cela n'aurait pas manqué de susciter des commentaires à St. Mary Mead.

— Sans aucun doute, intervint le colonel Melchett d'un ton sec. Où aviez-vous l'habitude de rencontrer Mr Redding, si je puis me permettre ?

— Il venait à Old Hall pour faire le portrait de Lettice, dit-elle en rougissant. Nous… Nous nous donnions rendez-vous dans les bois ensuite. (Le chef de la police prit l'air entendu.) Dois-je continuer ? demanda-t-elle d'une voix blanche. C'est si terrible d'avoir à vous dire tout cela. Et… et nous ne faisions rien de mal. Rien. Je vous en fais le serment. Nous étions amis, c'est tout. Nous… nous ne pouvions aller contre nos sentiments.

Elle adressa au Dr Haydock un regard suppliant qui toucha cet homme de cœur.

— Je crois que cela suffit, colonel Melchett, fit-il. Mrs Protheroe a subi un rude choc.

Le chef de la police acquiesça.

— J'en ai fini avec mes questions, Mrs Protheroe, conclut-il. Merci d'y avoir répondu avec tant de franchise.

— Puis-je… Puis-je disposer ?

Il fit un signe d'assentiment mais j'interceptai entre les deux policiers un bref coup d'œil. Anne Protheroe n'était pas encore hors de cause. Le message constituait une preuve qu'il n'était pas facile de démolir.

— Mrs Clement est-elle là ? me demanda Haydock. Je pense que Mrs Protheroe la verrait avec plaisir.

— Bien sûr, dis-je. Griselda doit être au salon.

Le médecin entraîna Anne hors du bureau et Redding leur emboîta le pas.

Le colonel Melchett faisait la grimace en jouant machinalement avec un coupe-papier. Flem examinait le message. Je jugeai le moment opportun pour exposer la théorie de miss Marple.

Flem n'en perdit pas une miette.

— Sapristi ! fit-il. On dirait bien que cette dame a raison. Regardez ça ! Vous voyez ? L'encre n'est pas de la même couleur. Je veux bien être pendu si la date n'a pas été tracée avec un stylo.

Nous nous empressâmes, curieux.

— Vous avez dû faire relever les empreintes ? fit le chef de la police.

— Qu'est-ce que vous croyez, Melchett ? Il n'y en a pas trace sur le message. Celles relevées sur le revolver appartiennent à Mr Redding. Peut-être y en avait-il d'autres avant qu'il ne l'emporte dans sa poche sur une impulsion stupide, mais elles auront été effacées.

— Tout d'abord, les choses paraissaient mal engagées pour Mrs Protheroe, dit le colonel, pensif. Beaucoup plus mal engagées que pour le jeune

Redding. A présent, il y a le témoignage apporté par miss Marple selon lequel Anne Protheroe n'était pas munie d'un revolver, mais on ne sait jamais avec ces vieilles dames, elles peuvent se tromper.

Je ne soufflais mot mais j'étais loin de partager l'avis de Melchett. Si miss Marple l'affirmait, Anne Protheroe n'avait jamais porté de revolver sur elle, c'était certain. Miss Marple n'est pas de celles qui commettent des erreurs – elle possède au contraire le redoutable don d'avoir toujours raison.

— Ce qui m'étonne le plus, c'est que personne n'ait entendu la détonation à ce moment-là. S'il y a eu un coup de feu, il faut bien que quelqu'un l'ait entendu, d'où qu'il ait été tiré. Flem, il vaudrait mieux appeler Mary.

Flem se rua sur la porte.

— Si j'étais vous, j'éviterais de lui demander si elle a entendu un coup de feu dans le presbytère, dis-je, car elle n'en conviendra pas. Essayez de savoir si le coup de feu ne venait pas des bois. C'est la seule chose qu'elle admettra avoir entendu.

— Je sais y faire avec ces gens-là, répondit l'inspecteur Flem avant de s'éclipser.

— Miss Marple soutient qu'elle a entendu une détonation après, dit le colonel Melchett, toujours pensif. Nous devons lui faire préciser l'heure. Bien sûr, il s'agit peut-être d'un coup de feu isolé qui n'a rien à voir avec notre affaire.

J'en convins et le colonel se mit à faire les cent pas.

— Ecoutez, Clement, dit-il soudain. J'ai comme l'impression que la situation est en train de se compliquer de belle manière. Bon sang de bonsoir ! cracha-t-il, cela cache quelque chose. Quelque chose qui nous échappe. Et ce n'est que le début, Clement, retenez bien ce que je vous dis : étant donné les faits, la pendulette, le message, le revolver... tout cela ne tient pas debout.

Là encore, j'étais bien obligé d'en convenir.

— Mais je découvrirai la clé de l'énigme, et sans avoir recours à Scotland Yard. Flem est un type très calé, une vraie fouine. Il a du flair et finira par trouver la bonne piste. Il a déjà plusieurs affaires criminelles à son actif, mais celle-ci sera le couronnement. J'en connais qui appelleraient Scotland Yard, mais pas moi ! Nous réglerons cette affaire, ici, dans notre comté des Downs.

— C'est tout ce que je souhaite, dis-je. Vous avez raison.

Je m'efforçai de prendre un ton enthousiaste mais mon antipathie envers l'inspecteur Flem m'empêchait de me réjouir à l'avance de son succès futur. Un Flem vainqueur serait à mes yeux encore plus odieux qu'un Flem vaincu.

— A qui appartient la maison d'à côté ? me demanda le colonel Melchett à brûle-pourpoint.

— Vous voulez parler de celle qui est au bout de la rue ? C'est celle de Mrs Price Ridley.

— Nous irons lui faire une petite visite après l'interrogatoire de votre bonne. Peut-être aura-t-elle entendu quelque chose si elle n'est pas dure d'oreille.

— Je dirais au contraire qu'elle jouit d'une audition parfaite à en juger par le nombre de scandales qu'elle a dévoilés à partir d'un simple mot entendu par hasard.

— Alors, elle est notre homme ! Ah ! voilà Flem.

L'inspecteur était en nage et paraissait tout juste descendre du ring.

— Pfuitt ! siffla-t-il. Sacré morceau que vous avez là, cher Mr Clement.

— Mary est une femme de tête, en effet, répliquai-je.

— Elle n'aime pas notre corporation, on dirait. Je l'ai mise en garde, j'ai cherché à lui inspirer la peur de la loi, mais rien à faire. Elle n'a pas plié.

— Elle ne manque pas de verve, dis-je, pris d'une soudaine sympathie pour Mary.

— Mais j'ai fini par l'avoir. Elle a entendu un seul coup de feu, assez longtemps après l'arrivée de Protheroe. Impossible de lui arracher l'heure exacte, mais j'ai pu l'établir à cause du poisson. Le livreur était en retard et elle lui a passé un savon quand il s'est amené ; il s'est défendu en disant qu'il était à peine 6 heures et demie, et c'est juste après qu'elle a entendu la détonation. C'est vague mais cela nous donne au moins une idée. (Melchett grogna.) En fin de compte, on dirait bien que Mrs Protheroe n'y est pour rien, ajouta Flem avec une nuance de regret. Elle n'aurait pas eu le temps, et puis il faut avouer que les femmes n'aiment pas tripoter les armes à feu ; l'arsenic est davantage dans leurs cordes. Non, je ne crois pas qu'elle soit dans le coup. Dommage ! soupira-t-il.

Melchett lui fit part de son intention d'aller rendre visite à Mrs Price Ridley, et Flem approuva.

— Puis-je vous accompagner ? demandai-je. Cela commence à m'intéresser.

Sur leur accord, nous nous mîmes en route. Nous nous entendîmes héler au portail du presbytère, et mon neveu, Dennis, qui revenait du village, courut à notre rencontre.

— Alors ? demanda-t-il à l'inspecteur. Quoi de neuf au sujet de l'empreinte dans les plates-bandes ?

— Ce sont celles du jardinier, fit l'inspecteur, laconique.

— Et si quelqu'un d'autre avait chaussé les godasses du jardinier ?

— Impossible, rétorqua l'inspecteur sur un ton propre à le décourager.

Mais il en fallait bien davantage pour rebuter mon neveu qui exhiba deux allumettes carbonisées.

— J'ai trouvé ça à la grille.

— Merci, fit Flem en les empochant.

C'était l'impasse.

— Allez-vous arrêter oncle Len ? demanda encore Dennis sur un ton facétieux.

— Pourquoi le devrais-je ? s'enquit Flem.

— Il y a plusieurs preuves contre lui, déclara Dennis. Vous n'avez qu'à demander à Mary. La veille du meurtre, il a dit qu'il souhaitait la mort du colonel Protheroe. N'est-ce pas, oncle Len ?

— Euh…, commençai-je.

L'inspecteur Flem m'enveloppa d'un long regard soupçonneux et je me mis à transpirer. Dennis est insupportable. Il aurait pu se douter que les policiers sont rarement accessibles à l'humour.

— Arrête ce jeu stupide, Dennis, dis-je, irrité.

L'innocent jeune homme écarquilla les yeux :

— C'était pour rire ! Oncle Len a juste dit que celui qui nous débarrasserait du colonel Protheroe rendrait au monde un fier service.

— Ah ! fit l'inspecteur. Voilà donc ce que voulait dire votre charmante bonniche...

Encore une catégorie qui n'a guère le sens de l'humour. Je maudis Dennis en mon for intérieur pour avoir remis cette boutade sur le tapis. Ajouté au malheureux quart d'heure de ma pendulette, voilà qui ne risquait pas de me délivrer de la suspicion de l'inspecteur.

— Allons-y, Clement, me dit Melchett.

— Où ça ? demanda Dennis. Je peux venir, moi aussi ?

— Non ! Il n'en est pas question, jetai-je d'un ton cassant.

Il resta planté là, l'air chagrin, et nous nous acheminâmes vers le cottage propret de Mrs Price Ridley.

L'inspecteur frappa et sonna en professionnel.

Une petite bonne vint nous ouvrir,

— Mrs Price Ridley est là ? demanda Melchett.

— Non, monsieur. Elle vient de partir pour le poste de police.

C'était là un nouveau développement pour le

moins inattendu. Comme nous revenions sur nos pas, Melchett me saisit par le bras.

— Si jamais elle est allée s'accuser du crime, elle aussi, c'est ma cervelle qui va exploser, me glissa-t-il à l'oreille.

13

Je n'imaginais pas un seul instant que Mrs Price Ridley eût pu nourrir semblable dessein mais me demandais néanmoins ce qui avait pu la pousser à se rendre au poste de police. Avait-elle des preuves de première importance, ou du moins se figurait-elle en avoir ? C'est ce que nous n'allions pas tarder à savoir.

Nous trouvâmes Mrs Price Ridley s'efforçant de convaincre un agent de police pour le moins abasourdi. Le tremblement qui secouait le nœud ornant son chapeau témoignait de son indignation. Mrs Price Ridley porte un de ces chapeaux de dames patronnesses dont la petite ville voisine de Much Benham a fait sa spécialité. Ils sont juchés sur une pyramide de cheveux et équilibrés par d'énormes nœuds de rubans. Griselda ne cesse de me menacer de s'affubler d'un de ces couvre-chefs.

A notre entrée, Mrs Price Ridley interrompit son déluge de mots.

— Mrs Price Ridley ? demanda Melchett en se découvrant.

— Voici le colonel Melchett, Mrs Price Ridley, dis-je. Le chef de police de St. Mary Mead.

Mrs Price Ridley me jeta un regard glacial et adressa au colonel un semblant de sourire qui se voulait aimable.

— Nous sommes passés chez vous, Mrs Price Ridley, expliqua-t-il, et avons appris que vous étiez ici.

Mrs Price Ridley redémarra aussitôt :

— Ah ! Je suis bien contente de voir que l'on s'intéresse à mon affaire. C'est une honte ! Une honte, vous m'entendez ?

Que le meurtre soit en effet honteux ne fait pas de doute, mais ce n'est pas, quant à moi, le terme que j'eusse utilisé pour le définir. Je pus constater qu'il surprenait également mon compagnon.

— Auriez-vous quelques indices sur cette malheureuse affaire ? demanda-t-il.

— N'est-ce pas là votre travail ? Le travail de la police ? A quoi servent nos impôts ? On se le demande !

Il faut dire que l'on a, chaque année, plus d'une occasion de se poser la question.

— Nous faisons tout ce que nous pouvons, Mrs Price Ridley, dit le chef de la police.

— Ce n'est pas le cas de cet homme qui ignorait tout de cette affaire avant que je lui en parle moi-même ! s'écria la dame.

Nous nous tournâmes vers l'agent.

— Si j'ai bien compris, cette dame est en colère parce qu'on lui a tenu des propos malséants au téléphone, expliqua-t-il.

— Ah ! Je vois, fit le colonel dont les traits se

détendirent. Il y avait un malentendu. Vous voulez porter plainte, c'est cela ?

En homme avisé, Melchett n'ignore pas qu'il n'y a d'autre attitude à adopter face à une vieille dame furibonde que celle de l'écouter. Une fois qu'elle vous a exprimé le fond de sa pensée, vous avez une petite chance d'être écouté à votre tour.

Mrs Price Ridley se lança donc dans un discours :

— Il n'est pas permis que des incidents aussi scandaleux se produisent. Cela devrait être interdit. Que l'on vous téléphone ainsi, chez vous… oui, et que l'on vous insulte ! Je n'en ai pas l'habitude, même si depuis la guerre, le monde n'a plus de morale, et si l'on dit n'importe quoi, et si l'on s'habille n'importe comment !

— En effet, dit le colonel d'un ton sec. Mais que s'est-il passé au juste ?

Mrs Price Ridley reprit son souffle et embraya.

— J'ai reçu un coup de téléphone…

— Quand ?

— Hier… hier, en fin d'après-midi, vers 6 heures et demie. J'ai décroché sans rien soupçonner, et j'ai été aussitôt insultée, menacée même.

— Répétez-nous ce que l'on vous a dit, mot pour mot.

— Je me refuse à le répéter, fit Mrs Price Ridley en rougissant.

— Des grossièretés, souffla l'agent de police de sa voix de basse, l'air entendu.

— Vous a-t-on dit des grossièretés ? insista Melchett.

— Tout dépend de ce que vous entendez par là.

— Avez-vous compris de quoi il s'agissait ? demandai-je à mon tour.

— Bien sûr que j'ai compris.

— Dans ce cas, ce n'étaient pas des grossièretés. (Mrs Price Ridley me jeta un coup d'œil soupçonneux.) Une femme de goût n'est pas censée comprendre un tel langage, expliquai-je.

— C'est vous qui n'y comprenez rien, s'insurgea Mrs Price Ridley. Au début, je ne me suis pas méfiée, croyant à un véritable appel téléphonique. C'est alors... euh... que les propos sont devenus injurieux.

— Injurieux ?

— Très injurieux, et j'ai pris peur.

— Vous voulez dire que l'on vous a menacée ?

— Oui. Je n'ai pas l'habitude de recevoir des menaces.

— De quoi vous a-t-on menacée ? De vous faire du mal ?

— Pas exactement...

— Je suis obligé de vous demander d'être plus explicite, Mrs Price Ridley. Quelles étaient ces menaces ?

Mrs Price Ridley répugnait visiblement à donner plus de précisions.

— J'ai oublié... J'étais toute retournée. Mais à la fin... je me sentais vraiment très mal à l'aise, et ce... cette fripouille s'est mise à lire.

— Etait-ce un homme ou une femme ?

— C'était une voix contrefaite, déclara Mrs Price

Ridley avec dignité. Une voix perverse, tantôt basse, tantôt aiguë. Une voix très particulière.

— Sans doute une mauvaise plaisanterie, dit le colonel apaisant.

— Ce ne sont pas des choses à faire ! Et si j'avais eu une crise cardiaque ?

— Nous allons voir cela tout de suite, n'est-ce pas, inspecteur ? Vous ferez vérifier l'appel, s'il vous plaît. Maintenant pouvez-vous me dire, chère madame, les mots exacts que l'on a employés ?

Un combat s'engagea sous l'ample corsage noir de Mrs Price Ridley. Se taire ou se venger ? La vengeance l'emporta :

— Bien entendu, cela restera entre nous...

— Soyez-en assurée, Mrs Price Ridley...

— Cette créature a commencé par dire... je puis vous assurer que je dois me faire violence pour le répéter...

— Allons, allons, l'encouragea Melchett.

— *Vous êtes une méchante vieille bonne femme médisante !*... Moi, colonel Melchett... Une vieille bonne femme médisante. *Mais cette fois, vous avez passé les bornes. Scotland Yard est sur vos traces. Vous serez pincée pour diffamation.*

— Et c'est ce qui vous a fait peur, fit Melchett en mordillant les poils de sa moustache pour masquer son sourire.

— *Si désormais vous ne tenez pas votre langue, il vous arrivera malheur... vous n'y couperez pas.* Je suis incapable d'imiter le ton menaçant de ces propos. Je n'ai pu que demander faiblement : *Qui êtes-vous ?* Et la voix a ricané : *Je suis le vengeur.* J'en tremblais. C'était si effrayant, et… ce misérable a éclaté de rire. Oui, je l'ai entendu rire. C'est tout. Ensuite on a raccroché. J'ai aussitôt appelé le central pour savoir qui m'avait téléphoné mais ils n'ont pas pu me le dire. Vous savez comment sont les employés de l'administration… grossiers et peu aimables.

— C'est bien vrai, acquiesçai-je.

— J'étais très mal, continua Mrs Price Ridley. Si mal et si nerveuse que cette détonation dans les bois m'a fait sursauter. C'est pour vous dire !

— Une détonation dans les bois, fit Flem, soudain intéressé.

— J'ai presque cru à un coup de canon, tant j'étais énervée. J'ai poussé un cri et me suis littéralement effondrée sur mon sofa. Clara m'a forcée à boire un verre d'eau-de-vie de prune.

— Quelle honte ! fit Melchett. C'est honteux, en effet. Et combien éprouvant ? Et cette détonation… Etait-elle très forte ? Très proche ?

— C'était à cause de mes nerfs.

— Bien sûr, bien sûr. Avez-vous une idée de l'heure qu'il était ? Pour nous aider à vérifier l'origine de ce coup de téléphone, comprenez-vous ?

— Il était aux alentours de 6 heures et demie.

— Vous ne pouvez pas être plus précise ?

— Eh bien, figurez-vous que la pendulette, sur le manteau de la cheminée, venait à peine de sonner la demie et je me suis dit : « Elle doit avancer. » C'est son défaut, à cette pendulette. J'ai regardé ma montre qui disait 6 h 10 : je l'ai portée à mon oreille, et j'ai compris qu'elle était arrêtée. Puis j'ai pensé :

« Je verrai bien si cette pendulette avance quand j'entendrai la demie, au clocher. » C'est alors que le téléphone a sonné et j'en ai oublié l'heure.

Elle s'interrompit, hors d'haleine.

— Je crois que ce sera suffisant, Mrs Price Ridley, fit le colonel Melchett. Nous allons régler cela.

— On aura voulu vous jouer un mauvais tour, croyez-moi. Ne vous faites pas de souci, ajoutai-je.

Elle me jeta un regard glacial. J'aurais parié que l'incident du billet d'une livre lui était resté sur le cœur.

— Il se passe de drôles de choses à St. Mary Mead, ces jours-ci, ajouta-t-elle pour le colonel Melchett. De bien drôles de choses. Le colonel Protheroe était sur le point de les élucider et que lui est-il arrivé, à ce pauvre homme ? Peut-être suis-je la prochaine ?

Sur ce, elle se retira en branlant mélancoliquement du chef.

— Ce serait trop beau, souffla Melchett entre ses dents.

Puis son visage redevint grave et il adressa à l'inspecteur Flem un coup d'œil interrogateur.

L'autre hocha la tête d'un air entendu :

— L'étau se resserre, monsieur. Voilà trois personnes qui ont entendu la détonation. Reste à découvrir son auteur. Nous avons pris du retard à cause des faux aveux de Redding, mais nous avons plusieurs pistes et rien ne nous empêche de les suivre, à présent. Et d'abord, il faut vérifier ce fameux coup de téléphone.

— Celui de Mrs Price Ridley ?

L'inspecteur fit la grimace :

— Non... quoique, à mon avis, nous ayons intérêt à faire un rapport, sinon cette vieille toupie n'est pas près de nous lâcher. Mais je voulais parler du prétendu coup de téléphone qui aurait appelé le pasteur hors de chez lui.

— Vous avez raison, fit Melchett. Voilà un point important.

— Ensuite, il nous faut établir l'emploi du temps de toutes les personnes concernées entre 18 et 19 heures. A Old Hall, et même au village.

Je soupirai.

— Quelle belle énergie, inspecteur !

— Il suffit de s'y mettre. Nous commencerons par vous, Mr Clement.

— Volontiers. Eh bien, j'ai reçu ce coup de fil vers 5 heures et demie.

— D'un homme ou d'une femme ?

— C'était une voix de femme. C'est du moins ce que je crois, mais j'étais persuadé qu'il s'agissait de Mrs Abbott.

— N'avez-vous pas reconnu sa voix ?

— Je ne dirais pas que je l'ai reconnue. A vrai dire, je n'y ai pas fait très attention.

— Et vous êtes parti sur-le-champ. A pied, c'est bien cela ? Vous n'allez donc pas à bicyclette ?

— Non.

— Combien vous a-t-il fallu de temps ?

— Il y a trois bons kilomètres, quel que soit le chemin que l'on emprunte.

— Mais le plus court est celui qui coupe à travers bois, en passant par Old Hall, non ?

— En effet, mais c'est loin d'être le plus aisé. J'ai pris un sentier à travers champs.

— Celui qui part juste en face de la grille du presbytère.

— Vous avez deviné.

— Et Mrs Clement ?

— Mon épouse était à Londres. Elle est revenue par le train de 18 h 50.

— Bien. J'ai déjà vu la bonne ; j'en ai donc fini avec le presbytère. Je vais passer à Old Hall, et ensuite j'aurai une petite conversation avec Mrs Lestrange pour éclaircir cette visite au colonel Protheroe, la veille du meurtre. Les choses bizarres ne manquent pas dans cette affaire.

J'étais bien forcé d'en convenir.

Jetant un coup d'œil à la pendulette, je constatai qu'il était presque l'heure du déjeuner. Je conviai Melchett à venir partager notre repas à la bonne franquette, mais il s'esquiva sous prétexte qu'il avait affaire au *Sanglier Bleu*. Il faut reconnaître que l'on y sert un excellent rôti accompagné de deux légumes, aussi ne pouvais-je le blâmer de son choix judicieux. Quant à nous, Dieu sait dans quel état nous allions retrouver Mary après l'interrogatoire de la police.

14

Sur le chemin du presbytère, je ne pus éviter miss Hartnell qui me retint pendant près de dix minutes pour se plaindre, avec sa voix de basse profonde, de l'insouciante négligence et de l'ingratitude des classes les plus défavorisées. Ce qui la chagrinait, c'était de voir que les pauvres ne voulaient pas lui laisser mettre le nez dans leurs affaires. J'étais de tout cœur avec eux, même si ma position m'empêchait d'exprimer ma façon de penser aussi vigoureusement. Je m'efforçai de la réconforter par quelques paroles apaisantes et la plantai là.

La voiture de Haydock me rattrapa au coin de la rue qui mène au presbytère.

— Je viens de raccompagner Mrs Protheroe, me dit le médecin.

Puis il m'attendit au portail de sa maison et me pria d'entrer un instant. J'acceptai son invitation.

— C'est une affaire bien extraordinaire, fit-il en jetant son chapeau sur une chaise.

Il poussa la porte de son cabinet, se laissa tomber sur une chaise en cuir fatiguée et resta un moment, le regard dans le vague. Il paraissait exténué et inquiet.

Je lui racontai que nous avions réussi à préciser

l'heure du coup de feu. Il m'écouta sans manifester le moindre intérêt.

— Anne Protheroe est donc tirée d'affaire, dit-il. Tant mieux, je préfère savoir qu'ils ne sont coupables ni l'un ni l'autre. J'ai de la sympathie pour ces deux-là.

J'en étais convaincu, aussi je me demandai bien pourquoi la proclamation de leur innocence le jetait dans cette humeur noire. Le matin même, il semblait s'être libéré d'un grand poids et voilà qu'il était à présent accablé par le découragement.

Pourtant, je ne mettais pas en doute sa sincérité ; il avait de l'amitié pour Anne Protheroe et pour Lawrence Redding. Pourquoi donc cet air de préoccupation attristée ?

— Au fait, vous savez, pour Hawes..., commença-t-il en se levant avec effort.

Toute cette histoire me l'avait fait oublier.

— Est-il très mal ?

— Non, rien de bien sérieux mais vous devez savoir qu'il a souffert d'une *encephalitis lethargica*... ou si vous préférez, de la maladie du sommeil ?

— Je l'ignorais, dis-je fort surpris. Il ne m'en a jamais parlé. Quand a-t-il été malade ?

— L'an dernier, à cette même époque. Il s'en remet du mieux qu'il peut. C'est une étrange maladie... qui a la particularité d'affecter le caractère. C'est ainsi que vous pouvez changer du tout au tout. (Il garda le silence un court instant avant de reprendre :) Nous n'évoquons pas sans frémir aujourd'hui l'époque où l'on brûlait les sorcières.

Je sens que le jour viendra où l'on frémira à l'idée que l'on a pu pendre les criminels.

— Vous n'êtes donc pas favorable à la peine capitale ?

— Il ne s'agit pas de cela, mais..., ajouta-t-il pensif, je préfère mon travail au vôtre.

— Expliquez-moi cela.

— Tout votre travail est fondé sur la distinction entre ce que l'on appelle le bien et le mal… Or, pour ma part, je ne suis pas du tout sûr que le bien et le mal existent. Et si ce n'était qu'une question de sécrétion glandulaire ? Trop de sécrétion d'une certaine glande, pas assez d'une autre… et vous voilà meurtrier, voleur, repris de justice… Je sens que le jour viendra, Clement, où nous frémirons d'horreur à l'idée de tous ces siècles au long desquels nous avons distribué blâmes et malédictions, et puni des malheureux à cause de leurs maladies… Or, contre elles ils ne pouvaient rien eux-mêmes, les pauvres diables. On ne pend pas un homme sous prétexte qu'il est tuberculeux.

— Il n'est pas dangereux pour la communauté.

— Dans un sens, si : ne peut-il pas contaminer autrui ? Et si un homme se prend pour l'empereur de Chine, dites-vous pour autant qu'il a un penchant pour la cruauté ? Je suis d'accord avec votre point de vue sur la communauté, elle a besoin d'être protégée. Enfermez ceux qui la menacent là où ils ne pourront plus faire de mal à personne, faites-les même disparaître de la circulation bien gentiment… Hé oui, je suis allé jusqu'à penser cela… mais n'allez pas prétendre qu'il faut voir là une juste punition ; n'allez pas jeter l'opprobre sur eux et sur leur famille innocente.

Je regardai mon ami avec curiosité :

— Je ne vous ai jamais entendu tenir ce langage.

— Je ne suis pas de ceux qui exposent leurs théories au grand jour, mais c'est ma marotte. Vous êtes un type bien, Clement, ce qui n'est pas le cas de tous les pasteurs. Vous n'irez peut-être pas jusqu'à affirmer l'inexistence de ce que l'on désigne sous le terme technique de « péché », mais vous êtes assez tolérant pour imaginer que cela n'existe pas.

— C'est le début de la fin pour tout ce en quoi nous croyons, dis-je.

— Nous sommes des pharisiens bornés et mesquins, tout juste bons à juger de tout sans rien savoir. Je crois au fond de moi que le crime est l'affaire des médecins, et non pas celle des policiers et des prêtres. Dans l'avenir… peut-être.

— Vous saurez le guérir ?

— Nous l'aurons guéri. N'est-ce pas une idée plutôt réconfortante ? Vous êtes-vous déjà penché sur les statistiques en matière de crime ? Non… C'est assez rare. Mais moi, je suis allé y regarder de plus près. Vous seriez effaré de voir le nombre de crimes commis par des adolescents… Ce sont les glandes, là encore. Souvenez-vous du jeune Neil, le meurtrier de la région d'Oxford, qui tua cinq fillettes avant d'être seulement soupçonné. C'était un brave garçon… qui n'avait jamais fait d'histoires. Et la petite Lily Rose, de Cornouailles, qui a fait son affaire à son oncle, sous prétexte qu'il rognait sur les confiseries. Elle l'a frappé pendant son sommeil avec un pic à charbon, et elle est revenue quinze jours après, pour assassiner sa sœur aînée qui l'avait contrariée pour une broutille. Ils n'ont pas été pendus, mais envoyés dans une maison où ils se sont peut-être rétablis… peut-être pas. J'ai un doute pour la jeune fille ; tout ce qui lui plaisait, c'était de regarder égorger des cochons. Et savez-vous que ce sont surtout les adolescents de quinze à seize ans qui se suicident ? Or, selon moi, il n'y a qu'un pas du suicide au meurtre, mais n'allez pas croire que c'est le sens moral qui fait défaut au criminel : il souffre bel et bien d'une carence physique.

— Ce que vous dites est terrible !

— Pas du tout, mais c'est nouveau pour vous. Il ne faut pas se voiler la face devant les vérités de notre temps, mais remettre nos vieilles idées en question. Et il est vrai que cela ne facilite pas la vie.

Il était assis là, avec une expression de grande concentration, mais étrangement las.

— Haydock, j'aimerais savoir, au cas où vous nourririez quelque soupçon, si vous dénonceriez celui que vous pensez être le meurtrier, ou si vous seriez tenté de le protéger ?

Je ne m'attendais pas à l'effet que produisit mon intervention. Il se tourna vers moi plein de colère et l'air méfiant :

— Avez-vous des raisons de me demander cela, Clément ? Vous avez quelque chose derrière la tête, hein ?

— Pas du tout, dis-je, interdit. C'est que... eh bien, nous pensons tous au meurtre en ce moment, et si, par hasard, vous aviez découvert la vérité... Enfin, je me demandais ce que vous en penseriez, c'est tout.

Sa colère tomba d'un coup. Il avait le regard fixe de celui qui s'efforce de décrypter la réponse à une énigme connue de lui seul.

— Si je nourrissais des soupçons contre quelqu'un, si je savais qui... Eh bien j'espère que je ferais mon devoir, Clement.

— Tout dépend de votre conception du devoir...

Son œil impénétrable me sonda :

— Cette question finit toujours par se poser dans la vie d'un homme, Clement. Et c'est à chacun d'y répondre en son âme et conscience.

— Vous n'avez pas la moindre idée ?...

— Non, je n'ai pas la moindre idée...

— Mon neveu est passionné par l'affaire, dis-je pour changer de sujet. Il s'évertue à découvrir des traces de pas et des cendres de cigarettes.

— Quel âge a-t-il ? demanda Haydock avec un sourire.

— Seize ans à peine. On ne prend pas la réalité au sérieux à cet âge-là. On se croit Sherlock Holmes ou Arsène Lupin.

— C'est un garçon bien, dit le médecin, pensif. Que comptez-vous en faire ?

— Je ne peux pas lui payer d'études à l'Université. Il aimerait entrer dans la marine marchande ; il a échoué à Navale.

— Ce n'est pas la voie la plus facile, mais il vaut mieux ça que mal tourner, croyez-moi !

— Je dois vous laisser ! m'exclamai-je en regardant ma montre. Je suis en retard d'une bonne demi-heure pour le déjeuner.

Griselda et Dennis étaient en train de passer à table lorsque j'arrivai au presbytère. Ils exigèrent un compte rendu détaillé des événements de la matinée et je le leur donnai, en songeant qu'il n'y avait pas de quoi se réjouir.

Dennis s'amusa beaucoup de la mésaventure téléphonique de Mrs Price Ridley, et ne put se retenir de rire lorsque j'évoquai sur le mode le plus réaliste le choc nerveux que la dame avait subi, et la nécessité où elle s'était trouvée de prendre un petit remontant.

— Autant pour ce vieux chameau ! s'exclama-t-il. C'est la pire commère du coin. Dommage que je n'aie pas eu cette idée en premier : lui filer la trouille par téléphone ! Ouah ! Dites, oncle Len, on ne pourrait pas recommencer le coup ?

Il n'en était pas question, décrétai-je. Les jeunes générations font de louables efforts pour nous marquer leur sympathie mais il faut s'en méfier comme de la peste.

Puis l'humeur de Dennis changea et il fronça les sourcils pour revenir aux mondanités.

— J'ai passé presque toute la matinée avec Lettice. Elle est très ennuyée, je vous assure, Griselda. Elle le cache bien mais c'est vrai.

— N'est-ce pas la moindre des choses ? fit ma femme avec un petit mouvement de la tête.

Griselda n'apprécie guère la jeune fille.

— Vous êtes injuste avec Lettice, voilà ce que je pense.

— Vraiment ?

— Elle n'est pas la première à refuser de prendre le deuil (Griselda ne fit aucun commentaire et, comme je me taisais moi aussi, Dennis enchaîna :) Elle ne se livre pas volontiers mais elle me parle, à moi. Elle est très inquiète, et pense qu'on devrait agir.

— Elle ne va pas tarder à constater que l'inspecteur Flem partage son point de vue, dis-je. Il sera à Old Hall cet après-midi et mettra tout le monde sur le grill jusqu'à ce qu'il découvre la vérité.

— La vérité, Len ? Qu'appelez-vous la vérité ? s'exclama mon épouse.

— Voilà bien la question, ma chérie. Et en ce qui me concerne, je ne connais pas la réponse.

— Ne disiez-vous pas que l'inspecteur devait vérifier l'origine du fameux coup de téléphone qui vous a expédié chez les Abbott ?

— En effet.

— Mais n'est-ce pas très difficile à vérifier ?

— Non, car le central téléphonique garde la liste des appels.

— Ah ! fit ma femme avant de se perdre dans ses pensées.

— J'aimerais savoir pourquoi vous étiez si en colère contre moi, ce matin, oncle Len, reprit mon neveu. Je voulais rire en disant que vous aviez souhaité la mort du colonel Protheroe.

— Il y a un temps pour toute chose, Dennis,

dis-je. L'inspecteur Flem est imperméable à l'humour et il a pris ce que tu lui as dit pour argent comptant ; il pourra le vérifier auprès de Mary et obtenir un mandat d'arrêt contre moi.

— Il ne comprend donc pas la plaisanterie ?

— Non, il ne la comprend pas. Il est arrivé à la position qu'il occupe aujourd'hui à force de travail et grâce à un zèle sans faille. Il n'a jamais perdu son temps à s'amuser.

— Est-ce que vous aimez l'inspecteur, oncle Len ?

— Non, je dirais même que je l'ai détesté dès le premier abord, mais je ne doute pas de ses compétences professionnelles.

— Pensez-vous qu'il découvrira le meurtrier du vieux ?

— S'il échoue, ce ne sera pas faute de s'être efforcé d'y parvenir.

— Mr Hawes veut vous voir, intervint Mary en apparaissant sur le seuil. Je l'ai mis au salon, et il y a un message. On attend un mot de réponse.

Je déchirai l'enveloppe et lus :

Cher Mr Clement,

Je vous serais très reconnaissante de passer chez moi aussitôt que vous le pourrez, cet après-midi. J'ai besoin de votre avis sur un sujet qui me préoccupe.

Bien à vous,

Estelle Lestrange.

— Faites dire que je passerai dans une demi-heure environ, répondis-je à Mary.

Puis j'allai rejoindre Hawes au salon.

15

Hawes avait une mine affreuse et j'en fus bouleversé. Ses mains tremblaient et son visage était tout agité de tics. A mon avis, il aurait dû s'aliter et je le lui déclarai sans ambages, mais il rétorqua qu'il se sentait tout à fait bien, et même mieux que jamais.

C'était à ce point contraire à la vérité que j'en restai coi. J'admire ceux qui refusent de céder à la maladie, mais Hawes passait les bornes.

— Je voulais vous dire combien j'étais navré... Pour ce qui s'est passé au presbytère.

— En effet, dis-je. C'est bien malheureux.

— C'est affreux... vraiment affreux. Mais Mr Redding a été relâché.

— Oui. Il avait été arrêté par erreur car il avait fait... euh... une déclaration stupide à la police.

— Et ils le croient innocent ?

— Parfaitement.

— Et pourquoi, si je puis me permettre ? Est-ce à dire que... enfin... soupçonne-t-on quelqu'un d'autre ?

Je ne me serais jamais douté que Hawes pût manifester un si vif intérêt pour une affaire de meurtre. Peut-être était-ce parce que le drame était survenu au presbytère ; en tout cas, il se montrait aussi curieux qu'un journaliste.

— Je ne suis pas dans le secret de la police, mais d'après ce que je sais, l'inspecteur Flem n'en est encore qu'au stade de l'enquête.

— J'entends bien, mais il est difficile d'imaginer quelqu'un commettant ce crime odieux. (C'était bien mon avis.) Il est vrai que le colonel Protheroe n'était guère populaire, mais de là à aller l'assassiner ! Pour tuer, il faut avoir une bonne raison.

— C'est bien mon avis !

— La police a-t-elle une idée de l'identité de celui qui aurait eu une bonne raison d'assassiner le colonel Protheroe ?

— Je serais bien en peine de vous le dire.

— Il devait avoir des ennemis, non ? Quand on y pense, il était homme à avoir des ennemis. Il passait pour être sévère, au tribunal.

— Cela ne m'étonne pas.

— Pas plus tard qu'hier, il vous racontait qu'un homme l'avait menacé. Vous vous souvenez ? Un dénommé Archer.

— Vous avez raison, cela me revient en effet. Vous étiez là, vous aussi, du reste.

— J'ai entendu ce qu'il disait, par la force des choses, n'est-ce pas ? Il avait la voix qui portait... mais c'est votre réponse qui m'a frappé, quand vous lui avez dit que, l'heure venue, il risquait à son tour de subir un juste châtiment au lieu d'un pardon miséricordieux.

— Je lui ai dit cela ? Ce n'est pas tout à fait ce dont je me souviens, fis-je en fronçant les sourcils.

— Votre façon de vous exprimer m'a vivement impressionné, c'est une chose terrible que la justice. Quand on pense que ce pauvre colonel a été frappé le lendemain… c'était presque une prémonition de votre part.

— Je n'ai eu aucune prémonition, protestai-je d'un ton sec.

J'ai une véritable aversion pour le côté visionnaire de Hawes et sa tendance au mysticisme.

— Avez-vous parlé d'Archer à la police, Mr Clement ?

— Je ne connais pas Archer.

— Mais… avez-vous mentionné les propos du colonel au sujet… des menaces qu'Archer avait proférées contre lui ?

— Je n'ai rien mentionné de tel, articulai-je nettement.

— Et comptez-vous le faire ?

Je ne répondis pas. Il me déplaît de m'acharner sur un homme qui a déjà la justice et la police à ses trousses. Non que je prisse le parti d'Archer, un incorrigible braconnier… un de ces propres à rien comme on en trouve dans toutes les paroisses. Quoi qu'il ait pu dire sous l'effet de la colère en entendant la sentence, rien ne me permettait d'affirmer qu'il était le même homme à sa sortie de prison.

— Puisque vous assistiez à la conversation, et si vous jugez qu'il est de votre devoir de la rapporter à la police, faites, dis-je enfin.

— Il vaudrait mieux que cela vienne de vous, Mr Clement.

— C'est possible, mais je ne pense pas que je le

ferai. Je n'ai pas envie de conduire un innocent à la potence.

— Mais s'il a tué le colonel Protheroe…

— Si… si… si… Rien ne prouve qu'Archer ait tué Protheroe.

— Il l'a menacé.

— *Stricto sensu,* les menaces ne venaient pas d'Archer mais du colonel qui lui promettait une vengeance mémorable la prochaine fois qu'il le pincerait.

— Je ne vous comprends pas.

— Vous ne me comprenez pas ? répétai-je d'un ton las. Vous êtes encore jeune et vous croyez en la justice, mais lorsque vous aurez mon âge, vous aussi vous accorderez aux hommes le bénéfice du doute.

— Je ne veux pas… enfin… (Il s'interrompit et je le dévisageai, surpris.) Vous n'avez pas la… la moindre idée de… de l'identité du meurtrier ?

— Grand Dieu ! non.

— … ou de ses motifs ? insista-t-il.

— En aucun cas. Et vous-même ?

— Moi ? Non, bien sûr que non, mais je me demandais si, par hasard, le colonel Protheroe ne vous aurait pas fait quelques confidences, s'il n'avait pas mentionné quelque chose devant vous…

— S'il m'a fait des confidences, comme vous dites, tout le village a pu les entendre, hier matin, fis-je d'un ton sec.

— Je sais ! Mais vous ne croyez pas que… pour Archer… ?

— La police sera toujours informée assez tôt de ce qui concerne Archer. Si je l'avais entendu de mes oreilles proférer des menaces, c'eût été différent. Mais une chose est sûre : si Archer avait menacé le colonel, la moitié du village l'aurait entendu, et la nouvelle en serait déjà parvenue au poste de police. Quant à vous, agissez en votre âme et conscience.

Mais, curieusement, Hawes n'avait pas la moindre envie de prendre une quelconque initiative.

Je trouvais son comportement décidément bizarre et sa nervosité ne cessait d'augmenter. Ce devaient être les séquelles de sa maladie, pensai-je en me souvenant des propos de Haydock.

Hawes prit congé à contrecœur, comme s'il avait encore quelque chose à ajouter et ne savait comment aborder le sujet.

Avant de nous séparer, je le chargeai de la réunion de l'association des Mères de familles et des Dames patronnesses, car j'avais de mon côté un après-midi fort occupé.

Je chassai Hawes et ses problèmes de mes pensées et pris le chemin de la maison de Mrs Lestrange.

Sur une table dans l'entrée, je vis le *Guardian* et *Church Times* encore intacts.

En chemin, je m'étais souvenu que Mrs Lestrange avait eu une entrevue avec le colonel Protheroe, la veille du crime. Peut-être leur conversation avait-elle recelé quelque indice susceptible de jeter un peu de lumière sur le meurtre.

On me fit entrer directement dans le petit salon et Mrs Lestrange vint à ma rencontre. Je remarquai de nouveau l'atmosphère subtile qu'elle parvenait à créer autour d'elle. Sa robe d'un noir profond mettait merveilleusement en valeur la blancheur de son teint ; ses traits restaient impassibles mais elle me fixait de son regard fiévreux, avec une expression inquiète.

— C'est très aimable à vous d'être venu, Mr Clement, dit-elle en me serrant la main. J'aurais aimé vous parler l'autre jour mais je ne l'ai pas fait. J'aurais dû.

— Je vous réitère ma proposition : je serai très heureux de vous aider, si je le puis.

— C'est ce que vous m'avez dit, et vous étiez sincère. J'ai rencontré bien peu de gens, au cours de ma vie, qui ont sincèrement voulu m'offrir leur aide.

— Je ne saurais le croire, Mrs Lestrange.

— C'est malheureusement vrai. La plupart des gens, et en particulier les hommes, ne pensent qu'à eux.

L'amertume perçait dans sa voix. Comme je ne répondais pas, elle m'invita à m'asseoir.

Elle s'installa sur une chaise en face de moi, hésita un instant et commença à parler avec lenteur, d'un ton réfléchi, pesant chaque mot avant de le prononcer :

— J'aimerais connaître votre avis sur la situation délicate qui est la mienne, Mr Clement. J'ai besoin d'être éclairée sur ce que j'ai à faire. Le passé est le passé et l'on ne peut revenir sur ses actes. Vous voyez ce que je veux dire ?

Je n'eus pas le temps de répondre car la bonne

qui m'avait introduit apparut sur le seuil et dit, d'un ton alarmé :

— Excusez-moi, madame, il y a là un inspecteur qui demande à vous parler.

Il y eut un silence. Mrs Lestrange resta impassible ; seules ses paupières se fermèrent lentement avant de se rouvrir. Elle déglutit une ou deux fois et articula de sa voix égale :

— Faites-le entrer, Hilda.

— J'allais me lever mais, d'un geste, elle m'ordonna impérieusement de ne pas bouger.

— Si vous le voulez bien... J'aimerais que vous restiez.

— Comme vous voudrez, murmurai-je en me rasseyant tandis que Flem entrait sans façon.

— Bonjour, madame, commença-t-il.

— Bonjour, inspecteur.

C'est alors qu'il s'aperçut de ma présence. Son visage se ferma. Il fallait admettre que Flem n'avait aucune sympathie pour moi.

— Vous n'avez pas d'objection à parler devant notre pasteur, j'espère ? lui demanda Mrs Lestrange.

Il eût été grossier de sa part de prétendre le contraire.

— Non..., grogna-t-il. Mais j'aurais peut-être préféré...

Mrs Lestrange ne prêta aucune attention à ces sous-entendus.

— Que puis-je pour vous, inspecteur ?

— Eh bien, il s'agit du meurtre du colonel Protheroe. C'est moi qui suis chargé de l'enquête. (Mrs Lestrange acquiesça d'un signe de tête.)

J'enquête pour la forme sur l'emploi du temps des habitants du bourg, dans la journée d'hier, entre 18 heures et 19 heures. Entendons-nous : c'est purement formel.

Mrs Lestrange n'avait rien perdu de son calme.

— Vous voulez savoir où j'étais hier, entre 6 et 7 heures du soir ?

— C'est bien cela, madame.

— Eh bien… (Elle réfléchit un instant.) J'étais à la maison, chez moi.

— Ah ! (Les yeux de l'inspecteur jetèrent des éclairs.) Et votre bonne – vous n'en avez qu'une à votre service, si je ne me trompe ? – peut confirmer votre déclaration, sans doute ?

— Non. Hilda avait son après-midi, hier.

— Je vois.

— Il faudra vous contenter de ma parole, dit Mrs Lestrange avec un sourire.

— Vous êtes sûre que vous étiez chez vous, hier après-midi ?

— Votre première question portait sur mon emploi du temps entre 18 et 19 heures, inspecteur. Je suis allée me promener au début de l'après-midi et suis revenue un peu avant 17 heures.

— Si donc une certaine dame – disons miss Hartnell – affirme qu'elle a sonné en vain à votre porte vers 18 heures, et qu'elle a dû repartir sans vous avoir vue, vous allez prétendre qu'elle a eu la berlue, peut-être ?

— Oh ! mais non ! rétorqua Mrs Lestrange.

— Mais…

— Si votre bonne est à la maison, vous pouvez

lui faire prétendre que vous êtes absente, mais si vous êtes seule et sans la moindre envie de recevoir des visites... la seule solution est de les laisser sonner à leur guise.

L'inspecteur Flem était décontenancé.

— Ces dames ont le don de m'ennuyer, ajouta Mrs Lestrange, et en particulier miss Hartnell. J'ai dû supporter cinq ou six sonneries avant qu'elle ne se décide à repartir.

Elle adressa un sourire suave au policier.

L'inspecteur changea de tactique.

— Et si l'on affirmait vous avoir vue dehors vers les...

— Qui aurait pu vous raconter une chose pareille ? (Elle avait aussitôt repéré son point faible.) Personne n'a pu me voir dehors puisque j'étais chez moi !

— C'est évident, chère madame. (L'inspecteur rapprocha sa chaise.) Mais je me suis laissé dire que vous aviez rendu visite au colonel Protheroe, la veille de sa mort.

— En effet, dit-elle de sa voix calme.

— Pourriez-vous me dire de quoi vous avez parlé ?

— Notre entrevue était strictement personnelle, inspecteur.

— Permettez-moi d'insister : je suis obligé de vous demander de me révéler la teneur de cette entrevue.

— Je n'ai pas à vous répondre sur ce point, mais sachez que rien, dans ce que nous nous sommes dit, n'avait la moindre incidence sur le meurtre.

— Comment pourriez-vous en juger ?

— Quoi qu'il en soit, vous n'avez que ma parole, cette fois encore, inspecteur.

— Cela me fait beaucoup de choses à croire, à mon goût.

— Hé oui, fit-elle, sereine.

L'inspecteur Flem était devenu écarlate.

— C'est une affaire grave, madame. Je veux la vérité... et je l'aurai, ajouta-t-il en frappant du poing sur la table.

Mrs Lestrange se taisait.

— Vous ne voyez donc pas que vous vous mettez dans un mauvais cas ? (Mrs Lestrange continua à se taire.) Vous aurez des preuves à fournir.

— Je ne l'ignore pas.

Et ce fut tout. Quelques petits mots prononcés sans emphase, sur un ton presque indifférent. L'inspecteur changea encore de tactique :

— Connaissiez-vous le colonel Protheroe ?

— Je le connaissais. (Elle s'interrompit un bref instant avant de préciser :) Mais je ne l'avais pas vu depuis plusieurs années.

— Connaissiez-vous Mrs Protheroe ?

— Non.

— Pardonnez mon indiscrétion, mais c'était un moment plutôt mal choisi pour une visite.

— Pas pour moi.

— Je ne comprends pas.

— Je désirais voir le colonel Protheroe et non pas Mrs ou miss Protheroe, dit-elle à haute et intelligible voix. Et je désirais le voir seul. J'ai donc jugé que c'était le meilleur moyen.

— Puis-je savoir pourquoi vous ne vouliez pas voir Mrs ou miss Protheroe ?

— Ceci me regarde, inspecteur.

— Vous refusez d'en dire davantage ?

— Je refuse.

L'inspecteur se leva.

— Méfiez-vous, Mrs Lestrange. Vous êtes en train de jouer avec le feu, et cela pourrait mal finir.

Mrs Lestrange éclata de rire ; elle n'était pas femme à se laisser impressionner facilement, voilà ce que j'eusse pu affirmer à l'inspecteur Flem.

— Bien, conclut-il dignement. Vous ne pourrez pas dire que je ne vous ai pas prévenue. C'est tout ce que j'avais à vous dire. Au revoir, madame, et n'oubliez pas que nous finirons par connaître la vérité.

Et il sortit. Mrs Lestrange se leva.

— Je suis obligée de vous renvoyer, dit-elle en me tendant la main. C'est mieux ainsi. Il est trop tard pour vous demander conseil, à présent. Ma décision est prise. Oui, ma décision est prise, répéta-t-elle avec du désespoir dans la voix.

16

Sur le seuil, je me heurtai au Dr Haydock.

— L'a-t-il interrogée ? me demanda-t-il avec un coup d'œil sévère en direction de Flem qui franchissait la grille.

— Oui.

— J'espère qu'il s'est montré courtois.

Dans mon esprit, le tact et la courtoisie sont des arts ignorés de l'inspecteur Flem, mais sans doute pouvait-on convenir qu'il avait été poli, du moins selon ses propres critères ; et en tout cas, je n'eusse pas voulu inquiéter davantage le Dr Haydock. Je me bornai donc à lui répondre par l'affirmative.

Sur un signe de tête approbateur, Haydock disparut à l'intérieur et j'eus, quant à moi, tôt fait de rattraper l'inspecteur qui avait dû ralentir le pas à dessein. Son antipathie pour moi n'allait pas jusqu'à se priver de me soutirer quelques informations utiles.

— Que savez-vous d'elle ? me demanda-t-il sans ambages.

— Rien, dis-je.

— Savez-vous pourquoi elle s'est installée ici ?

— Non.

— Pourtant, vous lui rendez visite ?

— Il est dans mes attributions de rendre visite à mes paroissiens, répondis-je en omettant de préciser que c'était Mrs Lestrange qui m'avait fait appeler.

— Hum ! (Il resta silencieux pendant un instant puis, incapable de résister à l'envie de revenir sur son échec, il reprit :) Il y a du louche, là-dessous, à mon avis.

— Du louche ?

— Vous voulez que je vous dise ? Je parierais que c'est une histoire de chantage. A première vue, ça ne colle pas avec la position du colonel Protheroe, mais il faut se méfier : on a déjà vu des marguilliers mener une double vie.

La remarque de miss Marple à ce sujet me revint à l'esprit.

— Pensez-vous qu'il pourrait s'agir de quelque chose de ce genre ?

— En tout cas, ça concorde avec les faits, Mr Clement. Pourquoi une femme élégante et raffinée serait-elle venue se retirer dans ce trou perdu ? Pourquoi a-t-elle rendu visite à Protheroe à cette heure indue ? Pourquoi tenait-elle à éviter Mrs Protheroe et miss Protheroe ? Tout concorde, vous dis-je ! Elle était gênée d'en convenir, bien sûr... le chantage est un délit puni par la loi. Mais elle sera bien obligée de passer aux aveux. Cela pourrait se révéler d'une grande importance pour la suite de l'affaire. Imaginez que le colonel Protheroe ait eu quelque vilain petit secret à cacher, eh bien, vous voyez où cela nous mènerait ?

Pourquoi pas ? pensai-je. C'était logique.

— J'ai essayé de tirer les vers du nez au maître

d'hôtel, au cas où il aurait surpris quelques mots entre le colonel et sa visiteuse. On sait bien comment sont ces gens-là... Mais il jure sur ses grands dieux qu'il n'a pas saisi un traître mot. Croiriez-vous qu'il a failli être congédié à cause de cette visite ? Le colonel lui a reproché d'avoir introduit cette femme dans la maison, et le maître d'hôtel a aussitôt rendu son tablier, sous prétexte qu'il ne se plaisait pas à Old Hall et qu'il avait déjà pensé à quitter sa place.

— Ah oui ?

— Encore un qui nourrissait des griefs contre le colonel Protheroe.

— Le soupçonneriez-vous sérieusement ?... Comment s'appelle-t-il, déjà ?

— Reeves. Ce n'est pas que je le soupçonne sérieusement mais on ne sait jamais, avec ses manières onctueuses...

J'aurais bien voulu savoir ce que Reeves, de son côté, pensait des manières de Flem...

— Maintenant, au chauffeur ! dit-il.

— Si vous allez à Old Hall, peut-être pourriez-vous m'emmener dans votre voiture ? J'ai une petite affaire à régler avec Mrs Protheroe.

— Peut-on savoir à quel sujet ?

— Nous devons parler de l'enterrement.

— Ah ! grogna-t-il, déçu. L'enquête se poursuit demain, samedi.

— Je le sais. Les funérailles pourraient avoir lieu mardi, je pense.

L'inspecteur parut un peu penaud de sa balourdise et sortit le drapeau blanc en m'invitant à assister à l'interrogatoire du chauffeur, un dénommé Manning.

Manning était un brave garçon âgé de vingt-cinq ou vingt-six ans. Il fut vivement impressionné par l'inspecteur de police.

— Eh bien, voilà, mon garçon, dit Flem, j'ai certaines questions à vous poser.

— Oui, monsieur, bafouilla le chauffeur. Je suis à votre disposition, monsieur.

Il n'aurait pas été plus inquiet s'il avait été l'auteur du meurtre.

— Vous avez conduit le colonel à St. Mary Mead, hier ?

— Oui, monsieur.

— A quelle heure ?

— 5 heures et demie, monsieur.

— Mrs Protheroe était-elle du voyage ?

— Oui, monsieur.

— Les avez-vous emmenés directement à St. Mary Mead ?

— Oui, monsieur.

— Ne vous êtes-vous arrêtés nulle part en route ?

— Non, monsieur.

— Que s'est-il passé, une fois au village ?

— Le colonel est descendu de voiture en disant qu'il n'avait plus besoin de moi, et il est parti à pied. Mrs Protheroe a fait des courses et a chargé les paquets dans la voiture, puis elle m'a dit que c'était terminé et je suis rentré à Old Hall.

— Vous avez laissé Mrs Protheroe au village ?

— Oui, monsieur.

— A quelle heure ?

— 6 heures et quart, monsieur. Très exactement.

— Où l'avez-vous laissée ?

— Devant l'église, monsieur.

— Savez-vous où devait aller le colonel ?

— Chez le vétérinaire, je crois, pour un de ses chevaux.

— Je vois. Et vous êtes rentré tout droit à Old Hall ?

— Oui, monsieur.

— Il y a deux entrées à Old Hall, l'entrée sud et l'entrée nord. Vous avez dû sortir par le sud pour aller au village ?

— Oui, monsieur. Nous passons toujours par là.

— Et vous êtes rentré par le même chemin ?

— Oui, monsieur.

— Hum ! Eh bien, ce sera tout. Ah ! voilà miss Protheroe.

Lettice nous rejoignait d'un pas nonchalant.

— J'ai besoin de la Fiat, Manning, dit-elle. Faites-la chauffer, s'il vous plaît.

— Très bien, miss, fit le chauffeur qui se dirigea aussitôt vers une biplace dont il souleva le capot.

— Un instant, miss Protheroe, dit Flem. Nous procédons à la vérification des emplois du temps, hier en fin de journée, soit dit sans arrière-pensée offensante.

— Je ne sais jamais l'heure qu'il est, fit-elle en le regardant droit dans les yeux.

— J'ai appris que vous étiez sortie aussitôt après le déjeuner.

Elle acquiesça sans mot dire.
— Puis-je savoir où vous êtes allée ?
— Jouer au tennis
— Chez qui ?
— Chez les Hartley Napier.
— A Much Benharn ?
— Oui.
— Et à quelle heure êtes-vous rentrée ?
— Je l'ignore. Je vous répète que je ne fais pas attention à ces détails.
— Ce devait être vers 7 heures et demie, précisai-je.
— Vous avez raison, dit Lettice. En pleine crise : Anne avait ses nerfs et Griselda était venue la réconforter.
— Merci, miss, fit l'inspecteur. Ce sera tout.
— Bizarre ! Tout cela ne présente aucun intérêt, conclut Lettice en se dirigeant vers sa voiture.
Flem eut un geste rapide en direction de son front.
— Il lui manque une case, non ?
— N'en croyez rien, dis-je. Mais elle aime à jouer les originales.
— Allons ! Il ne me reste qu'à interroger les bonnes.
On peut ne pas apprécier Flem, mais on ne peut qu'admirer son dynamisme.
Chacun partit de son côté et je m'en fus demander à Reeves si je pouvais parler à Mrs Protheroe.
— Elle se repose, monsieur.
— Dans ce cas, je n'ose la déranger.
— Voulez-vous attendre un instant, s'il vous

plaît. Au déjeuner, Mrs Protheroe a dit qu'elle était très désireuse de vous voir.

Il me fit passer au salon et donna de la lumière, car les rideaux étaient tirés.

— Une bien triste histoire, dis-je.

— Oui, monsieur.

Il parlait d'une voix glacée et respectueuse.

Je l'observai. Quels sentiments l'agitaient derrière son masque d'impassibilité ? Savait-il des choses qu'il aurait pu nous dire ? Je ne connais rien de plus inhumain que le masque d'un domestique zélé.

— Y aurait-il du nouveau, monsieur ?

Devais-je saisir une touche d'anxiété sous cette question polie ?

— Pas que je sache, dis-je.

Je n'attendis qu'un instant avant de voir apparaître Anne Protheroe. Nous prîmes les décisions qui s'imposaient puis elle s'exclama :

— Le Dr Haydock est un homme merveilleux !

— Haydock est le meilleur des hommes, renchéris-je.

— Il s'est montré si gentil à mon égard. Mais comme il est triste !

Je n'y avais jamais pensé et tournai un instant cette idée dans ma tête.

— Je ne l'avais jamais remarqué, dis-je.

— Moi non plus, jusqu'à aujourd'hui.

— Le malheur nous rend parfois plus attentifs.

— Vous avez raison. (Elle s'interrompit un instant avant de reprendre :) Mr Clement, si mon mari a été tué aussitôt après mon départ, je ne comprends pas pourquoi je n'ai pas entendu la détonation.

— Il semblerait que le coup de feu ait été tiré un peu plus tard.

— Le message ne mentionne-t-il pas 6 h 20 ?

— L'heure a pu être rajoutée d'une autre main que la sienne… et que celle du meurtrier.

— C'est horrible ! s'écria-t-elle en pâlissant.

— La différence d'écriture entre la date et le message ne vous a-t-elle pas frappée ?

— Le message non plus n'était pas de sa main.

Sa remarque était judicieuse. La lettre n'était qu'un gribouillage illisible sans rapport avec l'écriture bien formée que je connaissais à Protheroe.

— Etes-vous bien sûr que Lawrence soit hors de cause ? poursuivit-elle.

— Définitivement, je pense.

— Qui cela peut-il être, à votre avis, Mr Clement ? Certes, Lucius était plutôt impopulaire, mais je ne lui connaissais pas d'ennemis. En tout cas pas des ennemis capables de…

— Qui sait ? dis-je dubitativement…

Les sept suspects de miss Marple me revinrent à l'esprit. Qui étaient-ils ?

Après que j'eus quitté Mrs Protheroe, je passai à la réalisation d'un plan que j'avais concocté et quittai Old Hall par le sentier privé. Lorsque j'atteignis la barrière, je revins sur mes pas et, avisant un coin où les broussailles avaient été piétinées, j'abandonnai le sentier et me frayai un chemin dans les taillis. Les arbres étaient plantés serrés et les sous-bois très touffus. Je progressais lentement et m'aperçus soudain que quelqu'un marchait dans les buissons, non loin de moi. Comme je m'étais arrêté, indécis, Lawrence Redding surgit, une énorme pierre dans les mains.

Devant mon air surpris, il éclata de rire.

— Ne croyez pas que ce soit un indice, fit-il. C'est une offrande en signe de paix.

— Que voulez-vous dire ?

— De quoi ouvrir les négociations, si vous préférez. J'ai besoin d'un prétexte pour rendre visite à votre voisine, miss Marple, et je me suis laissé dire qu'elle serait sensible à un beau morceau de roche, pour agrémenter son jardin japonais.

— En effet, mais qu'espérez-vous obtenir d'elle en échange ?

— Je vais vous l'expliquer : si jamais il s'est produit quelque chose hier soir, miss Marple n'aura pas manqué de le voir, que ce soit ou non en rapport avec le crime. Je veux parler d'un fait inhabituel, d'un incident curieux, d'un événement anodin susceptible de nous donner la clef du mystère, un détail dont elle aurait négligé d'informer la police.

— Je vois.

— Je ne perdrai rien à tenter ma chance, de toute façon. Voyez-vous, Mr Clement, j'ai bien l'intention de connaître le fin mot de l'affaire. Ne serait-ce que pour Anne. Le fait est que je n'ai pas confiance en Flem... Il est plein de bonne volonté, mais cela ne tient pas lieu d'intelligence.

— Vous voulez jouer les détectives amateurs ; ils ont la faveur des romanciers, mais je ne sais si, dans la vie, ils peuvent se mesurer aux vrais professionnels.

Il me jeta un regard plein de malice et éclata de rire :

— Peut-on savoir ce que vous faites dans les bois, mon père ? (Je ne pus m'empêcher de rougir.) Je ne serais pas surpris si c'était la même chose que moi. Vous êtes-vous demandé, vous aussi, comment le meurtrier était allé jusqu'à votre bureau ? Première solution : il a suivi le sentier privé et a emprunté le portail de derrière. Deuxième solution : il est passé par la porte d'entrée. Troisième solution, si c'en est une, il est venu à travers bois. C'est pourquoi je voulais vérifier si les buissons avaient été piétinés ou les branches brisées quelque part, le long du mur du presbytère.

— C'est ce que je pensais faire, moi aussi, admis-je.

— Je ne me suis pas encore attelé à la tâche, continua Lawrence, car je jugeais plus utile de voir d'abord miss Marple, pour être sûr que personne n'avait pris le sentier pendant que nous étions dans l'atelier, hier soir.

— Elle a affirmé n'avoir vu personne.

— Personne qui fût digne d'intérêt à ses yeux. Cela peut paraître idiot mais comprenez-moi bien : peut-être le facteur est-il passé, ou le laitier, ou le commis du boucher… quelqu'un dont la présence lui aurait paru si naturelle qu'elle n'aurait même pas songé à la mentionner.

— Je vois que vous avez pratiqué G.K. Chesterton.

Il ne nia pas mais insista :

— Honnêtement, n'est-ce pas là une idée à creuser ?

— Pourquoi pas ?

Sans rien ajouter, nous prîmes la direction de chez miss Marple. Elle était occupée à son jardin et vint à notre rencontre quand elle nous vit enjamber la barrière du chemin.

— Vous voyez, me souffla Lawrence, rien ne lui échappe.

Elle nous accueillit avec amabilité et fut touchée par l'offrande solennelle de Lawrence.

— Merci infiniment pour cette charmante attention, Mr Redding.

Encouragé par cette entrée en matière, Lawrence entama son interrogatoire. Miss Marple l'écouta avec attention.

— Oui, je vois très bien. Vous voulez parler de ces petites choses bizarres auxquelles nul ne songerait. Mais je puis vous affirmer qu'il ne s'est rien passé de tel.

— En êtes-vous bien sûre, miss Marple ?

— Tout à fait sûre.

— Avez-vous vu quelqu'un emprunter le sentier à travers bois, hier après-midi ? demandai-je.

— J'ai même vu plusieurs personnes. Le Pr Stone et miss Cram l'ont pris un peu après 2 heures, car c'est le plus court chemin qui mène aux fouilles. Le Pr Stone est revenu par le même chemin, mais cela, vous le savez, Mr Redding, puisqu'il vous a rejoints, vous et Mrs Protheroe.

— Au fait, Mrs Protheroe et Mr Redding ont dû

entendre la détonation dont vous nous avez parlé, miss Marple, dis-je en jetant à Lawrence un regard interrogateur.

— Je crois en effet avoir entendu des coups de feu, dit-il en fronçant les sourcils. Mais je ne saurais dire si c'était un ou deux.

— Je n'en ai entendu qu'un seul, fit miss Marple.

— J'en garde un très vague souvenir, expliqua Lawrence. Bon sang ! Comme j'aimerais pouvoir être plus précis. Mais je ne pouvais pas deviner que... Enfin, j'étais si préoccupé par... par...

Il s'interrompit, gêné. Je toussotai discrètement et miss Marple changea de sujet avec tact.

— L'inspecteur Flem m'a questionnée pour me faire dire si j'avais entendu ce coup de feu avant ou après avoir vu Mrs Protheroe et Mr Redding sortir de l'atelier, mais j'ai dû avouer que je ne le savais pas. Pourtant... quand j'y pense... je crois bien que c'était après.

— Le célèbre Pr Stone est donc en dehors du coup, dit Lawrence en riant. D'ailleurs, pourquoi l'aurait-on soupçonné d'avoir tué ce pauvre vieux colonel ?

— A mon avis, personne ne doit être à l'abri des soupçons. On ne sait jamais, fit miss Marple.

C'était tout miss Marple ! L'impression de Lawrence au sujet du coup de feu était-elle la même que celle ressentie par la vieille demoiselle ?

— Je ne saurais le dire. C'était une détonation ordinaire. Peut-être étions-nous dans l'atelier lorsque nous l'avons entendue, auquel cas, le bruit a dû nous parvenir assourdi. Nous n'avons pas dû y prêter grande attention.

Le contraire eût été étonnant, pensai-je.

— Je demanderai son avis à Anne, dit Lawrence. Si elle s'en souvient… Mais au fait, la visite de Mrs Lestrange, la mystérieuse dame de St. Mary Mead, au père Protheroe mercredi soir, après dîner, ne vous paraît-elle pas curieuse et mériter quelque explication ? Quelle en était la raison ? Le colonel n'en a soufflé mot ni à Lettice ni à sa femme.

— Peut-être Mr Clement sait-il quelque chose, fit miss Marple.

Comment savait-elle que j'étais passé chez Mrs Lestrange dans l'après-midi ? Décidément, elle savait toujours tout, comme par magie. Mais je niai pouvoir éclairer sa lanterne.

— Et qu'en pense l'inspecteur Flem ? insista-t-elle encore.

— Le maître d'hôtel, ne s'est pas laissé intimider ; il faut croire qu'il n'a pas poussé la curiosité jusqu'à écouter aux portes. Nous devons nous rendre à l'évidence : personne ne sait rien.

— Il faut bien que quelqu'un sache quelque chose, fit miss Marple. Il y a toujours quelqu'un qui sait quelque chose. Et c'est ce que devrait s'employer à découvrir Mr Redding.

— Mrs Protheroe ne sait rien.

— Je ne pensais pas à Anne Protheroe mais aux bonnes. Elles n'aiment pas beaucoup avoir affaire à la police mais je ne serais pas étonnée si elles consentaient à tout raconter à un beau jeune homme comme vous – sans vous offenser, Mr Redding – et qui plus est, à un jeune homme qui a été injustement soupçonné.

— Je tenterai le coup ce soir, déclara Lawrence d'un ton ferme. Merci du conseil, miss Marple. J'irai après… après que le pasteur et moi-même aurons effectué une petite vérification.

Il valait mieux en rester là. Je saluai miss Marple et nous reprîmes le chemin des bois.

Nous remontâmes le sentier jusqu'à un embranchement ; là, quelqu'un l'avait abandonné pour prendre à droite au travers des taillis. Lawrence m'avoua qu'il avait suivi ces traces et qu'elles aboutissaient à une impasse, mais on ne risquait rien à renouveler l'expérience ; peut-être s'était-il trompé.

Pourtant, il n'avait pas tort. A vingt mètres de là, il n'y avait plus de trace de branches cassées ou piétinées. Lorsque nous nous étions rencontrés, un peu plus tôt, Lawrence sortait de ces fourrés.

De retour sur le sentier, nous le suivîmes un moment et découvrîmes bientôt un nouveau coin où les buissons avaient été foulés ; les traces n'étaient pas très apparentes mais on ne pouvait s'y tromper. Cette fois, la piste était plus sérieuse.

En dépit d'un long détour, elle menait au presbytère. Nous fûmes bientôt près du haut mur hérissé de tessons et où la végétation devenait très dense. Si quelqu'un avait appuyé une échelle contre le mur, à cet endroit, nous l'aurions aussitôt remarqué.

Nous longions lentement le mur quand nous

fûmes surpris par un bruit de branches brisées. Je me frayai un chemin dans l'entrelacs des branchages… et tombai nez à nez avec l'inspecteur Flem.

— Ah ! Vous voilà avec Mr Redding, s'écria-t-il. Peut-on savoir ce que vous faites là, tous les deux ?

Penauds, nous lui exposâmes les raisons de notre présence dans les bois.

— Ah, ah ! Nous ne sommes pas aussi bêtes qu'on veut bien le croire… J'ai eu la même idée que vous et je cherche depuis une bonne heure, mais je vais vous faire une confidence.

— Je vous écoute, dis-je humblement.

— Le meurtrier du colonel Protheroe n'a pas emprunté ce chemin. Il n'y a pas de trace, ni de ce côté du mur ni de l'autre. Le meurtrier du colonel Protheroe est passé par la grande porte ; il n'y a pas d'autre solution.

— Impossible ! m'écriai-je.

— Et pourquoi donc ? Votre porte n'est jamais fermée, il suffit de la pousser pour entrer, sans être vu de la cuisine ; on savait que vous aviez débarrassé le plancher ; on savait aussi que Mrs Clement était à Londres et que Mr Dennis faisait une partie de tennis. C'était simple comme bonjour. Et on n'avait même pas besoin de traverser le village, car de l'autre côté de la rue, un chemin public vous permettait de vous esquiver dans les bois ; ni vu ni connu, sauf si Mrs Price Ridley choisissait de pointer son nez dehors à cet instant précis. Et c'était bien plus simple que d'escalader le mur du fond du jardin, où l'on risquait d'être vu depuis les fenêtres latérales du premier étage de la maison de Mrs Price Ridley. Non, croyez-moi, le meurtrier est passé par la grande porte.

Oui, il devait avoir raison.

17

Le lendemain matin, je vis arriver l'inspecteur Flem. Il s'humanisait à mon égard ; à la longue, il finirait par oublier l'incident de la pendulette.

— Figurez-vous que j ai retrouvé l'origine du coup de téléphone que vous avez reçu, me lança-t-il en guise de salut.

— Non ! m'écriai-je, plein de curiosité.

— C'est plutôt bizarre. Il a été passé du pavillon nord de Old Hall. Les gardiens ayant été mis à la retraite et les remplaçants n'étant pas encore dans les lieux, ce pavillon était vide, vide et donc bien commode. Une fenêtre était ouverte sur l'arrière. Aucune empreinte sur le téléphone qui a été nettoyé avec soin. C'est tout dire.

— Je ne comprends pas...

— Cela veut dire qu'on vous a téléphoné exprès pour vous attirer hors de chez vous. Et cela veut dire aussi que le meurtre a été prémédité. Si vous aviez été victime d'une innocente plaisanterie, votre mauvais plaisant ne se serait pas donné tant de peine pour faire disparaître ses empreintes.

— Vous avez raison.

— C'est dire aussi que le meurtrier était un familier de Old Hall et des environs. Ce n'est pas

Mrs Protheroe qui a téléphoné. J'ai reconstitué son emploi du temps de ce fameux après-midi : cinq ou six membres du personnel de Old Hall sont prêts à jurer qu'elle n'a pas quitté la maison avant 5 heures et demie, heure à laquelle elle s'est rendue au village en voiture avec son mari. Le colonel est passé au cabinet de Quinton, le vétérinaire, pour l'un de ses chevaux. Mrs Protheroe a fait des courses à l'épicerie et chez le poissonnier, et de là, elle a pris le chemin de derrière où miss Marple l'a vue. Tous les commerçants ont confirmé qu'elle ne portait pas de sac à main. La vieille demoiselle avait raison.

— Comme d'habitude, dis-je doucement.

— Et miss Protheroe était bien à Much Benham, à 5 heures et demie.

— En effet, avec mon neveu.

— Elle n'est donc pas dans le coup. Les bonnes m'ont l'air honnêtes, un peu survoltées mais c'est bien normal dans cette situation. Je garde l'œil sur le maître d'hôtel, bien sûr… il a tout de même donné son congé mais, à mon avis, il ne sait rien.

— On dirait que votre enquête n'a guère abouti, inspecteur.

— Oui et non, Mr Clement, oui et non. Il y a eu une chose bizarre… et plutôt surprenante.

— Ah ?

— Vous n'avez pas oublié l'esclandre de Mrs Price Ridley, votre voisine, hier matin, au sujet d'un appel anonyme ?

— Non, bien sûr.

— Nous en avons vérifié l'origine, juste pour la

calmer… et savez-vous d'où diable venait le coup de téléphone ?

— D'une cabine téléphonique, hasardai-je.

— Vous n'y êtes pas du tout, Mr Clement. Il venait de chez Mr Redding.

— Quoi ! m'exclamai-je, estomaqué.

— Comme je vous le dis. Bizarre, hein ? Mr Redding n'a rien à y voir. A cette heure-là, soit 17 h 35, il se dirigeait vers le *Sanglier Bleu* en compagnie du Pr Stone, au vu et au su de tous. Et pourtant… c'est intéressant, hein ? On est entré chez lui et on a utilisé son téléphone. Qui ? Voilà la question. Ça nous fait deux coups de téléphone suspects en une seule journée. On pourrait même aller jusqu'à dire qu'il y a un rapport entre les deux. Je vous fiche mon billet qu'ils ont été passés par la même personne.

— Je ne vois pas pourquoi !

— C'est ce que nous devons découvrir. Le second appel paraît gratuit mais il doit bien avoir une raison. Et remarquez qu'on a emprunté le téléphone de Mr Redding, tout comme on lui a emprunté son revolver. De quoi attirer les soupçons sur lui !

— Dans ce cas, le premier appel aurait dû être passé de chez lui, objectai-je.

— J'ai bien réfléchi à cette question, Mr Clement. Mr Redding avait l'habitude de se rendre à Old Hall en moto chaque après-midi pour travailler au portrait de miss Protheroe. Il prenait l'entrée nord. Comprenez-vous à présent pourquoi l'appel est parti du pavillon nord ? Le meurtrier ignorait que

Mr Redding et le colonel Protheroe s'étaient disputés et qu'à la suite de cela, Mr Redding avait cessé de fréquenter Old Hall.

Je pris le temps d'assimiler les arguments de l'inspecteur Flem ; ils me paraissaient d'une indiscutable logique.

— A-t-on pu relever des empreintes sur le téléphone de Mr Redding ?

— Non, me répondit l'inspecteur, dépité. Cette maudite bonne femme qui lui fait son ménage les a époussetées hier matin. (Il rumina sa colère pendant un instant.) Cette vieille folle n'est même pas fichue de se souvenir quand elle a vu le revolver pour la dernière fois. Peut-être était-il sur l'étagère le matin du crime, mais en tout cas elle ne peut pas l'affirmer. Les femmes sont toutes les mêmes !

» J'ai fait une petite visite au Pr Stone, poursuivit-il. C'était pour la forme mais il s'est montré très aimable. Miss Cram l'avait accompagné à ce monticule… à ce tumulus, ou je ne sais comment vous appelez cela, vers les 2 heures et demie, hier, et ils y sont restés tout l'après-midi. L'archéologue est revenu le premier et n'a pas entendu de coup de feu ; il reconnaît volontiers qu'il est un peu dans la lune. Voyez-vous, tout concorde…

— Mais vous n'avez pas découvert de meurtrier.

— Hum ! C'est une voix de femme qui vous a appelé, et c'est sans doute une femme qui a appelé Mrs Price Ridley. Si ce coup de feu n'avait pas été tiré à la même heure que l'appel téléphonique, je vous jure bien que je saurais dans quelle direction chercher.

— Vous êtes sûr ?

— Ah, ah ! Vous ne croyez tout de même pas que je vais vous le révéler, Mr Clement !

J'offris sans vergogne à l'inspecteur un verre, d'un excellent vieux porto que je conserve précieusement. Il n'est pas d'usage de boire du porto à 11 heures du matin, mais je me doutais que l'inspecteur n'en prendrait pas ombrage. C'était du gâchis pour le vieux porto, mais il est des situations où les manières ne sont pas de mise.

Après son deuxième verre, l'inspecteur Flem se détendit et se montra même tout à fait jovial. A vieux porto rien d'impossible.

— Je peux bien vous le dire, à vous, Mr Clement. Vous savez garder un secret, hein ? Cela ne fera pas tout le tour de la paroisse ? (Je le rassurai.) Vu que les choses se sont passées dans votre propre maison, il me semble que vous avez le droit de savoir.

— Je le crois aussi.

— Dites-moi, Mr Clement, quelle est votre opinion sur cette dame qui a rendu visite au colonel Protheroe, la veille du crime ?

— Mrs Lestrange ? m'exclamai-je, stupéfait.

— Doucement, m'ordonna l'inspecteur sur un ton plein de reproche. Je la tiens à l'œil. Vous savez ce que je vous ai dit… Le chantage…

— De là à commettre un crime, tout de même ! Et si votre hypothèse était fondée, ce que je ne puis admettre un seul instant, ce serait tuer la poule aux œufs d'or.

L'inspecteur me fit un clin d'œil salace.

— C'est le genre de femme dont les hommes prennent la défense à tous les coups. Mais essayez d'imaginer qu'elle ait fait chanter le vieux avec succès dans le passé, Mr Clement, et que plusieurs années après, elle entende de nouveau parler de lui ; elle vient s'installer ici et tente le coup une deuxième fois. Mais entre-temps, les choses ont changé, la loi a été révisée, les victimes du chantage peuvent porter plainte tout en gardant l'anonymat. Imaginez encore que le colonel Protheroe l'ait menacée de la poursuivre en justice ? Elle est en mauvaise posture car les peines sont lourdes contre les maîtres chanteurs. La balle est dans le camp du colonel, et la dame n'a plus qu'une chose à faire : le liquider vite fait, bien fait.

Je ne répondis pas tout de suite. Force m'était de reconnaître que le scénario construit de toutes pièces par l'inspecteur Flem se tenait ; mais la personnalité de Mrs Lestrange ne cadrait pas avec cette hypothèse.

— Je ne puis vous suivre sur ce terrain, dis-je enfin. Mrs Lestrange n'est pas femme à faire chanter quiconque. Elle est… je vous accorde que c'est là un mot bien démodé, mais je dirai qu'elle est une vraie dame.

« Pauvre type ! » Voilà ce que signifiait le regard qu'il me lança.

— Ça va, ça va, dit-il avec indulgence. Vous êtes un membre du clergé, et vous ne connaissez pas vraiment la vie. Une dame ! Ah, ah !… vous seriez bien surpris si vous saviez tout ce que je sais.

— Ce n'est pas seulement une question de position sociale. Il se peut que Mrs Lestrange soit une déclassée, mais je parlais là de sa distinction naturelle.

— Vous ne la voyez pas comme je la vois, Mr Clement. Je suis un homme, certes, mais je suis aussi un policier. On ne me la fait pas avec la distinction. Cette femme vous embrocherait au bout d'un couteau sans broncher.

Curieusement, je croyais Mrs Lestrange capable de commettre un meurtre, mais sûrement pas de se livrer au chantage.

— Ce qui est sûr, c'est qu'il lui était impossible de téléphoner à la vieille Mrs Price Ridley et de faire son affaire au colonel Protheroe à la même heure, poursuivit l'inspecteur. (A peine avait-il prononcé ces mots qu'il frappa sauvagement du pied sur le parquet.) Ça y est ! hurla-t-il. J'y suis ! Le coup de téléphone est un alibi. Elle savait qu'on ferait le rapprochement avec le premier. Il faut creuser dans cette direction. Elle aura soudoyé un benêt qui aura téléphoné à sa place.

Sur ce, l'inspecteur se rua hors de chez moi.

— Miss Marple voudrait vous voir, m'annonça Griselda en pointant la tête. Elle a fait porter un message incohérent, griffonné à la hâte et tout souligné. C'est à peine si j'ai pu en déchiffrer la moitié. On dirait qu'elle est coincée chez elle. Allez-y vite ! Vous n'avez qu'à passer par le jardin. J'y serais bien allée moi-même mais j'attends un bataillon de vieilles biques. Je les déteste… avec leurs histoires de varices… savez-vous qu'elles sont toujours prêtes à vous les faire admirer ? C'est une chance pour vous que l'enquête ait lieu cet après-midi, Len ; vous échapperez au match de cricket du club des Jeunes.

Je me hâtai de sortir, curieux de savoir pourquoi j'étais ainsi convoqué.

Je trouvai une miss Marple écarlate et tenant des propos incohérents.

— Mon neveu, m'expliqua-t-elle, mon neveu Raymond West, l'écrivain... il arrive aujourd'hui. Mon Dieu, mon Dieu ! Pensez-donc... Je dois m'occuper de tout. Je ne fait pas confiance à la bonne pour faire son lit comme il faut. Et le dîner ? Il me faut de la viande pour mon dîner. Un jeune homme a besoin de manger de la viande, n'est-ce pas ? Et quelque chose à boire... et de l'eau de Seltz, aussi...

— Si je puis vous être de quelque utilité, commençai-je.

— Oh ! comme c'est gentil à vous ! Mais ce n'est pas pour cela que je vous ai fait appeler. J'ai tout mon temps. Mon neveu apporte sa pipe et son tabac, heureusement ! Je n'ai pas à courir acheter telle ou telle marque de cigarettes. Mais c'est affreux, cette odeur de tabac dans les rideaux ! Bien sûr, je vais aérer tous les matins de bonne heure et je les secouerai par la fenêtre. Il se lève très tard... comme souvent les écrivains, je crois. Ses livres sont intéressants mais le monde n'est pas aussi affreux qu'il le dépeint dans ses romans. Ces jeunes gens manquent encore d'expérience...

— Faites-nous le plaisir de venir dîner au

presbytère, dis-je, incapable de deviner le motif de ma convocation urgente.

— Oh ! je vous remercie beaucoup, mais ne vous donnez pas cette peine.

— Vous vouliez me voir, je crois, risquai-je.

— Oui, oui ! Mais cette visite m'a tourneboulée. (Elle s'interrompit pour appeler :) Emily ! Emily ! ne prenez pas ces draps-là mais ceux qui sont brodés avec les initiales, et ne les approchez pas du feu. (Elle referma la porte et revint vers moi sur la pointe des pieds.) Il s'est passé quelque chose de très curieux hier soir. Je pensais que vous aimeriez le savoir, même si pour le moment cela ne signifie pas grand-chose. Comme j'étais encore éveillée, en train de réfléchir à cette malheureuse affaire, je me suis levée pour me mettre à la fenêtre et devinez ce que j'ai vu…

— Eh bien ? dis-je.

— Gladys Cram, fit miss Marple avec emphase. Aussi vrai que je vous le dis, Gladys Cram s'enfonçant dans les bois, une valise à la main.

— Une valise ?

— C'est incroyable ! Que pouvait-elle bien faire à minuit dans les bois, une valise à la main ? (Nous échangeâmes un regard et elle ajouta :) Cela n'a peut-être rien à voir avec le meurtre mais c'est bizarre. N'est-ce pas une de ces petites choses bizarres qu'il ne faut pas négliger ?

— C'est incroyable. Pensez-vous qu'elle allait… euh… passer la nuit sur le site ?

— Sûrement pas, car un moment après elle réapparaissait les mains vides.

Nous échangeâmes de nouveau un long regard.

18

L'audience eut lieu à 2 heures de l'après-midi, au *Sanglier Bleu*. Nous étions samedi et tout St. Mary Mead, qui n'avait pas connu de crime depuis quinze ans, était en émoi. Il faut dire que le meurtre d'une personnalité comme le colonel Protheroe dans le bureau du presbytère était une véritable aubaine pour la population.

J'entendis plusieurs commentaires qui ne m'étaient sans doute pas destinés.

— Le pasteur est là. Il est tout pâle. Vous croyez qu'il est dans le coup ? Ça s'est passé au presbytère, après tout.

— Tu dérailles, Mary Adams. Il était chez Henry Abbott à l'heure du crime.

— Ça se peut, mais on dit qu'ils avaient eu des mots, lui et le colonel. Vous avez vu Mary Hill ? Elle fait sa fière sous prétexte qu'elle sert chez le pasteur. Chut ! c'est le coroner…

Le coroner était le Dr Roberts, de Much Benham. Il s'éclaircit la voix, ajusta ses lunettes et se rengorgea.

Pour ne pas paraître fastidieux, je me bornerai à dire que Lawrence Redding témoigna qu'il avait découvert le corps et identifia le revolver comme lui appartenant. La dernière fois qu'il l'avait vu chez lui, ce devait être le mardi, soit deux jours avant le meurtre, dans la bibliothèque ; il précisa qu'il ne fermait jamais sa porte à clef.

Mrs Protheroe raconta ensuite qu'elle avait vu son mari pour la dernière fois au village, vers 6 heures moins le quart, lorsqu'ils s'étaient séparés dans la rue principale. Elle convint qu'elle était allée le chercher plus tard, au presbytère, vers 6 heures et quart, en empruntant le petit chemin et le portail de derrière. Tout étant silencieux dans le cabinet de travail, elle en avait déduit qu'il était vide. Si son mari était alors assis au bureau, elle ne l'avait pas vu. Pour autant qu'elle sache, le colonel était égal à lui-même ce jour-là. Elle ne lui connaissait aucun ennemi sérieux.

Je fus le troisième témoin ; j'évoquai mon rendez-vous avec Protheroe et l'appel téléphonique en provenance de chez Abbott, puis je décrivis comment j'avais découvert le corps et fait prévenir le Dr Haydock.

— Qui savait que vous aviez rendez-vous au presbytère avec le colonel Protheroe ce soir-là, Mr Clement ?

— Ma femme et mon neveu le savaient, et tout le monde pouvait l'avoir entendu car le colonel, qui était un peu dur d'oreille, l'avait claironné, le matin même au village, lorsque nous nous étions croisés.

— Ce n'était donc pas un mystère ? insista le coroner.

— Certes pas, dis-je.

Le Dr Haydock s'avança ensuite, pour un témoignage capital. Il décrivit dans le détail et en termes techniques la position du corps et les blessures apparentes. Selon lui le colonel avait été tué pendant qu'il était en train d'écrire ; entre 18 h 20 et 18 h 30, en tout cas pas plus tard que 18 h 35. Il était formel sur ce point. Bien sûr, on ne pouvait parler de suicide ; il était impossible que le colonel se fût blessé lui-même de la sorte.

L'inspecteur fit une déposition à la fois discrète et laconique. Il avait été appelé sur les lieux, dit-il, et amené devant le corps. Le message inachevé du colonel Protheroe fut produit et ces messieurs insistèrent sur l'heure : 18 h 20. On montra aussi la pendulette, et 18 h 22 fut retenu comme l'heure de la mort. La police ne lâchait pas le morceau : Anne Protheroe devait me raconter ensuite qu'on l'avait pressée de faire comme si elle était arrivée au presbytère un peu avant 6 h 20.

Mary affirma sans ambages qu'elle n'avait rien entendu et ne voulait rien entendre. D'habitude, les gens en visite au presbytère ne se faisaient pas assassiner. Quant à elle, elle faisait son travail sans s'occuper du reste. Le colonel était arrivé à 6 heures et quart pétantes. Non, elle n'avait pas regardé l'heure, le quart avait sonné au clocher juste après qu'elle l'avait fait entrer dans le bureau. Non, elle n'avait pas entendu de détonation ; s'il y avait eu un coup de feu, elle l'aurait entendu. Oui, elle savait qu'il y avait eu un coup de feu puisque ce monsieur avait été trouvé mort… mais elle n'avait rien entendu.

En accord avec le colonel Melchett, le coroner n'insista pas.

Ensuite un certificat médical, signé par le Dr Haydock, fut produit, indiquant que Mrs Lestrange était souffrante et ne pouvait se présenter à la convocation.

Il ne restait plus que la vieille femme qui faisait le ménage chez Lawrence Redding, Mrs Archer.

On lui montra le revolver et elle le reconnut ; il venait du salon de Mr Redding.

— Le jeune monsieur le laissait traîner sur les rayons de la bibliothèque, dit-elle.

Il y était encore le jour du meurtre. Oui, elle était sûre qu'il y était à l'heure du déjeuner, le jeudi, à 1 heure moins le quart, quand elle était partie après son travail.

Les propos de l'inspecteur me revinrent à l'esprit et je m'étonnai. Mrs Archer était restée plutôt vague lorsqu'il l'avait interrogée, alors qu'elle était formelle aujourd'hui.

Le coroner résuma la situation d'un ton ferme et le verdict fut rendu en ces termes : homicide commis par un ou plusieurs inconnus.

Comme je quittais la salle, mon attention fut attirée par un petit groupe de jeunes gens à l'œil vif et intelligent ; le visage de plusieurs d'entre eux m'était familier car je les avais vus déambuler dans les parages, ces jours derniers. Je m'engouffrai au *Sanglier Bleu* pour leur échapper et, par chance, tombai nez à nez avec l'archéologue.

— Les journalistes, soufflai-je laconique en lui saisissant le bras. Aidez-moi à m'esquiver.

— Mais certainement, Mr Clement. Montons à l'étage, voulez-vous ?

Je le précédai par un escalier étroit et il me fit entrer dans un salon où miss Cram tapait à la machine avec dextérité. Elle sourit aimablement et en profita pour faire une petite pause.

— C'est terrible de ne pas savoir qui a fait le coup, non ? A part ça, je suis déçue ; cette audience était d'un rasoir ! A mon avis, il ne s'y est rien dit d'intéressant, du début à la fin.

— Vous y étiez donc ?

— Si j'y étais ! Et vous ne m'avez pas vue ? Vrai de vrai ? C'est vexant, tout de même, car un gentleman, même s'il est pasteur, devrait au moins avoir des yeux pour voir.

— Y étiez-vous, vous aussi ? demandai-je au Pr Stone pour couper court à ce petit jeu.

J'avoue que les jeunes filles comme miss Cram me mettent toujours très mal à l'aise.

— Non, me répondit l'archéologue. Je suis mauvais juge et... bien trop pris par mon dada.

— Une véritable passion, à ce que je crois.

— Avez-vous quelques notions d'archéologie ?

Je fus forcé de reconnaître que ce n'était pas le cas, mais le Pr Stone ne s'en formalisa pas ; comme si je lui eusse affirmé le contraire, il s'enflamma et se lança dans une véritable tirade : Fosses, tumulus, âge de pierre, âge de bronze, paléolithique, néolithique, dolmens et sarcophages... il se montrait intarissable. Je me contentais d'opiner du chef d'un air entendu... Je ne sais si j'y parvins mais l'archéologue ronronnait : c'est un petit homme au teint fleuri, au crâne chauve et à la face de lune ; ses petits yeux vous sourient à travers des verres épais comme des culs de bouteille. Je ne connais personne comme lui, capable de s'emballer sans qu'il soit besoin de l'aiguillonner. Il m'exposa sa théorie en long et en large et ne m'épargna aucun argument, quoique je n'y entendisse goutte. Après quoi il entreprit de m'expliquer ses divergences de vue avec le colonel Protheroe.

— Un vieux butor entêté, s'emporta-t-il. Je sais bien que le bonhomme est mort et qu'il n'est pas chrétien de médire des morts, mais la mort ne change rien à l'affaire. Un vieux butor entêté, voilà ce qu'il était. Sous prétexte qu'il avait lu quelques livres, il se prenait pour une autorité… quand vous pensez que j'ai passé toute ma vie à creuser le sujet ! Toute ma vie, Mr Clement, vous m'entendez ? Toute ma vie…

L'énervement le faisait bégayer. Gladys Cram le ramena sur terre d'une remarque anodine.

— Attention ! Vous allez rater votre train !

— Oh ! (Le petit homme s'arrêta net et sortit sa montre de sa poche.) Bon Dieu ! moins le quart ! Ce n'est pas possible.

— Quand vous vous lancez dans un de vos discours, le temps n'existe plus. Que feriez-vous si je n'étais pas là ?

— Vous avez raison, mon petit. (Il lui tapota l'épaule avec affection.) Elle est merveilleuse, Mr Clement. Elle pense à tout… On peut dire que j'ai de la chance de l'avoir dénichée.

— Allons, allons, Pr Stone, minauda la chère petite. Vous allez me pourrir !

Je ne pus m'empêcher de penser que ceux qui flairaient le mariage du Pr Stone et de miss Cram n'avaient peut-être pas tort. A sa façon, miss Cram était en effet du genre plutôt futé.

— C'est l'heure, dit-elle.

— C'est bon, c'est bon, j'y vais.

Il disparut dans la pièce voisine et revint chargé d'une valise.

— Vous partez ? m'étonnai-je.

— J'ai affaire à Londres, m'expliqua-t-il. Je dois voir ma vieille mère demain, j'ai rendez-vous avec mon avocat lundi et je reviens mardi. Au fait, j'espère que la mort du colonel ne changera rien à nos arrangements en ce qui concerne les fouilles, et que Mrs Protheroe consentira à me laisser poursuivre mon travail.

— Sans aucun doute.

Tout en l'écoutant, je me demandai à part moi qui prendrait désormais les rênes de Old Hall. Peut-être Lettice hériterait-elle. En tout cas il serait intéressant de connaître les dispositions prises par le colonel Protheroe.

— La mort cause bien des tracas, observa miss Cram d'un air mélancolique. Si vous saviez comme ça peut faire du mal dans une famille…

— Allons ! c'est l'heure, dit le Pr Stone en cherchant en vain à empoigner sa valise, un plaid et un parapluie géant.

Je vins à sa rescousse mais il protesta :

— Ne vous dérangez pas... Ne vous dérangez pas. Ça ira. Je demanderai à quelqu'un, en bas.

Mais en bas, il n'y avait plus âme qui vive. Les journalistes devaient payer à boire à toute la galerie, et l'heure tournait. Aussi prîmes-nous le chemin de la gare, le Pr Stone chargé de sa valise, et moi du plaid et du parapluie.

Nous nous hâtions, hors d'haleine.

— Vous êtes vraiment trop bon, ahanait le Pr Stone. Je ne voulais pas... vous déranger. J'espère que nous n'allons pas manquer... le train... Gladys est une bonne fille... Elle est merveilleuse... et elle a bon caractère... elle n'est pas très heureuse chez elle... mais elle a un cœur d'or... un cœur d'or, je vous assure... Bien sûr, il y a la différence d'âge... mais nous avons beaucoup de points communs...

Si elle l'avait entendu, miss Marple ne se serait pas privée d'évoquer d'autres couples dans le même cas.

La maison de Lawrence Redding nous apparut juste comme nous tournions au coin de la rue menant à la gare. Elle est construite à l'écart et plutôt isolée. Deux jeunes gens bien mis se tenaient sur le seuil, et j'en aperçus deux autres à la fenêtre. Les journalistes étaient à la noce.

— Redding est un brave garçon, dis-je pour voir la réaction de mon compagnon.

Il était à bout de souffle et pouvait à peine parler, mais il souffla un mot que je ne compris pas tout d'abord.

— Dangereux, cracha-t-il quand je lui demandai de répéter. Très dangereux, même. Toutes les jeunes filles en sont folles... il n'y a pas pire... se laisser baratiner par un type comme ça... toujours à leur tourner autour... C'est très mauvais...

L'unique jeune homme de St. Mary Mead n'était apparemment pas passé inaperçu aux yeux de la blonde Gladys elle-même.

— Bon Dieu ! Le train, éructa Stone.

Nous n'étions plus qu'à deux pas de la gare et nous nous mîmes à courir. Le train venant de Londres était à quai et celui qui s'y rendait entrait en gare.

En franchissant le guichet, nous bousculâmes un beau jeune homme que je reconnus comme le neveu de miss Marple. Sa prestance et son air d'indifférence furent un instant assombris par cette promiscuité forcée, et il chancela. Je m'excusai brièvement et nous nous ruâmes sur le quai. Le Pr Stone grimpa dans le premier wagon et je lui passai ses bagages tandis que le train s'ébranlait dans un sursaut involontaire.

Je lui fis adieu de la main et revins sur mes pas. Raymond West avait disparu mais je rejoignis notre pharmacien, qui répond au nom évocateur de Cherubim, et qui s'acheminait lentement vers le village.

— Il a bien failli manquer son train, fit-il. Au fait, comment va notre enquête, Mr Clement ?

Je lui rapportai le verdict.

— Ah ! voilà... Je croyais que l'audience avait été ajournée. Et où partait si vite le Pr Stone ? Il a eu de la chance de ne pas le rater, m'expliqua-t-il après que je l'eus renseigné. On ne sait jamais, sur cette ligne. C'est une honte, je vous assure ! Un scandale ! Mon train avait dix minutes de retard. Et c'était un samedi... un jour où il n'y a pas grand monde. Et l'autre jour, mercredi... non, jeudi plutôt... oui, c'est bien cela, jeudi... le jour du meurtre. Je ne l'ai pas oublié car j'avais la ferme intention d'écrire une lettre salée à la compagnie des chemins de fer, mais cette histoire de meurtre me l'a complètement sorti de la tête. Alors, je vous disais, jeudi dernier, j'avais une réunion avec l'association des pharmaciens, eh bien, savez-vous combien le 18 h 50 avait de retard ? Une demi-heure ! Une demi-heure, vous m'entendez ? Qu'est-ce que vous dites de ça ? Dix minutes, passe encore, mais s'il arrive à 19 h 20, pourquoi par-le-t-on du 18 h 50 ? Sans compter que vous n'êtes pas chez vous avant la demie.

— En effet, dis-je, me demandant comment m'esquiver.

Et je le plantai là, sous prétexte que j'avais quelque chose à dire à Lawrence Redding que je venais d'apercevoir, de l'autre côté de la rue.

19

— Je suis très heureux de vous rencontrer, fit Lawrence. Venez donc, à la maison.

Nous franchîmes un petit portail rustique, longeâmes une allée et mon compagnon sortit une clef de sa poche pour l'introduire dans la serrure.

— Vous fermez donc à clef, fis-je observer.

— On ferme l'écurie lorsque le cheval est parti, ricana-t-il avec amertume. (Il s'effaça pour me laisser entrer et poursuivit :) Il y a quelque chose de déplaisant dans cette affaire. C'est trop… comment dire ?… c'est l'œuvre de quelqu'un qui est trop au fait des choses. Quelqu'un connaissait l'existence du revolver ; ce qui signifie que le meurtrier, quel qu'il soit, était déjà venu chez moi, que je lui avais peut-être même offert un verre.

— N'en croyez rien, objectai-je. Je parierais que tout St. Mary Mead sait où vous rangez votre brosse à dents et connaît la marque de votre dentifrice.

— Et en quoi cela pourrait-il intéresser les gens d'ici ?

— Je l'ignore, mais ils se passionnent pour ces choses-là, et si vous venez à changer de crème à raser, il n'est plus question que de cela.

— Faut-il qu'on n'ait rien à faire dans ces villages !

— C'est bien là le drame. Il ne se passe jamais rien, ici.

— On ne peut plus en dire autant, à présent. Mais qui peut bien colporter des ragots sur les brosses à dents et les crèmes à raser ?

— Disons que c'est la vieille Mrs Archer.

— Ce vieux chameau ? Elle est un peu simple d'esprit, non ?

— C'est ce que vous croyez. Les pauvres gens passent souvent pour des imbéciles, mais vous vous apercevrez peut-être un jour que cette femme a toute sa tête. Au fait, elle affirme que le revolver était bien là jeudi à midi, et je me demande ce qui a pu l'en convaincre.

— Je n'en sais fichtre rien.

— Croyez-vous qu'elle a raison ?

— Encore une fois, je l'ignore. Je ne passe pas mes journées à faire l'inventaire…

J'examinai le petit salon : la moindre étagère, le moindre guéridon était encombré des objets les plus divers. Lawrence vivait entouré d'un désordre bohème qui m'eût rendu fou.

— Ce n'est pas une mince affaire de mettre la main sur ce que je cherche, parfois, fit-il en me lançant un coup d'œil rapide. D'un autre côté, j'ai tout sous la main, tout est là…

— Je ne le nierai pas, dis-je. Mais peut-être ce revolver aurait-il dû être rangé quelque part.

— J'étais sûr que j'aurais droit à une pique de la

part du coroner. Les coroners sont tellement idiots ! Je l'attendais au tournant.

— Le revolver était-il chargé ?

— Je ne suis pas fou, fit Lawrence avec un signe de dénégation, mais il y avait une boîte de cartouches à côté.

— Le chargeur contenait six balles dont une seule a été tirée.

— Et qui a tiré ? enchaîna Lawrence. J'aimerais bien le savoir car, à moins de trouver le meurtrier, c'est moi qui serai soupçonné jusqu'à la fin de mes jours.

— Allons, allons, mon garçon…

— C'est pourtant la vérité ! (Il réfléchit un instant, puis finit par lâcher :) Je vais vous raconter ce que j'ai fait, hier soir. Je ne vous apprendrai rien si je vous dis que miss Marple est au courant de tout.

— Et je sais qu'on a tendance à lui en vouloir à cause de ça, admis-je.

Suivant le conseil de la vieille demoiselle, Lawrence s'était donc rendu à Old Hall, et là, avec la caution d'Anne, il avait interrogé la petite bonne.

— Mr Redding aimerait vous poser une ou deux petites questions, Rose, avait dit Mrs Protheroe avant de les laisser seuls.

Lawrence se sentait un peu nerveux. Rose était une jolie fille de vingt-cinq ans environ, et elle posait sur lui un regard innocent qui n'était pas fait pour l'enhardir.

— C'est au sujet de… de la mort du colonel…

— Oui, monsieur.

— Je tiens par-dessus tout à découvrir la vérité, comprenez-vous ?

— Oui, monsieur.

— Peut-être que quelqu'un… quelque chose… Il a pu se produire un fait qui… que… (Il enrageait d'être aussi lamentable et, en son for intérieur, maudit l'instigatrice de cette entrevue.) Peut-être pourriez-vous m'aider, réussit-il à dire.

— Comment monsieur ?

Le comportement de Rose était irréprochable ; elle était polie et attentive, mais rien ne l'atteignait.

— Bon sang ! fit enfin Lawrence. N'avez-vous donc pas parlé de cette affaire entre vous, à l'office ?

Cette attaque frontale fit monter le rouge aux joues de Rose. Sa belle indifférence avait été ébranlée.

— A l'office, monsieur ?

— Ou chez le gardien, ou à l'écurie, n'importe où… vous devez bien parler entre vous !

Rose parut soudain éprouver une furieuse envie de rire et ce fut un encouragement pour Lawrence.

— Vous êtes une bonne fille, Rose, mettez-vous à ma place : je ne tiens pas à être pendu. Ce n'est pas moi qui ai tué votre maître, quoi que continuent d'en penser bon nombre de personnes. Je vous en prie, aidez-moi !

J'eus une vision de Lawrence en cet instant, de son beau visage tendu, de ses yeux bleus suppliants... Il n'en avait pas fallu davantage pour que Rose baissât les armes.

— Oh ! monsieur, je suis sûre... Si nous pouvions être d'un quelconque secours... Nous ne pensons pas que vous l'avez tué. Ça, non !

— Je m'en doutais, ma fille. Mais votre certitude n'est d'aucune utilité aux yeux de la police.

— La police ! sursauta Rose. Je vais vous dire une chose, monsieur : nous n'aimons guère l'inspecteur, ici. L'inspecteur Flem, je crois... Si c'est ça, la police...

— Mais la police a tous les pouvoirs, Rose. Vous voulez m'aider ? Eh bien, je vais vous en donner l'occasion : parlez-moi de la dame qui est venue rendre visite au colonel, la veille du meurtre.

— Mrs Lestrange ?

— Voilà, Mrs Lestrange ! Pour moi, cette visite est suspecte.

— Vous avez bien raison, monsieur. C'est ce que nous avons pensé, nous aussi.

— Ah bon ?

— Venir à cette heure-là ! Et demander après le colonel... Bien sûr, nous en avons parlé entre nous... Nous ne l'avions jamais vue, ici. Mrs Simmons, la gardienne, a dit qu'elle était louche. Mais après ce que m'a rapporté Gladdie, je ne sais plus que penser.

— Gladdie vous a dit quelque chose ?

— Oh ! pas grand-chose, monsieur. C'est juste que... enfin, on en a parlé, vous voyez ?

Lawrence la regarda. Ne lui cachait-elle pas quelque chose ?

— Je serais curieux de savoir sur quoi portait la conversation entre Mrs Lestrange et le colonel.

— Oui, monsieur.

— Vous le savez, n'est-ce pas, Rose ?

— Moi ? Non, monsieur. Pas du tout. Comment pourrais-je le savoir ?

— S'il est vrai que vous voulez m'aider, Rose, et si vous avez entendu quoi que ce soit, n'importe quoi… même une petite chose… je vous serais très reconnaissant de bien vouloir me le dire. Après tout, il arrive qu'on ait l'occasion d'entendre un mot…

— Moi, je n'ai rien entendu, monsieur. Rien du tout !

— Mais peut-être quelqu'un d'autre…

— C'est que…

— N'ayez pas peur, Rose, dites-le-moi.

— Mais Gladdie va…

— Gladdie elle-même vous demanderait de me le répéter. Mais au fait, qui est Gladdie ?

— Elle aide à la cuisine, monsieur. Et justement, elle était sortie pour parler à un de ses amis, et elle passait devant la fenêtre du bureau, et le maître était là avec cette dame. Et, bien sûr, il parlait très fort, comme d'habitude. Et par curiosité, je veux dire…

— Je comprends ! Qui n'en eût fait autant ?

— Elle ne l'a répété à personne, sauf à moi, et nous avons trouvé ça plutôt bizarre. Gladdie ne pouvait rien dire à personne, car si on avait su qu'elle était sortie pour parler à… à son ami, Mrs Pratt, la cuisinière, lui aurait sûrement tiré les oreilles. Mais je suis sûre qu'elle vous le racontera volontiers, à vous, monsieur.

— Je peux peut-être aller la voir à la cuisine ?

— Oh ! surtout pas, monsieur ! s'écria Rose horrifiée à cette idée. C'est impossible. Et puis, Gladdie est très timide.

Les choses finirent par s'arranger après une interminable discussion, et rendez-vous fut pris dans un bosquet du parc.

C'est là qu'à l'heure dite Lawrence rencontra la timide Gladdie, tremblante comme un petit animal peureux. Il ne fallut pas moins de dix minutes pour calmer la pauvre fille, dix minutes pendant lesquelles elle lui expliqua qu'elle n'aurait jamais dû… qu'elle ne devrait pas… qu'elle n'aurait pas cru que Rose… qu'elle n'avait pas voulu mal faire… et qu'elle risquait de se faire sermonner d'une belle manière si jamais Mrs Pratt avait vent de cette histoire.

Lawrence la rassura, la consola, la persuada, et Gladdie consentit enfin à parler :

— Je compte sur vous, monsieur, personne n'en saura rien ?

— Je vous le jure.

— Et on ne s'en servira pas contre moi au tribunal ?

— Du tout !

— Et Madame n'en saura rien ?

— En aucun cas.

— Si Mrs Pratt savait que…

— Elle ne le saura pas. Allez-y, je vous écoute.

— Vous êtes sûr que je dois…

— Mais oui. Un jour, vous serez bien contente de m'avoir sauvé la vie.

— Oh ! monsieur, je ne veux pas vous voir pendu ! s'étrangla Gladdie. Eh bien, voilà, je n'ai presque rien entendu… et c'était par hasard, je vous le jure.

— J'en suis sûr…

— Le colonel était hors de lui. « Après toutes ces années, vous osez venir ici, criait-il. C'est une honte… » Je n'ai pas entendu ce que la dame a répondu mais un moment après, il a dit : « Je refuse. Il n'en est pas question… pas-ques-tion ! » Je ne me souviens pas de tout, mais ce qui est sûr, c'est qu'ils se disputaient comme des chiffonniers ; elle voulait quelque chose et lui n'était pas d'accord. « N'avez-vous pas honte de venir ici ? » a-t-il dit encore. Et aussi : « Vous ne la verrez pas… Je vous l'interdis. » Cela m'a fait dresser l'oreille. Peut-être que la dame elle voulait dire quelque chose à Mrs Protheroe et que le colonel il avait peur de ce qu'elle voulait lui dire. Voyez-moi ça ! Que j'me suis dit. Le maître… ce mal embouché. Et même pas beau, avec ça ! Les hommes sont bien tous les mêmes, comme j'ai dit à mon ami, un peu plus tard. Il y croyait pas lui : ça l'étonnait de la part du colonel… un marguillier qui faisait la quête à l'office et qui lisait la Bible le dimanche. « Ma mère, elle disait que c'étaient bien souvent les pires », voilà ce que je lui ai répondu.

Essoufflée, Gladdie s'interrompit et Lawrence s'évertua avec tact à la ramener au cœur du sujet.

— Avez-vous entendu encore autre chose ?

— Je ne m'en souviens pas bien, monsieur. Il

répétait toujours la même chose : « Vous ne me le ferez pas croire » comme ça, et puis : « Je me fiche de ce que dit Haydock ; vous ne me le ferez pas croire. »

— Vous avez bien entendu : « Je me fiche de ce que dit Haydock » ?

— Il a même crié que c'était un complot contre lui.

— Et que disait la dame ?

— Je n'ai entendu que la fin. Elle avait dû se lever pour partir et elle s'était approchée de la fenêtre. Là, j'ai senti mon sang se glacer. « Il se pourrait que demain, à la même heure, on vous retrouve mort. » Voilà ce qu'elle a dit d'une voix mauvaise. Et dès que j'ai appris la nouvelle : « Tu te rends compte ! » que j'ai dit à Rose. « Tu te rends compte ! »

Lawrence resta un long moment perdu dans ses pensées. Jusqu'à quel point pouvait-il croire au récit de Gladdie ? Ce devait être la vérité *grosso modo*, mais n'avait-elle pas enjolivé la scène depuis le crime ? Cette dernière phrase, surtout… Il fallait s'en méfier. Elle avait pu être forgée de toutes pièces après le meurtre.

Il remercia Gladdie, la récompensa généreusement et la rassura de nouveau : Mrs Pratt n'en saurait rien. Puis il quitta Old Hall, pensif et tourmenté.

Une chose était claire : l'entrevue de Mrs Lestrange et du colonel Protheroe avait été orageuse, et le colonel l'avait cachée à sa femme.

La double vie du marguillier de miss Marple me revint à l'esprit. Etait-ce le cas, cette fois encore ?

Et le rôle de Haydock dans l'affaire m'intriguait. N'avait-il pas épargné à Mrs Lestrange de paraître à l'audience ? Il avait fait tout ce qui était en son pouvoir pour la protéger contre la police.

Jusqu'à quel point la défendrait-il ?

En supposant qu'il la soupçonne d'être l'auteur du crime, irait-il jusqu'à la couvrir ?

C'était une femme étrange et douée d'un puissant magnétisme. L'idée qu'elle pût d'une façon quelconque être mêlée au crime me révoltait.

Une voix en moi soufflait : ce ne peut pas être elle. Et pourquoi pas ? Parce que c'est une femme très belle et très séduisante, voilà pourquoi ! me chuchotait une autre petite voix. Miss Marple avait raison : un pasteur n'en est pas moins homme.

20

J'arrivai au presbytère en pleine querelle domestique. Griselda m'accueillit dans l'entrée, les larmes aux yeux, et m'entraîna au salon :

— Elle nous quitte.

— Qui nous quitte ?

— Mary, elle rend son tablier.

— Allons, allons ! dis-je, incapable de prendre cette nouvelle au tragique, nous en trouverons une autre.

C'était la solution la plus sage à mon sens : lorsqu'une bonne vous quitte, vous en engagez une autre ; aussi ne comprenais-je pas la raison des regards chargés de reproche que me lançait Griselda.

— Quel homme sans cœur vous faites, Len. On voit bien que cela vous importe peu.

Elle avait raison, et j'étais même soulagé à la perspective de ne plus avoir à ingurgiter des puddings brûlés et des légumes à moitié crus.

— Je serai obligée d'en chercher une autre et de tout lui apprendre, se lamenta Griselda.

— Mary a-t-elle jamais appris quoi que ce soit ?

— Mais oui ! s'exclama mon épouse.

— Quelqu'un l'aura entendue nous donner du

« madame… monsieur » et lui aura prêté tous les mérites… il ne va pas tarder à déchanter…

— N'en croyez rien, personne ne veut nous la souffler, et d'ailleurs le contraire m'eût étonnée, mais elle a été piquée au vif car Lettice Protheroe lui a reproché de mal faire la poussière.

Griselda ne cesse de m'étonner par ses déclarations, mais cette fois, mon étonnement me poussa à lui demander des précisions. Miss Protheroe avait-elle eu le front de venir faire des reproches à notre bonne sur la qualité de ses prestations au presbytère ? Ce n'était guère de Lettice, et je le fis observer à Griselda.

— Je ne vois pas en quoi Lettice Protheroe est concernée par le ménage au presbytère.

— Moi non plus ! C'est ridicule et c'est pourquoi vous devriez aller voir Mary. Elle est à la cuisine.

Je n'avais aucune envie de voir Mary mais, sans me laisser le temps de protester, Griselda me poussa gentiment quoique fermement vers la porte capitonnée qui séparait la salle à manger de la cuisine.

Mary était occupée à peler des pommes de terre devant l'évier.

— Euh… bonjour, dis-je timidement.

Elle jeta un coup d'œil sur moi et renifla sans répondre.

— Mrs Clement me dit que vous auriez l'intention de nous quitter ?

Mary condescendit à répondre, la mine sombre :

— On n'est pas obligé de tout supporter.

— Je ne comprends pas…

— Hein ?

— Vous ne voulez pas me dire ce qui vous a contrariée de la sorte ?

— Ce sera vite fait ! (Elle exagérait un peu.) Il y a des gens qui viennent et fourrent leur nez partout ici, dès que j'ai le dos tourné, et qui farfouillent dans tous les coins. De quoi ils se mêlent, à dire que le ménage n'est pas fait dans le bureau, ou qu'il y a du désordre ? Si votre dame et vous ne vous plaignez de rien, ça ne regarde pas les autres. Si ça vous va, ça me va aussi.

Mais cela ne m'allait pas du tout et j'aurais de loin préféré que la maison soit impeccable et bien rangée. Se contenter de donner un coup de chiffon sur les tables basses était loin d'être suffisant à mes yeux, mais l'heure n'était pas à ces détails.

— Et ils m'ont convoquée à l'audience… moi, une fille respectable, répondre aux questions d'une douzaine d'hommes ! Laissez-moi vous dire une chose, monsieur : c'est la première et la dernière fois que je suis placée dans une maison où on tue un homme.

— Espérons-le ! mais si l'on en croit la loi des probabilités vous n'avez guère de chances…

— Je ne veux rien avoir à faire avec la loi, moi. Le colonel était magistrat, lui, et Dieu sait combien de pauvres gens sont allés en prison à cause de lui, pour avoir chopé un lapin, ou ses maudits faisans… Il n'est pas encore en terre et sa fille vient dire que je fais mal mon travail !

— Miss Protheroe est venue ici ?

— Je l'ai trouvée dans le bureau en revenant du *Sanglier Bleu*. « Je cherche mon petit béret jaune, qu'elle a fait. Un petit bibi jaune que j'ai oublié l'autre jour. » Moi, je n'ai pas vu de bibi quand j'ai fait le bureau, jeudi matin, et je le lui ai dit. « Pas étonnant, le ménage est vite fait, avec vous, hein ? » qu'elle m'a répondu. Et voilà qu'elle passe son doigt sur la tablette de la cheminée et le regarde... Comme si j'avais que ça à faire, ce matin-là, enlever tous les bibelots et faire la poussière, avec la police qui avait rouvert la porte juste la veille. « Si Madame et Monsieur sont contents de mes services, moi aussi, miss », que j'ai dit. Elle est sortie par la porte-fenêtre en riant et m'a demandé : « Et vous êtes bien sûre qu'ils en sont contents, de vos services ? »

— Je vois...

— Mais j'ai ma fierté, moi ! Je m'échine au travail pour vous et votre dame, et je suis toujours prête quand il faut essayer une nouvelle recette.

— Pour ça, oui, dis-je pour la calmer.

— Quelque chose sera parvenu aux oreilles de miss Protheroe sinon elle n'aurait jamais dit ça. Si vous n'êtes pas contents de moi, je préfère partir. Notez que je me fiche de ce qu'elle a dit, je sais qu'il ne l'aiment pas beaucoup à Old Hall. Jamais un « s'il vous plaît », jamais un « merci » et il paraît qu'elle laisse tout traîner. Je me ficherais bien de miss Lettice Protheroe mais c'est Mr Dennis... Elle sait y faire pour entortiller les garçons.

Mary n'avait cessé, pendant son discours, d'extraire les yeux des pommes de terre si vigoureusement qu'ils sautaient à travers la cuisine et que l'un d'eux m'arriva dans l'œil, interrompant un instant notre conversation.

— N'avez-vous pas été trop prompte à vous sentir offensée ? risquai-je en me tamponnant l'œil avec mon mouchoir. Mrs Clement serait navrée de vous perdre, Mary.

— Je n'ai rien contre votre dame, ni contre vous, monsieur.

— Dans ce cas, ne soyez pas stupide…

— J'étais toute retournée après l'enquête et tout, renifla Mary. J'ai ma fierté mais je ne voudrais pas embêter Madame.

— C'est fini, allons ! conclus-je en quittant la cuisine.

Griselda et Dennis m'attendaient dans l'entrée.

— Eh bien ? fit ma femme.

— Elle ne part plus, soupirai-je.

— J'étais sûre que vous sauriez vous y prendre, Len.

Ce n'était pas du tout mon avis. Je restais convaincu qu'il n'y avait pire cuisinière que Mary, et que dans tous les cas, nous aurions gagné au change. Néanmoins, j'énumérai les griefs de Mary pour faire plaisir à Griselda.

— C'est tout Lettice, dit Dennis. Je me demande comment elle aurait pu laisser son béret jaune au presbytère, mercredi, puisqu'elle le portait jeudi au tennis.

— Cela paraît l'évidence même, dis-je.

— Elle perd tout, expliqua Dennis avec une sorte d'admiration affectueuse qui n'était guère de mise, selon moi. Elle perd un million de choses par jour !

— Belle qualité, en vérité, fis-je observer.

— Elle est pleine de qualités, soupira-t-il, imperméable à mes sarcasmes. On ne cesse de la demander en mariage… c'est elle-même qui me l'a dit.

— Ce sont sans doute des propositions malhonnêtes, remarquai-je, car il n'y a pas un seul garçon à marier dans les parages.

— Il y a le Pr Stone, dit Griselda avec un coup d'œil malicieux. (Je devais admettre qu'il l'avait invitée à visiter ses fouilles.) C'est tout naturel, Len, ajouta-t-elle, même les archéologues chauves peuvent s'apercevoir que Lettice est une beauté.

— Elle a du chien, dit Dennis d'un air de connaisseur.

— Pourtant, son charme laisse Lawrence Redding complètement indifférent, rétorqua Griselda avant d'expliquer : Il est très séduisant lui-même, mais ce qui lui plaît, ce sont les femmes puritaines… du genre quaker, réservées, froides. Anne est à mon avis la seule femme capable de le retenir. Ils sont faits l'un pour l'autre mais d'un autre côté, il s'est conduit comme un imbécile et n'a pas hésité à se servir de Lettice. Il ne s'est même pas aperçu qu'elle n'avait d'yeux que pour lui. C'est sa façon d'être modeste car à mon avis, il ne la laisse pas indifférente.

— Elle ne peut pas le sentir, dit Dennis, catégorique. Elle me l'a répété cent fois.

Je ne pus m'empêcher de noter le silence

méprisant avec lequel Griselda accueillit cette remarque et me retirai dans mon bureau.

Une atmosphère inquiétante baignait la pièce. Je devais lutter contre cette impression car, si je m'abandonnais ne fût-ce qu'une fois à mon sentiment de malaise, je ne pourrais jamais y remettre les pieds. Pensif, je marchai jusqu'à ma table. C'est là que Protheroe s'était assis, avec son visage rougeaud et autoritaire. C'est là qu'il avait été abattu. Son ennemi s'était tenu là où je me tenais.

Et puis… ç'avait été la fin de Protheroe. Voilà le porte-plume qu'il avait tenu entre ses doigts.

On voyait encore une tache sombre sur le plancher… Le tapis avait été expédié chez le teinturier, mais le sang avait traversé les fibres.

— Il m'est impossible de travailler ici, dis-je tout haut en frissonnant. Impossible.

Puis mon regard fut attiré par quelque chose… Une tache bleu clair sur le sol. Je me baissai pour ramasser un petit objet sous le bureau.

Je le tenais dans ma paume ouverte et l'examinais quand Griselda entra.

— J'avais oublié, Len : miss Marple compte sur nous après le dîner pour distraire son neveu. Elle ne voudrait pas qu'il s'ennuie… J'ai accepté l'invitation.

— Très bien, ma chérie.

— Qu'avez-vous dans la main ?

— Rien, rien, dis-je en refermant le poing et, la regardant, je remarquai : si Mr Raymond West n'apprécie pas votre compagnie, ma chérie, c'est qu'il est bien difficile.

— Vous exagérez, Len, dit ma femme en rougissant.

Elle quitta la pièce et je me remis à examiner le petit objet, dans ma paume : c'était une boucle d'oreille bleue, ornée d'un lapis-lazuli serti de perles minuscules.

Le bijou était original et je me rappelais fort bien où je l'avais vu, la dernière fois.

21

Je mentirais en prétendant nourrir une vive admiration pour Mr Raymond West. Je sais qu'il passe pour un brillant romancier et qu'il s'est fait un nom comme poète. Il écrit des poèmes sans ponctuation, ce qui est, parait-il, le comble du modernisme. Ses livres sont remplis de personnages odieux qui s'évertuent à sortir de leur médiocrité.

Il voue à sa « tante Jane » une affection un peu condescendante et la traite comme un vivant témoignage du passé. Elle-même l'écoute avec une attention flatteuse et, si ses yeux pétillants s'allument parfois d'une lueur amusée, Mr West n'a jamais fait mine de s'en apercevoir.

Il ne tarda pas à monopoliser Griselda et ils passèrent en revue toutes les pièces de théâtre contemporaines avant de définir le goût du jour en matière de décoration. Griselda affecte de se moquer de Raymond West, mais elle n'est pas insensible à sa conversation.

Pendant que je bavardais sans enthousiasme avec miss Marple, j'entendis son neveu répéter plusieurs fois : « … enterrée comme vous l'êtes dans ce trou… » et je sentis la moutarde me monter au nez.

— Vous nous croyez sans doute totalement coupés du monde, ici ? lui demandai-je à brûle-pourpoint.

— Pour moi, St. Mary Mead est une mare d'eau stagnante, fit-il, pontifiant, en agitant mollement sa cigarette.

Il nous regarda, prêt à essuyer une grêle de protestations, mais sa provocation tomba à plat, à son vif dépit.

— La comparaison est impropre, mon cher Raymond, dit miss Marple d'un ton animé. Rien n'est plus vivant qu'une goutte d'eau provenant d'une mare stagnante vue au microscope.

— Vivant… d'une drôle de vie, concéda l'écrivain.

— Mais c'est toujours la vie, dit miss Marple.

— Je ne savais pas que vous vous preniez pour un spécimen des eaux stagnantes, tante Jane.

— N'est-ce pas là le thème de votre dernier livre, mon cher ?

Aucun romancier digne de ce nom n'aime à se voir contredit par ses propres romans, et Raymond West ne faisait pas exception à la règle.

— Cela n'a rien à voir, aboya-t-il.

— Après tout, la vie n'est-elle pas toujours la vie ? reprit miss Marple avec sérénité. Naître, grandir, rencontrer ses semblables, s'affronter à eux, se marier, avoir des enfants…

— Et mourir, conclut West. Et parfois même sans

certificat de décès. Devenir un mort-vivant, en somme.

— Au fait, savez-vous qu'il y a eu un meurtre, à St. Mary Mead ? fit Griselda.

Raymond West balaya cette histoire de meurtre d'un revers de la main :

— Le meurtre est si vulgaire ! Aucun intérêt…

Je n'en croyais pas un mot. On dit que l'on aime ceux qui aiment, le même adage pourrait s'appliquer au meurtre : nul ne saurait rester indifférent à un meurtre. Des gens sans prétentions, comme Griselda et moi, sont tout prêts à l'admettre, mais un homme comme Raymond West se croit obligé de prétendre le contraire… du moins pendant cinq minutes, car il fut bientôt remis à sa place.

— Nous n'avons parlé que de cela durant tout le dîner, fit remarquer sa tante.

— Je suis passionné par les nouvelles locales, se hâta d'expliquer Raymond avec un sourire patelin.

— Et quelle est votre opinion ? demanda Griselda.

— Logiquement, énonça Raymond West en traçant des cercles avec sa cigarette, une seule personne a pu tuer Protheroe.

— Ah oui ? fit Griselda.

Nous étions suspendus à ses lèvres.

— Le pasteur, fit-il en pointant son doigt sur moi. (Je sursautai.) Bien sûr, me rassura-t-il aussitôt, je sais qu'il n'en est rien. Les choses ne sont jamais ce qu'elles devraient être. Mais quel scénario ! Le marguillier tué par le pasteur, dans le bureau du presbytère. Superbe !

— Et le mobile ? demandai-je.

— Ah ! voilà qui est intéressant. (Il laissa sa cigarette s'éteindre.) Peut-être un complexe d'infériorité... De la rancœur accumulée... Je devrais en faire un roman... d'une stupéfiante complexité. Semaine après semaine, année après année, le pasteur a vu son marguillier dans les réunions d'administration de la paroisse et lors des excursions des enfants de chœur ; il l'a vu faire la quête pendant les offices et rapporter les offrandes à l'autel ; il ne l'a jamais aimé et a toujours dû cacher son jeu. Ce n'est guère charitable et il lutte contre son antipathie. Mais elle couve, et un beau jour...

Il fit un geste expressif.

— Vous reconnaissez-vous dans ce tableau, Len ? me demanda Griselda.

— Pas du tout, répliquai-je, sincère.

— Et pourtant j'ai entendu dire que vous aviez souhaité sa mort, remarqua miss Marple.

Encore ce maudit Dennis ! Mais je l'avais bien cherché.

— Je dois reconnaître que c'est vrai, lâchai-je. C'était une réflexion stupide de ma part ; pour ma défense, je dois avouer que nous avions eu une matinée épouvantable.

— Quel dommage ! fit West. Car si vous aviez inconsciemment le projet de vous débarrasser de lui, vous n'auriez jamais laissé échapper cette remarque. Ma théorie s'effondre, soupira-t-il.

Encore un de ces meurtres banals, vengeance de braconnier ou autre.

— J'ai eu la visite de miss Cram, cet après-midi, annonça miss Marple. Nous nous étions croisées au village et je lui avais proposé de venir voir mon jardin.

— Elle a donc du goût pour le jardinage ? demanda Griselda.

— Je n'irais pas jusque-là, fit miss Marple avec un clin d'œil, mais c'était un prétexte tout trouvé pour bavarder un peu, n'est-ce pas ?

— Vous en avez tiré quelque chose ? demanda Griselda. C'est une brave fille, je crois.

— Je n'ai pas eu besoin de lui poser de questions elle m'a parlé d'elle, de sa famille, d'un tas de choses ! Ses parents sont morts ou vivent aux Indes. C'est bien triste ! Au fait, elle est à Old Hall pour le week-end.

— Comment ?

— Mrs Protheroe le lui a demandé, à moins qu'elle ne l'ait suggéré elle-même à Mrs Protheroe. Je ne connais pas les détails, mais c'est pour du secrétariat. Il y a du courrier à faire… vous savez ce que c'est. Et comme le Pr Stone est absent, miss Cram était inoccupée. On peut dire que ces fouilles ont été l'occasion d'un grand remue-ménage.

— Stone ? L'archéologue ? demanda West.

— C'est cela. Il a un chantier sur la propriété de Protheroe.

— C'est un homme qui connaît sa partie. Nous nous sommes rencontrés récemment dans un dîner, et nous avons eu une conversation passionnante. J'espère que je pourrai le voir.

Malheureusement, dis-je, il est à Londres pour le week-end. D'ailleurs, cet après-midi, à la gare, vous l'avez bousculé.

— C'est vous que j'ai bousculé. N'étiez-vous pas avec un petit gros à lunettes ?

— C'était le Pr Stone.

— Mais pas du tout, mon cher ami !

— Ce n'était pas le Pr Stone ?

— Ce n'était pas l'archéologue que je connais, je puis vous l'assurer. Il ne lui ressemblait même pas.

Nous nous regardâmes, interloqués, et j'échangeai un coup d'œil avec miss Marple.

— C'est incroyable ! m'exclamai-je.

— La valise, fit miss Marple.

— Je ne comprends pas..., commença Griselda.

— Je me souviens d'un homme qui s'était fait passer pour l'employé du gaz, il y a longtemps. Il avait récolté une petite fortune..., murmura miss Marple.

— Un imposteur, fit West. Voilà qui devient intéressant.

— Reste à savoir si c'est lié au meurtre, remarqua Griselda.

— Ce n'est pas sûr, dis-je en regardant miss Marple. Mais...

— C'est une de ces petites choses bizarres, dit-elle. Une de plus.

— Vous avez raison, et il faut en informer l'inspecteur tout de suite.

22

A peine avais-je exposé la situation à l'inspecteur Flem qu'il donna quelques ordres brefs et péremptoires : rien ne devait s'ébruiter ; miss Cram ne devait en aucun cas se douter de quoi que ce fût et, en attendant, il envoyait quelqu'un à la recherche de la valise.

Griselda et moi rentrâmes au presbytère, énervés par ces développements inattendus. Nous ne pouvions parler devant Dennis, puisque nous avions promis sur l'honneur de garder le silence. Et d'ailleurs mon neveu avait ses propres soucis ; il vint me rejoindre dans mon bureau et se mit à tripoter tout ce qui lui tombait sous la main, puis resta à se dandiner d'un pied sur l'autre, l'air embarrassé. Je finis par lui demander ce qui n'allait pas.

— Voilà ! Je ne veux plus faire carrière dans la marine marchande ! oncle Len.

— Mais tu y tenais tellement ! rétorquai-je, abasourdi, en songeant combien sa décision première m'avait toujours paru inflexible.

— J'ai changé d'avis.

— Et que comptes-tu faire ?

— Je veux travailler dans la finance.

— Qu'entends-tu par « la finance », demandai-je, de plus en plus éberlué.

— Je veux travailler à la *City*.

— Mais tu n'aimerais pas du tout cette vie-là, crois-moi ! Même si je pouvais te faire entrer dans une banque…

Mais Dennis ne voulait pas rentrer dans une banque. J'essayai alors de lui faire préciser son souhait mais, comme je m'y attendais, il ne savait pas exactement ce qu'il voulait.

Pour lui, « être dans la finance » signifiait en toute simplicité devenir riche, et vite ; ce qui, lorsqu'on est jeune et optimiste, se réalise à coup sûr et dans les plus brefs délais à condition de travailler à la *City*. Je m'efforçai en douceur de lui faire perdre ses illusions.

— Je te croyais fou de joie à l'idée d'entrer dans la marine, dis-je. Comment ce nouveau projet a-t-il germé dans ta tête ?

— J'ai réfléchi, oncle Len. Un jour, je me marierai et… vous savez… il faut être riche pour ça.

— La réalité est souvent bien différente de ta théorie.

— Je sais, mais s'il s'agit d'une vraie jeune fille, habituée à avoir tout ce qu'elle veut…

C'était vague mais je pensais néanmoins avoir compris.

— Tu sais, dis-je doucement, les filles ne sont pas toutes comme Lettice Protheroe.

— Vous êtes injuste avec elle ! s'emporta-t-il. Vous ne l'aimez pas, et Griselda la trouve exaspérante.

Si l'on se plaçait du point de vue d'une femme, Griselda n'avait pas tort : Lettice était exaspérante. Mais je comprenais qu'un jeune homme ne fût pas d'accord avec cette épithète.

— Les gens ne savent pas ce qu'est la tolérance. Même les Hartney Napier la harcèlent, dans un moment pareil. Sous prétexte qu'elle a quitté la partie de tennis avant la fin ! Et pourquoi aurait-il fallu qu'elle reste jusqu'à la fin si elle n'en avait pas envie ? C'était déjà bien gentil de sa part d'y être allée.

— Tu veux dire qu'elle leur faisait une faveur, sans doute ?

Dennis ne releva pas l'ironie. Il ne pensait qu'à prendre sa défense.

— C'est la personne la moins égoïste que je connaisse. La preuve ? Elle m'a obligé à rester chez les Hartney Napier. Je voulais la raccompagner mais elle n'a pas voulu en entendre parler ; ce serait incorrect vis-à-vis des Napier, m'a-t-elle dit. Je suis resté un quart d'heure de plus, juste pour lui faire plaisir. (La définition de la générosité a bien changé ! songeai-je.) Et maintenant, Suzanne Hartney Napier dit à qui veut l'entendre que Lettice a des mauvaises manières.

— Il ne faut pas t'inquiéter pour cela, Dennis.

— Je sais ! Mais je ferais n'importe quoi pour Lettice, explosa-t-il.

— Bien peu d'entre nous sont capables de faire n'importe quoi pour autrui, dis-je. Et même si c'est là ce que nous voulons, nous ne sommes pas toujours en mesure de le faire.

— Je voudrais être mort !

Pauvre Dennis ! Le premier amour est une maladie qui fait bien des ravages. J'évitai les platitudes habituelles et malheureusement trop vraies qui nous viennent à l'esprit dans ces moments-là, et lui souhaitai bonne nuit avant de monter me coucher.

Le lendemain matin, après le service de 8 heures, je rentrai au presbytère et trouvai Griselda attablée devant son petit déjeuner, une lettre à la main. Elle portait la signature d'Anne Protheroe.

Ma chère Griselda,

Je serais très heureuse de vous avoir à déjeuner avec votre mari, sans façon, aujourd'hui. Il s'est produit un incident très étrange et je voudrais connaître l'avis de Mr Clément.

N'en dites rien en arrivant ici car je n'en ai parlé à personne.

Affection, Anne Protheroe.

— Nous irons, n'est-ce pas ? Je me demande ce qui a bien pu se passer, dit Griselda.

Je me posais la même question.

— A mon avis, dis-je à mon épouse, cette affaire n'est pas finie.

— Il reste à démasquer l'assassin, bien sûr.

— Sans parler des prolongements et des aspects cachés. Il reste à démêler bien des choses avant de faire éclater la vérité.

— Vous faites allusion aux petits incidents anodins pris isolément mais qui ralentissent l'enquête ?

— Oui, c'est à cela que je pensais.

— Tout ça, c'est des histoires, fit Dennis en se servant de confiture. Le vieux Protheroe est mort et c'est tant mieux. Personne ne l'aimait. Je sais bien que la police est là pour éclaircir le mystère… mais j'espère qu'elle échouera. Je n'ai pas envie de voir Flem se pavaner avec de l'avancement.

Je ne suis qu'un homme et j'approuvais mon neveu sur ce dernier point. Un policier qui prenait un malin plaisir à vous maltraiter et à vous brimer ne pouvait tout de même pas s'attendre à être applaudi !

— Et le Dr Haydock est d'accord avec moi, poursuivit Dennis. Ce n'est pas lui qui irait donner un meurtrier ! C est lui-même qui l'a dit.

Voilà bien l'effet pernicieux des théories de Haydock, qu'il eût d'ailleurs été le premier à déplorer. Ce n'est pas qu'elles soient mauvaises en soi – je ne suis pas à même d'en juger mais elles peuvent s'insinuer dans de jeunes esprits malléables, au risque de les pervertir.

Griselda jeta un coup d'œil au-dehors et nous fit remarquer que des journalistes avaient envahi le jardin.

— Ils sont encore à prendre des photographies des fenêtres de votre bureau, soupira-t-elle.

Nous avions déjà beaucoup pâti de cette affaire ; d'abord ç'avait été la curiosité désœuvrée des gens du village et un défilé incessant de badauds ; ensuite les journalistes armés de leurs appareils photo ; puis de nouveau les gens du village venant admirer les journalistes. Nous avions fini par demander la protection de la police et un homme montait la garde à notre porte.

— Heureusement, les funérailles sont pour demain, dis-je. Ensuite les choses se tasseront.

Des journalistes rôdaient autour de Old Hall lorsque nous y arrivâmes. Certains m'abordèrent pour me poser des questions et je leur servis la meilleure parade que nous avions trouvée : « Je n'ai aucune déclaration à faire. »

Le maître d'hôtel nous fit passer au salon où nous découvrîmes miss Cram, de très bonne humeur.

— Ça vous étonne, hein ? dit-elle en nous serrant la main. Je n'y aurais pas pensé mais Mrs Protheroe est si gentille. Une jeune fille comme moi, loger au *Sanglier Bleu,* seule, avec tous ces journalistes qui traînent… c'était un peu indécent. Et puis on a bien besoin d'une secrétaire ici, en ce moment, avec miss Protheroe qui ne lève pas le petit doigt…

Ainsi sa vieille animosité contre Lettice n'avait pas désarmé, songeai-je, amusé ; en revanche, Gladys était devenue une ardente partisane de Mrs Protheroe. J'allai jusqu'à me demander si le prétexte de son installation à Old Hall était bien celui qu'elle nous avait donné. L'initiative, selon elle, en revenait à Anne, mais je me permettais d'en douter. Peut-être la jeune fille s'était-elle plainte de se retrouver seule au *Sanglier Bleu.* Je continuais à penser qu'on ne pouvait pas lui faire tout à fait confiance.

C'est alors qu'Anne Protheroe entra dans la pièce, toute de noir vêtue ; elle tenait à la main le journal du dimanche qu'elle me tendit avec un regard peiné.

Je manque d'expérience dans ce domaine, mais n'est-ce pas affreux ? A l'audience, j'ai fait comprendre à un journaliste qui m'interrogeait que j'étais bouleversée et que je ne pouvais rien dire de plus. A sa question : « Voulez-vous à tout prix retrouver le meurtrier de votre mari ? », j'ai répondu : « oui ». Ensuite, il a voulu savoir si j'avais des soupçons et j'ai dit : « non ». « Ne pensais-je pas que le crime avait été commis par un familier ? » « Peut-être », ai-je dit. Et c'est tout. Et voilà le résultat !

Une photographie datant d'une bonne dizaine d'années s'étalait en pleine page — Dieu sait où ils étaient allés la dénicher. LA VEUVE DECLARE QU'ELLE N'AURA DE CESSE QUE NE SOIT DECOUVERT L'ASSASSIN DE SON MARI, lisait-on en gros titre. *La veuve du colonel assassiné est convaincue que le meurtrier est à rechercher parmi les proches de son mari. Ses soupçons ne sont pas encore des certitudes. Très affligée, elle affirme néanmoins sa détermination à démasquer le coupable.*

— C'est loin d'être ressemblant, n'est-ce pas ? soupira Anne.

— Je craignais que ce ne soit encore pire, répondis-je en lui rendant le journal.

— Quel culot ! s'écria miss Cram. Je voudrais bien qu'ils s'avisent de me cuisiner !...

Un clin d'œil de Griselda me fit comprendre que

nous avions eu la même idée : miss Cram était sincère – elle eût adoré être interrogée par la presse.

Le repas était servi et nous passâmes à table dans la salle à manger. Lettice apparut à la moitié du repas et se glissa à sa place avec un sourire pour Griselda et un petit signe de tête pour moi. Je l'observai : elle était égale à elle-même, absente, très jolie aussi, il faut bien le dire. Elle n'avait pas encore pris le deuil et portait une robe vert pâle qui faisait ressortir son teint délicat.

— Je désirerais parler au pasteur, déclara Anne après le café. Si vous le voulez bien, nous pourrions monter dans mon petit salon..., ajouta-t-elle à mon adresse.

J'allais enfin connaître le fin mot de l'affaire. Je me levai et elle me précéda dans l'escalier jusqu'à une porte à l'étage. J'ouvrais la bouche pour parler mais elle me fit signe de me taire et tendit l'oreille.

— Ils sortent dans le jardin, tant mieux. Nous n'avons qu'à monter directement.

A mon grand étonnement, elle m'entraîna au bout du couloir où se trouvait un autre petit escalier, aussi raide qu'une échelle de meunier, et s'y engagea ; je la suivis et nous nous retrouvâmes bientôt dans un corridor poussiéreux aux murs couverts d'étagères. Anne poussa une porte et s'effaça pour me laisser pénétrer dans un vaste grenier mal éclairé où s'entassait tout un bric-à-brac de malles, de vieux meubles cassés, de peintures empilées, toutes les vieilleries que l'on remise habituellement dans ce genre d'endroit.

Mrs Protheroe eut un pauvre sourire devant ma mine stupéfaite.

— Vous comprendrez que je dors d'un sommeil très léger en ce moment. Or, la nuit dernière, à 3 heures du matin, il m'a semblé entendre quelqu'un marcher dans la maison. J'ai écouté pendant un long moment, puis j'ai fini par me lever pour aller voir sur le palier ; là je me suis aperçue que le bruit ne provenait pas du rez-de-chaussée mais du grenier. Je suis allée jusqu'au pied du petit escalier que nous venons d'emprunter et de nouveau il m'a semblé entendre un bruit. J'ai appelé mais personne ne m'a répondu. Tout était silencieux, aussi ai-je cru que mes nerfs m'avaient joué un tour et suis-je retournée me coucher. Mais ce matin, je suis montée ici… par curiosité, et regardez ce que j'ai trouvé !

Elle se pencha sur une toile, appuyée contre le mur, dont on ne voyait que le châssis, et la retourna.

J'eus un haut-le-corps quand je découvris un portrait à l'huile dont le visage avait été lacéré à coups de couteau et rendu méconnaissable. On voyait bien que les dégâts avaient été causés tout récemment.

— C'est incroyable ! dis-je.

— C'est le mot ! Qu'en pensez-vous ?

Je ne voyais aucune explication…

— C'est un acte de sauvagerie, dis-je, et je n'aime pas du tout cela. Il faut que son auteur ait été saisi d'une véritable folie furieuse.

— C'est ce que j'ai pensé, moi aussi.

— De qui est ce portrait ?

— Je l'ignore, d'ailleurs je ne l'avais jamais vu. Toutes ces vieilleries étaient déjà au grenier lorsque je suis venue m'installer à Old Hall, après mon mariage avec Lucius. Je n'étais jamais montée fureter ici.

— C'est incroyable ! répétai-je.

Je me baissai pour regarder les autres tableaux : paysages médiocres, chromos et reproductions mal encadrés mis au rancart.

Rien d'utile ou qui puisse nous aider. Un coffre ancien portait les initiales E.P. J'en soulevai le couvercle mais il était vide. Rien qui pût nous fournir le moindre indice.

— C'est incroyable ! répétai-je pour la troisième fois. C'est à n'y rien comprendre.

— J'avoue que cela me fait un peu peur, dit Anne.

Nous n'avions plus qu'à redescendre ; ce que nous fîmes pour aller nous enfermer au salon.

— A votre avis, dois-je alerter la police ?

J'hésitai sur le parti à prendre.

— Il est difficile de dire si…

— … si cela est en rapport avec le meurtre, conclut Anne. Bien sûr… Mais je n'en ai pas l'impression.

— Dans ce cas, nous sommes en présence d'une autre de ces petites choses bizarres.

Chacun se perdit dans ses pensées.

— Permettez-moi de vous demander ce que vous comptez faire, maintenant.

Mrs Protheroe me regarda :

— Je vais rester à Old Hall pendant six mois,

répondit-elle sur un ton de défi. Non que j'en aie envie, la perspective de continuer à vivre ici m'est odieuse, mais je n'ai pas d'autre solution, sinon tout le monde dira que je me suis sauvée parce que j'avais quelque chose à me reprocher.

— Ne croyez pas cela !

— Mais si ! Surtout quand… (Elle s'interrompit un instant avant de poursuivre :) Voyez-vous, dans six mois… j'épouserai Lawrence. (Nos yeux se croisèrent.) Nous ne tenons pas à attendre davantage.

— C'est ce que je pensais.

Soudain elle s'effondra et se prit la tête entre les mains.

— Je vous suis si reconnaissante… J'ai la conscience tranquille car nous nous étions dit adieu, et Lawrence devait partir. Mais si nous avions projeté de nous enfuir et que Lucius soit mort à ce moment-là, ce serait terrible à présent. C'est vous, cher pasteur, qui nous avez aidés à comprendre que c'eût été une grave erreur, et vous avez toute ma gratitude.

— Vous m'en voyez très heureux, dis-je d'un ton grave.

— Néanmoins, dit-elle en se levant, tant que le meurtrier n'aura pas été démasqué, tout le monde continuera à soupçonner Lawrence. J'en suis sûre. Surtout quand nous nous marierons.

— Les conclusions du Dr Haydock ont levé tous les doutes, chère amie…

— Les gens ne s'attardent pas à ces détails ! Ils n'en ont même pas connaissance. Et d'ailleurs, que signifie le témoignage d'un médecin pour les profanes ? Voilà pourquoi je reste à Old Hall : je veux savoir la vérité, Mr Clement. (Ses yeux brillaient et elle ajouta :) J'ai donc proposé à cette jeune fille de venir ici.

— Gladys Cram ?

— Oui.

— Ainsi, c'est vous qui le lui avez suggéré ?

— Mais oui. En fait, elle s'était ouverte de ses problèmes le jour de l'audience… Elle était arrivée avant moi. Mais la proposition est venue de moi.

— Je ne vois pas quel lien peut exister entre cette bécasse et le crime qui nous intéresse…

— Rien n'est plus facile que de passer pour une bécasse, Mr Clement. C'est à la portée de n'importe qui.

— Vous pensez que…

— Non, honnêtement, non. Mais je ne serais pas étonnée que cette fille sache quelque chose et je veux en avoir le cœur net.

— Et cette toile est lacérée au cours de la première nuit qu'elle passe sous votre toit, dis-je, pensif.

— Ce pourrait être elle, à votre avis ? Mais pourquoi ? C'est absurde ! C'est impossible !

— Pour moi, ce qui est absurde et impossible, c'est que votre mari ait été tué dans mon bureau ; et pourtant je ne puis le nier, rétorquai-je d'un ton amer.

— Je comprends, dit-elle en posant sa main sur mon bras. C'est terrible pour vous. J'en suis bien consciente même si je ne vous en ai rien dit.

Je plongeai la main dans ma poche, en sortis la boucle d'oreille en lapis-lazuli et la lui tendis :

— Elle est à vous, n'est-ce pas ?

— Oh ! oui. Où l'avez-vous trouvée ? me demanda-t-elle en tendant la main, radieuse.

Je gardai le bijou dans ma paume.

— Verriez-vous un inconvénient à ce que j'en dispose pendant quelques jours ?

— Je vous en prie, répondit-elle un peu intriguée.

Je ne lui fournis aucune explication mais cherchai à savoir quelle était sa situation financière.

— C'est très indiscret, je sais, mais ne le prenez pas en mauvaise part...

— Venant de vous, je ne crois pas que ce soit indiscret. Vous êtes, avec Griselda, mes amis les plus chers. J'aime aussi beaucoup miss Marple. Elle est originale, non ?... Vous devez savoir que Lucius était très riche... Il a partagé ses biens, à parts égales, entre Lettice et moi. Je garde Old Hall, mais Lettice peut choisir tous les meubles qu'elle veut pour installer une petite maison qu'elle pourra acheter. Ainsi les choses sont équitables.

— Vous a-t-elle dit ce qu'elle comptait faire ?

— Non, répondit Anne avec une drôle de petite moue. Je pense qu'elle partira dès que possible. Elle ne m'a jamais aimée et sans doute la responsabilité m'en incombe-t-elle, même si j'ai toujours été correcte avec elle. Les jeunes filles n'aiment pas leur belle-mère, c'est dans l'ordre des choses...

— Et vous, l'aimez-vous ? demandai-je de but en blanc.

Mrs Protheroe réfléchit un instant et je songeai que, décidément, c'était une femme honnête et sincère.

— Je l'ai aimée au début, dit-elle. C'était une adorable fillette. Mais je dois avouer que je ne l'aime plus, sans pouvoir dire pourquoi. Peut-être, si elle m'avait aimée… J'aime être aimée…

— C'est notre lot à tous, lui dis-je – ce qui la fit sourire.

J'avais encore quelque chose à faire à Old Hall ; je voulais parler à Lettice Protheroe et manœuvrai pour la rejoindre au salon, tandis que Griselda et Gladys Cram étaient au jardin.

— Je voulais vous demander quelque chose, Lettice, fis-je après avoir refermé la porte.

— Oui ? répondit-elle en levant vers moi son regard indifférent.

J'avais préparé ce que j'allais dire ; je sortis la boucle d'oreille et lui demandai d'une voix calme :

— Pourquoi avez-vous dissimulé ceci dans mon bureau ?

Elle se raidit mais se ressaisit si vite que je doutai presque de sa réaction, puis elle laissa tomber négligemment :

— Je n'ai rien dissimulé dans votre bureau. Elle n'est pas à moi, mais à Anne.

— Je le sais.

— Dans ce cas pourquoi me le demander ? Anne l'a peut-être perdue.

— Mrs Protheroe est revenue une seule fois au

presbytère depuis le meurtre ; elle était en noir et n'aurait jamais eu l'idée de porter des boucles d'oreilles bleues.

— Elle a dû perdre celle-ci avant. C'est la seule explication logique.

— Apparemment, oui. Vous rappelez-vous la dernière fois que vous l'avez vue avec ces boucles d'oreilles ?

— Est-ce important ? fit-elle d'un air à la fois innocent et contrarié.

— Peut-être.

— Je vais y réfléchir, dit-elle.

Elle était assise, les sourcils froncés, ravissante.

— Ça y est ! s'écria-t-elle soudain. C'était jeudi, je m'en souviens maintenant.

— Jeudi ? soufflai-je. Le jour du meurtre ? Mais Mrs Protheroe s'est arrêtée devant la fenêtre de mon bureau sans entrer dans la pièce, c'est ce qu'elle a dit à l'audience.

— Où était la boucle ?

— Elle avait roulé sous le bureau.

— Donc elle a menti, dit la jeune fille froidement.

— Elle serait entrée dans la pièce et se serait approchée du bureau ?

— C'est ce qu'on pourrait croire, non ? (Nos regards se croisèrent.) J'ai toujours pensé qu'elle mentait, ajouta-t-elle d'une voix calme.

— Et moi, je sais que vous mentez en ce moment, Lettice.

— Je ne comprends pas..., commença-t-elle, interloquée.

— Je vais vous expliquer : la dernière fois que j'ai vu ces boucles d'oreilles, c'était vendredi matin, lorsque je suis venu à Old Hall avec le colonel Melchett. Elles étaient posées sur la coiffeuse de votre belle-mère ; je les ai même touchées.

Elle accusa le coup, s'effondra sur le bras du fauteuil et éclata en sanglots. Dans ce mouvement d'abandon inattendu, ses cheveux blonds touchaient presque le sol et elle était très belle.

Je la laissai sangloter un moment en silence, puis lui demandai avec douceur :

— Dites-moi pourquoi vous avez fait cela, Lettice ?

— Quoi ? (Elle bondit sur ses pieds, rejetant sauvagement ses cheveux en arrière. Elle avait l'air d'un animal aux abois.) Je ne comprends pas…

— Je veux savoir pourquoi vous avez fait cela, répétai-je. Par jalousie ? Par inimitié ?

— Par jalousie ! (Elle avait repoussé ses cheveux en arrière et s'était ressaisie.) Je l'ai toujours détestée, depuis son arrivée à Old Hall. Elle s'est installée comme une reine… J'espérai lui attirer des ennuis en cachant cette fichue boucle sous votre bureau. Et c'est ce qui se serait passé si vous ne vous étiez pas mêlé de fouiner sur sa coiffeuse. Depuis quand les pasteurs aident-ils la police ?

Elle n'était plus qu'une petite fille dépitée et pathétique.

Je lui dis que sa puérile tentative de se venger d'Anne n'était guère convaincante et que j'allais rendre le bijou à sa propriétaire sans préciser où et comment je l'avais déniché.

— C'est gentil à vous, dit-elle, touchée. (Elle s'interrompit un instant et ajouta sans me regarder, mais en choisissant ses mots avec soin :) A votre place, j'éloignerais Dennis d'ici, Mr Clement.

— Dennis ? fis-je en haussant un sourcil amusé et surpris.

— Ce serait préférable, répéta-t-elle d'un air gêné. Je suis désolée pour Dennis. Je ne croyais pas qu'il… Je suis désolée.

Nous nous quittâmes sur ces mots.

23

Comme nous revenions au presbytère, je proposai à Griselda de faire un crochet pour aller voir les fouilles. Il me tardait de savoir si la police était à pied d'œuvre et si l'on avait découvert quelque chose. Mais Griselda avait à faire au presbytère et je me mis en route seul.

L'agent Hurst dirigeait les opérations.

— Toujours rien, Mr Clement, me dit-il. C'est pourtant une bonne gâchette. (Je sursautai à ce mot mais compris aussitôt qu'il avait voulu dire « cachette ».) C'est vrai ! Où la jeune fille a-t-elle bien pu aller par ce chemin ? Soit à Old Hall, soit ici, il n'y a pas d'autre solution.

L'inspecteur Flem juge sans doute inutile de l'interroger en personne ?

— C'est qu'il ne veut pas lui mettre la puce à l'oreille. Imaginez qu'ils s'écrivent : l'un ou l'autre pourrait lâcher un renseignement quelconque ; mais si elle sait qu'on est après elle, elle restera bouche cousue comme on dit.

Bouche cousue ! J'en doutais pour ma part, vu qu'elle était bavarde comme une pie.

— Quand vous avez affaire à un imposteur, vous

mettez votre point d'honneur à le démasquer, énonça Hurst d'un ton docte.

— Je comprends.

— Et la réponse est dans ces fouilles... sinon pourquoi aurait-il toujours été à fouiner dans le coin ?

— Pensez-vous qu'il alléguait ce prétexte pour rôder dans les parages tout à son aise ?

Mais c'en fut trop pour l'agent Hurst qui se vengea de cette remarque affétée par une réplique désobligeante :

— On voit bien que vous êtes un amateur !

— En tout cas, la valise n'a pas reparu.

— Nous la trouverons, Mr Clement. Vous en faites pas pour ça !

— Je n'en suis pas si sûr. J'ai réfléchi à ce qu'a dit miss Marple : la jeune fille est ressortie du bois les mains vides, très peu de temps après y être entrée, et à mon avis, elle n'a pas eu le temps de faire l'aller et retour jusqu'ici.

— Si vous faites confiance aux radotages des vieilles filles ! Un rien suffit pour leur faire perdre la notion du temps ; et de toute façon, les femmes n'en ont pas la moindre notion.

Pourquoi avons-nous toujours tendance à généraliser ? C'est une question que je me suis souvent posée. Ce faisant, on s'éloigne de la vérité, et parfois même on lui tourne carrément le dos. Moi-même, je ne sais jamais l'heure qu'il est, d'où mon habitude d'avancer ma pendule, alors que miss Marple au contraire est d'une ponctualité rigoureuse en toute occasion.

Mais il n'était pas dans mon intention d'engager la discussion sur ce point avec Hurst, aussi lui souhaitai-je bonne chance et bon après-midi.

J'étais presque rendu lorsque j'eus une illumination. Ce n'était pas le fruit d'une réflexion, mais je tenais peut-être la solution.

Vous vous souvenez sans doute que lors de ma première expédition à travers bois, le lendemain du meurtre, j'avais trouvé les buissons piétinés à un certain endroit. J'avais alors pensé qu'ils avaient été écrasés par Lawrence qui avait eu la même idée que moi.

Puis nous avions suivi ensemble d'autres traces qui s'étaient révélées celles de l'inspecteur Flem.

Tout bien réfléchi, la première piste, celle de Lawrence, était beaucoup plus marquée que la seconde, comme si elle avait été empruntée par plusieurs personnes ; j'en conclus que ce devait être ce qui avait incité Lawrence à la suivre. Et si elle avait été frayée par le Pr Stone et par Gladys Cram ?

N'avais-je pas remarqué des branches cassées aux feuilles déjà fanées ? Si c'était le cas, ce sentier n'avait pas été tracé l'après-midi même.

J'étais tout près de l'endroit en question et le retrouvai sans difficulté. M'engageant de nouveau sous les taillis, je constatai que des branches avaient été fraîchement brisées ; quelqu'un d'autre avait suivi ce chemin depuis que Lawrence et moi l'avions découvert.

Je reconnus bientôt l'endroit où j'avais rencontré Lawrence et continuai jusqu'à une petite clairière dont le sol avait été récemment retourné. Je parle de clairière car la végétation était moins dense sur quelques mètres carrés, mais le feuillage des arbres se rejoignait au-dessus de ma tête et cachait le ciel.

En face de moi, la végétation se refermait et on aurait pu jurer que personne ne s'était aventuré là au cours des derniers jours. Un seul coin semblait avoir été dérangé.

Je m'avançai et m'agenouillai, écartant les buissons de mes mains. Un reflet brun récompensa mes efforts et je me mis à fouiller fiévreusement la terre pour en extirper à grand-peine une petite valise marron.

Je poussai un cri de joie. J'avais raison. L'agent Hurst avait voulu me remettre à ma place mais j'étais sur la bonne voie et j'en avais la preuve. Je tenais la valise qu'avait transportée miss Cram. J'essayai en vain de l'ouvrir ; elle était bouclée.

Je me relevai quand j'aperçus par terre un petit cristal brunâtre – on eût dit du sucre candi. Je le ramassai machinalement et le glissai dans ma poche.

Puis j'empoignai la valise et fis demi-tour.

Comme j'enjambais la barrière pour prendre l'allée, je m'entendis héler avec enthousiasme par une voix toute proche.

— Vous l'avez trouvée ! Ah ! on peut dire que vous êtes malin, Mr Clement.

Décidément miss Marple excellait dans l'art de voir sans être vue. Je fis passer ma trouvaille par-dessus la barrière.

— C'est bien celle-là, dit miss Marple. J'en mettrais ma main au feu.

N'exagérait-elle pas un peu ? Les valises en carton verni bon marché étaient légion, et nul n'aurait été capable d'en identifier une formellement, surtout de loin et la nuit. Mais après tout, miss Marple pouvait se vanter d'être à l'origine de cette découverte et je pouvais passer sur ce petit manque de modestie.

— Elle est fermée à clef, bien sûr ?

— Oui, et je vais de ce pas la porter au poste de police.

— Peut-être vaudrait-il mieux téléphoner.

C'était le bon sens ! Nous n'avions nul besoin de la publicité indésirable que n'aurait pas manqué de nous procurer ma petite promenade à travers le village, la valise à la main.

Je poussai la grille du jardin de miss Marple et entrai chez elle. Là, bien à l'abri derrière les portes closes du salon, j'appelai l'inspecteur Flem qui arriva presque aussitôt et de la plus méchante humeur :

— Comme ça, vous l'avez trouvée, hein ? Faut-il que je vous dise que vous n'avez pas le droit de garder ces choses-là pour vous ? Si vous aviez une idée de cette cachette, vous auriez dû en informer l'autorité compétente.

— C'était un pur hasard. J'ai eu une illumination.

— C'est vous qui le dites ! Le bois s'étend sur près de cent hectares mais vous allez droit au but, et il ne vous reste qu'à vous baisser pour ramasser la valise.

Il avait réussi à me contrarier, comme d'habitude, aussi me refusai-je à lui expliquer le raisonnement qui m'avait conduit sur les lieux.

— Bon, eh bien, dit-il en lorgnant la valise avec une feinte indifférence, voyons au moins ce qu'il y a là-dedans.

Il avait apporté avec lui un trousseau de clefs et du fil de fer. La serrure ne valait pas grand-chose et ne résista pas longtemps.

Nous nous attendions sans doute à faire une découverte sensationnelle, mais la première chose que nous vîmes apparaître fut une écharpe écossaise crasseuse. L'inspecteur l'extirpa de la valise, révélant ainsi un vieux pardessus bleu foncé immettable et une casquette à carreaux.

— Fichue camelote, fit l'inspecteur.

Il y avait encore une paire de bottines éculées et, tout au fond, un paquet enveloppé dans du papier journal.

— Il ne manque que la chemise, observa Flem d'un ton amer en déchirant le papier journal.

Mais il hoqueta de stupéfaction.

Le paquet contenait de petits objets en argent et une coupe du même métal.

Miss Marple poussa un cri aigu en les reconnaissant :

— Les salières et la coupe Charles II du colonel Protheroe… Voyez-vous cela !

L'inspecteur était devenu écarlate.

— C'était donc ça, murmura-t-il. Un vol ! Mais il y a quelque chose qui cloche : personne ne s'est plaint du vol de ces objets.

— Peut-être ne s'est-on pas encore avisé qu'ils manquaient, suggérai-je. On ne se sert pas tous les jours de telles pièces de valeur. Le colonel les gardait peut-être dans son coffre-fort.

— Il faut voir ça de plus près, dit l'inspecteur. Je vais à Old Hall sur-le-champ. Je commence à comprendre pourquoi le Pr Stone a pris la poudre d'escampette ; il avait peur que ce meurtre nous amène à fourrer notre nez dans ses affaires, et il a envoyé sa secrétaire les cacher dans les bois avec des vêtements de rechange. Il projetait sans doute de revenir par un chemin détourné et de filer avec le butin, une nuit, tandis qu'elle serait restée dans le coin pour détourner les soupçons. A part ça, il n'est pas dans le coup pour le meurtre ; il n'a rien à y voir ; ce sont deux affaires différentes.

L'inspecteur remit le tout dans la valise et s'en fut, après avoir refusé le petit verre de sherry que lui proposait miss Marple.

— Voilà au moins une énigme tirée au clair, soupirai-je. Comme dit l'inspecteur Flem, il n'y a aucune raison de soupçonner Stone de meurtre.

— Peut-être, dit miss Marple. Mais il ne faut jurer de rien.

— Il avait commis son larcin et n'avait plus qu'à s'éclipser. Où serait son mobile ?

— Ouiii…, commença miss Marple avec réticence. (Elle s'empressa de répondre à mon regard interrogatif et s'excusa :) Sans doute ai-je tort car je ne connais rien à cette sorte d'objets, mais je me demandais… Ce sont des pièces rares, n'est-ce pas ?

— Une coupe semblable a été mise en vente, il y a peu, pour plus de mille livres, d'après ce que j'ai entendu dire.

— Je ne parlais pas de la valeur marchande.

— Bien sûr, ce sont des objets d'art.

— C'est cela ! Ces pièces-là se vendent sans tapage, voire en secret. Si l'on découvrait que ce sont des objets volés, ils deviendraient aussitôt invendables.

— Je ne vous suis pas.

— C'est que… comment dirai-je… (Elle s'énervait et s'excusait à tout bout de champ :) Si j'ai bien compris, on ne pouvait pas voler ces objets, pour ainsi dire ; on ne pouvait que les escamoter et les remplacer par des copies. Ainsi le propriétaire ne risquait pas de découvrir le vol avant longtemps.

— C'est très ingénieux.

— Je ne vois pas d'autre solution. Et une fois la substitution opérée, le voleur n'avait en effet aucune raison de tuer le colonel, au contraire ; vous avez raison.

— C'est bien ce qu'il me semble.

— Oui, mais je me demandais… ce n'est pas sûr, mais… le colonel Protheroe avait la fâcheuse habitude d'annoncer à l'avance le moindre de ses projets, même si ensuite il ne les réalisait pas…

— Oui ?

— C'est ainsi qu'il avait prévu de faire expertiser ses pièces d'argenterie… Par quelqu'un de Londres, pour faire homologuer son testament… non, car il faut être mort pour cela… ce devait être pour l'assurance. C'est ce qu'on lui avait conseillé de faire. Il en avait beaucoup parlé et y attachait une énorme importance. J'ignore s'il avait demandé un expert, mais si c'était le cas…

— Je vois, fis-je, pensif.

— L'expert aurait identifié les faux en un clin d'œil, et le colonel Protheroe se serait souvenu qu'il avait montré son argenterie au Pr Stone. D'ailleurs le tour de passe-passe a peut-être eu lieu à ce moment-là. Quelle habileté… et ensuite… gare à la bombe ! comme on disait autrefois…

— Je vois, répétai-je. Nous devons en avoir le cœur net.

Je retournai au téléphone et demandai Anne Protheroe, à Old Hall.

— Pardonnez-moi, mais l'inspecteur est-il déjà arrivé ? Ah ! Il est en route. Puis-je vous demander si les biens du colonel Protheroe ont fait l'objet d'une expertise… Je vous demande pardon ?

Sa réponse fut claire et immédiate. Je la remerciai, raccrochai et retournai auprès de miss Marple.

— C'est bien simple, le colonel avait demandé un expert de Londres pour lundi, c'est-à-dire demain. Etant donné les circonstances, le rendez-vous a été ajourné.

— Et voilà le mobile, souffla miss Marple.

— Mais le mobile n'est pas tout. Vous oubliez qu'au moment du coup de feu, le Pr Stone était en train d'enjamber la barrière pour rejoindre les deux autres.

— En effet, dit miss Marple, ce qui le met hors de cause.

24

Je rentrai au presbytère et trouvai Hawes dans mon bureau. Il marchait nerveusement de long en large et sursauta lorsque je poussai la porte.

— Veuillez m'excuser, dit-il en s'épongeant le front. Je suis à bout de nerfs depuis quelque temps.

— Ecoutez, mon ami, vous devriez changer d'air sinon vous allez tomber malade pour de bon, et que ferez-vous ?

— Il n'est pas question que j'abandonne mon poste, ça, jamais !

— Comme vous y allez ! Je ne vous parle pas d'abandonner votre poste, mais vous êtes malade, Haydock vous le dirait…

— Haydock, Haydock… Et alors ? Un médecin de campagne qui n'y connaît rien.

— Qu'avez-vous à lui reprocher ? Il a toujours été considéré comme un homme très capable dans sa profession.

— Oh ! c'est bien possible, mais moi, je ne l'aime pas. Et puis ce n'est pas pour vous parler de lui que je suis venu vous voir ; je suis venu vous demander si vous voudriez bien faire le sermon à ma place, ce soir. Je ne m'en sens pas la force…

— Dans ce cas... Je puis même dire l'office.

— Il n'en est pas question ! Je dirai l'office. Ça ira. Mais c'est l'idée de monter en chaire et de tous ces yeux rivés sur moi...

Il ferma les paupières et déglutit avec peine.

Je devinais que quelque chose ne tournait pas rond chez lui et il dut lire dans mes pensées, car il rouvrit les yeux :

— Je n'ai rien de grave, à part ces horribles migraines qui me tourmentent. Puis-je vous demander un verre d'eau, s'il vous plaît ?

— Bien sûr.

J'allai moi-même lui remplir un verre au robinet. Chez nous, il est parfaitement inutile de sonner Mary pour ce genre de service.

Je lui tendis le verre et il me remercia, puis il sortit de sa poche une petite boîte en carton dans laquelle il préleva une capsule enveloppée de papier de riz ; il en avala le contenu avec une gorgée d'eau.

— C'est une poudre contre la migraine, m'expliqua-t-il.

L'idée qu'il s'adonnait à quelque drogue me traversa l'esprit. Là se cachait peut-être l'explication des bizarreries de son caractère.

— J'espère que vous en usez avec modération, lui dis-je.

— Rassurez-vous, le Dr Haydock m'a prévenu, mais c'est un médicament extraordinaire et qui vous procure un soulagement immédiat.

Il me parut en effet aussitôt se calmer et se ressaisir.

— Vous vous occuperez donc du sermon, ce soir ? me redemanda-t-il en se levant. C'est très aimable à vous.

— Ne vous inquiétez pas, et j'insiste pour célébrer l'office. Restez chez vous et reposez-vous. Allons, allons, pas de discussion !

Il me remercia encore et ajouta en regardant par la fenêtre :

— Il paraît que vous étiez à Old Hall aujourd'hui…

— En effet.

— Puis-je savoir si… si on vous avait fait appeler ? (Comme je le regardais, surpris, il rougit :) Excusez-moi d'insister mais… mais j'ai cru qu'il y avait du nouveau et que Mrs Protheroe vous avait réclamé.

— Nous devions prendre les dispositions pour l'enterrement et évoquer divers points de détail, dis-je, délibérément évasif.

— Ah ! c'était donc pour cela ?… (Je n'ajoutai rien et il se remit à s'agiter :) Mr Redding est venu me voir, hier soir, ajouta-t-il, et je me demande bien pourquoi.

— Il ne vous a rien dit ?

— Il avait pensé à me faire une petite visite car, m'a-t-il expliqué, il arrive qu'on se sente seul, le soir, mais c'était la première fois qu'il venait…

— Il passe pour être de bonne compagnie, fis-je avec un sourire.

— Que me voulait-il ? Je n'aime pas cela. (Sa voix monta soudain dans les aigus.) Il m'a dit qu'il reviendrait mais qu'est-ce que cela signifie ? Cela cache quelque chose !

— Qu'allez-vous imaginer ?

— Je n'aime pas cela, répéta Hawes, têtu. Je n'ai jamais cherché à lui nuire, pas plus que je n'ai mis en doute son innocence, et j'ai pris son parti quand il s'est dénoncé. J'admets avoir soupçonné Archer, mais jamais Redding. Archer n'est qu'un ivrogne sans foi ni loi, une canaille.

— Vous êtes dur, dis-je. Après tout, que savons-nous de lui ?

— C'est un braconnier qui ne sort de prison que pour y retourner. C'est un être sans aucun scrupule.

— Croyez-vous vraiment qu'il ait assassiné le colonel Protheroe ?

Ce n'était pas la première fois que je notais que Hawes est incapable de répondre par oui ou par non ; il me renvoya ma question :

— Voyez-vous une autre solution ?

— Aucune preuve n'a été retenue contre lui, que je sache.

— Vous oubliez ses menaces ! cria Hawes.

— En voilà assez avec les menaces d'Archer. Quelles preuves avez-vous qu'il en ait proféré ?

— Il attendait son heure pour se venger du colonel. Il s'est soûlé et il l'a assassiné.

— Pure supposition !

— Vous êtes bien obligé d'admettre que c'est tout à fait probable ?

— Absolument pas !

— Sinon probable, du moins possible ?

— Peut-être.

— Pourquoi refusez-vous d'envisager que c'est probable ? me demanda-t-il, l'œil torve.

— Parce qu'Archer n'est pas de ceux qui tueraient un homme avec un revolver. Il n'a que faire des revolvers.

Ma réponse le prit de court et il parut un instant suffoqué :

— Croyez-vous vraiment que ce soit une objection valable ?

— Pour moi, c'est la preuve évidente qu'Archer n'est pas l'assassin.

Hawes resta coi devant ma certitude inébranlable. Il me remercia encore une fois avant de partir.

Je le raccompagnai jusqu'à la porte et aperçus dans l'entrée quatre missives qui n'étaient pas sans ressemblance. L'écriture en était indubitablement féminine, et elles portaient toutes la mention « par porteur, urgent ». Une seule différence me sauta aux yeux : l'une des quatre était notablement plus sale que les autres. J'éprouvai la curieuse impression que je voyais non pas double mais quadruple.

Mary apparut à la porte de la cuisine et me trouva occupé à les contempler d'un air hébété.

— Elles ont été apportées après le déjeuner, dit-elle. Toutes, sauf une, qui était dans la boîte aux lettres.

Je la remerciai d'un signe de tête, ramassai les lettres et me dirigeai vers mon bureau.

La première disait ceci :

Cher Mr Clement, j'ai appris quelque chose sur la

mort de ce pauvre colonel Protheroe et je pense que vous devez en être informé. J'aimerais connaître votre avis sur un point : dois-je ou non prévenir la police ? Depuis la mort de mon cher époux, j'ai toujours répugné à toute forme de publicité. Peut-être pourriez-vous passer chez moi un moment dans l'après-midi. Bien à vous, Martha Price Ridley.

J'ouvris la deuxième :

Cher Mr Clement, je suis si troublée… si tourmentée, dirai-je, que je ne sais que faire. J'ai entendu rapporter quelque chose qui a peut-être son importance mais l'idée d'avoir affaire à la police me fait horreur. Je suis bouleversée et en plein désarroi. Puis-je me permettre de vous demander, cher pasteur, de me faire une petite visite pour dissiper mes doutes et résoudre mes problèmes, comme vous avez toujours si merveilleusement su le faire jusqu'ici ? Pardonnez-moi de vous déranger. Bien à vous, Caroline Wetherby.

J'aurais pu réciter par cœur la troisième lettre avant de l'ouvrir :

Cher Mr Clément, j'ai entendu parler d'un fait digne d'attention et je pense que vous devez en être le premier informé. Aurez-vous le temps de faire un saut chez moi cet après-midi ? Je vous attendrai.

Amanda Hartnell était l'auteur de cette épître militante et sans fioriture.

J'ouvris la quatrième lettre. J'avais eu la chance, jusque-là, de n'être importuné que très rarement par des lettres anonymes. A mes yeux, la lettre anonyme est l'arme la plus vile et la plus odieuse qui soit, et celle-ci ne faisait pas exception à la règle. Son auteur voulait passer pour un illettré, mais on pouvait deviner à plus d'un signe qu'il était loin d'en être un.

Cher pasteur, y a pas de raison que vous soyez pas mis au courant de ce qui se passe vu qu'on a vu votre dame sortir en catimini de chez Mr Redding. Y a pas besoin de vous faire un dessin. On dirait que ça marche pour eux. Je me suis dit comme ça qu'il fallait que vous soyez mis au parfum. Un ami.

J'étouffai une exclamation de dégoût et jetai le feuillet chiffonné dans l'âtre vide.

— De quoi vous débarrassez-vous avec ce mépris ? me demanda Griselda qui entrait tout juste dans la pièce.

— D'une ordure.

Sortant une boîte d'allumettes de ma poche, je me penchai pour mettre le feu à la boule de papier mais Griselda fut plus prompte que moi. Elle se baissa, saisit la lettre froissée et la déplia avant que je n'aie pu l'en empêcher.

Elle la lut et me la rendit, se détournant avec un frisson de dégoût. Je frottai l'allumette et regardai brûler la lettre.

Griselda était allée se planter devant la fenêtre et contemplait le jardin au-dehors.

— Len, fit-elle sans se retourner.

— Oui, ma chérie ?

— J'ai quelque chose à vous dire, Len. Laissez-moi parler, s'il vous plaît. Quand Lawrence Redding est venu s'installer au village, j'ai prétendu que je le connaissais à peine et vous l'avez cru, mais c'était faux : je le connaissais très bien. En fait, j'étais... plutôt amoureuse de lui avant de vous rencontrer.

Je n'étais pas la seule dans ce cas, je crois. J'ai été toquée de lui pendant une période de ma vie, mais je ne lui ai jamais écrit de lettres compromettantes, et je n'ai jamais fait de bêtises comme cela arrive dans les romans, simplement j'avais... j'avais un gros, très gros béguin.

— Pourquoi ne me l'aviez-vous jamais dit ?

— Oh ! Parce que... Je ne sais pas... vous êtes si idiot, parfois... Sous prétexte de notre différence d'âge, vous croyez que je pourrais tomber amoureuse d'un autre homme. J'avais peur de vous voir devenir assommant à cause de mon amitié pour Lawrence...

— Vous êtes très douée pour jouer les cachottières.

Je pensais à ce qu'elle m'avait dit une semaine plus tôt, dans cette même pièce, et au ton naturel et innocent qu'elle avait pris pour me le dire.

— Vous avez raison. J'ai toujours fait des cachotteries et je reconnais que j'y prends plaisir, expliqua-t-elle avec dans la voix une nuance de plaisir puéril. Mais je vous ai dit la vérité : j'ignorais tout de sa liaison avec Anne et je ne comprenais pas la raison de son indifférence vis-à-vis de moi... C'est à peine s'il paraissait remarquer ma présence ! Je n'y étais pas habituée... Vous me comprenez, Len, n'est-ce pas ? ajouta-t-elle d'une voix angoissée après un bref silence.

— Oui, Griselda dis-je. Je vous comprends.

Mais qu'avais-je compris au juste ?

25

Je me libérai à grand-peine de l'impression pénible que m'avait laissée la lettre anonyme – la boue vous atteint toujours – puis je pris les trois lettres de ces dames, jetai un coup d'œil à ma montre et sortis.

J'étais curieux de savoir ce qu'elles avaient bien pu apprendre simultanément, car il y avait fort à parier qu'il s'agissait d'une seule et même nouvelle. Or, je n'allais pas tarder à déchanter sur la solidité de mes connaissances en matière de psychologie.

Je mentirais si je vous disais que mon chemin passait devant le poste de police, mais c'est là que me conduisirent mes pas. Je voulais vérifier que l'inspecteur Flem avait quitté Old Hall.

Non seulement il en était revenu mais encore miss Cram l'avait accompagné. Je trouvai notre blonde Gladys assise dans son bureau et semblant prendre les choses du bon côté. Elle niait farouchement avoir jamais transporté la fameuse valise dans les bois.

— Tout ça parce qu'une de ces vieilles chipies n'a rien d'autre à faire que de regarder par sa fenêtre toute la nuit... D'ailleurs, elle n'en est pas à sa première bourde, rappelez-vous qu'elle a cru me voir au bout du chemin, le jour du meurtre ; et si elle a pu se tromper en plein jour, je ne vois pas comment elle aurait pu me reconnaître en pleine nuit.

» Sont-elles méchantes, ces vieilles toupies, de vous traiter comme ça ! Tout leur est bon… Quand je pense que je dormais dans mon lit comme un ange. Vous devriez avoir honte, tous autant que vous êtes.

— Et si la propriétaire du *Sanglier Bleu* identifie la valise comme étant la vôtre, miss Cram ?

— Eh bien, elle aura tort ! Cette valise n'a pas d'étiquette et tout le monde a la même. Le Pr Stone, un vulgaire voleur ! on aura tout vu… avec tous les diplômes qu'il a…

— Vous refusez de nous donner d'autres explications ?

— Pas du tout ! mais je dis que vous vous êtes trompés, vous et votre fouineuse de miss Marple, un point c'est tout. Je n'ai rien à ajouter et je ne parlerai qu'en présence de mon avocat. Sur ce, je vous quitte… Sauf si vous comptez m'arrêter.

Sans mot dire, l'inspecteur se leva pour lui ouvrir la porte, et miss Cram sortit, très digne.

— Elle ne veut pas en démordre, me dit Flem en se rasseyant à son bureau. Miss Marple a peut-être mal vu, certes. Pas un jury ne voudra gober que l'on peut reconnaître quelqu'un à cette distance en pleine nuit, même par clair de lune. La vieille chouette a certainement mal vu.

— Peut-être, mais j'en doute. Elle a presque

toujours raison, et c'est pourquoi tout le monde s'en méfie.

— C'est aussi l'avis de Hurst, grimaça l'inspecteur. Mon Dieu ! ces villages !

— Et les objets en argent, inspecteur ?

— Ça va, ça va. L'un des lots est faux, bien sûr, mais l'expert de Much Benham fait autorité sur les objets anciens en argent. Je lui ai téléphoné et lui ai envoyé une voiture. Nous saurons bientôt à quoi nous en tenir : ou le vol a eu lieu ou il allait avoir lieu ; ça ne fait pas grande différence... du moins pour la police. Mais le vol n'est rien en comparaison d'un meurtre. Stone et sa secrétaire n'ont rien à voir là-dedans. Avec un peu de chance, elle nous apprendra quelque chose sur ce type... c'est pourquoi je la laisse filer sans faire d'histoire.

— Peut-être..., commençai-je.

— Dommage que ça ait capoté, avec Redding ; ce n'est pas si souvent que vous tombez sur un type qui se constitue prisonnier.

— Je vous crois volontiers, dis-je avec un petit sourire.

— Ce sont toujours les femmes qui font des histoires, énonça l'inspecteur d'un ton sentencieux. (Il soupira et je fus surpris de l'entendre ajouter après un silence :) Et puis, il y a Archer.

— Vous l'avez donc soupçonné ?

— Et le premier, encore ! Et sans avoir besoin de lettres anonymes.

— Des lettres anonymes ! Vous en avez donc reçu ?

— Rien de très original ; nous en recevons des

dizaines par jour, et on nous a craché le morceau, pour Archer. Comme si la police était aveugle ! Archer était le suspect numéro un mais le problème, c'est qu'il a un alibi. Ça ne veut rien dire, je sais, mais on ne peut tout de même pas faire comme s'il n'en avait pas.

— Comment : « ça ne veut rien dire » ?

— Eh bien, il aurait passé l'après-midi avec deux acolytes, mais leur témoignage ne vaut pas grand-chose. Des types de leur acabit seraient prêts à jurer n'importe quoi. On ne peut pas leur faire confiance et on est bien placé pour le savoir ; mais les gens ne le savent pas, eux, et le jury est composé de gens, et c'est bien dommage ! Les jurés ne savent rien et, neuf fois sur dix, ils sont prêts à gober tout ce qui se dit à la barre des témoins, quel que soit le témoin. Archer jurera sur ses grands dieux qu'il n'a pas tué Protheroe.

— Ce n'est pas comme Mr Redding, dis-je avec un sourire.

— Malheureusement non, soupira l'inspecteur dépité.

— N'est-il pas naturel de tenir à la vie ? fis-je d'un ton rêveur.

— Vous seriez épaté par le nombre de meurtriers qui s'en sont tirés grâce à la sensiblerie des jurés, ajouta Flem d'un air sombre.

— Mais vous croyez à la culpabilité d'Archer ?

J'avais remarqué depuis le début que l'inspecteur Flem affectait de n'avoir aucune opinion personnelle sur le meurtre. Tout ce qui l'intéressait, c'était la difficulté ou la facilité à obtenir une condamnation.

— Ce qu'il me faudrait, c'est une certitude, reconnut-il. Des empreintes digitales, des traces de pas, le témoignage de quelqu'un qui l'aurait vu dans le coin à l'heure du crime… Je ne peux pas prendre le risque de l'arrêter sans preuve solide. On l'a vu rôder une ou deux fois autour de chez Mr Redding, mais il prétend que c'était pour voir sa mère. Elle est bonne pomme, allez !

» Non, tout compte fait, je continue à penser à qui vous savez… Une petite preuve du chantage me suffirait… mais dans cette histoire, allez mettre la main sur une preuve quelconque ! Rien que de la théorie, toujours de la théorie ! Si une autre de ces dames avait habité juste en face de chez vous, Mr Clement, elle aurait vu tout ce qu'il y avait à voir.

Cette pointe me rappela mes visites et je pris congé. Je n'avais jamais vu l'inspecteur de si bonne humeur.

Je commençai par miss Hartnell. Il faut croire qu'elle me guettait derrière ses rideaux, car j'eus à peine le temps de sonner qu'elle m'ouvrit la porte et me tira à l'intérieur.

— C'est si gentil à vous… Venez, nous serons plus à l'aise.

Nous entrâmes dans une pièce à peine plus grande qu'un clapier et miss Hartnell en referma la porte sur nous. Elle me fit asseoir d'un air mystérieux sur l'un des trois sièges qui meublaient son salon, et je pus voir qu'elle prenait plaisir à cette situation.

— Je ne vais pas tourner autour du pot, dit-elle pleine d'entrain. (Puis elle reprit d'un ton de circonstance :) Ce n'est pas moi qui vous apprendrai que tout se sait, ici.

— Pour mon malheur, dis-je.

— Hélas ! Moi aussi, j'ai horreur des ragots, mais c'est la vie. J'ai cru de mon devoir d'aller informer la police que j'avais rendu visite à Mrs Lestrange, l'après-midi du meurtre, et que j'avais trouvé porte close. Je fais mon devoir sans attendre de remerciements, mais les gens sont bien ingrats… Pas plus tard qu'hier, cette Mrs Baker…

— Oui, oui, dis-je pour abréger, c'est bien triste. Mais où en étiez-vous ?

— Les pauvres ne savent pas reconnaître leurs amis. J'ai toujours un mot gentil quand je vais les voir mais n'en suis guère remerciée.

— Ainsi vous avez parlé de votre visite chez Mrs Lestrange à l'inspecteur ?

— Oui… et si vous croyez qu'il m'a dit merci… Quand il voudra des renseignements, il viendra me les demander, voilà ce qu'il m'a dit. Ce ne sont pas ses termes exacts mais c'est du pareil au même. De nos jours, les policiers ne sont plus comme autrefois.

— Sans doute, mais que vouliez-vous me dire ?

— On ne m'y prendra pas deux fois et je ne suis pas près de retourner voir cet inspecteur. Après tout, un pasteur est un homme du monde, du moins, je l'espère.

J'espérais, quant à moi, que cette remarque acide ne m'était pas destinée.

— Si je puis vous aider en quoi que ce soit…

— Je n'ai fait que mon devoir, répéta-t-elle d'un air pincé. Cela ne me plaît guère mais le devoir, c'est le devoir. (J'attendis la suite.) Mrs Lestrange aurait déclaré qu'elle était restée chez elle tout l'après-midi, poursuivit miss Hartnell en rougissant, et ne m'aurait pas répondu car elle n'en avait pas envie. Est-ce que ce sont des façons ? Faire son devoir pour être traitée de la sorte…

— Elle a été malade, soufflai-je.

— Malade ? Ce sont des sornettes. Vous ne comprenez pas, Mr Clement. Malade ? Elle ? Trop malade pour se rendre à l'audience, ça oui ! Et avec un certificat médical du Dr Haydock, encore ! Elle le mène par le bout du nez, tout le monde le sait. Mais qu'est-ce que je disais… ?

Je ne le savais plus moi-même. Bien malin qui pouvait discerner où s'arrêtait le récit et où commençaient les imprécations.

— J'y suis ! Je vous parlais de ma visite chez elle, cet après-midi-là. Elle prétend qu'elle était là mais ce sont des balivernes ; elle n'y était pas. Je le sais !

— Vous semblez très sûre de vous…

Miss Hartnell devint écarlate. N'était son sans-gêne, on eût pu croire à de la timidité.

— J'ai frappé et sonné deux ou trois fois. J'ai même pensé que la sonnette était cassée.

Elle n'osait pas me regarder en face en disant cela, et j'en éprouvais un secret plaisir. C'est la même entreprise qui a bâti toutes les maisons de St. Mary Mead, et les sonnettes ont toujours très bien fonctionné ; miss Hartnell le savait aussi bien que moi mais elle cherchait à sauver les apparences.

— Je ne tenais pas à déposer ma carte dans sa boîte aux lettres, c'eût été grossier. J'ai mes petits défauts mais pas celui-là… (Elle m'assena cette stupéfiante affirmation sans sourciller et continua, imperturbable :) J'ai donc fait le tour de la maison pour frapper aux carreaux. J'ai même regardé par les fenêtres, mais je n'ai pas vu un chat.

La scène s'imposa à mon esprit. Miss Hartnell avait profité de ce que la maison était vide pour lâcher la bride à sa curiosité ; elle en avait fait tout le tour en épiant par les fenêtres et c'est sur moi qu'elle avait jeté son dévolu pour raconter sa fable, voyant dans le pasteur un auditeur plus indulgent que l'inspecteur Flem. Ne sommes-nous pas, nous, hommes d'Eglise, censés accorder le bénéfice du doute à nos ouailles ?

Je ne fis aucun commentaire et me contentai de lui demander à quelle heure elle était allée chez Mrs Lestrange.

— Il n'était pas loin de 6 heures, je crois. J'étais chez moi à 6 h 10. Mrs Protheroe est passée vers 6 heures et demie, après avoir quitté le Pr Stone et Mr Redding. Et dire que pendant que nous parlions d'oignons de fleurs, ce pauvre colonel gisait, mort. Pauvre de nous !

— Hélas ! dis-je, en me levant. La vie n'est pas rose. C'est tout ce que vous aviez à me dire ?

— Ce n'est peut-être pas sans importance.

— Peut-être, en effet.

Et je pris congé de mon hôtesse dépitée. Je ne voulais pas en entendre davantage.

Je me rendis ensuite chez miss Wetherby qui me reçut toute en émoi.

— Cher pasteur, c'est trop aimable ! Avez-vous pris votre thé ? Vous n'en voulez pas une tasse ? Vraiment ? Un coussin pour votre dos, peut-être ? Et vous êtes venu si vite ! Toujours prêt à vous mettre en quatre pour les autres.

Je dus subir encore plusieurs banalités du même genre et mille circonlocutions avant qu'elle n'en vînt au fait.

— Je dois d'abord vous dire que je tiens ceci de source sûre.

A St. Mary Mead, la source sûre est toujours la bonne de la voisine.

— Et vous ne pouvez la dévoiler, sans doute ?

— J'ai fait une promesse, cher Mr Clement. Et pour moi, c'est sacré, ajouta-t-elle d'un ton solennel. Disons que c'est mon petit doigt qui me l'a dit.

C'est complètement idiot ! songeai-je. Je rêvai un instant de dire tout haut ma pensée pour voir comment miss Wetherby prendrait la chose.

— Eh bien, mon petit doigt m'a dit qu'il avait vu une certaine dame dont nous tairons le nom.

— Ah, ah ! votre petit doigt ? fis-je.

Stupéfait, je vis miss Wetherby éclater de rire et me donner une petite tape sur le bras :

— Hé là ! cher pasteur, vous êtes un polisson…

(Elle reprit son sérieux et poursuivit :) Une certaine dame, donc… Et où allait cette dame à votre avis ? Elle a pris le chemin du presbytère mais, avant de s'y engager, elle a scruté les alentours, comme pour s'assurer que personne de sa connaissance ne la voyait.

— Et la mystérieuse personne qui s'est confessée à votre petit doigt ? demandai-je.

— Elle était en visite chez le poissonnier, à l'étage.

Je savais déjà que les bonnes ne sortaient jamais se promener au grand air si elles pouvaient l'éviter. Et je savais désormais où elles passaient leurs loisirs.

— C'était juste avant 6 heures, me souffla énigmatiquement miss Wetherby.

— De quel jour ?

— Mais le jour du meurtre, bien sûr ! sursauta-t-elle. Ne vous l'avais-je pas dit ?

— C'est ce que j'avais cru comprendre. Et quel est le nom de cette dame ?

— Il commence par un L, répondit-elle d'un air entendu.

M'avisant que je n'en saurais pas davantage, je me levai et miss Wetherby m'étreignit les mains :

— Vous ne laisserez pas la police m'interroger, n'est-ce pas ? dit-elle d'une voix pathétique. Je déteste la publicité, et je ne veux pas me retrouver debout à la barre.

— Il arrive qu'on permette aux témoins de s'asseoir, dis-je avant de me retirer.

Il me restait encore à voir Mrs Price Ridley.

— J'espère que vous comprenez qu'il est hors de question pour moi d'être mêlée à un procès, m'annonça-t-elle sans tergiverser après m'avoir tendu une main sèche. Par ailleurs, ayant été le témoin d'une situation nécessitant quelque éclaircissement, j'ai cru bon d'en informer les autorités.

— Est-ce au sujet de Mrs Lestrange ?

— Et pourquoi, s'il vous plaît ? fit Mrs Price Ridley d'un ton cassant. (J'encaissai le coup sans rien dire.) Les faits sont clairs, continua-t-elle. Ma petite bonne, Clara, était sortie prendre l'air, au portail, pendant un instant. Je n'ignore pas qu'en réalité c'est pour aguicher le commis du poissonnier. Ce godelureau s'imagine qu'il est en âge de flirter avec toutes les filles, à dix-sept ans ! Clara était donc au portail quand elle a entendu quelqu'un éternuer.

— Oui, dis-je en attendant la suite.

— C'est tout. Elle a entendu quelqu'un éternuer, et ne venez pas me dire que c'est l'âge qui me joue des tours, car c'est Clara qui l'a entendu de ses oreilles, et elle n'a que dix-neuf ans.

— Je ne vois pas ce qu'il y a d'étrange à entendre quelqu'un éternuer…

— Elle a entendu un éternuement le jour du meurtre, alors qu'il n'y avait personne au presbytère, condescendit à m'expliquer Mrs Price Ridley. Le meurtrier était probablement caché derrière la haie et attendait son heure. La seule chose à faire, c'est de mettre la main sur un homme qui souffre d'un rhume de cerveau.

— Ou d'un rhume des foins, suggérai-je. Et je crains que cette énigme n'ait déjà sa solution, chère madame. Mary se remet à peine d'un gros rhume de cerveau et ses reniflements nous mettaient les nerfs en pelote. C'est elle que votre bonne aura entendue éternuer.

— C'était un éternuement d'homme, coupa Mrs Price Ridley d'un ton sans réplique. Et d'ailleurs, comment pourrait-on entendre votre bonne éternuer dans sa cuisine depuis mon portail ?

— Vous ne l'auriez pas entendue davantage si elle avait été dans le bureau, ou du moins, permettez-moi d'en douter.

— L'homme a pu rester caché derrière la haie, et quand Clara est rentrée, il en a profité pour emprunter la porte de devant.

— Peut-être, dis-je.

J'essayais de ne pas me montrer trop cassant – en vain, car Mrs Price Ridley me jeta un coup d'œil furibond.

— Je sais qu'on ne m'écoute pas, j'en ai l'habitude, mais je vous précise tout de même qu'une raquette de tennis abandonnée dans l'herbe sans sa presse risque d'être parfaitement et définitivement inutilisable, or, ce sont des objets qui valent cher, de nos jours. (Je fus désarçonné par cette attaque sournoise.) Peut-être n'est-ce pas votre avis, dit Mrs Price Ridley.

— Oh ! mais si, mais si !

— Tant mieux ! C'est tout ce que j'avais à vous dire. Après tout, cette affaire ne me regarde pas.

Elle s'abandonna contre son dossier et ferma les yeux comme si elle était lasse de cette vie. Je la remerciai et pris congé.

Avant de partir, je me risquai à demander des éclaircissements à la bonne.

— J'ai entendu quelqu'un éternuer, monsieur, me répéta-t-elle, et ce n'était pas un éternuement ordinaire, je vous jure.

Rien de ce qui touche un crime ne saurait être ordinaire. La détonation n'était pas une détonation ordinaire, l'éternuement n'était pas un éternuement ordinaire… L'inconnu avait sans doute éternué comme seuls les assassins savent le faire. Je demandai à Clara l'heure qu'il était quand elle était sortie prendre l'air, mais elle ne put le préciser ; c'était entre le quart et la demie de 6 heures, pensait-elle. « Avant que sa maîtresse ne reçoive cet horrible coup de téléphone », en tout cas. Je voulus encore savoir si elle avait entendu un coup de feu, par hasard. Oui, elle avait entendu « une énorme explosion » dit-elle, ce qui ruina d'un coup la confiance que je lui accordais.

J'étais presque à ma porte quand je décidai d'aller rendre visite à un ami.

Un coup d'œil à ma montre m'apprit que j'avais tout juste le temps avant l'office du soir. Je descendis jusque chez Haydock qui vint à ma rencontre sur le seuil.

Il n'avait pas quitté son air hagard et contrarié ; à croire que cette affaire lui avait fait prendre dix ans en quelques jours.

— Vous avez bien fait de venir, me dit-il. Vous avez d'autres nouvelles ?

Je lui racontai l'épisode concernant Stone.

— Un bandit de haute volée ! fit-il. Voilà qui éclaircit bien des choses. Il avait pioché son sujet mais il a dérapé de temps en temps, je le sais ; et Protheroe l'avait démasqué, lui aussi. Vous vous souvenez de leur dispute ? Et la fille ? Elle est mouillée, elle aussi ?

— Rien n'est encore prouvé. Je jurerais qu'elle n'y est pour rien. C'est une sotte, ajoutai-je.

— Je ne dirai pas ça ; je la crois même plutôt futée, et c'est un beau brin de fille qui respire la santé. Si nous n'avions que des patientes comme elle, nous ne serions pas près de faire fortune !

Je lui fis part de mes inquiétudes au sujet de Hawes et lui confiai que j'eusse souhaité le voir changer d'air et se reposer. Il prit l'air évasif et sa réponse sonna faux.

— Oui, me répondit-il. Cela vaudrait mieux, en effet. Ah ! pauvre Hawes…

— J'avais cru que vous n'aviez aucune sympathie pour lui.

— Et vous avez raison, mais ce ne serait pas le premier dans ce cas pour lequel j'éprouverais de la peine. (Il ajouta après un bref silence :) J'en ai même ressenti pour ce pauvre diable de Protheroe… il n'avait que des ennemis… Sûr de lui et rigide comme il était… Il faut reconnaître que ce n'est pas le genre de cocktail que l'on préfère, mais il avait toujours été comme ça, même lorsqu'il était jeune homme.

— J'ignorais que vous le connaissiez.

— J'avais un cabinet tout près de chez lui quand je vivais dans le comté de Westmoreland, il y a presque vingt ans.

Je soupirai. Vingt ans plus tôt, Griselda avait cinq ans. Le temps est une bien étrange chose.

— C'est pour cela que vous êtes venu me voir, Clement ?

Je tressaillis et croisai son regard franc qui me scrutait.

Je ne savais pas, en venant, si je lui parlerais ou non, mais Haydock était pour moi un véritable et un merveilleux ami, et ce que j'avais à lui dire pourrait peut-être lui être utile. C'est pourquoi je décidai brusquement de lui répéter en substance ce que m'avaient dit miss Hartnell et miss Wetherby.

Il resta un long moment silencieux.

— Je reconnais que j'ai tout fait pour protéger Mrs Lestrange, Clement. C'est une amie de longue date, mais ce n'est pas la seule raison. Ce certificat médical n'était pas de complaisance comme vous l'avez cru. (Il s'interrompit un instant avant de reprendre d'un ton grave :) Je vous le dis entre nous, Clement. Mrs Lestrange est condamnée.

— Comment ?

— Elle va mourir, je lui donne encore un mois. Vous comprenez pourquoi je tiens à lui éviter d'être importunée par la police ? Lorsqu'on l'a vue dans la rue, ce soir-là, c'est à mon cabinet qu'elle venait.

— Mais rien ne permettait de penser que…

— Je n'ai rien dit car je ne voulais pas qu'on jase.

Mon cabinet est fermé entre 6 et 7 heures, tout le monde le sait, mais je vous l'affirme, elle était ici.

— Pourtant elle n'y était plus lorsqu'on est venu vous chercher, après la découverte du corps dans mon bureau.

— Non, elle était partie… à un rendez-vous, dit-il, troublé.

— Mais où ? Chez elle ?

— Je vous jure que je ne le sais pas, Clement. Je le croyais, mais…

— Et si on condamnait un innocent ? dis-je.

— On ne condamnera personne pour le meurtre du colonel Protheroe, vous pouvez me croire.

Je m'y refusais, en dépit de son ton sans réplique.

— On ne condamnera personne, répéta-t-il.

— Et Archer…

— Il n'aurait pas eu assez de jugeote pour essuyer ses empreintes sur le revolver, dit-il avec un geste d'impatience.

— C'est possible, dis-je sans conviction.

Puis je me rappelai le petit cristal brunâtre que je promenais dans ma poche. Je le lui tendis pour savoir ce que c'était.

— Hum ! On dirait un cristal d'acide picrique, dit-il après une hésitation. Où l'avez-vous trouvé ?

— Cela, répliquai-je, c'est le secret de Sherlock Holmes.

Il sourit.

— Et à quoi sert l'acide picrique ? lui demandai-je.

— C'est un explosif.

— Je le savais, mais n'a-t-il pas une autre utilisation ?

— Il est utilisé en médecine, en solution pour les brûlures. C'est très efficace.

Je tendis la main et il me rendit le morceau de cristal presque à contrecœur.

— C'est peut-être sans importance, dis-je, mais je l'ai trouvé dans un lieu plutôt inhabituel.

— Et vous voulez le garder pour vous ?

C'était puéril, mais je m'abstins de le lui révéler. Puisqu'il avait ses secrets, eh bien, j'aurais les miens. J'étais un peu vexé qu'il ne m'eût pas fait totalement confiance.

26

Ce soir-là, je montai en chaire avec un curieux sentiment.

Pour une fois, l'église était bondée et je me doutais que ce n'était pas le prêche de Hawes qui avait attiré la foule, car ses sermons sont aussi dogmatiques qu'assommants ; la nouvelle que j'officiais à sa place ne risquait pas d'attirer grand monde non plus car mes propres sermons sont aussi érudits qu'assommants. Quant à faire salle comble grâce à la simple ferveur des paroissiens, je ne me faisais guère d'illusions.

Il fallait en conclure qu'on était venu voir qui était là, dans l'espoir d'échanger quelques ragots sur le parvis, après l'office.

Haydock était venu, par extraordinaire, ainsi que Lawrence Redding. Stupéfait, je découvris le visage livide et crispé de Hawes à côté de lui. Anne Protheroe, qui assistait régulièrement à l'office du dimanche soir, était là, elle aussi, alors que son absence ne m'eût guère étonné en l'occurrence. La présence de Lettice en revanche avait de quoi me surprendre. Je l'avais toujours vue à l'office du dimanche matin car le colonel Protheroe l'exigeait, mais c'était la première fois qu'elle paraissait au service du soir.

Gladys Cram était là, éclatante de jeunesse et de santé, à côté de l'inévitable quarteron de vieilles filles ratatinées, et je crus deviner que le masque blanc qui s'était glissé en retard au dernier rang n'était autre que Mrs Lestrange.

Est-il besoin de préciser que Mrs Price Ridley, miss Hartnell et miss Wetherby étaient venues en force. Tout St. Mary Mead était là, ou presque. Je n'avais jamais vu une telle affluence.

Le phénomène de la foule est des plus curieux. L'atmosphère était électrique et je le sentais. D'habitude, je prépare soigneusement mes sermons à l'avance, mais je garde une conscience aiguë de leurs faiblesses.

Ce soir-là, je ne pouvais faire autrement que d'improviser, et devant cet océan de visages levés vers moi, une brusque folie s'empara de tout mon être. Je renonçai soudain à ma fonction de ministre de Dieu pour devenir un acteur. Mon public était là et j'allais le transporter, l'émouvoir jusqu'aux tréfonds.

Après coup, je ne fus pas très fier de moi. Il me déplaît de faire vibrer la corde sensible pour toucher l'âme des fidèles mais, ce soir-là, je me pris véritablement pour un prêcheur inspiré.

Je suis venu exhorter au repentir non pas les justes mais les pécheurs, énonçai-je lentement par deux fois et l'écho vibrant de ma propre voix n'avait rien à voir avec l'accent habituel de celle de Leonard Clement.

Assis au premier rang, Griselda et Dennis me regardèrent, ébahis.

Je laissai planer un silence avant de m'emballer.

L'assemblée tout entière était animée d'une émotion contenue et prête à s'enflammer. J'en profitai, exhortai les pécheurs au repentir, m'abandonnai au mouvement d'une émotion frénétique, brandis un doigt accusateur et répétai plusieurs fois :

— C'est à chacun de vous que je m'adresse !

Et de tous les points de l'église montèrent tour à tour de douloureux soupirs.

L'émotion d'une foule est de ces phénomènes à la fois inconnus et terribles.

Je conclus par ces mots, magnifiques et poignants, les plus déchirants peut-être, contenus dans la Bible : *Cette nuit, il te sera demandé compte de ton âme.*

Pendant un instant étrange, je m'étais senti comme possédé.

Sur le chemin du retour, j'étais rentré en moi-même et avais retrouvé mes pauvres limites. Très pâle, Griselda glissa son bras sous le mien.

— Vous étiez terrible, ce soir, Len... Je n'aime pas cela. Vous n'aviez jamais fait un pareil sermon.

— Et cela ne se reproduira pas, répondis-je un peu plus tard comme je me laissais tomber, épuisé, sur le sofa.

— Que vous est-il arrivé ?

— J'ai été pris d'un coup de folie.

— Ah ! vous ne visiez rien de précis ?

— Que voulez-vous dire ?

— Je me demandais... Non, rien. Vous êtes si déroutant, Len. Je ne vous reconnais pas.

Nous dûmes nous contenter d'un repas froid, Mary étant de sortie.

— Il y a un message pour vous dans l'entrée, dit Griselda. Va le chercher, Dennis, s'il te plaît.

Dennis, qui n'avait pas desserré les dents, obéit.

Je grommelai en prenant le billet ; la mention « Par porteur, urgent » s'étalait dans le coin en haut, à gauche.

— Il ne reste plus que miss Marple...

Je ne m'étais pas trompé.

Cher Mr Clément, j'aimerais beaucoup vous parler d'une ou deux petites choses qui me trottent dans la tête. Ne devons-nous pas tous nous employer à résoudre ensemble cette malheureuse énigme ? Je viendrai vers 9 heures et demie, si vous me le permettez, et frapperai à la fenêtre de votre bureau. Cette chère Griselda aurait-elle la gentillesse de venir tenir compagnie à mon neveu, avec Mr Dennis, bien sûr, s'il le veut bien ? Sans un signe de votre part, je les attendrai ici et viendrai moi-même à *l'heure dite. Bien à vous, Jane Marple.*

Je tendis le billet à Griselda.

— Oh ! Allons-y ! s'écria-t-elle, ravie. Un ou deux petits verres de liqueur maison ! Que demander de plus un dimanche soir, après le déprimant repas froid de Mary ?

— Parlez pour vous, maugréa Dennis sans enthousiasme. Vous pourrez disserter à perte de vue sur l'art et la littérature, pendant que je resterai assis à vous écouter, comme un idiot.

— Mais cela te fait du bien, dit sereinement

Griselda, et c'est là ta vraie place. Et puis Raymond West n'est pas si intelligent qu'il le croit…

— Pas plus que la plupart d'entre nous, dis-je.

De quoi miss Marple pouvait-elle bien vouloir me parler ? Elle était de loin la plus perspicace de toutes mes paroissiennes, car non seulement elle voyait et entendait tout, mais encore elle savait en tirer les conclusions qui s'imposaient.

Si je devais me lancer dans une carrière d'escroc, c'est de miss Marple que je me méfierais.

Ce que Griselda baptisa « la récréation du neveu » débuta à 9 heures passées et, en attendant notre voisine, je m'amusai à récapituler chronologiquement les faits en rapport avec le meurtre. La ponctualité n'est pas mon fort mais j'aime la simplicité et la méthode.

A 9 heures et demie précises, un petit coup frappé au carreau attira mon attention et je me levai pour faire entrer ma visiteuse.

Un châle en shetland, qui lui enveloppait la tête et les épaules, lui donnait l'air âgée et fragile. Elle se confondit en réflexions émues.

— C'est si gentil à vous, et à Griselda aussi… Mon neveu a beaucoup d'admiration pour elle… « Un vrai petit Greuze »… voilà comment il l'appelle. Puis-je m'asseoir ici ? Ce n'est pas votre siège ? Oh ! merci. Non, non, je n'ai pas besoin d'un tabouret pour mes pieds.

Je pliai son châle sur une chaise et revins m'asseoir en face d'elle. Nous échangeâmes un regard silencieux et elle m'adressa un petit sourire en guise d'excuse.

— Sans doute vous demandez-vous pourquoi… je suis si passionnée par cette affaire. Vous estimez peut-être qu'une femme ne devrait pas… mais laissez-moi m'expliquer. (Elle s'interrompit un instant et ses joues s'empourprèrent.) Vous ne pouvez pas vivre seule, comme moi, dans un coin perdu, retirée du monde, sans une marotte – et si le tricot, les scouts, les bonnes œuvres et le fusain ne vous suffisent pas… Moi, j'ai toujours été passionnée par la nature humaine, si riche, si fascinante… et dans un petit village où il ne se passe pas grand-chose, vous pouvez même devenir très compétent dans votre domaine d'élection. Vous commencez par classer votre monde comme si vous aviez affaire à des oiseaux ou à des fleurs, par groupes, par genres et par espèces. Au début, vous commettez des erreurs, puis de moins en moins au fil du temps ; et vient le jour où vous passez à la pratique et résolvez de petits problèmes sans importance, mais qui échappent à votre compréhension tant que vous n'avez pas trouvé de solution logique. Ce fut le cas du bocal de crevettes qui a tant amusé Griselda, ou des gouttes contre la toux auxquelles on avait substitué un autre produit, ou du parapluie de la femme du boucher. Ce dernier cas restait une énigme tant que l'on se refusait à admettre que le marchand de légumes s'était montré grossier avec la femme du pharmacien. Je n'aime rien tant que suivre un raisonnement logique et en vérifier la justesse.

— Vous ne vous trompez pas souvent, d'ailleurs, dis-je avec un sourire.

— Et j'avoue que j'en tire quelque fierté… Mais je me suis toujours demandé si je serais aussi perspicace le jour où j'aurais à résoudre une véritable énigme. Logiquement, cela ne devrait pas poser de difficultés. Car, après tout, un modèle réduit de voiture est en tout point semblable à l'original en grandeur nature.

— Je vois… ce serait une simple question d'échelle, en somme. Sur le plan théorique, je l'admets, mais dans la pratique…

— Il n'y a pas de raison que cela soit différent. Les… les motivations, comme on dit à l'école, sont les mêmes : l'argent, les inclinations réciproques entre… euh… personnes de… de sexe opposé, sans compter les bizarreries du caractère, bien sûr, si fréquentes, n'est-ce pas ? En fait, presque tous les gens sont bizarres lorsque vous les connaissez plus intimement ; les gens normaux se conduisent bizarrement en certaines occasions et les gens anormaux ont parfois un comportement tout à fait normal et banal. En fait, la seule façon de procéder est d'établir des comparaisons avec des cas déjà étudiés dans le passé. Vous seriez frappé par le petit nombre de types que l'on rencontre dans la vie.

— Vous me faites peur. J'ai l'impression d'être observé au microscope.

— Je n'irais jamais exposer mes théories au colonel Melchett, il est si autoritaire ! Pas plus qu'à ce pauvre inspecteur Flem. Il me fait penser à une vendeuse novice qui veut à tout prix vous faire acheter des chaussures vernies pour la bonne raison qu'elle a votre pointure en magasin, sans même s'aviser que vous avez jeté votre dévolu sur du cuir marron. (C'est tout le portrait de Flem, pensai-je.) Je suis sûre que vous en savez autant que lui sur le meurtre, poursuivit miss Marple. Si nous pouvions joindre nos efforts…

— Peut-être… Chacun d'entre nous, je crois, se prend en secret pour Sherlock Holmes, lui répondis-je avant de lui relater les trois convocations que j'avais reçues l'après-midi même.

Je lui parlai ensuite de la découverte, par Anne Protheroe, de la toile au visage lacéré, du comportement de miss Cram au poste de police, et enfin de l'analyse, par Haydock, du cristal d'acide picrique que j'avais trouvé dans les bois.

— Comme c'est moi qui l'ai déniché, dis-je pour conclure, j'aimerais qu'il se révèle un indice important, mais j'ai peur qu'il n'ait rien à voir avec le meurtre.

— J'espérais tirer profit de plusieurs romans policiers américains que j'ai empruntés à la bibliothèque récemment… mais il n'y était pas question d'acide picrique. En revanche, j'ai lu il y a longtemps l'histoire d'un homme qui avait été empoisonné par un mélange d'acide picrique et de lanoline appliqué comme un onguent.

— Malheureusement, nous n'avons pas affaire à un empoisonnement, dis-je, en lui tendant l'emploi du temps que j'avais dressé un peu plus tôt. Je me suis efforcé de récapituler les faits aussi clairement que possible.

Emploi du temps établi par Leonard Clement :

Jeudi, 21

12 h 30 : Le colonel Protheroe déplace notre rendez-vous de 18 heures à 18 h 15. Tout le village a pu l'entendre.

12 h 45 : Le revolver est vu à sa place habituelle. (Mais un doute subsiste car Mrs Archer avait tout d'abord déclaré qu'elle ne se souvenait pas de l'avoir vu.)

17 h 30 (environ) : Le colonel Protheroe et son épouse quittent Old Hall en voiture pour se rendre au village.

17 h 30 : Un appel maquillé me parvient du pavillon nord de Old Hall.

18 h 15 (ou un instant avant) : Le colonel Protheroe arrive au presbytère et Mary le fait attendre dans mon bureau.

18 h 20 : Mrs Protheroe arrive au presbytère par l'allée de derrière et traverse le jardin pour gagner la fenêtre de mon bureau, mais elle ne voit pas son mari.

18 h 29 : Mrs Price Ridley reçoit un appel en provenance de chez Lawrence Redding (d'après le central).

18 h 30-18 h 35 : Détonation, si l'heure du coup de téléphone est exacte. Les témoignages de Lawrence Redding, d'Anne Protheroe et du Pr Stone concordent pour dire que la détonation a eu lieu plus tôt, mais Mrs Price Ridley a probablement raison.

18 h 45 : Lawrence Redding arrive au presbytère et découvre le cadavre du colonel dans mon bureau.

18 h 48 : Je croise Lawrence Redding dans la rue.

18 h 49 : Je découvre le cadavre du colonel dans mon bureau.

18 h 55 : Haydock examine le corps du colonel.

Note : *Les deux seules personnes sans alibi pour 18 h 30-18 h 35 sont miss Cram et Mrs Lestrange. Miss Cram était aux fouilles, dit-elle, mais nul ne peut le confirmer ; en l'absence d'un indice la reliant au meurtre, il semble toutefois raisonnable de la mettre hors de cause. Mrs Lestrange a quitté le cabinet du Dr Haydock après 18 heures pour aller à un rendez-vous. Où était ce rendez-vous et avec qui ? Pas avec le colonel Protheroe, puisque ce dernier m'attendait au presbytère où nous devions nous retrouver. Mrs Lestrange était dans les parages à l'heure du crime, mais on voit mal quel aurait pu être son mobile. Elle ne gagne rien à cette mort et la théorie du chantage avancée par l'inspecteur Flem est irrecevable à mes yeux. Mrs Lestrange ne saurait se compromettre de la sorte. En outre, on ne la voit pas allant s'emparer du revolver de Lawrence Redding.*

— C'est lumineux, dit miss Marple. Il n'y a rien à dire. Les hommes ont l'art de dresser des tableaux.

— Etes-vous d'accord avec ma chronologie ?

— Parfaitement ! Elle est très rigoureuse.

— Qui soupçonnez-vous, miss Marple ? me décidai-je enfin à lui demander. Vous avez compté jusqu'à sept suspects.

— Oui, oui, fit-elle d'un ton détaché. Chacun a son suspect, c'est bien normal. (Mais elle ne me demanda pas qui était le mien.) Ce qu'il faut, c'est donner une explication valable pour tous les faits qui se sont produits. Si votre théorie concorde avec tous les faits… eh bien, vous pouvez parier qu'elle est bonne, mais ne croyez pas que ce soit toujours facile ! S'il n'y avait pas le message…

— Le message ? demandai-je, ébahi.

— Nous en avons déjà parlé, si vous vous souvenez. Il me chiffonne depuis le début. Il y a un détail qui ne colle pas.

— Tout est clair, maintenant : il a été rédigé à 18 h 35 et une autre main – celle du meurtrier – nous a égarés en ajoutant 18 h 20 en haut de la page. Je ne vois pas ce qu'il y a de trouble là-dedans.

— Même dans ce cas…

— Mais je ne vois pas…

— Ecoutez… (Miss Marple se pencha brusquement en avant et poursuivit d'un ton animé :) Mrs Protheroe est passée devant chez moi, comme je vous l'ai dit, puis elle a traversé le jardin du presbytère et s'est rendue jusqu'à la fenêtre de votre bureau ; elle a regardé à l'intérieur mais n'a pas vu son mari.

— Car il était assis à ma table de travail en train d'écrire son message…

— C'est bien ce qui ne va pas ! Il était 18 h 20. Vous m'accorderez qu'il aurait dû patienter jusqu'à 6 heures et demie pour vous écrire qu'il n'attendrait pas plus longtemps. Pourquoi était-il donc assis à votre bureau à 18 h 20 ?

— Cette question ne m'avait jamais effleuré, dis-je, pensif.

— Reprenons tout depuis le début, cher Mr Clement. Mrs Protheroe s'avance jusqu'à la fenêtre de votre bureau et pense qu'il est vide ; on peut la croire car, dans le cas contraire, elle n'aurait pas commis l'imprudence de se rendre à l'atelier pour y retrouver Mr Redding. Peut-être est-ce le silence dans votre bureau qui lui a laissé penser qu'il était vide… Nous avons ainsi le choix entre trois solutions.

— Vous voulez dire que…

— Premièrement, le colonel Protheroe était déjà

mort… mais ce n'est pas très vraisemblable, à mon sens. Il n'était pas arrivé depuis plus de cinq minutes et Mrs Protheroe et moi aurions entendu la détonation s'il y en avait eu une ; et puis cela n'explique pas ce qu'il faisait assis à votre bureau. Deuxièmement, le colonel Protheroe était assis à votre bureau et écrivait un message à votre intention, mais alors la teneur en eût été tout autre. Il était trop tôt pour qu'il vous dise qu'il n'attendrait pas davantage. Troisièmement…

— Oui ? dis-je.

— Troisièmement, Mrs Protheroe a raison et votre bureau était vide.

— Vous voulez dire qu'après y avoir été conduit par Mary, il en est ressorti pour y revenir plus tard ?

— C'est cela.

— Mais je ne comprends pas…

Miss Marple écarta les bras, perplexe.

— Cela nous entraînerait à reconsidérer toute l'affaire, murmurai-je.

— Il faut bien souvent s'y résoudre… Vous ne croyez pas ?

Sans répondre, je rcpassai dans mon esprit les trois solutions énoncées par miss Marple.

— Je dois rentrer, dit-elle en se levant avec un petit soupir. Je suis ravie d'avoir pu bavarder un moment avec vous… mais nous ne sommes guère avancés…

— A dire vrai, cette histoire me paraît de plus en plus confuse, dis-je en me levant à mon tour pour aller chercher son châle.

— Mais non, mais non ! J'ai une théorie qui explique à peu près tout, à condition d'admettre une coïncidence… et l'on peut tout de même s'autoriser au moins une coïncidence ; pas davantage, bien sûr, sous peine de ruiner la théorie en question.

— Vous avez donc une théorie ? m'exclamai-je en la regardant.

— Je reconnais qu'elle comporte un point faible… un fait sur lequel je bute encore. Ah ! si seulement ce message avait été différent.

Elle soupira en secouant la tête, se dirigea vers la fenêtre et, machinalement, tâta la terre d'une plante verte qui dépérissait sur une étagère.

— Il faut l'arroser plus souvent, cher Mr Clement. Pauvre plante, elle meurt de soif. Votre bonne devrait l'arroser tous les jours, car c'est elle qui s'en charge, sans doute ?

— Si l'on peut dire…

— Elle manque un peu d'expérience, suggéra miss Marple.

— C'est le moins que l'on puisse dire, mais Griselda ne veut pas entendre parler de lui faire apprendre quoi que ce soit. Sa théorie est que, si personne n'en veut, elle restera forcément chez nous ; malgré tout, Mary a donné son congé l'autre jour.

— Vous m'étonnez ! J'avais cru au contraire qu'elle vous aimait beaucoup, tous les deux.

— Cela ne m'avait pas frappé ! En tout cas, ce n'était pas nous qui l'avions contrariée, mais Lettice. Mary revenait de l'audience, toute retournée, et elle a trouvé Lettice ici... elles ont eu des mots.

Miss Marple allait sortir dans le jardin quand elle s'arrêta brusquement et changea de visage.

— Oh ! mon Dieu, murmura-t-elle comme pour elle-même. J'ai été stupide. C'était donc cela ! Mais oui...

— Je vous demande pardon ?

Elle tourna vers moi un visage contrarié :

— Rien, je viens d'avoir une idée. Il vaut mieux que je rentre ; j'ai besoin de réfléchir et de tout reprendre de zéro. J'ai été stupide... vraiment stupide.

— Permettez-moi d'en douter, dis-je galamment en l'accompagnant jusqu'à la grille. Puis-je savoir à quoi vous avez pensé ?

— Je préfère ne rien vous dire pour le moment. Peut-être me suis-je trompée, mais cela n'étonnerait. Nous voici à ma porte. Merci d'avoir fait le chemin jusqu'ici.

— Est-ce le message du colonel sur lequel vous butez ? demandai-je, comme elle refermait son portillon derrière elle.

Elle me regarda d'un air absent.

— Le message ? Oh ! c'était un message truqué, bien sûr, mais je n'ai jamais cru qu'il était du colonel. Bonne nuit, Mr Clement.

Je la regardai remonter l'allée d'un pas rapide jusqu'à sa porte.

Et restai planté là, de plus en plus perplexe.

27

Griselda et Dennis n'étaient pas encore rentrés. J'aurais pu en raccompagnant miss Marple jusque chez elle, les prendre pour revenir au presbytère avec eux, mais nous avions été si absorbés par notre affaire que nous avions oublié le monde entier autour de nous.

J'étais planté dans l'entrée, à me demander si je retournerais les chercher ou non, quand un coup de sonnette retentit à la porte. J'y allai.

Je trouvai une lettre dans notre boîte aux lettres et pensai que c'était le porteur qui avait sonné.

C'est alors qu'il y eut un deuxième coup de sonnette ; je fourrai la lettre dans ma poche et ouvris la porte.

C'était le colonel Melchett.

— Bonsoir, Clement, dit-il, je reviens de la ville en voiture, et j'ai eu l'idée de passer boire un verre chez vous.

— Vous avez bien fait, allons dans mon bureau, répondis-je en le précédant.

Il enleva son manteau de cuir et je me mis en quête de deux verres ainsi que de whisky et de soda. Debout devant la cheminée, jambes écartées,

Melchett caressait machinalement sa petite moustache bien taillée.

— J'en ai de belles à vous apprendre, Clement ! Vous n'allez pas le croire, mais laissons cela pour le moment. Et ici, du nouveau ? Ces dames sont toujours sur la brèche ?

— Elles font ce qu'elles peuvent. L'une d'elles a même trouvé la solution.

— C'est cette chère miss Marple, je parie ?

— Vous avez deviné.

— Ça croit toujours tout savoir, dit-il en sirotant son whisky-soda d'un air gourmand.

— Ma question vous paraîtra peut-être inutile, mais a-t-on interrogé le commis du poissonnier ? Il a peut-être vu le meurtrier sortir par la porte du presbytère.

— Vous pensez bien que Flem l'a interrogé, mais le garçon déclare n'avoir vu personne. D'ailleurs, cela ne m'étonne pas ; le meurtrier s'est bien gardé d'attirer l'attention et ce ne sont pas les cachettes qui manquent dans les parages ; il aura attendu le moment propice pour s'esquiver pendant que le commis du poissonnier était au presbytère, chez Haydock ou chez Mrs Price Ridley.

— Vous avez raison.

— En revanche, si ce gredin d'Archer est dans le coup, et si le jeune Fred Jackson l'a vu rôder dans le coin, je serais surpris qu'il le dénonce, car ils sont cousins.

— Vous croyez sérieusement qu'Archer… ?

— Vous savez bien que le vieux Protheroe s'était acharné contre lui, et l'autre devait lui garder un chien de sa chienne. Le colonel n'était pas connu pour sa magnanimité.

— Il était inflexible, au contraire.

— Moi, je suis d'avis de vivre et de laisser vivre. Nul n'est censé ignorer la loi, je le sais bien, mais on ne fait de mal à personne si on laisse à un homme le bénéfice du doute, ce que Protheroe n'aurait jamais fait.

— Et il en était fier. Au fait, qu'avez-vous appris de nouveau ? demandai-je après un silence.

— Quelque chose d'incroyable ! Le fameux message inachevé de Protheroe…

— Oui ?

— Il a été examiné par un expert qui devait établir si oui ou non la mention de 18 h 20 avait été rajoutée par une main étrangère. L'expert disposait bien sûr de spécimens de l'écriture de Protheroe, eh bien, figurez-vous que ce message n'a jamais été écrit par le colonel !

— On aurait donc imité son écriture ?

— Oui. La mention de 18 h 20 aurait peut-être été écrite par une autre personne, mais rien n'est sûr, l'en-tête est d'une encre différente mais la lettre est un faux. Protheroe ne l'a jamais écrite.

— Les experts sont formels ?

— Autant qu'ils peuvent l'être ! Vous les connaissez, hein ? Mais c'est suffisant…

— Incroyable ! m'exclamai-je, quand soudain un souvenir m'assaillit.

Mrs Protheroe ne m'avait-elle pas dit que ce n'était pas l'écriture de son mari ? Je n'y avais pas prêté attention sur le moment. J'en fis part à Melchett, qui s'étonna.

— J'ai pensé que c'était une de ces idioties que disent parfois les femmes, expliquai-je. Pour moi, il n'y avait aucun doute, c'était le colonel Protheroe qui avait rédigé ce message. (Nous échangeâmes un coup d'œil.) C'est curieux, ajoutai-je encore, pensif. Miss Marple me disait justement ce soir que c'était un faux.

— Sacrée bonne femme ! A croire que c'est elle qui a commis le crime !

La sonnerie du téléphone nous interrompit et son insistance me parut revêtir une signification sinistre.

J'allai décrocher.

— Ici le presbytère. Qui est à l'appareil ?

Une voix aiguë, proche de l'hystérie, me parvint.

— J'ai quelque chose à avouer ! Mon Dieu, j'ai quelque chose à avouer ! entendis-je.

— Allô ? Allô ? répétai-je. Nous avons été coupés. Qui me demandait ?

L'opératrice me répondit d'une voix apathique qu'elle n'en savait rien et ajouta qu'elle était désolée de m'avoir dérangé. Je raccrochai et me tournai vers Melchett :

— Vous disiez que vous deviendriez fou si jamais un troisième larron s'avisait de s'accuser du meurtre ?

— Et alors ?

— Il y avait là quelqu'un qui voulait avouer, mais la communication a été coupée.

— Je vais leur dire deux mots, moi ! hurla Melchett en se ruant sur le téléphone.

— Vous aurez peut-être plus de succès que moi. Je vous laisse, je dois sortir ; je crois savoir qui a appelé.

28

Je descendis au village en toute hâte. Il était 11 heures du soir, et à cette heure-là, un dimanche, on ne croise guère de paroissiens à St. Mary Mead. Mais en passant, je vis de la lumière au premier étage d'une maison : Hawes était encore debout ; je m'arrêtai et enfonçai le bouton de sonnette.

Après ce qui me parut une éternité, la maîtresse du logis, Mrs Sadler, tira laborieusement deux verrous, manipula une chaîne et tourna la clef dans la serrure, avant de me jeter un coup d'œil soupçonneux.

— Oh ! mais c'est notre pasteur ! s'exclama-t-elle.

— Bonsoir, madame. Je voudrais voir Mr Hawes. Il y a encore de la lumière dans sa chambre ; est-il là ?

— Pour sûr ! Il n'a pas quitté son appartement depuis que je lui ai monté son dîner… personne n'est venu le déranger et il est resté là, bien tranquille.

Je passai devant Mrs Sadler et grimpai prestement à l'étage où Hawes occupait un salon et une chambre à coucher.

J'entrai dans la première pièce et trouvai Hawes

profondément endormi dans un fauteuil. Une boîte de médicaments vide et un verre d'eau à moitié plein traînaient à côté de lui.

Une boule de papier noircie de pattes de mouche avait roulé près de son pied gauche ; je la ramassai et la défroissai. C'était une lettre qui m'était destinée.

Mon cher Mr Clement..., disait-elle.

Je la lus de bout en bout, la fourrai dans ma poche en poussant une exclamation, et revins à Hawes pour l'examiner.

Ensuite, saisissant le téléphone près de son coude, je réclamai le presbytère. Melchett s'évertuait toujours à retrouver l'origine du précédent appel car on m'informa que la ligne était occupée. Pouvait-on me rappeler ? demandai-je avant de raccrocher.

Je cherchai dans ma poche le message de Hawes pour le relire et tombai sur le courrier que j'avais trouvé dans ma boîte aux lettres, un peu plus tôt, et que je n'avais pas encore ouvert.

J'eus un coup au cœur : c'était l'écriture de la lettre anonyme que j'avais reçue au début de l'après-midi.

Je déchirai l'enveloppe et dus m'y reprendre à deux fois pour la lire. Je ne comprenais pas un traître mot.

J'en étais à ma troisième tentative quand le téléphone sonna. Je tendis machinalement la main vers le récepteur :

— Allô ?

— Allô !

— Melchett ?

— Oui. Où êtes-vous passé ? J'ai retrouvé l'origine de l'appel. C'est le numéro de…

— Je sais…

— Dieu de Dieu ! Vous êtes là-bas ?

— Oui !

— Il a avoué ?

— J'ai sa lettre entre les mains.

— Vous tenez le meurtrier ?

Je subis alors la tentation la plus forte de ma vie. Je regardai tour à tour Hawes, la lettre froissée, les inepties anonymes que je tenais à la main, la boîte de médicaments vide sur laquelle s'étalait le nom de notre pharmacien : Cherubim, et une conversation anodine me revint à l'esprit.

— Je ne sais pas, dis-je avec un effort surhumain. Vous devriez venir.

Je lui donnai l'adresse et m'assis sur une chaise en face de Hawes, histoire de mettre de l'ordre dans mes pensées.

Je n'avais pas beaucoup de temps.

Melchett ne tarderait pas à arriver. Je relus la lettre anonyme pour la troisième fois, puis je fermai les yeux et réfléchis…

29

Je perdis la notion du temps mais il ne dut pas s'écouler plus de quelques minutes. Au bout de ce qui me parut une éternité, j'entendis la porte s'ouvrir et, tournant la tête, vis entrer Melchett.

La vue de Hawes endormi dans un fauteuil lui arracha une question.

— Qu'est-ce que cela signifie, Clement ?

Je lui tendis une des deux lettres que je tenais encore à la main et il la lut à mi-voix.

Mon cher Clement,

Je dois vous annoncer une chose très désagréable. Aussi je préfère vous l'écrire. Nous pourrons en reparler, ultérieurement. C'est au sujet des récents détournements de fonds. J'ai le regret de vous informer que j'ai identifié le coupable, sans nul doute possible. Aussi douloureux qu'il soit pour moi d'accuser un prêtre, membre de notre église, je me dois d'accomplir mon devoir. Il faut faire un exemple et…

Melchett me jeta un regard interrogateur car la ligne se perdait ensuite en un gribouillage illisible, là où le froid de la mort avait commencé à glacer la main de son auteur.

— C'était donc ça ! soupira Melchett en

contemplant Hawes. Le seul qu'on n'ait jamais soupçonné… Poussé aux aveux par le remords.

— Je le trouvais bizarre, ces derniers temps.

En quelques pas Melchett fut auprès du dormeur. Il poussa un cri et saisit Hawes par l'épaule pour le secouer, d'abord en douceur, puis avec de plus en plus de vigueur.

— Il n'est pas endormi ! Il est drogué ! Qu'est-ce que ça signifie ? (Son regard se posa sur la boîte de médicaments vide, et il la ramassa.) Est-ce qu'il a…

— Je le crains, dis-je. Il en a pris devant moi, l'autre jour et m'a dit qu'on l'avait déjà mis en garde contre tout abus. C'était sa seule porte de sortie. Peut-être est-ce mieux ainsi. Ce n'est pas à nous de le juger.

Mais Melchett était avant tout le chef de la police du comté et il restait insensible aux arguments qui me touchaient. Il tenait son meurtrier et entendait qu'il fût pendu.

Il se rua sur le téléphone, malmenant le support du récepteur pour obtenir le central. Le silence tomba tandis qu'il attendait, l'oreille collée à l'écouteur et les yeux rivés sur la silhouette affaissée dans un fauteuil, qu'on lui passât le Dr Haydock.

— Allô ! Allô ! Je suis bien chez le Dr Haydock ? C'est pour une urgence dans High Street, chez Mr Hawes. Il peut venir ? Comment ? Quel numéro êtes-vous ? Oh ! excusez-moi. (Il raccrocha, exaspéré.) Faux numéro ! Faux numéro ! Toujours des faux numéros ! Quand c'est une question de vie ou de mort. Allô ! Vous m'avez donné un faux numéro… Oui… C'est urgent, donnez-moi le 3, 9… 9 et non pas 2 ! (Il se remit à piaffer d'impatience mais on lui passa bientôt son correspondant.) Allô ? Haydock ? Melchett, à l'appareil. Venez d'urgence au 19 High Street, s'il vous plaît. Hawes a absorbé une forte dose d'une saloperie quelconque. C'est urgent, vous m'avez compris ? Il y va de sa vie.

Il raccrocha, se mit à faire les cent pas et me prit à partie :

— Pourquoi diable n'avez-vous pas appelé le médecin tout de suite, Clement ? Où aviez-vous la tête ? (Melchett était incapable de concevoir que l'on pût avoir des idées différentes des siennes sur la conduite à tenir ; je me gardai de lui répondre et il poursuivit :) Où était cette lettre ?

— Elle avait dû lui glisser des mains…

— C'est incroyable !… Miss Marple avait raison : le premier message trouvé près du corps de Protheroe n'était pas le bon. Je me demande ce qui lui a mis la puce à l'oreille. Et pourquoi diable cet imbécile de Hawes n'a-t-il pas détruit celui-ci puisqu'il s'est donné la peiné de le subtiliser pour le remplacer par un autre ? On ne conserve pas pareille pièce à conviction…

— Inconséquente et changeante nature humaine…

— Tant mieux pour nous, sinon bien malin qui pourrait coincer les meurtriers. Mais ils commettent toujours une erreur… Vous n'avez pas bonne mine, Clement. Vous êtes tourneboulé, c'est ça ?

— Oui, et puis je vous l'ai dit, Hawes n'était pas

dans son assiette ces derniers temps, mais de là à penser…

— Hé oui ! Ah ! voilà la voiture. (Il alla ouvrir la fenêtre et se pencha au-dehors.) C'est Haydock.

Quelques secondes plus tard, le médecin pénétrait dans la pièce.

Melchett lui exposa la situation en quelques mots succincts.

Haydock n'est pas homme à faire étalage de ses sentiments et c'est à peine s'il fronça les sourcils. Il s'approcha de Hawes, lui tâta le pouls et lui souleva une paupière pour examiner l'œil.

— Vous voudriez que je le sauve pour le pendre, fit-il en se tournant vers Melchett. Il est plutôt mal en point, croyez-moi, et je ne peux pas prévoir le résultat.

— Faites tout ce qui est en votre pouvoir.

— J'essaierai.

Il s'affaira autour de sa mallette et prépara une injection, puis il piqua Hawes au bras et se releva.

— Il faut l'emmener d'urgence à l'hôpital de Much Benham. Aidez-moi à le transporter dans ma voiture.

« Vous ne pourrez pas le faire pendre, Melchett », dit encore Haydock en se glissant au volant.

— Vous pensez qu'il ne s'en sortira pas ?

— Je n'en sais rien, mais s'il s'en sort… eh bien, voilà : ce pauvre diable n'était pas responsable de ses actes et je pourrai le prouver.

— De quoi parlait-il ? me demanda Melchett tandis que nous remontions l'escalier.

Je lui expliquai que Hawes souffrait d'une encéphalite léthargique.

— La maladie du sommeil, hein ? Ce ne sont pas les bonnes raisons qui manquent pour excuser nos vilaines actions, de nos jours, vous ne trouvez pas ?

— Il faut compter avec les découvertes scientifiques.

— Au diable les découvertes scientifiques ! Pardonnez-moi, Clement, mais toutes ces salades sont assommantes. Moi, je ne vais pas chercher midi à quatorze heures. Bon ! Il ne nous reste plus qu'à jeter un coup d'œil chez Hawes.

C'est alors que, médusés, nous vîmes entrer miss Marple.

Elle était écarlate et passablement agitée mais s'avisa néanmoins de notre stupeur.

— Je vous demande bien pardon d'arriver ainsi, dit-elle. Bonsoir, colonel Melchett. Pardonnez-moi, mais quand j'ai compris que Mr Hawes était souffrant, j'ai préféré faire un saut… Si je pouvais lui être d'une aide quelconque…

Elle s'interrompit. Le colonel Melchett ne fit aucun effort pour cacher son mépris.

— C'est très aimable à vous, mais vous n'auriez pas dû vous donner cette peine, fit-il, cinglant. Peut-on savoir comment vous avez appris la nouvelle ?

J'étais curieux de le savoir, moi aussi.

— Par téléphone, expliqua miss Marple. Ils ne sont guère consciencieux, n'est-ce pas ? Tous ces faux numéros… C'est chez moi qu'ils ont appelé d'abord en croyant vous passer le Dr Haydock. Mon numéro est le 32.

— Tout s'explique ! m'écriai-je.

L'omniscience de miss Marple se justifie toujours de la façon la plus logique.

— C'est pourquoi j'ai cru nécessaire…

— C'est très aimable à vous, répéta Melchett de son ton cassant, mais c'était inutile. Haydock a emmené Hawes à l'hôpital.

— A l'hôpital ? Ah ! Tant mieux. Je préfère cela. Il y sera en sécurité, au moins. « C'était inutile», dites-vous… Dois-je comprendre qu'il n'y a plus d'espoir pour lui, qu'il ne se remettra pas ?

— Rien n'est sûr, hélas ! dis-je.

Le regard de miss Marple tomba sur la boîte de médicaments.

— Il a forcé la dose ? demanda-t-elle.

Melchett restait renfrogné et peut-être en eussé-je fait autant dans d'autres circonstances, mais la justesse des hypothèses et des raisonnements de miss Marple m'en empêchait, même si sa brusque apparition et sa curiosité avaient de quoi me heurter.

— Jetez donc un coup d'œil à ceci, dis-je en lui tendant la lettre inachevée de Protheroe.

Son visage ne trahit pas la moindre surprise tandis qu'elle la lisait.

— Aviez-vous deviné quelque chose de ce genre ? lui demandai-je.

— A peu près, mais un détail me chiffonne : puis-je savoir ce qui vous a amené ici, ce soir, Mr Clement ? Je ne m'attendais pas à vous trouver chez Mr Hawes avec le colonel Melchett.

— C'est un appel téléphonique, expliquai-je. Je croyais avoir reconnu sa voix.

Miss Marple prit l'air pensif.

— Ah ! Je vois ! Un appel providentiel en quelque sorte… Et vous êtes arrivé juste à temps.

— Juste à temps pour quoi ? demandai-je d'un ton aigre.

Miss Marple parut surprise.

— Pour sauver la vie de Mr Hawes, voyons ! s'exclama-t-elle.

— Ne serait-il pas préférable qu'il ne s'en remît pas ? Pour lui et pour tout le monde ? La vérité a éclaté et…

Je m'interrompis, soudain troublé par les mimiques de miss Marple.

— C'est en tout cas ce qu'on a voulu vous faire croire. Et vous l'avez cru, comme vous avez cru que cette solution était préférable pour tout le monde. Tout concorde… la lettre, les médicaments, le désarroi de ce pauvre Mr Hawes et son aveu. Tout s'emboîte à merveille… Mais tout est faux. (Nous la regardâmes, interloqués.) C'est pourquoi je préfère savoir Mr Hawes en sécurité, à l'hôpital, où personne ne risque de lui faire du mal. S'il s'en tire, il vous la dira, la vérité.

— La vérité ?

— Oui, Mr Clement, il vous dira qu'il n'a pas tué le colonel Protheroe.

— Mais le coup de téléphone, la lettre, les médicaments… tout cela n'est que trop parlant.

— C'est ce qu'il a voulu vous faire croire. Oh ! il

est très habile. Garder la lettre et l'utiliser de cette façon… oui, c'était très habile, en effet.

— Qui ça, « il » ?

— Le meurtrier, dit miss Marple. Mr Lawrence Redding, ajouta-t-elle d'un petit ton tranquille.

30

Médusés, nous la fixions en pensant qu'elle était devenue folle, tant son accusation nous semblait absurde.

Le colonel Melchett retrouva sa langue le premier :

— Cela ne tient pas debout, miss Marple, dit-il avec une amabilité teintée de condescendance. Lawrence Redding a été lavé de tout soupçon.

— On peut dire qu'il a bien manœuvré dans ce but, dit miss Marple.

— Au contraire, rétorqua sèchement le colonel Melchett. Vous oubliez qu'il s'est accusé du meurtre.

— Je ne l'oublie pas et je m'y suis laissé prendre comme les autres. Vous vous souvenez de mon étonnement, Mr Clement, lorsque j'ai appris que Mr Redding s'était rendu à la police ? Cet aveu bouleversa mes conclusions et me fit croire à son innocence, alors que, dans un premier temps, j'étais sûre qu'il était coupable.

— Vous le soupçonniez ?

— Je sais bien que, dans les romans, l'assassin est toujours celui auquel on s'attend le moins, mais cette règle ne s'applique jamais dans la vie réelle, au contraire ; c'est bien souvent la solution la plus évidente qui se révèle exacte. Mon amitié pour Mrs Protheroe ne m'avait pas empêchée de constater qu'elle était bel et bien sous la coupe de Mr Redding, et prête à tout pour ses beaux yeux. Lui, de son côté, n'avait que faire de s'enfuir avec une femme sans fortune ; il fallait que le colonel Protheroe disparaisse… et il s'est chargé de le faire disparaître. Il est de cette race de séducteurs totalement dénués de sens moral.

Le colonel Melchett, qui émettait depuis quelque temps déjà des reniflements impatients, finit par exploser :

— Cessez de dire n'importe quoi ! Redding a un alibi jusqu'à 7 heures moins le quart, et Haydock affirme que Protheroe ne peut pas avoir été tué passé cette heure-là. Mais sans doute vous lui en remontreriez, n'est-ce pas ? Peut-être ment-il, lui aussi ? Ou que sais-je encore ?

— Le Dr Haydock est très compétent et il dit vrai. Du reste, c'est Mrs Protheroe qui a tué son mari et non pas Mr Redding.

Miss Marple n'avait pas fini de nous surprendre. Elle ajusta son fichu en dentelle, écarta le châle douillet qui enveloppait ses épaules et entreprit de nous exposer son aimable vision de vieille fille, énonçant les choses les plus épouvantables du ton le plus anodin.

— J'ai cru préférable de me taire jusqu'ici, car même si elle s'impose à vous, une idée personnelle ne constitue pas pour autant une preuve. Et, tant que votre hypothèse ne concorde pas avec tous les faits, comme je l'expliquais à ce cher Mr Clement un peu plus tôt dans la soirée, vous ne pouvez vous permettre de porter la moindre accusation. Et précisément, il me manquait une pièce du puzzle… C'est en quittant le bureau du pasteur que j'ai remarqué un petit palmier en pot près de la fenêtre et… et… tout est devenu lumineux.

— Elle est complètement toquée, me chuchota Melchett à l'oreille.

Miss Marple nous enveloppa d'un regard serein et continua de sa voix douce :

— J'étais navrée de penser ce que je pensais, croyez-moi, car je les aimais bien tous les deux, mais vous savez ce que c'est… Aussi, lorsqu'ils se sont livrés l'un après l'autre, je vous avoue que je me suis d'abord sentie très soulagée ; on pouvait dire que je m'étais bien trompée ! C'est là que j'ai commencé à recenser la liste de tous ceux qui avaient quelque raison de souhaiter la disparition du colonel.

— Les sept suspects ? demandai-je dans un murmure.

— Mais oui, fit miss Marple en me souriant. Archer tout d'abord : c'était peu vraisemblable mais, sous l'effet de l'alcool, on ne sait jamais. Et votre bonne, Mary, qui avait fréquenté Archer pendant longtemps et qui a un fichu caractère ; elle avait un mobile et aurait pu profiter de l'occasion… N'était-elle pas seule au presbytère, cet après-midi-là ? Il aurait suffi que la vieille Mrs Archer leur glisse en douce le revolver de Mr Redding. Lettice, bien sûr, voulant à la fois conquérir sa liberté et disposer de l'argent qui lui servirait à faire ce que bon lui semble. Les jeunes filles, belles, éthérées et sans scrupules, ne manquent pas, croyez-moi, mais les hommes se refusent à l'admettre.

Je pris la remarque pour moi tandis qu'elle poursuivait :

— Sans parler de la raquette de tennis que la petite Clara de Mrs Price Ridley avait vue traîner dans l'herbe, à la grille du presbytère. Mr Dennis était donc rentré plus tôt qu'il ne l'avait dit de sa partie de tennis. A seize ans, les jeunes gens sont si ombrageux ! Mais le fait est qu'il était rentré plus tôt, que ce soit pour les beaux yeux de Lettice ou pour vous faire plaisir, Mr Clement. Restent enfin ce pauvre Mr Hawes et vous, cher pasteur, non pas ensemble, bien sûr, mais « si ce n'est toi c'est donc ton frère », comme l'on dit…

— Moi ! m'exclamai-je, anéanti.

— Je vous demande pardon – et je n'y ai d'ailleurs jamais cru –, mais il y avait eu ces petites sommes mystérieusement disparues… Ce ne pouvait être que le pasteur ou le vicaire. Or, Mrs Price Ridley faisait courir le bruit que c'était vous le voleur, vu que vous étiez opposé à l'ouverture d'une enquête sur ce sujet. Mais moi, j'avais deviné que c'était Mr Hawes… Il me rappelait le pauvre organiste, vous savez ? D'un autre côté, on n'est jamais sûr…

— Question de nature humaine, conclus-je d'un ton sévère.

— N'est-ce pas ? Et la dernière était cette chère Griselda.

— Mrs Clement n'avait rien à voir là-dedans, coupa Melchett. Elle est revenue de Londres par le train de 18 h 50.

— C'est en effet ce qu'elle a dit, rétorqua miss Marple, mais il faut toujours tout vérifier. Le train de 18 h 50 avait une demi-heure de retard, ce soir-là. Or, j'ai vu Griselda prendre le chemin de Old Hall à 5 heures et quart précises, c'est donc qu'elle était rentrée par le train précédent. D'ailleurs on l'avait vue, mais vous êtes bien placé pour le savoir, ajouta-t-elle à mon adresse, avec un regard interrogateur.

Quelque chose dans ses yeux m'obligea à sortir de ma poche la deuxième lettre anonyme que j'avais ouverte un peu plus tôt. Elle racontait en détail que Griselda avait été vue sortant de chez Lawrence Redding par la porte de derrière, à 6 heures et demie, le jour du drame.

Je ne devais jamais parler à quiconque du soupçon qui m'avait assailli un peu plus tôt, telle une vision de cauchemar : ayant eu vent de la liaison passée entre Lawrence et Griselda, Protheroe aurait voulu m'en informer et ma femme, désespérée, aurait réduit le colonel au silence après avoir dérobé le revolver. Vision de cauchemar, certes, mais j'avoue que j'y avais cru pendant un bref instant.

Miss Marple avait peut-être deviné quelque chose. Rien ne lui échappe, aussi n'en eussé-je pas été étonné.

— Tout le village était au courant, dit-elle en me

rendant la lettre avec un hochement de tête. Et cela pouvait prêter à équivoque, n'est-ce pas ? Surtout après que Mrs Archer avait juré, à l'audience, que le revolver était encore chez Mr Redding à midi, le même jour. (Elle fit une courte pause et poursuivit sur un ton d'excuse :) Mais je m'écarte de notre sujet. Je crois qu'il est de mon devoir de vous exposer ma théorie personnelle. Si vous n'y accordez pas foi… eh bien, j'aurai néanmoins fait mon devoir. Mais si, par malheur, mon silence a coûté la vie à Mr Hawes… (Elle s'interrompit de nouveau mais, quand elle reprit, sa voix avait perdu sa nuance d'excuse et s'était affermie.) Voici donc mon explication des faits : c'est le jeudi après-midi que le crime a été organisé dans ses moindres détails. Lawrence Redding est d'abord passé au presbytère bien qu'il sût le pasteur absent. Il avait son revolver sur lui et l'a caché dans le pot de fleur, sur une étagère près de la fenêtre. Comme le pasteur rentrait, Lawrence a justifié sa présence par la nécessité où il s'était senti de venir lui annoncer qu'il quittait St. Mary Mead. A 5 heures et demie, il a téléphoné au pasteur du pavillon nord de Old Hall, en contrefaisant sa voix. Je vous rappelle qu'il fait un excellent acteur amateur…

» Mrs Protheroe et son mari se mettent ensuite en route pour le village ; Mrs Protheroe n'a pas de sac à main, ce qui est pour le moins curieux de la part d'une femme, mais ce dont personne ne paraît s'aviser. Il n'est pas 18 h 20 quand elle passe devant chez moi et s'arrête pour bavarder un instant ; elle veut me donner l'occasion de remarquer qu'elle ne porte pas d'arme sur elle et qu'elle est comme d'habitude. Ils savent tous deux que je suis fine observatrice. Ensuite elle disparaît à l'angle du presbytère, comme pour entrer par la porte-fenêtre. Le pauvre colonel est assis au bureau, occupé à rédiger un message pour Mr Clement. N'oublions pas qu'il est dur d'oreille. Mrs Protheroe n'a qu'à prendre le revolver dans le pot de fleur où elle sait le trouver, à s'approcher de son mari par-derrière et à le tuer à bout portant ; ensuite elle jette l'arme par terre et ressort aussitôt pour se rendre à l'atelier au fond du jardin. Chacun pourrait jurer en conscience qu'elle n'a pas eu le temps d'accomplir son forfait.

— Et le coup de feu ? objecta le colonel Melchett. Vous auriez dû entendre le coup de feu !

— Je sais qu'il existe un dispositif appelé un silencieux. Je l'ai lu dans certains romans policiers. Et si par hasard c'était là le fameux éternuement que Clara, la bonne de Mrs Price Ridley, a entendu ? Mais peu importe. Mr Redding va retrouver Mrs Protheroe dans l'atelier. Ils s'y enferment et ne tardent pas à comprendre, la nature humaine étant ce qu'elle est, que j'attends de les voir ressortir !

Miss Marple n'avait jamais été plus aimable qu'en cet instant où elle avouait avec humour sa petite faiblesse.

— Lorsqu'ils ressortent, ils sont gais et détendus, et c'est là qu'ils commettent une erreur : s'ils viennent de se faire leurs adieux, comme ils l'ont prétendu ensuite, il n'y a pas de quoi arborer une mine réjouie.

» Mais voilà ! Ils n'osent pas montrer leur trouble

et c'est là que le bât blesse. Ils consacrent les dix minutes qui suivent à se forger ce qu'on appelle un alibi, n'est-ce pas ? Mr Redding sonne au presbytère et en ressort au dernier moment. Il vous voit arriver de loin dans le chemin et a tout prévu. Il prend le revolver et le silencieux, laisse le message sur lequel il ajoute l'heure d'une encre et d'une écriture différentes. Lorsqu'on s'apercevra de la supercherie, on croira à une tentative grossière pour compromettre Mrs Protheroe.

» Comme il laisse sa lettre sur le sous-main, il découvre celle du colonel Protheroe… c'est une aubaine pour lui ! Malin, il ne doute pas que cette lettre pourra lui être bien utile et il la subtilise. Sachant que la pendulette a toujours un quart d'heure d'avance, il la met à l'heure de son message, toujours pour faire porter les soupçons sur Mrs Protheroe et il ne lui reste qu'à se sauver. Lorsqu'il vous croise, il joue à merveille le rôle d'un homme à l'esprit troublé, or quelle aurait été l'attitude d'un meurtrier venant d'accomplir son forfait ? Il aurait cherché à paraître naturel, bien sûr ! Ce n'est donc pas ce que fait Mr Redding. Il jette son silencieux et se rend au poste de police, muni de son revolver ; là il y va d'une auto-accusation grotesque que tout le monde est prêt à gober.

L'exposé de miss Marple était fascinant. Elle parlait avec tant d'assurance que le colonel Melchett et moi-même ne doutâmes pas un instant que les choses s'étaient bien passées ainsi.

— Et la détonation dans les bois ? demandai-je.

Est-ce là cette fameuse coïncidence que vous évoquiez tout à l'heure ?

— Pas du tout ! Cela n'avait rien d'une coïncidence, croyez-moi ! Il fallait bien qu'un coup de feu fût tiré pour étouffer les soupçons qui pesaient sur Mrs Protheroe. Je n'ai pas encore découvert comment Mr Redding s'y est pris, mais j'ai entendu dire que l'acide picrique explose sous l'effet d'un choc violent ; or, vous avez rencontré Mr Redding chargé d'une grosse pierre, non loin des taillis où vous avez déniché un fragment de verre, cher pasteur. Les hommes s'y entendent pour construire des dispositifs ! Une fusée à retardement ou une mèche lente aurait pu brûler pendant vingt minutes et provoquer une explosion aux alentours de 6 heures et demie, quand Mrs Protheroe et Mr Redding étaient bien visibles, dans le village. Et qu'aurait-on retrouvé après coup ? Une pierre ! C'est tout. Mais il a jugé bon de la faire disparaître… et c'est à cela qu'il s'employait le jour où vous l'avez surpris dans les bois.

— Vous avez raison, m'écriai-je en revoyant le mouvement de surprise de Lawrence m'apercevant soudain. Cela m'avait paru naturel, mais maintenant que vous le dites…

— Oui, acquiesça miss Marple comme si elle avait lu dans mes pensées. Il n'aura guère apprécié de vous trouver là, à cet instant précis. Il s'en est dépêtré avec habileté en prétendant qu'il me destinait cette pierre pour mon jardin japonais, seulement figurez-vous que ce n'était pas du tout le genre de pierre qui convient à mon jardin japonais !

C'est d'ailleurs ce qui m'a mise sur la voie ! ajouta-t-elle sans aucune modestie.

Le colonel Melchett ne s'était pas levé de sa chaise et paraissait en transe. Un ou deux reniflements le firent revenir sur terre et il se moucha bruyamment :

— Crénom de nom ! s'exclama-t-il.

Il n'en dit pas davantage. Comme moi, il était frappé par la logique des conclusions de miss Marple, mais il refusait encore de se rendre à ses vues.

Il s'empara de la lettre froissée et aboya :

— D'accord ! Et l'appel de notre ami Hawes, dans l'affaire ?

— La providence, colonel, la providence ! J'y vois la conséquence du sermon de notre pasteur. Il était remarquable, vraiment, Mr Clement, et il aura touché l'âme de Mr Hawes au point de lui donner le courage d'avouer qu'il avait détourné les fonds de l'église.

— Qu'est-ce encore que…

— Mais oui et, grâce à Dieu, c'est ce qui l'a sauvé, car j'espère et je crois qu'il sera sauvé. Le Dr Haydock est un si bon médecin ! Mr Redding a pris le risque de subtiliser cette lettre et l'a mise en lieu sûr, puis il s'est efforcé de deviner qui elle visait et en a déduit qu'il s'agissait de Mr Hawes. J'ai cru comprendre qu'il était venu passer la soirée avec le vicaire hier, et je le soupçonne d'en avoir profité pour échanger un comprimé de la boîte de Mr Hawes contre un autre qu'il avait apporté avec lui, et d'avoir glissé la lettre dans la poche de la robe de chambre du pauvre homme ; celui-ci avalerait la dose mortelle sans se douter de rien et l'on découvrirait la lettre dans ses affaires, après sa mort ; on conclurait qu'il avait tué le colonel Protheroe et s'était supprimé, rongé par le remords. Mr Hawes a dû tomber sur la lettre ce soir, juste après avoir absorbé le comprimé fatal. Vu son état d'esprit, il aura vu là un signe du ciel et, avec le sermon de notre pasteur, il n'en aura pas fallu davantage pour qu'il veuille confesser son pauvre crime.

— Crénom de nom ! répéta le colonel Melchett. Je n'ai jamais rien entendu de pareil. Cela ne tient pas debout ! (Ses protestations sonnaient faux et il s'en aperçut car il demanda :) Et quelle explication avez-vous pour le coup de téléphone à Mrs Price Ridley émanant de chez Lawrence Redding ?

— Voilà notre fameuse coïncidence. C'est cette chère Griselda qui a appelé, avec Mr Dennis, je crois. Les bruits que faisait courir Mrs Price Ridley sur notre cher pasteur lui étaient parvenus aux oreilles et tous deux avaient imaginé ce stratagème, bien puéril, je vous l'accorde, pour y mettre un terme. La coïncidence tient à ce que l'appel a été passé au moment même où l'on entendit le coup de feu dans les bois, ce qui laissait penser, faussement, que les deux événements étaient liés.

Tous ceux qui avaient évoqué ce coup de feu n'avaient-ils pas dit qu'il était singulier ? Ils étaient dans le vrai, mais s'étaient montrés incapables d'expliquer en quoi.

— Votre histoire est très plausible, miss Marple,

commença Melchett après s'être éclairci la voix, mais je vous ferai remarquer que vous n'avez pas l'ombre d'une preuve de ce que vous avancez.

— Je ne l'ignore pas, dit la vieille demoiselle, mais j'ose espérer que vous me croyez.

Après un silence, le colonel lâcha, un peu à contrecœur :

— Oui, sapristi ! Il faut bien que les choses se soient passées ainsi ! Mais vous n'avez pas la moindre preuve ! Pas la moindre…

Miss Marple toussota et risqua :

— Voilà pourquoi j'ai pensé que… dans ces conditions… nous pourrions peut-être…

— Que voulez-vous dire ?

— … tendre un petit piège.

31

— Un piège ? Quelle sorte de piège ? fîmes-nous, interloqués.

Miss Marple avait son plan, qu'elle nous exposa timidement :

— Nous pourrions prévenir Mr Redding par téléphone.

— Dans le style : « On sait tout, vous avez intérêt à disparaître ! » Plutôt usé, comme truc, miss Marple, objecta le colonel, bonhomme. Il a fait ses preuves, je n'en doute pas, mais Redding est trop malin pour tomber dans le panneau.

— Il faut jouer au plus fin, vous avez raison. Mais, si je puis me permettre, je pense qu'il devrait recevoir un avertissement émanant de quelqu'un d'original, avec des idées bien à lui ; le Dr Haydock, par exemple, semble avoir sur le meurtre une opinion toute personnelle. Il pourrait signifier à Mr Redding que Mrs Sadler ou l'un de ses enfants l'a surpris tandis qu'il remplaçait les médicaments dans la boîte de Mr Hawes… S'il n'a rien à voir à l'affaire, un tel avertissement ne lui fera ni chaud ni froid, sinon…

— Sinon ?…

— … il risque de se trahir.

— … et nous n'aurons plus qu'à ferrer le poisson. Possible… et très ingénieux, miss Marple. Reste à savoir si Haydock sera d'accord. Il est vrai que ses théories…

Miss Marple l'interrompit d'un ton vif :

— … sont des théories ! La pratique, c'est autre chose… Mais n'est-ce pas lui qui est de retour ? Nous allons pouvoir lui poser la question.

Haydock était fatigué et hagard, et ne fut pas peu surpris de nous trouver en compagnie de miss Marple.

— Il a bien failli y passer, dit-il. Il a frôlé la mort mais il s'en remettra. La tâche d'un médecin n'est-elle pas de tirer ses patients d'affaire ? C'est ce que j'ai fait, néanmoins je me demande s'il n'aurait pas mieux valu…

— Ce que nous avons à vous dire va peut-être vous faire changer d'avis, le coupa Melchett avant d'exposer brièvement la théorie de miss Marple et sa proposition finale.

Il nous fut alors donné de vérifier *de visu* ce que miss Marple appelait la différence entre pratique et théorie, et nous assistâmes à un véritable retournement. Haydock aurait voulu voir Lawrence Redding monter à l'échafaud, non pas tant à cause de la mort du colonel Protheroe que de la tentative d'assassinat contre ce pauvre Hawes.

— Le bandit ! s'écria Haydock. Le bandit ! Pauvre vieux Hawes ! Quand je pense que sa mère et sa sœur auraient pu être hantées leur vie durant par l'angoisse d'un meurtre odieux commis par un fils et un frère ! Ah ! le lâche ! l'infâme ! (Pour ce qui est de laisser exploser une rage primitive, il n'y a rien de tel qu'un homme aux principes humanitaires bien ancrés, une fois lancé !) Si ce que vous dites est vrai, je suis votre homme. Un type comme ça ne mérite pas de vivre ! Faire ça à un pauvre diable sans défense comme Hawes !

Haydock resterait toujours le champion des faibles et des opprimés. Il peaufinait avec Melchett le dispositif pour piéger Redding quand miss Marple se leva ; j'insistai pour la raccompagner par les rues désertes.

— C'est très aimable à vous, Mr Clement. Mon Dieu ! Minuit passé, déjà ! Pourvu que Raymond soit allé se coucher sans m'attendre !

— Il n'aurait pas dû vous laisser venir seule, dis-je.

— Je suis sortie sans le prévenir.

Le souvenir de la subtile analyse du crime que nous avait servie Raymond West me fit sourire.

— Si vos hypothèses sont avérées exactes, comme je le prévois, vous aurez marqué un point.

— Lorsque j'avais seize ans, me confia-t-elle avec un sourire indulgent, ma grand-tante Fanny avait coutume de répéter un mot que je jugeais parfaitement idiot.

— Et quel est ce mot ?

— « Les jeunes croient par principe que les vieux sont des imbéciles mais les vieux savent par expérience que les imbéciles, ce sont les jeunes. »

32

Il n'y a pas grand-chose à ajouter. Le piège de miss Marple fonctionna à merveille. Lawrence Redding était bel et bien coupable, et le petit artifice par lequel on lui fit croire qu'on l'avait vu substituer les médicaments dans la boîte de Hawes le poussa à se trahir. Voilà bien l'aiguillon de la mauvaise conscience.

Il ne sut tout d'abord quel parti prendre, et sa première impulsion fut de décamper. Mais alors, que faire de sa complice ? Il fallait la prévenir ! Attendrait-il le matin ? Non ! Il s'aventura à Old Hall la nuit même, deux des plus fins limiers du colonel Melchett sur ses talons. Il réveilla Anne en jetant des petits cailloux contre les carreaux de sa chambre à coucher, et lui intima l'ordre de le rejoindre sur-le-champ. Il faut croire qu'ils préféraient être dehors que dedans où Lettice risquait de s'éveiller à son tour. Les deux policiers purent saisir toute la conversation sans ambiguïté. Miss Marple avait vu juste.

Il serait inutile de rapporter ici le procès de Lawrence Redding et d'Anne Protheroe que tout le monde a gardé en mémoire ; je me bornerai donc à préciser que tout le mérite en revint à l'inspecteur

Flem, dont le zèle et la sagacité avaient permis l'arrestation des criminels. La part que miss Marple prit dans cette affaire ne fut même pas évoquée ; du reste, elle eût été horrifiée que l'on pût y faire allusion.

Lettice me rendit visite juste avant le procès. Elle apparut à la porte-fenêtre de mon bureau, dans les brumes comme à l'accoutumée. Elle devait me révéler qu'elle avait toujours été convaincue de la complicité de sa belle-mère. Elle n'avait allégué la perte de son béret jaune que pour mieux fouiller mon bureau, où elle espérait déceler un indice que la police aurait laissé passer.

— Ils n'étaient pas, comme moi, animés par la haine, m'expliqua-t-elle de sa voix rêveuse. La haine peut parfois être d'un grand secours.

Bredouille et dépitée, elle avait caché une des boucles d'oreilles d'Anne sous mon bureau.

— Et alors ? puisque je savais que c'était elle !… La fin justifie les moyens…

Lettice était décidément imperméable au sens moral, songeai-je avec un soupir.

— Qu'allez-vous faire ? lui demandai-je.

— Quand tout sera réglé, je partirai pour l'étranger. (Elle eut une brève hésitation avant de poursuivre :)… avec ma mère.

Je la dévisageai, interdit.

— L'idée ne vous avait donc pas effleuré… C'est Mrs Lestrange. Elle n'en a plus pour longtemps à vivre. Elle ne s'est installée à St. Mary Mead sous un faux nom que pour me revoir – et grâce au Dr Haydock, un vieil ami à elle. Il l'a beaucoup aimée dans le passé, et il n'a jamais cessé de l'aimer, d'une certaine façon. Les hommes ont toujours été fous d'elle. Elle est encore tellement séduisante, même dans son état ! Quoi qu'il en soit, le Dr Haydock n'a pas ménagé ses efforts pour l'aider. C'est la peur des ragots qui lui a fait taire son vrai nom. Elle est allée trouver mon père pour lui dire qu'elle allait mourir et qu'elle désirait plus que tout au monde me revoir. Mon père s'est conduit comme un goujat : elle n'avait plus aucun droit sur moi, et d'ailleurs je la croyais morte… voilà ce qu'il lui a jeté au visage… Comme si j'avais jamais avalé ce bobard ! Mon père n'a jamais rien compris a rien.

» Mais ma mère n'a pas renoncé. Elle n'était allée le voir que par politesse. Après cette odieuse sortie, elle m'a fait parvenir un message et je me suis arrangée pour quitter la partie de tennis plus tôt que prévu et la rejoindre dans le petit chemin. Nous avons tout juste eu le temps de nous fixer un nouveau rendez-vous, et nous nous sommes quittées un peu avant 6 heures et demie. Ensuite, j'ai vécu dans l'angoisse qu'on ne la soupçonne d'avoir tué mon père, à cause des griefs qu'elle nourrissait contre lui. C'est moi qui ai mis en pièces le vieux portrait d'elle qui traînait au grenier ; je craignais que la police ne vienne fouiner à Old Hall et ne la reconnaisse. Le Dr Haydock aussi avait peur pour elle, et je parierais qu'il l'a crue coupable à un moment donné. Ma mère est d'un caractère entier et agit sans penser aux conséquences de ses actes. (Elle s'interrompit un instant avant de poursuivre :) N'est-ce pas étrange ? Nous sommes toujours restées attachées l'une à l'autre, tandis que mon père était un étranger pour moi… Ma mère a pourtant… A quoi bon ? Je vais partir pour l'étranger avec elle, conclut-elle en se levant.

— Dieu vous garde toutes deux, dis-je en lui serrant la main. Le jour viendra où vous trouverez le bonheur, Lettice.

— Je l'espère, fit-elle avec un sourire contraint. Il n'a guère été au rendez-vous, jusqu'ici. Tant pis ! Au revoir, Mr Clement. Vous avez toujours été chic avec moi, Griselda et vous.

Griselda ! Ma chère Griselda !

Elle me rit au nez quand je lui avouai que la fameuse lettre anonyme m'avait réellement secoué. Puis elle se lança dans une petite leçon de morale très solennelle :

— Désormais, je me montrerai raisonnable et vivrai dans la crainte de Dieu… comme une pécheresse repentie. (Je ne parvenais pas à me figurer Griselda sous les traits d'une pécheresse repentie.) Une influence bénéfique va bientôt transformer ma vie, Len, et la vôtre, par la même occasion. Ce sera une fontaine de jouvence pour vous, et vous serez bien obligé de renoncer à m'appeler votre « chère enfant » si vous en avez un, bien à vous. Ma décision est prise, Len, je serai épouse et mère, comme on dit dans les romans ; je compte même devenir une maîtresse de maison accomplie. J'ai fait l'acquisition de deux manuels capitaux, l'un sur l'art et la manière de tenir sa maison, l'autre sur l'amour maternel, et s'ils restent sans effet sur moi, c'est que mon cas est désespéré ! Ils sont du plus haut comique – non pas à dessein, bien sûr, surtout celui qui traite de l'éducation des enfants.

— N'auriez-vous rien trouvé sur l'art et la manière de traiter son mari ? demandai-je avec une appréhension subite en l'attirant dans mes bras.

— Qu'ai-je besoin d'un tel livre ? Ne suis-je pas une bonne épouse aimante ? Que vous faut-il encore ?

— Rien, vous avez raison.

— Dites-moi que vous m'aimez à la folie, Len. Dites-le-moi une fois, juste une fois !

— Je vous adore, Griselda ! Je vous idolâtre ! Je suis sauvagement, désespérément et anticléricalement fou de vous !

J'entendis ma femme soupirer de plaisir, puis elle s'écarta brusquement de moi :

— Flûte ! Miss Marple est là. Je vous interdis de lui dire un mot ! Je ne veux pas voir tout le village défiler avec des coussins pour me reposer les jambes. Dites-lui que je suis allée faire une partie de golf pour la lancer sur une fausse piste, d'ailleurs c'est à moitié vrai car j'ai oublié mon pull-over jaune sur le green.

Miss Marple s'arrêta dans l'embrasure de la porte-fenêtre et demanda Griselda en s'excusant.

— Elle est allée jouer au golf.

— Ce n'est peut-être pas très recommandé… dans son état, dit-elle tandis qu'une lueur d'inquiétude passait dans son regard.

Puis elle rougit d'une façon charmante et

démodée, comme une jeune fille, et, pour cacher sa confusion, elle enchaîna aussitôt sur l'affaire Protheroe et le « Pr Stone » – en réalité un fameux cambrioleur qui dissimulait sa véritable identité sous des noms d'emprunt. Miss Cram s'était trouvée lavée de toute accusation et avait fini par convenir qu'elle avait bel et bien transporté la valise dans les bois, mais en toute bonne foi, son patron lui ayant fait part de ses craintes de voir ses théories ruinées par la rivalité de ses confrères archéologues. Cette bécasse avait avalé la couleuvre… Elle attend, paraît-il, de jeter son dévolu sur un célibataire d'un certain âge, en quête d'une secrétaire.

Tandis que nous parlions, je ne cessais de me demander comment miss Marple avait pu deviner notre petit secret ; elle me donna bientôt la solution.

— Griselda ne doit pas se fatiguer, murmura-t-elle. (Et elle ajouta après une courte pause :) J'étais à la librairie hier, à Much Benham…

Pauvre petite Griselda ! C'est l'ouvrage capital sur l'amour maternel qui l'avait trahie !

— Si vous commettiez un meurtre, déclarai-je à brûle-pourpoint, je ne suis pas sûr que l'on vous démasquerait.

— Ah ! Vraiment, quelle idée ! s'écria-t-elle, choquée. J'espère que je n'en serai jamais réduite à de telles extrémités.

— La nature humaine étant ce qu'elle est…, murmurai-je.

La vieille demoiselle accusa le coup et prit l'aimable parti d'en rire.

— Vous êtes un polisson, Mr Clement, dit-elle en se levant. Mais je comprends que vous soyez de bonne humeur. Bien des choses à Griselda…, ajouta-t-elle comme elle franchissait le seuil. Avec moi, son petit secret sera bien gardé, elle peut en être sûre…

Adorable miss Marple !

Jeux de glaces

A Mathew Prichard

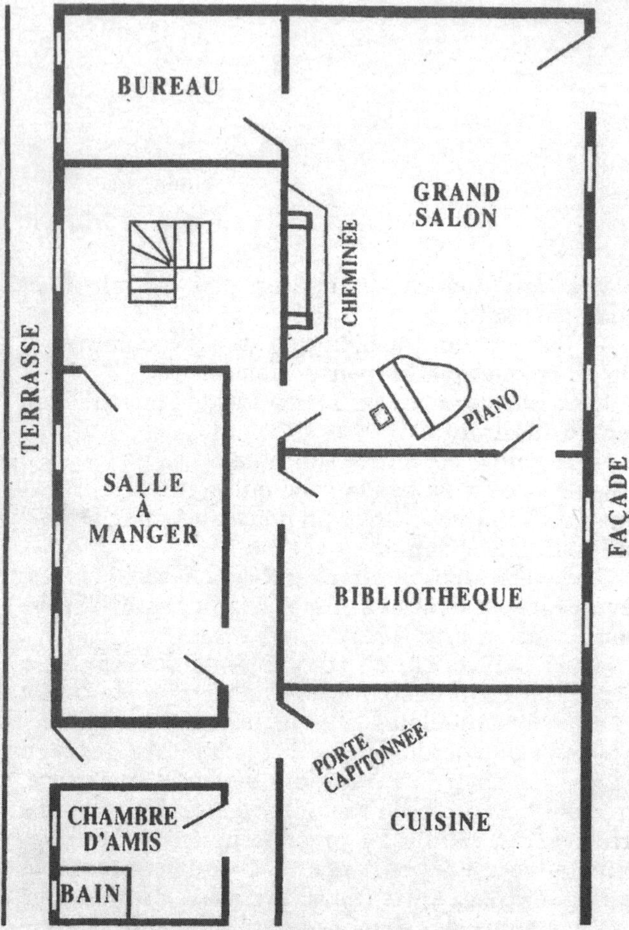

PLAN DE STONYGATES

1

Mrs Van Rydock s'écarta un peu du miroir et poussa un soupir :

— Bah ! il faudra bien que ça aille comme ça. Qu'est-ce que vous en pensez, Jane ?

Miss Marple porta sur la création de Lanvanelli un regard admiratif :

— Je trouve cette robe somptueuse.

— Oh ! ce n'est pas la robe qui m'inquiète, répliqua Mrs Van Rydock avec un nouveau soupir. Déshabillez-moi, Stéphanie.

Une vieille femme de chambre, cheveux blancs, lèvres pincées et gestes minutieux, fit passer la robe par-dessus les bras levés de sa maîtresse.

Mrs Van Rydock, en combinaison de satin rose pêche, se tenait debout devant la psyché. Un corset très ajusté la moulait à la perfection. Ses jambes, qui n'avaient rien perdu de leur galbe, étaient gainées de bas du plus fin nylon. A quelque distance, son visage, grâce aux artifices du maquillage et à de constants traitements, paraissait presque juvénile. Ses cheveux, divinement permanentés, évoquaient moins le gris que le bleu hortensia. Elle n'avait jamais lésiné sur le chapitre des soins – complétés par un régime draconien, des massages réguliers et des exercices de gymnastique bien menés. A la voir, il était impossible d'imaginer à quoi elle eût ressemblé au naturel.

L'œil malicieux, Ruth Van Rydock interrogea son amie :

— Jane, très chère, pensez-vous que beaucoup de gens pourraient deviner que vous et moi avons pratiquement le même âge ?

— Pas un être au monde, j'en suis convaincue, la rassura miss Marple dans un élan de totale honnêteté. Parce que moi, j'ai bien peur que chaque seconde de mon existence ne se lise sur ma figure !

Miss Marple avait le cheveu très blanc, le teint rosé, le visage strié d'une multitude de ridules et des yeux de porcelaine, bleus et candides. C'était le type même de la délicieuse vieille personne. Or, nul n'aurait songé à qualifier Mrs Van Rydock de délicieuse vieille personne.

— Je crois que vous faites votre âge, en effet, Jane, convint Mrs Van Rydock, ajoutant, avec un sourire : Mais moi aussi. Pas de la même manière, voilà tout. « Cette vieille peau est sacrement bien conservée ! » dit-on autour de moi. Car les gens savent que je ne suis qu'une vieille peau ! Et, sapristi, je me sens vieille peau moi-même !

Elle se laissa lourdement tomber au creux d'une bergère capitonnée de satin :

— Je n'ai plus besoin de vous, Stéphanie. Vous pouvez disposer.

Stéphanie plia la robe et quitta la pièce.

— Cette bonne Stéphanie, murmura Ruth Van

Rydock. Voilà plus de trente ans qu'elle est à mon service. Et c'est la seule femme qui sache à quoi je ressemble vraiment !... Jane, mon excellente Jane, il faut que je vous parle.

Miss Marple se pencha en avant, attentive. Elle détonnait bien un peu au milieu de cette luxueuse chambre à coucher, joyau de la meilleure suite d'un hôtel de luxe. Vêtue d'un ensemble noir informe, elle tenait à la main un sac aux allures de cabas. Mais rien n'aurait pu altérer la distinction de son allure.

— Je me fais du souci, Jane. A propos de Carrie-Louise.

— De Carrie-Louise ?

Songeuse, miss Marple avait répété le prénom en se laissant aller à une plongée dans le passé.

Le pensionnat, à Florence... Elle-même, Jane Marple, gamine anglaise rose et fraîche, à peine échappée du presbytère paternel... Et puis les deux petites Martin, américaines jusqu'au bout des ongles, si étonnantes à ses yeux de jeune fille britannique par leur franc-parler, le naturel de leur comportement et leur vitalité débridée... Ruth, grande, passionnée, avide de tout... Et la petite Carrie-Louise, délicate et mélancolique...

— Quand l'avez-vous vue pour la dernière fois, Jane ?

— Oh ! il y a de ça des années. Vingt-cinq ans, au bas mot. Bien sûr, nous nous envoyons encore des cartes pour Noël.

L'amitié, décidément, emprunte des voies bien étranges, pensa miss Marple. Dès leur jeunesse, leurs existences – la sienne et celle des deux Américaines – avaient suivi des cours diamétralement opposés, et pourtant les liens d'affection avaient subsisté, donnant lieu à des échanges de lettres, de temps à autre, et à des vœux en fin d'année. Mais comme il était curieux de remarquer que c'était Ruth – qui avait sa résidence, ou plus précisément ses résidences, aux Etats-Unis – qu'elle avait vue le plus souvent. Non, peut-être pas si curieux que cela, après tout. Comme bien des Américaines de son niveau social, Ruth Van Rydock se conduisait en parfaite cosmopolite. Tous les ans, ou presque, elle revenait en Europe, courant de Londres à Paris, séjournant sur la Côte d'Azur, allant et venant, mais toujours soucieuse de passer un moment avec ses vieux amis. Le rite des retrouvailles était immuable : le *Claridge*, le *Savoy*, le *Berkeley* ou le *Dorchester* ; un déjeuner raffiné ; la complicité des souvenirs d'antan ; et puis un au revoir affectueux et hâtif. Evidemment, Ruth n'avait pas une fois trouvé le temps de venir à St. Mary Mead, et miss Marple ne l'avait d'ailleurs jamais escompté. Chacun conduit sa vie selon son propre tempo. Ruth Van Rydock menait la sienne *presto*, alors que miss Marple se contentait d'un paisible *adagio*.

Ainsi, c'était Ruth, l'Américaine, qu'elle n'avait pas cessé de retrouver régulièrement, alors qu'il y avait plus de vingt ans qu'elle n'avait pas vu Carrie-Louise, qui vivait pourtant en Angleterre. Etonnant et cependant bien naturel : quand on habite le même pays, on ne ressent pas le besoin d'organiser des retrouvailles avec les vieux amis.

On imagine que, tôt ou tard, les chemins finiront par se croiser. Mais quand on n'évolue pas dans le même milieu, cela n'arrive pas. Les chemins de Jane Marple et de Carrie-Louise ne s'étaient pas croisés. C'était aussi simple que cela.

— Pourquoi vous faites-vous du souci au sujet de Carrie-Louise, Ruth ? demanda miss Marple.

— Je n'en sais tout bonnement rien. Et, dans un sens, c'est bien ça qui me donne le plus de souci !

— Elle n'est pas malade, au moins ?

— Elle est très fragile… elle l'a toujours été. Mais compte tenu de ce qu'elle vieillit, comme c'est notre lot à toutes, j'aurais mauvaise grâce à dire que son état s'est aggravé.

— Malheureuse ?

— Oh *non* !

Non, en effet, ça ne pouvait être ça, réfléchit miss Marple. On avait peine à imaginer que Carrie-Louise puisse être malheureuse – et pourtant, elle avait dû l'être, à certains moments de sa vie. Mais malheureuse n'était pas une épithète que l'on puisse appliquer à Carrie-Louise. Troublée, oui… ou incrédule, passe encore… mais folle de chagrin, certainement pas.

D'ailleurs, Mrs Van Rydock confirmait les réflexions de miss Marple :

— Carrie-Louise a toujours vécu hors du monde et du temps. Elle ne sait pas à quoi peut bien ressembler la réalité. Peut-être est-ce *cela* qui m'inquiète.

— Les aléas de son existence…

Sa phrase à peine commencée, miss Marple

s'arrêta, secoua la tête et prononça un « non » sans appel.

— Non, répéta Ruth Van Rydock comme en écho. C'est d'elle que ça vient. De nous trois, c'est toujours Carrie-Louis qui s'est conduite comme une idéaliste. Bien sûr, quand nous étions jeunes, c'était la mode. Nous l'étions toutes. Pour nous autres jeunes filles, ça allait de soi. Vous, Jane, vous vouliez partir soigner les lépreux et, moi, je voulais devenir religieuse. On se guérit de ces billevesées. Le mariage, je crois qu'on peut l'affirmer, vous remet la cervelle en place. Et, l'un dans l'autre, le mariage ne m'a pas trop mal réussi.

Miss Marple estima que son amie exprimait les choses avec un sens aigu de la litote. Ruth Van Rydock s'était mariée trois fois, toujours avec des hommes extrêmement riches, et les divorces qui avaient suivi l'avaient laissée sans amertume mais avec un compte en banque chaque fois plus rebondi.

— Il est vrai, continua Mrs Van Rydock, que j'ai toujours été solide. Rien ne m'abat. Je n'ai jamais trop attendu de l'existence, et certainement moins encore des hommes – ce dont je me suis bien portée. Je n'ai pas de ressentiment. Tom et moi sommes restés les meilleurs amis du monde, et Julius me consulte souvent sur ses affaires en Bourse.

Son visage s'assombrit :

— En fait, je crois que c'est ça qui m'inquiète chez Carrie-Louise… Vous comprenez, elle a toujours eu tendance à épouser des *illuminés*.

— Des illuminés ?

— Oui, des idéalistes. Carrie-Louise a toujours été la proie rêvée pour eux. Je la revois à dix-sept ans, jolie comme un cœur, en train d'écouter, avec des yeux larges comme des soucoupes, le vieux Gulbrandsen lui dévoiler ses plans grandioses pour le bonheur de l'humanité. Il avait plus de cinquante ans, il avait déjà des enfants adultes, et elle l'a épousé… Rien que pour ses idées philanthropiques. Elle passait des heures à l'écouter bouche bée. Tout à fait Desdémone, baba devant Othello. Heureusement, il n'y a pas eu de Iago pour semer la bisbille… Et, de toute façon, Gulbrandsen n'était pas noir. Il était suédois, ou norvégien, ou je ne sais quoi du même acabit.

Pensive, miss Marple hocha la tête. Le monde entier connaissait le nom de Gulbrandsen. Doté d'un sens aigu des affaires et d'une irréprochable honnêteté, il avait édifié une fortune si colossale que la philanthropie avait été pour lui le seul moyen de l'utiliser. Il en restait la Fondation Gulbrandsen, les bourses de recherche Gulbrandsen, les hospices Gulbrandsen. Et le plus célèbre de tous, le grand collège universitaire qu'il avait fondé pour les enfants de la classe ouvrière.

— Vous savez, reprenait Ruth Van Rydock, elle ne l'avait pas épousé pour son argent. Moi oui, à sa place. Mais pas Carrie-Louise. Je ne sais pas ce qui se serait passé s'il n'était pas mort quand elle avait trente-deux ans. Pour une veuve, trente-deux ans, c'est l'âge rêvé… Vous avez acquis de l'expérience, mais vous êtes encore assez souple pour vous adapter.

Miss Marple, qui était restée fille, branlait doucement du chef en essayant de se remémorer les veuves qu'elle connaissait dans son village de St. Mary Mead. Son amie poursuivait :

— J'étais vraiment enchantée pour Carrie-Louise quand elle s'est remariée avec Johnnie Restarick. *Lui,* bien entendu, il l'avait épousée pour son compte en banque… Ou mettons, en tout cas, qu'il ne se serait pas marié avec elle si elle n'en avait pas possédé un de cette pointure. Johnnie était un égoïste, un joyeux drille et un paresseux fieffé, mais c'est quand même plus sûr qu'un original. Tout ce qui l'intéressait, c'était de se la couler douce. Il voulait que Carrie-Louise aille chez les meilleurs couturiers, qu'elle ait des yachts et des voitures, et qu'elle prenne du bon temps avec lui. Les hommes de ce genre sont infiniment reposants. Donnez-leur le confort et le luxe, et ils se mettront à ronronner comme des matous et se montreront délicieux. Je n'ai jamais pris très au sérieux chez Johnnie cette histoire de décors de théâtre et son soi-disant travail de mise en scène. Mais, chez Carrie-Louise, ç'a été du délire… Pour elle, c'était de l'art, avec un grand A, et elle l'avait obligé à retourner dans ce milieu. Et c'est à ce moment-là que cette horrible Yougoslave lui a mis le grappin dessus et qu'elle a levé le pied avec lui. En fait, Johnnie n'avait pas réellement envie de partir. Si Carrie-Louise s'était montrée un peu plus patiente et raisonnable, il lui serait revenu.

— Elle l'aimait beaucoup ? interrogea miss Marple.

— C'est cela qui est amusant. Je ne crois pas qu'elle l'aimait vraiment. Dans toute cette affaire, elle n'a pas cessé de se montrer exquise… Mais c'est normal. Elle *est* exquise. Elle a voulu à toute force divorcer pour qu'il puisse épouser cette créature. Elle lui a même proposé de prendre chez elle les deux garçons qu'il avait eus de son premier mariage pour leur donner une existence plus stable. C'est comme ça que le pauvre Johnnie s'est retrouvé tout quinaud. Il a bien *fallu* qu'il épouse cette virago qui lui a fait passer six mois épouvantables. Après quoi, dans une crise de colère, elle a balancé leur voiture dans un précipice. On a prétendu que c'était un accident, mais, *moi*, je mettrais ma main au feu que c'était seulement une ultime manifestation de son sale caractère.

Mrs Van Rydock s'interrompit, s'empara d'un miroir et scruta ses traits d'un œil inquisiteur. Puis, saisissant une pince à épiler, elle s'arracha un sourcil follet et en revint à son récit :

— Et que croyez-vous que Carrie-Louise ait fait ensuite ? Elle a épousé ce Lewis Serrocold. Encore un hurluberlu ! Encore un idéaliste ! Oh ! loin de moi l'idée de prétendre qu'il ne l'adore pas – je crois qu'il est fou d'elle – mais, lui aussi, il a cette rage de vouloir transformer la vie de tout un chacun. Alors que, vous le savez aussi bien que moi, Jane, personne ne peut le faire, que soi-même.

— Je me demande…, souffla miss Marple.

— Le problème, voyez-vous, c'est que, pour ces choses-là, il y a une mode, comme pour les vêtements… Entre parenthèses, avez-vous vu ce que Christian Dior a l'intention de nous faire porter comme jupes ?... Où en étais-je ?... Ah ! oui, à la mode... Bref, dans la philanthropie aussi il y a une mode. Du temps de Gulbrandsen, c'était l'éducation. Mais aujourd'hui, ça ne se fait plus. C'est l'Etat qui s'en mêle. Tout le monde considère l'éducation comme un droit – sans pour autant se priver d'en dire du mal ! La délinquance juvénile... maintenant, c'est ça qui fait fureur. Tous ces jeunes délinquants, ou ces futurs jeunes délinquants... On en est fou. Si vous pouviez voir les yeux de Lewis Serrocold étinceler derrière ses grosses lunettes. Malade d'enthousiasme ! C'est l'un de ces hommes qui ont une extraordinaire volonté et qui peuvent vivre d'une banane et d'un quignon de pain pour mieux consacrer leur énergie à la Cause. Et Carrie-Louise a gobé ça... Comme toujours... Mais ça ne me plaît pas, Jane. Il y a eu des tas de réunions du conseil d'administration de la Fondation, et l'endroit tout entier a été adapté à la nouvelle mode. Maintenant, c'est devenu un établissement de formation pour délinquants juvéniles, au grand complet, avec des psychiatres, des psychologues et tout le tremblement. Et Lewis et Carrie-Louise vivent là, entourés de tous ces garçons qui ne sont peut-être pas tout à fait normaux... De la cave au grenier, la maison est bourrée de gens qui font de la thérapie occupationnelle – des ergothérapeutes, comme on dit –, de professeurs et d'enthousiastes, dont la moitié sont des aliénés de la plus belle eau. Des farfelus, tous... Et ma pauvre Carrie-Louise coincée au beau milieu de tout ça !

Mrs Van Rydock se tut et lança à son amie un regard suppliant.

— Ruth, vous ne m'avez toujours pas précisé de quoi vous aviez peur, fit observer miss Marple.

— Mais je vous l'ai dit. Je *n'en sais rien* ! Et c'est précisément *ça* qui m'inquiète. J'ai fait un saut jusque là-bas. J'en reviens tout juste. Et j'ai senti tout le temps que quelque chose n'allait pas. Dans l'atmosphère… dans la maison… je suis sûre de ne pas me tromper. Je suis très sensible aux ambiances. Je l'ai toujours été. Je ne vous ai jamais raconté comment j'avais conseillé à Julius de se débarrasser de ses Amalgamated Cereals juste avant qu'elles ne s'effondrent ? Et je ne m'étais pas trompée, non ? Oui, il y a là-bas quelque chose qui ne tourne pas rond. Mais je ne suis pas arrivée à mettre le doigt dessus, à déterminer si cela a à voir avec tous ces jeunes gibiers de potence… ou avec les membres de la maisonnée. Je ne peux pas vous dire ce que c'est. Entre Lewis qui vit pour ses idées et qui a la tête dans les nuages, et Carrie-Louise – que le bon Dieu la bénisse ! – qui ne voit rien, qui n'entend rien et qui ne pense rien sauf « Quelle vue exquise ! », « Quel son divin ! » ou « Quelle idée géniale ! ». Tout ça, c'est bel et bon, mais il n'est pas mauvais d'avoir parfois les pieds sur terre. Le mal, ça existe, vous savez… Et ce que je veux, Jane, c'est que vous y alliez au plus vite, et que vous découvriez de quoi il retourne exactement.

— *Moi !* s'étrangla miss Marple. Et pourquoi moi ?

— Parce que vous avez du flair pour ce genre de

choses. Depuis toujours. Sous vos airs innocents, Jane, rien ne vous a jamais prise au dépourvu. Vous vous attendez toujours au pire.

— S'attendre au pire est encore le meilleur moyen de ne pas se tromper, soupira miss Marple.

— Pourquoi vous tenez l'espèce humaine en si piètre estime voilà bien ce que je n'arrive pas à comprendre… Vous qui vivez dans votre petit village si paisible, dans cet univers si préservé, si pur…

— Ruth, vous n'avez jamais vécu dans un village. Et ce qui peut se passer dans un petit village paisible vous surprendrait.

— Oh ! je n'en doute pas… Mais ce que je veux dire, c'est que cela ne vous surprend pas, vous. Donc, vous irez à Stonygates et vous trouverez ce qui ne va pas, n'est-ce pas ?

— Mais Ruth, ma chère, cela me serait extrêmement difficile.

— Non, absolument pas. J'ai réfléchi à tout. J'espère que vous ne m'en voudrez pas à mort, mais j'ai déjà préparé le terrain.

Mrs Van Rydock eut pour miss Marple un sourire contraint, alluma nerveusement une cigarette et entama ses explications :

— Vous reconnaîtrez, j'en suis convaincue, que, depuis la guerre, l'existence est devenue difficile dans ce pays pour les gens qui n'ont que de maigres rentes… Pour les gens comme vous, Jane, si vous me permettez.

— Oh ! oui, c'est certain. Sans la gentillesse et

l'infinie générosité de mon neveu Raymond, je ne sais vraiment pas comment je m'en sortirais.

— Ne parlons pas de votre neveu, trancha Mrs Van Rydock. Carrie-Louise n'en a jamais entendu parler. A la rigueur, elle le connaît peut-être en tant qu'écrivain, mais elle ignore que vous êtes sa tante. Non, voyez-vous, comme je l'ai expliqué à Carrie-Louise : « Ce qui arrive à notre chère Jane est vraiment trop triste. Elle n'a pas de quoi manger tous les jours à sa faim et elle est bien trop fière, naturellement, pour demander de l'aide à ses amis. Qui plus est, ai-je ajouté, on ne peut évidemment pas lui proposer de *l'argent*... Mais un long séjour reposant dans un endroit charmant, auprès d'une vieille amie, avec une nourriture saine et abondante, sans obligations ni soucis... »

Ruth Van Rydock marqua un temps, puis conclut d'un air de défi :

— Allez-y, maintenant ! Arrachez-moi les yeux si ça vous chante.

Une surprise amusée éclaira le regard bleu porcelaine de miss Marple :

— Pourquoi donc voudriez-vous que je vous arrache les yeux, Ruth ? Vous avez imaginé un stratagème ingénieux, et plausible de surcroît. Je suis sûre que Carrie-Louise a été d'accord.

— Elle vous a écrit. Vous trouverez sa lettre en rentrant chez vous. Honnêtement, Jane, vous ne jugez pas que j'ai passé les bornes avec vous de manière impardonnable ? Vous ne m'en voulez pas de...

Mrs Van Rydock hésitait, et miss Marple, adroitement, termina sa phrase :

— D'avoir fait en sorte que je sois invitée à Stonygates par charité... sous un prétexte plus ou moins vraisemblable ? Pas le moins du monde – à partir du moment où c'est *nécessaire.* Or, vous, ma toute bonne, vous estimez que c'est nécessaire. Et je suis assez portée à partager votre avis.

Ruth Van Rydock dévisagea miss Marple en écarquillant les yeux :

— Pourquoi ça ? Vous avez eu vent de quelque chose ?

— Pas le moins du monde. C'est seulement votre force de conviction, Ruth. Vous n'êtes en rien une mythomane.

— Non. Mais je n'ai rien non plus de précis sur quoi fonder mes soupçons.

Miss Marple réfléchit, songeuse :

— Je me souviens d'un dimanche matin, à l'office – c'était le deuxième dimanche de l'Avent. J'étais placée derrière Grace Lamble et je n'arrêtais pas de m'inquiéter à son sujet. J'avais l'absolue conviction qu'il y avait quelque chose qui ne collait pas – mais alors pas du tout – et j'étais bien incapable de mettre le doigt dessus. C'était un sentiment très troublant et, en même temps, une certitude...

— Et il y avait réellement quelque chose qui n'allait pas ?

— Je pense bien. Depuis quelque temps, son père, le vieil amiral, était tout ce qu'il y a de bizarre. Et figurez-vous que le lendemain même, il s'est jeté sur elle en brandissant le pique-feu de la chaudière et en hurlant que l'Antéchrist avait pris les traits de sa fille. Il a été à deux doigts de la faire passer de vie à trépas. Lui, on l'a embarqué pour l'asile et, elle, elle a fini par se remettre après des mois d'hôpital... Mais il s'en était fallu de peu.

— Et vous aviez vraiment eu un pressentiment, ce jour-là, à l'office ?

— Pressentiment n'est pas le mot. C'était une impression fondée sur des *faits*. C'est d'ailleurs ce qui se passe en général, même si on ne s'en aperçoit pas tout de suite. Ce qui m'avait frappée, c'était que Grace Lamble avait mis son chapeau du dimanche sens devant derrière. Et ça, c'était très significatif, parce que Grace est la femme la plus ordonnée du monde, ni évaporée ni tête en l'air... Et on ne pouvait pas imaginer beaucoup de circonstances qui l'auraient conduite à ne pas faire attention à son chapeau avant d'aller à l'église... Eh bien, si vous voulez tout savoir, le dimanche en question, son père lui avait lancé à la tête un presse-papiers de marbre, brisant ainsi le grand miroir de l'entrée. Elle, elle avait attrapé son chapeau, se l'était mis n'importe comment sur la tête, et elle était partie sans demander son reste... Ce qu'elle voulait par-dessus tout, c'était sauver les apparences et éviter les commérages des domestiques. Elle mettait toujours ce genre de crises sur le compte du « tempérament de vieux loup de mer de ce cher Papa » sans se rendre compte que la cervelle de son père était complètement dérangée. Et, pourtant, elle aurait dû comprendre. Il n'arrêtait pas de se plaindre des espions qui l'entouraient et de ses ennemis qui lui préparaient de mauvais coups – les symptômes habituels, en fait.

Mrs Van Rydock eut pour son amie un regard plein de respect :

— Après tout, Jane, votre St. Mary Mead n'est peut-être pas le refuge idyllique que j'avais toujours imaginé.

— Vous savez, ma chère, la nature humaine se manifeste partout de la même façon. Mais, dans une grande ville, il est plus difficile de l'observer de près, voilà tout.

— Et vous irez à Stonygates ?

— J'irai à Stonygates. Encore que cela puisse paraître un peu injuste à l'égard de mon neveu Raymond… Je veux dire, laisser croire qu'il ne m'aide pas… Mais il est vrai que ce cher garçon doit encore passer six mois au Mexique… Et, quand il reviendra, tout cela sera fini.

— Qu'est-ce qui sera fini ?

— Carrie-Louise ne m'invitera pas jusqu'à la consommation des siècles. Mettons trois semaines… Voire un mois… Cela devrait suffire.

— Pour découvrir ce qui ne colle pas ?

— Pour découvrir ce qui ne colle pas.

— Sapristi, Jane, vous avez une sacrée confiance en vous, non ?

Les yeux de miss Marple exprimèrent un léger reproche :

— Mais c'est *vous* qui avez confiance en moi Ruth. Ou, du moins, c'est ce que vous dites. Je puis seulement vous donner l'assurance que je ferai tout pour la justifier.

2

Avant de reprendre son train pour St. Mary Mead – en profitant du tarif spécial du mercredi –, miss Marple, toujours précise et méthodique, se mit en devoir de rassembler certaines informations

— Certes, Carrie-Louise et moi sommes demeurées en correspondance, mais il s'agissait surtout de cartes de vœux. En réalité, ce sont les faits que j'aimerais bien savoir, ma chère Ruth… Et puis aussi me faire une petite idée des gens que je pourrais rencontrer à Stonygates.

— Bon. Vous savez que Carrie-Louise avait épousé Gulbrandsen en premières noces. Ils n'ont pas eu d'enfant, et Carrie-Louise en a été très affectée. Gulbrandsen était veuf avec déjà trois grands fils. Finalement, ils ont adopté une petite fille. Ils l'ont appelée Pippa… Une enfant adorable. Elle avait juste deux ans quand elle est arrivée chez eux.

— D'où venait-elle ? Quelles étaient ses origines ?

— Réellement, Jane, je ne m'en souviens plus… si même je l'ai jamais su. Un orphelinat, peut-être ? A moins qu'il ne se soit agi d'une enfant abandonnée dont Gulbrandsen avait entendu parler. Mais pourquoi cette question ? Vous pensez que ça peut être important ?

— Il est, si j'ose dire, toujours préférable de savoir à qui on a affaire. Mais continuez.

— Eh bien, sitôt l'adoption effectuée, Carrie-Louise s'est aperçue qu'elle allait avoir un bébé. D'après ce que m'ont dit un certain nombre de médecins, c'est là un phénomène qui se produit fréquemment.

Miss Marple approuva de la tête :

— C'est ce que je crois, en effet.

— Bref, ledit phénomène s'est bel et bien produit, et bizarrement, Carrie-Louise s'en est trouvée presque déconcertée, si vous voyez ce que je veux dire. Sa grossesse se serait-elle déclarée plus tôt qu'elle en aurait sauté de joie. Mais, là, elle avait déjà donné tant d'amour à Pippa qu'elle s'est, en quelque sorte, sentie obligée de s'excuser auprès d'elle du mauvais tour que le Destin leur jouait. A quoi il convient d'ajouter que Mildred, à sa naissance, se révéla laide comme un pou. Elle tenait du côté Gulbrandsen – tous gens solides et sérieux, mais dont la beauté n'était pas la vertu première. Carrie-Louise a toujours tellement voulu montrer qu'elle ne faisait pas de différence entre l'enfant qu'elle avait adoptée et sa propre fille qu'elle a eu à mon avis tendance à montrer trop d'indulgence envers Pippa et à négliger Mildred. Je me dis parfois que Mildred devait en souffrir. Mais, après tout, je n'étais pas souvent là pour voir. Quoi qu'il en soit, les enfants ont grandi. Pippa est devenue très jolie fille, alors que Mildred restait… comment dire ça gentiment ?... plutôt mocharde. A la mort d'Eric Gulbrandsen, Mildred avait quinze ans, et Pippa dix-huit. A vingt ans, Pippa a épousé un Italien, le *marchese* di San Severiano – un marquis tout ce qu'il y avait d'authentique, pas un aventurier ni rien de ce genre. Pippa était en passe de devenir ce que l'on appelle une riche héritière – sans quoi, San Severiano ne l'aurait pas épousée : vous savez bien comment sont les Italiens ! Par testament, Gulbrandsen avait légué en fidéicommis une somme égale à chacune de ses deux filles, la légitime et l'adoptée. Mildred, elle, a épousé un certain chanoine Strete... un homme charmant, mais pas vraiment un joyeux drille. Dix ou quinze ans de plus qu'elle... Je crois que ç'a été un mariage heureux.

» Il est mort il y a de ça un an, et Mildred est revenue à Stonygates pour vivre avec sa mère... Mais je vais trop vite : j'ai sauté un mariage ou deux... J'y reviens... Pippa avait épousé son Italien. Et ce mariage enchantait Carrie-Louise. Guido était adorable, très beau, et sportif accompli. Un an plus tard, Pippa a eu une fille, et elle est morte pendant l'accouchement. Vous pouvez imaginer la tragédie que cela a été. Guido San Severiano était à ramasser à la petite cuillère. Carrie-Louise s'est donc mise à faire des allées et venues constantes entre l'Italie et l'Angleterre et c'est à Rome qu'elle a rencontré Johnnie Restarick et qu'elle l'a épousé. Sur quoi le *marchese* s'est remarié, lui aussi, et s'est montré tout à fait disposé à voir sa fille en bas âge élevée en Angleterre par sa colossalement riche grand-mère. C'est comme ça qu'ils se sont tous installés à Stonygates : Johnnie Restarick et Carrie-Louise, plus les deux fils de Johnnie, Alexis et Stephen (la première femme de Johnnie était russe), et Gina qui n'était encore qu'un bébé. Sans oublier Mildred, qui n'allait épouser son chanoine que deux ans plus tard. Et puis, patatras ! il y a eu toute cette histoire entre Johnnie et sa Yougoslave, et le divorce qui s'en est suivi. Les garçons adoraient Carrie-Louise et ont continué à venir à Stonygates pour les vacances. Après quoi, c'est en 1938, si je me souviens bien… – oui, c'est ça… – que Carrie-Louise a épousé Lewis.

Mrs Van Rydock prit le temps de respirer un peu :

— Vous ne connaissez pas Lewis ?

Miss Marple secoua la tête :

— Non. Je crois que la dernière fois que j'ai vu Carrie-Louise, c'était en 1928. Elle avait eu la gentillesse de m'inviter à Covent Garden… oh ! à l'opéra, bien entendu.

— Oui… En fait, Lewis était l'époux qu'il lui fallait. Il dirigeait une société d'experts-comptables très en vue. Je crois qu'ils se sont rencontrés à l'occasion d'un problème financier concernant la Fondation Gulbrandsen et le Collège. Il était pour le moins à l'aise, il avait à peu près le même âge qu'elle, et c'était un homme d'une rectitude à toute épreuve. Mais c'était, lui aussi, un illuminé. Un passionné de la réhabilitation des jeunes délinquants.

Ruth Van Rydock laissa échapper un profond soupir :

— Comme je viens de vous le dire, Jane, la philanthropie a sa mode, elle aussi. Du temps de Gulbrandsen, c'était l'éducation. Avant cela, ç'avaient été les soupes populaires…

Miss Marple hocha la tête :

— C'est bien vrai. De la gelée au porto, et du bouillon de tête de veau qu'on portait aux malades nécessiteux. Ma mère y croyait dur comme fer…

— Exactement. Nourrir le corps pour soutenir l'âme. Il fallait éduquer les classes laborieuses. Bon, la vogue en est passée. Bientôt, j'imagine, on en viendra à considérer que ce qu'il faut, c'est renoncer à éduquer les enfants avant dix-huit ans et les maintenir dans l'analphabétisme jusque-là… En tout cas, la Fondation Gulbrandsen pour l'Education était en difficulté : l'Etat était en train de reprendre ses fonctions à son propre compte. Et c'est alors qu'est arrivé Lewis, avec sa passion d'une formation constructive pour les jeunes délinquants. C'était son métier, la vérification de comptabilités falsifiées par des jeunes gens pleins d'imagination, qui avait attiré son attention là-dessus. Ça l'a persuadé que les délinquants juvéniles n'étaient pas des attardés… qu'ils avaient même l'esprit brillant et d'excellentes capacités, et qu'il ne leur avait manqué que d'être conduits dans la bonne direction.

— Ce n'est pas faux, intervint miss Marple. Mais pas entièrement vrai non plus. Je me souviens…

Elle s'interrompit, le temps de consulter sa montre d'un œil inquiet :

— Seigneur ! il ne faut pas que je rate le train de 18 h 30…

— Vous irez à Stonygates ? s'inquiéta Mrs Van Rydock.

Miss Marple rassembla son cabas et son parapluie :

— Si Carrie-Louise me le demande…

— Elle va vous le demander. Vous irez ? C'est promis, Jane ?

Jane Marple promit.

3

Miss Marple descendit du train à Market Kimble. Un compagnon de compartiment complaisant la suivait, portant sa valise, tandis qu'elle-même, agrippant un grand sac en macramé, un sac à main au cuir éraflé et divers impedimenta, balbutiait des remerciements confus :

— Trop gentil à vous, vraiment… C'est si difficile, de nos jours… Il n'y a presque plus de porteurs… Quand je dois voyager, je ne sais jamais très bien où j'en suis…

Ses paroles se perdirent dans le tonnerre des haut-parleurs qui annonçaient de manière indistincte qu'au quai n° 1, le train de 15 h 18 s'apprêtait à se mettre en branle pour diverses destinations impossibles à identifier.

Vaste et ouverte à tous les vents, la gare de Market Kindle semblait aussi privée de voyageurs que de cheminots. Elle possédait six quais et une voie de garage sur laquelle une locomotive, attelée à un unique wagon, soufflait sa fumée d'un air important.

Habillée de vêtements plus miteux qu'à l'ordinaire (quelle chance de ne s'être pas débarrassée de ce vieux tailleur chiné !), miss Marple jetait autour d'elle des coups d'œil incertains quand un jeune homme s'approcha :

— Miss Marple ?

Sa voix résonnait de manière théâtrale, comme s'il lançait sa première réplique au cours d'une représentation d'amateurs :

— Je suis venu vous chercher... De Stonygates, devrais-je préciser.

Plus que jamais charmante vieille demoiselle en butte aux mille et une petites difficultés de l'existence, miss Marple le gratifia d'un sourire éperdu de reconnaissance – encore que, s'il s'était avisé de croiser le regard de ses yeux bleus, il n'aurait pas manqué d'y lire un soupçon de malice. C'est que l'apparence du nouveau venu ne correspondait guère à ce que sa voix sous-entendait d'importance : il était du genre insignifiant. Un tic lui faisait battre les paupières.

— Oh ! merci, dit-elle. J'ai seulement cette valise.

Elle nota que le jeune homme ne la prenait pas lui-même. D'un claquement de doigts, il appela un porteur qui véhiculait des colis sur un chariot :

— Chargez-vous de ça ! ordonna-t-il d'un ton sans réplique. C'est pour Stonygates.

— J'gare c'que j'ai là-d'sus et j'm'en occupe tout d'suite, répliqua le porteur, jovial. J's'rai pas long.

Miss Marple eut le sentiment qu'une telle désinvolture ne plaisait guère au jeune homme. Que, pour lui, c'était comme si on avait osé mettre sur le même plan Buckingham Palace et l'hôtel des Trois Canards.

— Avec les chemins de fer, ça devient chaque jour plus impossible, maugréa-t-il.

Puis, entraînant miss Marple vers la sortie, il ajouta :

— Je m'appelle Edgar Lawson. Mrs Serrocold m'a demandé de venir vous chercher. Je suis l'assistant de Mr Serrocold.

A nouveau, il y avait dans le ton du personnage comme un souci de laisser entendre qu'un homme important et très occupé avait condescendu, par pure galanterie à l'égard de l'épouse de son patron, à abandonner d'importantes affaires. Et c'était toujours aussi peu convaincant, aussi artificiel…

Miss Marple commença à se poser des questions au sujet d'Edgar Lawson.

Ils sortirent de la gare, et il la dirigea vers une vieille Ford V 8 garée devant le bâtiment.

— Voulez-vous monter devant avec moi, ou préférez-vous vous installer à l'arrière ? demanda Edgar Lawson.

A cet instant précis, un cabriolet Rolls Bentley flambant neuf déboula à toute allure et pila net devant la Ford. Une jeune femme très belle en jaillit et vint à leur rencontre. Ses pantalons de velours crasseux et sa chemise d'homme paraissaient curieusement souligner le fait qu'elle n'était pas seulement très belle, mais qu'elle aimait le luxe.

— Ah ! vous voilà, Edgar, lança-t-elle. Je me demandais si j'arriverais à temps. Je vois que vous avez trouvé miss Marple. Je suis venue la chercher.

Elle eut pour miss Marple un sourire éclatant qui

révéla d'adorables petites dents d'un blanc éblouissant, bien mises en valeur par son teint mat de Méditerranéenne :

— Je suis Gina… la petite-fille de Carrie-Louise. Comment s'est passé votre voyage ? Epouvantable, j'imagine… Quel joli sac en macramé ! *J'adore* les sacs en macramé. Donnez-le-moi, avec votre manteau. Vous serez mieux pour vous installer.

Les joues d'Edgar Lawson s'empourprèrent.

— Ecoutez, Gina, protesta-t-il, je suis venu chercher miss Marple. C'était arrangé comme ça et…

— Oh ! je sais, Edgar, répliqua-t-elle avec un sourire enjôleur. Mais je me suis brusquement dit que ce serait gentil que je vienne aussi. Je l'emmène avec moi, et vous, vous attendrez pour prendre ses bagages.

Sur quoi elle referma la portière du coupé sur miss Marple, fit le tour du véhicule, se glissa derrière le volant et démarra en trombe.

Regardant derrière elle, miss Marple nota le rictus qui tordait les traits d'Edgar Lawson.

— Je n'ai pas l'impression, ma chère petite, que Mr Lawson soit très content, souffla-t-elle.

Gina éclata de rire :

— Edgar est un parfait demeuré. Quoi qu'il arrive, il faut toujours qu'il la ramène et qu'il en fasse tout un plat. Comme si c'était lui qui *comptait* !

— Parce qu'il ne compte pas ?

— Lui, Edgar ?

Il y avait une nuance de cruauté inconsciente dans le rire méprisant de Gina :

— De toute façon, il est cinglé.

— Cinglé ?

— Ils sont tous cinglés, à Stonygates. Enfin, pas Lewis, ni Bonne-Ma, ni moi, ni les garçons… et pas miss Bellever non plus, bien sûr. Mais tous les autres. A force de vivre là-bas, je crois que, moi aussi, je suis en train de devenir passablement cinglée. Même tante Mildred n'arrête pas de déambuler en se tenant des discours… ce n'est quand même pas ce qu'on attend de la veuve d'un chanoine, non ?

Négociant un virage sur les chapeaux de roues pour quitter la place de la gare, Gina obliqua sur la route goudronnée et, appuyant sur le champignon, regarda à la dérobée sa passagère :

— Alors, comme ça, vous avez été à l'école avec Bonne-Ma ! Ça paraît tellement bizarre…

Miss Marple savait bien ce qu'elle entendait par là. La jeunesse peine toujours à admettre qu'une douairière ait pu être un jour une gamine affublée de nattes en train de se débattre avec le système décimal et la littérature anglaise.

— Ça devait être il y a *très* longtemps, reprit Gina d'un air impressionné – et visiblement sans intention de se montrer grossière.

— Oui en effet, confirma miss Marple. Et j'imagine que c'est moi plutôt que votre grand- mère qui vous y fait penser.

Gina approuva de la tête :

— C'est chou de votre part de dire ça. Vous savez, Bonne-Ma donne le sentiment étrange qu'elle n'a pas d'âge.

— Il y a bien des années que je ne l'ai vue. Je me demande si je la trouverai très changée.

— Elle a les cheveux gris, naturellement, se borna à répondre Gina. Et puis elle marche avec une canne, à cause de son arthrite. Ça ne s'arrange pas, ces derniers temps. Je suppose que… Vous, êtes déjà venue à Stonygates ?

— Non, jamais. Mais j'en ai beaucoup entendu parler, bien sûr.

— C'est franchement hideux, en réalité, expliqua Gina avec une sorte d'enthousiasme. Une espèce de monstruosité néogothique. Ce que Steve appelle le style Bains-Douches Victorien Flamboyant. Mais, d'une certaine façon, c'est amusant, aussi. Il y a seulement que tout le monde est affreusement sérieux, et vous tombez sur un psychiatre chaque fois que vous retournez un caillou. Ils s'amusent comme des petits fous. On dirait des chefs scouts, mais en pire. Les jeunes délinquants, eux, sont des amours, enfin certains. Il y en a un qui m'a montré comment crocheter une serrure avec un fil de fer, et un autre, qui a une gueule d'ange et qui m'a tuyautée sur la meilleure manière d'estourbir ses contemporains.

Ces quelques détails laissèrent miss Marple songeuse.

— Ce sont les malfrats que je préfère, continuait Gina. Les dingos, je n'aime pas trop. Il va de soi que Lewis et le Dr Maverick pensent qu'ils sont *tous* déséquilibrés – à savoir qu'il y a forcément eu frustrations, vie de famille troublée, maman qui a filé avec un militaire et tout ce qui s'ensuit. Moi, je ne suis pas vraiment d'accord, parce qu'il y a des tas de gens qui ont eu une enfance abominable et qui s'en tirent quand même très bien.

— Je suis convaincue que ce n'est pas un problème facile, opina miss Marple.

Gina rit encore à belles dents :

— Au fond, ça ne m'inquiète pas beaucoup. Pour éprouver la passion de réformer le genre humain, il faut avoir la tête à ça. Lewis en est complètement toqué... La semaine prochaine, il doit aller à Aberdeen à cause d'une affaire qui passe devant le tribunal de police : un garçon qui a déjà été condamné cinq fois.

— Et ce jeune homme qui est venu à la gare ? Ce Mr Lawson ? Il est l'assistant de Mr Serrocold, m'a-t-il dit. C'est son secrétaire ?

— Oh ! Edgar n'est pas assez futé pour faire un secrétaire. Lui, c'est vraiment un *cas*. Son truc, ça consistait à descendre dans des hôtels et à raconter à tout un chacun qu'il était titulaire de la Victoria Cross, ou qu'il avait été pilote de chasse, et puis d'emprunter de l'argent avant de filer. Je pense que c'est tout simplement un bon à rien. Mais Lewis met sa méthode en pratique avec tous ses protégés. Il leur donne le sentiment qu'ils font partie de la famille ; il leur confie des tâches, et il fait l'impossible pour développer leur sens des responsabilités... Et je vous fiche mon billet qu'il s'en trouvera bien un dans le tas pour nous assassiner tous un de ces quatre matins ! conclut Gina en riant de bon cœur

Miss Marple ne partagea pas son hilarité.

Le cabriolet franchit des grilles imposantes gardées par un vigile à l'allure des plus militaire et s'engagea dans une allée bordée de rhododendrons. L'allée était mal tenue et les gazons quasi à l'abandon.

— Plus de jardiniers pendant la guerre, répondit Gina à la question implicite de miss Marple. Et depuis, personne ne s'en est réellement soucié. Mais c'est vrai que ça fait moche.

La voiture emprunta une courbe et Stonygates apparut enfin dans toute sa gloire. C'était, comme l'avait signalé Gina, un vaste édifice de ce style pseudo-gothique si en vogue du temps de la reine Victoria – sorte de temple élevé au dieu de la Ploutocratie. Mais le culte depuis lors rendu à la Philanthropie avait conduit à le doter d'ailes supplémentaires et d'annexes variées qui, sans détonner réellement, ôtaient au bâtiment toute unité.

— Hideux, pas vrai ? commenta Gina avec une certaine tendresse dans la voix. Voilà Bonne-Ma, sur la terrasse. Je vais vous déposer ici, et vous pourrez aller la retrouver.

Miss Marple descendit de voiture et se dirigea vers sa vieille amie.

De loin, et en dépit de la canne sur laquelle elle s'appuyait et d'une démarche qui, à l'évidence, exigeait de douloureux efforts, la frêle silhouette paraissait curieusement adolescente. On eût dit d'une très jeune fille caricaturant la vieillesse.

— Jane..., murmura Mrs Serrocold.

— Chère Carrie-Louise...

Oui, c'était bien toujours la Carrie-Louise d'autrefois. Etrangement semblable à elle-même et d'une étonnante jeunesse, même si, à la différence de sa sœur, elle n'avait pas recours aux artifices du maquillage pour conserver une apparence juvénile. Ses cheveux avaient blanchi, mais on s'en apercevait peu car sa blondeur avait toujours tiré sur le cendré. Son teint avait gardé ses nuances de blanc et de rose, un peu fanées peut-être. Mais ses yeux avaient conservé leur regard émerveillé, plein d'innocence. Ses formes minces étaient encore celles d'une damoiselle, et elle n'avait pas perdu son port de tête, rengorgé comme celui d'un oiseau.

— Je m'en veux infiniment, énonça Carrie-Louise de sa voix fluette, d'avoir ainsi laissé passer le temps. Cela fait des *siècles* que je ne vous ai vue, Jane chérie. Et c'est merveilleux que vous ayez pris sur vous de venir enfin nous rendre visite ici.

Du bout de la terrasse, Gina appela :

— Vous devriez rentrer, Bonne-Ma ! Il commence à faire froid… et Jolly va être furieuse !

Carrie-Louise émit un petit rire cristallin :

— Ils n'arrêtent pas, tous autant qu'ils sont, de me tarabuster de cette façon. A croire qu'ils tiennent à me persuader que je suis centenaire.

— Et vous, vous ne vous sentez pas vieille.

— Non, Jane, pas vieille pour deux sous. Et ce, en dépit de tous mes maux, de toutes mes douleurs, et Dieu sait que je n'en manque pas. En moi-même, je continue à me sentir aussi gamine que Gina. Peut-être que tout le monde est comme ça. Le miroir vous montre à quel point vous avez vieilli, mais vous ne le croyez pas. J'ai l'impression qu'il n'y a que quelques mois que nous étions ensemble à Florence. Vous vous souvenez de Fraülein Schweich et de ses bottines à boutons ?

Et les deux anciennes condisciples s'amusèrent à nouveau d'événements qui s'étaient déroulés presque un demi-siècle auparavant.

Elles se dirigèrent vers une porte latérale. Sur le seuil, une femme d'un certain âge, au visage émacié, les attendait. Vêtue d'un tailleur de tweed rêche bien coupé, elle avait le nez aquilin et le cheveu court.

— C'est de la folie de rester dehors si tard, Cara ! vitupéra-t-elle. Vous n'avez pas le moindre sens commun. Que va dire Mr Serrocold ?

— Ne me grondez pas, Jolly, plaida Carrie-Louise.

Puis, tournée vers miss Marple :

— Voici Miss Bellever, qui est tout pour moi : mon infirmière, mon dragon, mon chien de garde, ma secrétaire, ma gouvernante, et la plus fidèle des amies.

Juliet Bellever renifla et, signe d'émotion, on vit le bout de son nez virer au rose :

— Je fais ce que je peux, grommela-t-elle, bourrue. Cette maison va à vau-l'eau. On ne peut tout bonnement rien y planifier à l'avance.

— Bien sûr qu'on ne peut pas, Jolly chérie. Et je me demande pourquoi vous vous évertuez encore à essayer. Où installez-vous miss Marple ?

— Dans la chambre bleue. Voulez-vous que je l'y conduise ?

— Oui, Jolly, s'il vous plaît. Et puis, ensuite, amenez-la pour le thé. Je crois qu'aujourd'hui il sera servi dans la bibliothèque.

La chambre bleue tirait son nom de lourds rideaux de brocart dont la couleur avait pâli et qui, évalua miss Marple, devaient avoir un bon demi-siècle. Le mobilier d'acajou, riche et massif, se complétait d'un grand lit à colonnes, d'acajou lui aussi. Miss Bellever ouvrit la porte qui faisait communiquer la chambre avec une salle de bains d'un modernisme surprenant, aux teintes d'orchidée et où les chromes étincelaient à profusion.

— John Restarick a fait installer dix salles de bains quand il a épousé Cara, expliqua miss Bellever, réprobatrice. La plomberie est à peu près la seule chose qui ait été modernisée. Il ne voulait pas qu'on touche au reste… Il disait que la maison était un exemple parfait du style de son époque. Vous le connaissiez ?

— Non, je ne l'ai jamais rencontré. Bien que nous soyons toujours restées en correspondance, Mrs Serrocold et moi ne nous sommes que très rarement revues.

— C'était un charmant garçon. Un fainéant, naturellement ! Le type même du bon à rien. Mais très agréable à vivre. Beaucoup de charme… Il plaisait trop aux femmes. A la fin, c'est ce qui a causé sa perte. Ce n'était pas vraiment le genre de Cara.

Puis, son sens pratique lui revenant brusquement, miss Bellever ajouta :

— La femme de chambre défera vos bagages. Voulez-vous faire un brin de toilette avant le thé ?

Sur la réponse affirmative de miss Marple, miss Bellever lui indiqua qu'elle l'attendrait en haut de l'escalier.

Miss Marple passa dans le cabinet de toilette, se lava les mains et se sécha un peu nerveusement à l'aide d'une superbe serviette, aux coloris d'orchidée également. Puis elle ôta son chapeau et donna un ordre parfait à son chignon argenté.

Ouvrant sa porte, elle retrouva miss Bellever qui l'entraîna le long d'un grand escalier puis d'un vaste salon aussi sombres l'un que l'autre, et enfin dans la bibliothèque où les livres s'étageaient jusqu'au plafond. Une large baie vitrée donnait sur un lac artificiel.

Carrie-Louise se tenait devant la fenêtre, et miss Marple la rejoignit.

— Cette maison est vraiment imposante, dit-elle. Je m'y sens perdue.

— Oui, je sais. C'est vraiment ridicule. Elle a été construite par un maître de forges enrichi… ou quelqu'un dans ce goût-là. Il a fait faillite peu après. J'ignore les détails. Il y avait à peu près quatorze salons, tous gigantesques. Je n'ai jamais très bien compris comment des gens pouvaient avoir envie de plus d'un salon. Et toutes ces chambres immenses ! Tant d'espace gaspillé ! La mienne est accablante. Pour aller de mon lit à ma coiffeuse, c'est tout un voyage. Sans parler de ces gros rideaux cramoisis.

— Vous ne l'avez pas fait redécorer ?

Un certain étonnement marqua les traits de Carrie-Louise :

— Non. Pour l'essentiel, la maison n'a pas changé depuis que je m'y suis installée avec Eric. On a repeint, bien sûr, mais en gardant les mêmes couleurs. Mais ces choses-là ne sont pas vraiment importantes, n'est-ce pas ? Je veux dire que j'aurais trouvé injustifié de dépenser beaucoup d'argent pour ça, alors qu'il y a tant de sujets de dépense bien plus importants.

— Alors il n'y a eu aucun changement dans la maison ?

— Oh ! si... Des masses ! Nous n'avons pas touché au corps central, c'est-à-dire les pièces qui sont à côté et au-dessus du grand vestibule. Ce sont les plus belles, et Johnnie, mon second mari, était lyrique quand il les décrivait. Il disait qu'il ne faudrait jamais y toucher. Bien sûr, c'était un artiste et un décorateur, et il savait de quoi il parlait. Mais l'aile est et l'aile ouest ont été complètement remodelées. Toutes les pièces ont été cloisonnées pour que nous puissions avoir des bureaux, des chambres pour le corps enseignant, et tout ça. Les garçons sont dans le bâtiment du Collège... Vous pouvez le voir, d'ici.

Miss Marple se pencha pour distinguer, à travers une rangée d'arbres, un édifice massif de brique rouge. Puis son regard se posa sur un objet plus proche, et elle esquissa un sourire :

— Gina est absolument ravissante.

Le visage de Carrie-Louise s'éclaira :

— Oui, n'est-ce pas ? C'est merveilleux de l'avoir

de nouveau ici. Je l'avais envoyée en Amérique au début de la guerre. Chez Ruth. Ruth vous a parlé d'elle ?

— Non. Du moins, juste en passant.

— Pauvre Ruth ! soupira Carrie-Louise. Elle a été terriblement contrariée par le mariage de Gina. Mais je lui ai dit et répété que je ne l'en blâmais pas le moins du monde. Ruth n'est pas comme moi, et elle n'arrive pas à comprendre que les vieilles barrières et les vieilles différences entre les classes sociales ont disparu – ou sont, en tout cas, en train de disparaître.

» Gina prenait sa part de l'effort de guerre. Et c'est comme ça qu'elle a rencontré ce garçon. Il était dans les Marines et avait de brillants états de service. Huit jours plus tard, ils étaient mariés. Bien entendu, c'était allé cent fois trop vite. Ils n'avaient pas eu le temps de découvrir s'ils étaient faits l'un pour l'autre. Mais c'est comme cela que ça se passe aujourd'hui. Ces jeunes gens sont de leur temps. Nous pouvons estimer qu'ils ne sont pas raisonnables dans bien de leurs actions, mais il nous faut accepter leurs décisions. Toujours est-il que Ruth en a été malade.

— Elle pensait que ce garçon ne faisait pas l'affaire ?

— Elle n'arrêtait pas de dire que personne ne savait rien de lui. Il venait du Middle West et n'avait pas un sou vaillant – et pas l'ombre d'un métier, bien évidemment. Il y a partout des centaines de jeunes hommes comme lui… mais il ne correspondait pas aux projets que Ruth avait pour Gina. Quoi qu'il en soit, le mal était fait. J'ai été très heureuse quand Gina a répondu à mon invitation à venir ici avec son mari. Il y a tant à faire… Toutes sortes d'emplois et de travaux variés, et si Walter veut devenir médecin, ou passer un diplôme, ou quoi que ce soit, il peut le faire dans ce pays. Après tout, le foyer familial de Gina, c'est ici. C'est délicieux de l'avoir de nouveau, c'est quelqu'un de gai, de chaleureux, et de vivant.

Miss Marple hocha la tête et observa une nouvelle fois les deux jeunes gens debout au bord du lac.

— Ils forment vraiment un très beau couple, commenta-t-elle. Je n'ai pas besoin de me demander si Gina est amoureuse de lui !…

— Oh ! mais ça, ce n'est pas… Ce n'est pas Wally.

La voix de Mrs Serrocold dénotait soudain une gêne, un embarras :

— Il s'agit de Steve, le fils cadet de Johnnie Restarick. Quand Johnnie… Enfin, quand il est parti, il n'avait pas d'endroit pour envoyer les garçons en vacances, alors je les ai toujours pris ici. Ils s'y trouvent comme chez eux. Et Steve est maintenant là en permanence. Il s'occupe de notre section d'art dramatique. Nous avons un théâtre, vous savez, et nous y donnons des représentations… Nous encourageons toutes les formes d'instinct créatif. Lewis dit toujours qu'il entre une bonne part d'exhibitionnisme dans la délinquance juvénile. La plupart des gamins ont eu une vie de famille si ratée et malheureuse que leurs vols ou leurs attaques à main armée leur donnent le sentiment qu'ils sont des héros. Nous les poussons à écrire leurs propres pièces, à les jouer, et à dessiner et à réaliser les décors eux-mêmes. Steve dirige notre théâtre. Il est passionné et enthousiaste. C'est formidable de voir quelle vie il insuffle à tout ça.

— Je vois, laissa tomber miss Marple.

Sa vision de loin était excellente – comme l'avaient appris à leurs dépens nombre de ses voisins de St. Mary Mead – et elle distinguait avec une netteté parfaite l'élégant visage bronzé de Stephen Restarick, qui faisait face à Gina et s'exprimait avec animation. La jeune femme lui tournait le dos, et miss Marple ne pouvait donc voir ses traits, mais il n'y avait pas à se méprendre sur l'expression de Steve Restarick.

— Je me mêle de ce qui ne me regarde pas, déclara-t-elle, mais j'imagine, Carrie-Louise, que vous avez compris qu'il est amoureux d'elle.

— Oh ! non…

Carrie-Louise paraissait néanmoins troublée :

— Oh ! non. J'espère bien que non.

— Vous avez toujours été dans les nuages, Carrie-Louise. Il n'y a pas le moindre doute à ce sujet.

4

Avant que Mrs Serrocold ait pu répliquer quoi que ce soit, son mari, venant du vestibule, fit son entrée, quelques lettres ouvertes à la main.

Lewis Serrocold était un homme de petite stature, assez banal d'aspect, mais doué d'une personnalité qui le singularisait immédiatement. Ruth Van Rydock avait un jour dit de lui que c'était plus une dynamo qu'un être humain. Il avait pour habitude de se concentrer sur ce qui l'occupait, sans prêter la moindre attention aux gens ou aux choses qui l'entouraient.

— Une très sale affaire, très chère, jeta-t-il tout à trac. Ce garçon, ce Jackie Flint… Il a repris ses mauvaises habitudes. Pourtant, je pensais vraiment que, cette fois-ci, il avait l'intention de rentrer dans le droit chemin si on lui donnait une vraie chance. Il y était tout à fait décidé. Vous savez que nous avions découvert qu'il s'était toujours passionné pour les trains… Et nous pensions, Maverick et moi, que s'il arrivait à trouver un travail aux chemins de fer, il s'accrocherait et réussirait à s'amender. Mais c'est de nouveau la même histoire. Des larcins dans les bagages déposés à la consigne. Même pas des choses dont il avait envie, ou qu'il aurait pu revendre. Ce qui montre bien que tout cela *doit* être psychologique au départ. Nous ne sommes pas encore réellement parvenus à la racine du problème. Mais je n'ai pas l'intention d'abandonner.

— Lewis… Voici ma vieille amie, Jane Marple.

— Oh… euh… bonjour, lâcha-t-il, distrait. Je suis très heureux… Naturellement, il va être poursuivi. Un gamin sympathique, je dois le dire. Pas trop de cervelle, mais un garçon bien. Qui venait d'une famille à ne pas croire. Je…

Il s'interrompit tout à coup. La dynamo se branchait sur la nouvelle venue :

— Eh bien, miss Marple, je suis ravi que vous soyez venue faire un séjour chez nous. Pour Caroline, cela va faire une grande différence que d'avoir une amie d'autrefois avec qui échanger des souvenirs. Sa vie ici n'est pas toujours drôle… Les histoires de ces pauvres enfants sont si tristes… Nous espérons vraiment que vous resterez très longtemps parmi nous.

Miss Marple ressentit le magnétisme qu'irradiait Lewis Serrocold et comprit à quel point son amie avait pu le trouver attirant. Elle ne doutait pas un seul instant qu'il était homme à faire passer ses idées avant les êtres. Certaines femmes en auraient été irritées, mais pas Carrie-Louise.

Lewis Serrocold brandit une autre lettre :

— En tout cas, nous avons au moins *une* bonne nouvelle. Ça vient de la Wiltshire & Somerset Bank. Le jeune Morris réussit très bien. Ils sont absolument enchantés de lui et, en fait, il va avoir une promotion le mois prochain. J'ai toujours su qu'il n'avait besoin que de se voir confier des responsabilités… des responsabilités et l'occasion de découvrir les secrets du maniement de l'argent et de ce qu'il représente.

Il se tourna vers miss Marple :

— La moitié de ces garçons n'ont aucune idée de ce qu'est l'argent. Pour eux, l'argent, ça sert à aller au cinéma ou aux courses de lévriers, ou encore à acheter des cigarettes… mais ils se débrouillent très bien avec les chiffres et ils trouvent excitant de jongler avec eux. Eh bien, moi, je crois qu'il faut… comment dire ?… leur fourrer le nez dedans. Leur apprendre la tenue des livres et la comptabilité. Leur faire découvrir que l'argent a une vie propre, si j'ose m'exprimer ainsi. Il faut leur donner la compétence d'abord et ensuite la responsabilité – qu'ils aient de l'argent entre les mains de manière officielle. C'est comme cela que nous avons rencontré nos plus grands succès : il n'y en a que deux sur trente-huit qui nous ont déçus. Mais l'un d'entre eux est devenu caissier en chef d'un laboratoire pharmaceutique… un vrai poste à responsabilités.

Il s'interrompit pour annoncer à sa femme :

— Le thé est servi, très chère.

— Mais je croyais, que nous le prenions ici. Je l'avais dit à Jolly.

— Non, c'est dans le grand salon. Les autres y sont déjà.

— Je pensais qu'ils seraient tous sortis.

Carrie-Louise prit miss Marple par le bras pour

la conduire dans le grand salon. Servir le thé dans un cadre pareil paraissait quelque peu incongru. Couverts et vaisselle s'entassaient à la bonne franquette sur un plateau, tasses ordinaires de faïence blanche mêlées aux vestiges de services de Rockingham et de Spode. Il y avait une miche de pain, deux pots de confiture, et des gâteaux bon marché d'apparence bourrative.

Une femme à la quarantaine replète et aux cheveux gris avait pris place derrière la table.

— Voici Mildred, Jane, la présenta Mrs Serrocold. Ma fille Mildred. Vous ne l'avez pas revue depuis qu'elle était fillette.

De toutes les personnes que miss Marple avait rencontrées jusque-là, Mildred Strete était celle qui cadrait le mieux avec le décor. Elle paraissait prospère et compassée. Elle avait largement dépassé la trentaine quand elle avait convolé en justes noces avec un chanoine de l'Eglise d'Angleterre, et elle était maintenant veuve. Elle offrait l'image parfaite de la veuve d'un chanoine, respectable et légèrement ennuyeuse, plutôt laide, avec un visage large et inexpressif et des yeux ternes. Miss Marple se souvint qu'elle avait été une gamine au physique ingrat.

— Et voilà Wally Hudd, le mari de Gina.

Wally était un grand jeune homme, coiffé en brosse, l'air boudeur, qui hocha gauchement la tête et se remit à engouffrer son gâteau.

Gina ne tarda pas à faire son entrée, accompagnée de Stephen Restarick. Tous deux faisaient preuve de la plus vive animation.

— Gina a eu une idée formidable pour la toile de fond ! s'exclama Stephen. Vous savez, Gina, vous avez un sacré flair pour la décoration de théâtre.

Gina éclata de rire, heureuse. Edgar Lawson arriva à son tour et s'installa près de Lewis Serrocold. Quand Gina lui adressa la parole, il mit un point d'honneur à ne pas lui répondre.

Miss Marple, qui trouvait cette ambiance un peu éprouvante, fut heureuse de pouvoir remonter dans sa chambre après le thé et de s'étendre un moment.

Plus de gens encore assistaient au dîner : le jeune Dr Maverick, qui était psychiatre, ou psychologue – Miss Marple n'était pas très au clair sur la différence –, dont la conversation, farcie du jargon de sa profession, était quasi incompréhensible pour la vieille demoiselle. Et puis deux jeunes gens à lunettes, qui appartenaient au corps enseignant. Sans parler d'un Mr Baumgarten, qui était ergothérapeute, et de trois garçons extraordinairement intimidés dont c'était le tour d'assumer la fonction d'« hôtes de la semaine ». L'un d'entre eux, un blond aux yeux bleus, n'était autre – comme Gina le chuchota à miss Marple – que l'estourbisseur patenté dont elle lui avait parlé.

Préparé à la va-vite et servi en trois coups de cuillère à pot, le repas n'avait guère de quoi stimuler l'appétit. Les convives arboraient les tenues les plus hétéroclites : tailleur noir très strict pour miss Bellever, robe du soir et cardigan pour Mildred Strete, tandis que Carrie-Louise portait un ensemble de lainage gris et que Gina resplendissait dans une sorte de toilette d'inspiration paysanne. Wally Hudd ne s'était pas changé, pas plus que Stephen Restarick. Edgar Lawson était en costume trois pièces bleu marine, bien coupé. Lewis Serrocold s'en était tenu à un smoking très conventionnel. Il mangeait peu et ne portait guère d'intérêt à ce qui se trouvait dans son assiette.

Le souper achevé, le Dr Maverick emmena Lewis Serrocold dans son bureau. L'ergothérapeute et les professeurs regagnèrent chacun leur antre. Les trois « cas sociaux » retournèrent au collège. Gina et Stephen s'en furent au théâtre pour étudier les idées de la jeune femme en matière d'aménagement scénique. Mildred tricotait un ouvrage indéfinissable, tandis que miss Bellever reprisait des chaussettes. Wally, vautré dans un fauteuil, avait le regard perdu dans le vide. Carrie-Louise et miss Marple évoquaient les jours d'antan. La conversation donnait une étrange impression de décalage par rapport à la réalité.

Seul Edgar Lawson paraissait incapable de trouver quoi faire. Il ne cessait de s'asseoir et de se relever.

— Je me demande si je ne devrais pas aller retrouver Mr Serrocold, dit-il d'une voix forte. Il pourrait avoir besoin de moi.

— Oh ! je ne pense pas, répondit doucement Carrie-Louise. Il y avait une ou deux questions dont il voulait discuter ce soir avec le Dr Maverick.

— Alors, je ne vais certainement pas les déranger !... Je n'ai pas l'intention de m'imposer là où l'on ne veut pas de moi. J'ai déjà assez perdu de temps aujourd'hui en allant à la gare alors que Mrs Hudd avait l'intention d'y aller aussi.

— Elle aurait dû vous prévenir, concéda Carrie-Louise. Mais je crois qu'elle ne s'est décidée qu'au dernier moment.

— Mais, enfin, comprenez, Mrs Serrocold, qu'elle m'a fait passer pour le dernier des idiots !… Le dernier des idiots !…

— Mais non, voyons, ne dites pas des choses comme ça.

— Je sais très bien qu'on ne veut pas de moi, qu'on n'a pas besoin de moi… *Ça*, je le sais parfaitement. Si les choses avaient pu être différentes… Ce serait diffèrent si je pouvais tenir ma vraie place dans l'existence… Vraiment très différent. Et si je n'ai pas cette place, ce n'est pas ma faute.

— Edgar, arrêtez de vous tourmenter à propos de rien, trancha Carrie-Louise. Jane a trouvé que c'était très aimable à vous d'être allé la chercher. Gina agit souvent par impulsivité. Elle n'avait pas l'intention de vous porter ombrage.

— Bien sûr que si. Elle l'a fait exprès. Pour m'humilier.

— Voyons, Edgar…

— Vous ne soupçonnez pas le quart de ce qui se passe, Mrs Serrocold. Enfin, je n'ai rien d'autre à dire, sinon bonsoir.

Sur quoi Edgar Lawson s'en alla en claquant la porte.

— Quel manque d'éducation ! s'offusqua miss Bellever.

— Il est hypersensible, s'émut Carrie-Louise.

Mildred Strete, dans le cliquetis de ses aiguilles à tricoter, décréta :

— C'est réellement un garçon odieux. Vous ne devriez pas tolérer pareil comportement, mère.

— Lewis affirme que le malheureux n'y peut rien.

— Tout le monde peut se retenir d'étaler ses mauvaises manières, répliqua Mildred. Ceci posé, je trouve que Gina est très à blâmer. Elle ne réfléchit pas deux secondes aux conséquences de ses foucades. Et elle ne cesse de semer la zizanie. Un jour, elle encourage ce garçon, et le lendemain, elle lui fait un affront. Quel résultat voulez-vous que ça donne ?

Pour la première fois de la soirée, Wally Hudd fit entendre le son de sa voix

— Ce type est sinoque. Un point, c'est tout ! Sinoque !

*

Ce soir-là, dans sa chambre, miss Marple tenta de tracer la psychologique de Stonygates, mais les éléments à sa disposition étaient encore trop confus. Elle avait certes perçu l'existence de courants et de contre-courants… mais se sentait incapable de dire s'ils pouvaient expliquer les inquiétudes de Ruth Van Rydock. Il ne lui semblait pas que Carrie-Louise fût le moins du monde affectée par ce qui se passait autour d'elle. Stephen était amoureux de Gina. Et il n'était pas impossible que Gina soit amoureuse de lui. Quant à Wally Hudd, il était clair qu'il n'appréciait pas la situation. Ce genre d'imbroglio n'avait, hélas, rien d'exceptionnel. La situation débouchait en général sur un divorce devant les tribunaux, à la suite de quoi chacun prenait, plein d'espoir, un nouveau départ... pour peu que des liens nouveaux se soient tissés. Il était clair, en outre, que Mildred Strete était jalouse de Gina et ne pouvait pas la souffrir. Là encore, estima miss Marple, il n'y avait rien que de très naturel.

Elle songeait à ce que Ruth Van Rydock lui avait raconté. A la déception de Carrie-Louise de ne pas avoir d'enfant. A sa décision d'adopter la petite Pippa. Et à sa découverte qu'au bout du compte, elle était bel et bien enceinte.

« C'est souvent comme cela que ça se passe, avait dit son médecin à miss Marple. Il y a relâchement de la tension, et Dame Nature peut alors se mettre à l'œuvre. »

Le praticien avait ajouté qu'en général, cela créait une situation difficile pour l'enfant adopté.

Mais, là, tel n'avait pas été le cas. Gulbrandsen et sa femme avaient tous deux adoré Pippa, et elle avait pris trop de place dans leur cœur pour qu'ils l'écartent sans autre forme de procès. Gulbrandsen avait déjà de grands enfants. De ce fait, la paternité ne présentait rien de nouveau pour lui. Quant à Carrie-Louise, ses instincts maternels avaient été satisfaits par l'arrivée de Pippa. Sa grossesse avait été laborieuse, et l'accouchement long et difficile. On pouvait supposer que Carrie-Louise, qui ne s'était jamais beaucoup intéressée au réel, avait peu apprécié de devoir l'affronter pour la première fois.

Et les deux petites filles avaient grandi, l'une jolie et vive, l'autre ingrate et terne. Ce qui, aux yeux de miss Marple, était également naturel : quand des gens adoptent une enfant, ils ne choisissent pas un laideron. Si Mildred avait eu de la chance, elle aurait tenu du côté des Martin, qui avait donné la beauté de Ruth et la finesse de Carrie-Louise, mais le Destin avait choisi de faire prévaloir le sang des Gulbrandsen, qui étaient épais, flegmatiques et franchement ingrats.

En outre, Carrie-Louise ayant tenu à ce que l'enfant adoptée ne se sente jamais en position d'infériorité, elle s'était montrée trop indulgente avec Pippa et parfois injuste envers Mildred.

Et puis Pippa s'était mariée et était partie pour l'Italie, et Mildred avait été pour un temps la jeune fille de la maison. Seulement Pippa était morte, Carrie-Louise avait ramené son bébé à Stonygates et, de nouveau, Mildred avait été reléguée à la seconde place. Ensuite, il y avait eu le nouveau mariage de Carrie-Louise – et l'arrivée des fils Restarick. En 1934, Mildred avait épousé le chanoine Strete, un érudit voué à l'Antiquité, de quinze ans son aîné, et s'était installée dans le sud de l'Angleterre. Sans doute avait-elle été heureuse – encore qu'on ne puisse jamais nourrir de certitude en ce domaine. Ils n'avaient pas eu d'enfant. Et maintenant, elle était revenue dans la maison de son enfance. Miss Marple jugeait que Mildred n'y était pas particulièrement heureuse.

Gina, Stephen, Wally, Mildred, miss Bellever, qui eût tant aimé établir une routine ordonnée et n'arrivait pas à l'imposer, Lewis Serrocold, l'idéaliste qui avait réussi à donner corps à son idéal, visiblement heureux et pleinement épanoui... En aucune de ces personnalités miss Marple ne découvrait ce que les propos de Ruth Van Rydock lui avaient suggéré. Carrie-Louise paraissait en sécurité, dans le calme de l'œil du cyclone – comme elle l'avait été toute sa vie. Qu'était-ce donc que Ruth Van Rydock avait ressenti d'inquiétant dans cette atmosphère ?... Et elle, Jane Marple, le ressentait-elle aussi ?

Et que penser de ceux qui se tenaient à l'extérieur du tourbillon ? Les thérapeutes, les enseignants, tous jeunes gens sérieux et inoffensifs, le juvénile Dr Maverick, si sûr de lui, les trois délinquants au visage poupin et aux yeux innocents... Et Edgar Lawson...

Et là, juste avant qu'elle ne s'endorme, les réflexions de miss Marple s'arrêtèrent, songeuses, sur le personnage d'Edgar Lawson. Il lui rappelait quelqu'un, ou quelque chose. Il y avait bel et bien un petit quelque chose qui ne collait pas chez Edgar Lawson... Et peut-être plus qu'un petit quelque chose... Edgar Lawson était inadapté – c'était bien l'expression consacrée, n'est-ce pas ? Mais ce n'était quand même pas cela – ça ne pouvait pas être cela – qui était susceptible de porter atteinte à Carrie-Louise ?

Dans un demi-sommeil, miss Marple secoua la tête.

Ce qui l'inquiétait était autre chose.

5

Faussant furtivement compagnie à son hôtesse, miss Marple descendit le lendemain matin dans les jardins. Leur état l'emplit de chagrin.

S'ils portaient encore la trace des ambitions qui avaient présidé à leur dessin – massifs de rhododendrons, vallonnements tapissés de gazon, larges bordures d'herbacées, haies de buis taillé ceinturant une roseraie –, ils étaient maintenant presque à l'abandon : gazons tondus à la va-comme-je-te-pousse, plates-bandes envahies de mauvaises herbes contre lesquelles luttaient des fleurs entremêlées, allées couvertes d'une mousse oubliée par le râteau.

Ceint d'un mur de brique rouge, le potager se révélait en revanche prospère et bien tenu, probablement en raison de son caractère utilitaire. De la même manière, une large part de ce qui avait été naguère un pré était aujourd'hui entourée de grillages et transformée en courts de tennis et en terrain de boules.

Observant les bordures, miss Marple émit un claquement de langue désapprobateur et arracha une touffe de séneçon.

Alors qu'elle la tenait encore à la main, elle

aperçut Edgar Lawson. Voyant miss Marple, il s'arrêta et marqua une hésitation. Mais miss Marple n'avait pas l'intention de le laisser s'échapper. Elle l'appela vivement. Quand il s'approcha d'elle, elle lui demanda s'il savait où pourraient bien se trouver les outils de jardinage.

Edgar Lawson se contenta de répondre qu'il y avait quelque part un jardinier qui le saurait.

— C'est une telle pitié de voir cette plate-bande aussi négligée, gazouilla miss Marple. J'aime tant les jardins.

Et comme elle n'avait aucune envie qu'Edgar parte à la recherche de l'outillage adéquat, elle s'empressa d'ajouter :

— C'est à peu près tout ce qu'une vieille femme inutile comme moi peut trouver à faire. Mais j'imagine que vous, Mr Lawson, vous n'avez guère le loisir de vous soucier des jardins. Vous avez un travail bien plus concret et bien plus important. Occuper ici une position d'une telle responsabilité, auprès de Mr Serrocold... Vous devez trouver cela du plus haut intérêt.

Il répondit très vite, presque avec passion :

— Oui... Oui... C'est intéressant.

— Et vous devez être d'un grand secours pour Mr Serrocold.

— Je ne sais pas, maugréa-t-il, assombri. Je n'en suis pas sûr. C'est ce qu'il y a derrière tout ça qui...

Il s'interrompit net. Miss Marple, pensive, l'observa, pathétique petit jeune homme dans son costume sombre bien coupé. Petit jeune homme que bien peu de gens se donneraient la peine de regarder deux fois, ou se rappelleraient s'ils l'avaient regardé...

Il y avait un banc à proximité et miss Marple alla s'y asseoir. Edgar, les sourcils froncés, demeura debout devant elle.

— Je suis convaincue, reprit gaiement miss Marple, que Mr Serrocold s'appuie *énormément* sur vous.

— Je ne sais pas. Vraiment, je ne sais pas.

Il plissa le front et, comme machinalement, s'assit à côté d'elle :

— Je suis dans une position très difficile.

— Bien sûr...

Edgar Lawson gardait les yeux fixés droit devant lui.

— Tout cela est confidentiel au plus haut point, jeta-t-il.

— Cela va de soi.

— Si mes droits étaient reconnus...

— Oui ?

— Je puis bien vous le dire, après tout... Vous le garderez pour vous, je peux en être sûr ?

— Oh ! absolument.

Elle remarqua qu'il n'avait pas attendu sa réponse :

— Mon père... En fait, mon père est un homme très important.

Cette fois, miss Marple n'avait rien à dire. Il lui suffisait d'écouter.

— Personne n'est au courant, sauf Mr Serrocold. Vous comprenez, si cette histoire transpirait, cela pourrait porter préjudice à la situation de mon père.

Il se tourna vers elle et sourit, d'un sourire triste et plein de dignité

— Je suis, voyez-vous, *le fils de Winston Churchill.*

— Oh ! dit miss Marple, je vois.

Elle voyait.

Elle se souvenait d'une assez triste histoire survenue à St. Mary Mead... Et de la façon dont tout cela avait fini. Mais Edgar Lawson n'avait pas achevé, et ce qu'il racontait semblait aussi familier qu'une scène tragi-comique :

— Il y avait des raisons... Ma mère n'était pas libre. Son propre mari était interné dans un asile... Il ne pouvait être question de divorce... Et pas non plus de mariage. En réalité, je ne leur fais pas de reproches. Enfin, je pense que non... Il a toujours fait tout ce qu'il pouvait. Dans la plus grande discrétion, bien entendu. Et c'est là que les problèmes ont surgi. Il a des ennemis... Et ils s'en prennent aussi à moi. Ils sont arrivés à nous maintenir séparés. Ils me surveillent. Où que j'aille, ils m'espionnent. Et ils s'arrangent toujours pour que les choses tournent mal pour moi.

— Seigneur... Seigneur, murmura miss Marple en hochant la tête.

— A Londres, je faisais des études de médecine. ils ont trafiqué mes examens... Ils ont modifié mes réponses. Ils *voulaient* que j'échoue. Ils me filaient dans les rues. Ils me calomniaient auprès de ma logeuse. Où que j'aille, ils me traquent.

— Oh !… Mais vous ne pouvez pas être sûr de ça, avança miss Marple d'un ton apaisant.

— Je vous dis que je le *sais* ! Oh ! ils sont très malins. Je n'ai jamais eu l'occasion de les apercevoir, ni de découvrir qui ils sont. Mais j'y parviendrai… Mr Serrocold m'a fait quitter Londres, et m'a amené ici. Il a été gentil… Très gentil. Mais, vous comprenez, même ici, je ne suis pas en sécurité. Ils sont présents ici aussi. Ils intriguent contre moi. Ils poussent les autres à me détester. Mr Serrocold dit que ce n'est pas vrai … Mais Mr Serrocold ne peut pas tout savoir. Ou bien … Je me demande… Il m'arrive parfois de penser que…

Il s'interrompit net et se leva.

— Tout cela est confidentiel, vous le comprenez, n'est-ce pas ? Mais si vous remarquez quelqu'un qui me suit… Qui m'*espionne,* veux-je dire… Ne manquez pas de me signaler qui c'est !

Là-dessus, Edgar Lawson s'éloigna. Propret, pathétique, insignifiant… Miss Marple, pensive, suivait des yeux sa silhouette.

— Maboul, commenta une voix derrière elle. Complètement maboul.

C'était Walter Hudd, debout, mains dans les poches qui, le front plissé, regardait lui aussi Edgar Lawson.

— Qu'est-ce que c'est que cette boîte, de toute façon ? reprit-il. Ils sont tous marteaux, tous autant qu'ils sont.

Miss Marple ne répondit pas.

— Ce type, cet Edgar… Qu'est-ce que vous pensez de lui ? Il raconte que son vrai père, c'est le maréchal Montgomery. Ça m'étonnerait bien. Pas *Monty,* quand même ! Pas avec tout ce qu'on dit de lui.

— Oui, lâcha miss Marple, ça paraît peu probable.

— A Gina, il a raconté une histoire entièrement différente… Je ne sais quelle blague, comme quoi il était en réalité l'héritier du trône de Russie… Que c'était le fils de je ne sais quel grand-duc… Sacré nom, ce garçon ne peut pas savoir qui est vraiment son père ?

— J'imagine que non. C'est probablement là que le bât blesse.

Se laissant lourdement tomber sur le banc, Walter prit place à côté d'elle.

— Ils sont tous marteaux, répéta-t-il.

— Vous ne vous plaisez pas à Stonygates ?

Le jeune homme fronça les sourcils :

— Je ne les comprends pas… C'est tout ! Je ne m'y fais pas. Prenez cet endroit, la baraque … toute la propriété. Ils sont riches, ces gens. Ils n'ont pas besoin de pognon… Ils en ont. Et regardez un peu comment ils vivent… Des porcelaines anciennes toutes fêlées mélangées à de la faïence à trois sous. Pas de domestiques stylés – juste une femme de ménage par-ci par-là. Des tapisseries, et des draperies, et des sièges couverts de satin et de brocart, et Dieu sait quoi encore… Et tout ça tombe en morceaux ! Des gros machins en argenterie pour le thé… Et tout ça jaune et sale parce qu'on n'astique pas. Mrs Serrocold s'en fiche, tout simplement. Regardez un peu comment elle était fringuée hier soir. Avec sa robe reprisée sous les bras et complètement usée… elle qui pourrait entrer dans un magasin et se payer tout ce qu'elle veut, à Bond Street, ou je ne sais quoi. Le pognon ? Mais ils roulent sur le pognon !

Il marqua un temps d'arrêt, pour réfléchir :

— Je comprends qu'on soit pauvre. Il n'y a pas de mal à ça quand vous êtes jeune, et costaud, et prêt à travailler. Je n'ai jamais eu beaucoup d'argent, mais j'étais sur le point d'arriver à ce que je voulais. J'allais ouvrir un garage. J'avais mis un peu d'argent de côté. J'en ai parlé à Gina. Elle m'a écouté. Elle avait l'air de comprendre. Je ne savais pas grand-chose d'elle. Ces filles en uniforme, elles étaient toutes pareilles. Je veux dire qu'à les voir comme ça, vous ne pouviez pas dire celles qui avaient du pèze et celles qui n'en avaient pas. Je pensais qu'elle était peut-être un cran au-dessus de moi, avec une éducation et tout. Mais ça ne paraissait pas avoir d'importance. On est tombé amoureux l'un de l'autre. On s'est mariés. Moi, j'avais mes petites économies, et Gina en avait aussi, à ce qu'elle m'avait dit. On allait monter une station-service, là-bas, chez moi… Gina était d'accord. On n'était que deux gosses un peu dingues… fous l'un de l'autre… Et puis voilà que sa poseuse de tante s'est mise à faire des histoires… Et Gina voulait revenir ici, en Angleterre, pour revoir sa grand-mère. Ça paraissait normal, remarquez bien. C'était son chez-elle, et moi, de toute façon, découvrir l'Angleterre, ça me bottait. J'en avais beaucoup entendu causer. Alors on est venus. Juste pour une visite… Enfin c'est ce que je croyais.

Le froncement de sourcils de Walter se changea en grimace :

— Mais ça n'a pas du tout tourné comme ça. On s'est retrouvé coincés dans cette histoire de fous. Pourquoi qu'on resterait pas ici – qu'on s'y installerait pas ? C'est ce qu'ils disent. Plein de jobs pour moi. Des jobs ! Mais je ne veux pas d'un job où j'aurais à refiler des sucettes à des gangsters en culotte courte, et à les faire jouer à des jeux de gamins… A quoi ça rime, tout ça ? Cet endroit pourrait être formidable – vraiment formidable. Les gens qui ont du pognon, ils ne comprennent donc pas la chance qu'ils ont ? Ils ne comprennent donc pas que presque personne ne peut avoir un endroit formidable comme ici, et qu'eux, ils en ont un ? Est-ce que ça n'est pas franchement dingo de repousser la chance quand on l'a ? Ça m'est égal de travailler dur s'il le faut. Mais je veux travailler à ma manière, et à ce qui me plaît. Ici, je me sens pris comme dans une toile d'araignée. Et Gina… Je ne comprends plus Gina. Ce n'est plus la fille que j'ai épousée là-bas, en Amérique. Je ne peux… bon sang ! Je ne peux même plus lui *parler* maintenant. Bon Dieu !

— Je saisis très bien votre point vue, dit miss Marple avec douceur.

Wally Hudd lui lança un coup d'œil vif :

— Vous êtes la première avec qui je l'ouvre. La plupart du temps, je la boucle. Je ne sais pas ce qu'il y a chez vous… Vous êtes anglaise jusqu'au bout des ongles, anglaise à dix mille pour cent... Et pourtant vous me faites sacrément penser à ma tante Betsy, là-bas au pays.

— Ça, c'est très gentil.

— Pleine de bon sens, qu'elle était. Elle avait l'air si fragile qu'on croyait pouvoir la casser en deux d'une pichenette, mais en fait elle était solide. Oui, ça, on peut le dire : elle était solide.

Il quitta son siège :

— Désolé de vous avoir parlé comme ça. Je suppose que j'avais besoin de vider mon sac. Dommage que ce soit tombé sur vous.

Pour la première fois, miss Marple le vit sourire, d'un sourire très séduisant qui le transfigurait : ce n'était plus un grand adolescent gauche et emprunté, mais un jeune homme d'une attirante beauté.

— Je vous en prie, mon cher garçon, répondit miss Marple. Il se trouve que j'ai moi-même un neveu... Mais bien sûr, il est beaucoup plus âgé que vous.

Pendant un instant, elle laissa son esprit s'attarder sur l'écrivain moderne et raffiné qu'était Raymond West. On n'aurait pu imaginer contraste plus grand qu'entre Wally Hudd et lui.

— Voilà de la compagnie qui vous arrive, lança Walter. Cette bonne femme ne m'aime pas. Alors je vous quitte. A la prochaine, m'dame. Merci pour la conversation.

Et il partit à grandes enjambées tandis que miss Marple guettait Mildred Strete qui traversait le gazon pour la rejoindre.

*

— Je vois que vous avez dû subir la compagnie de cet horrible individu, lâcha Mildred Strete dans un souffle en se laissant tomber sur le banc. Vraiment, quelle tragédie !

— Une tragédie ?

— Le mariage de Gina. Tout cela est venu de ce qu'on l'avait envoyée en Amérique. A l'époque, j'avais dit à Mère que c'était très imprudent. Après tout, ici, la région est très tranquille. Nous n'avons pratiquement pas eu de bombardements. Je déteste la manière dont trop de gens se sont laissés aller à la panique en ce qui concernait leur famille… Et en ce qui les concernait aussi, bien souvent.

— C'était à coup sûr très difficile de décider ce qu'il fallait faire, répliqua miss Marple, songeuse. A propos des enfants, j'entends. Compte tenu de la perspective d'une éventuelle invasion, ils risquaient de grandir sous un régime allemand… Et je ne parle pas du danger des bombes.

— Sottises, jeta Mrs Strete. Je n'ai jamais douté un instant que nous gagnerions la guerre. Mais Mère n'a jamais eu deux sous de cervelle chaque fois qu'il s'est agi de Gina. Cette enfant a été gâtée et pourrie de toutes les manières possibles. Pour commencer, il était parfaitement inutile de la faire revenir d'Italie.

— J'ai cru comprendre que son père n'avait pas soulevé d'objection.

— Oh, San Severiano ! Vous savez bien comment sont ces Italiens. Rien ne compte pour eux que l'argent. C'est pour son argent qu'il avait épousé Pippa, bien entendu.

— Seigneur ! Et moi qui m'étais toujours laissé dire qu'il l'adorait, et qu'à sa mort, il s'était montré inconsolable.

— Il faisait semblant, cela va de soi. Pourquoi Mère avait consenti à son mariage avec un étranger, je ne puis même pas le concevoir. L'habituelle vanité des Américains devant un titre de noblesse, je crois.

— J'ai toujours pensé que ma chère Carrie-Louise faisait preuve de trop de détachement dans son attitude devant les réalités de la vie, glissa miss Marple.

— Oh ! je sais. Cela m'agace assez. Les chimères et les billevesées de Mère, et ses projets idéalistes... Vous n'avez pas idée, tante Jane, de tout ce que cela peut signifier. Mais moi, je sais de quoi je parle. C'est là-dedans que j'ai été élevée.

Miss Marple avait ressenti comme un petit choc en s'entendant appeler tante Jane. C'était pourtant conforme à l'usage d'autrefois. Un « De la part de tante Jane, avec toute son affection » accompagnait toujours les cadeaux de Noël qu'elle envoyait aux enfants de Carrie-Louise, et quand ils pensaient à elle – ce qui n'avait pas dû, à son avis, arriver bien souvent –, ils y pensaient comme à leur tante Jane.

Elle contempla pensivement la femme mûrissante assise près d'elle, lèvres pincées, bouche amère, mains crispées. Elle dit doucement :

— Vous avez sûrement eu... une enfance difficile.

Mildred Strete lui adressa un regard chargé de reconnaissance :

— Oh ! Je suis si heureuse que quelqu'un le comprenne… Les gens ne savent pas les épreuves qu'une enfant peut traverser. Vous comprenez, c'était Pippa qui était jolie, pas moi. Et puis elle était plus grande que moi. C'était toujours à elle qu'on faisait attention. Aussi bien Père que Mère l'encourageaient à se mettre en valeur – et Dieu sait à quel point ces encouragements étaient superflus… Moi, j'étais toujours derrière. J'étais timide, alors que Pippa ne savait pas ce que c'était que la timidité. Une enfant peut souffrir énormément, tante Jane.

— Je le sais bien.

— « Mildred est si stupide »… C'est ce que Pippa avait l'habitude de dire. Mais j'étais la plus petite. Naturellement, je ne pouvais pas avoir le même niveau qu'elle. Et c'est très injuste pour une enfant quand on fait toujours passer sa sœur devant elle. Les gens disaient toujours à maman : « Quelle adorable petite fille. » *Moi,* on ne me remarquait jamais. C'était avec Pippa que Papa jouait et s'amusait. Quelqu'un aurait dû s'apercevoir comme c'était dur pour moi. Toute l'attention était pour elle. Je n'étais pas assez mûre pour comprendre que c'est la *personnalité* qui compte.

Miss Marple vit que les lèvres de Mildred tremblaient.

— Et c'était injuste… vraiment injuste. J'étais leur propre enfant. Pippa était seulement adoptée.

C'est *moi* qui étais la fille de la famille. Elle, elle n'était… rien.

— C'est probablement pour cela qu'ils la gâtaient tant, fit observer miss Marple.

— Ils la préféraient, trancha Mildred Strete. Une enfant dont les parents n'avaient pas voulu ! Ou, plus vraisemblablement, une enfant illégitime. Et cela se retrouve chez Gina. Il y a là une fâcheuse hérédité. On le verra. Lewis peut bien débiter toutes les théories qu'il veut sur l'environnement. L'hérédité finit toujours par parler. Voyez plutôt Gina.

— Gina est une jeune femme tout à fait charmante, murmura miss Marple.

— Pas dans son comportement. Il n'y a que Mère pour ne pas voir comment elle se conduit avec Stephen Restarick. C'est répugnant, je n'hésite pas à le dire. Je reconnais qu'elle a fait un mariage malheureux, mais le mariage c'est le mariage, et chacun doit s'y tenir. Après tout, c'est bien elle qui a choisi d'épouser cet Américain de malheur.

— Il est réellement si épouvantable que ça ?

— Oh ! tante Jane… Moi, je lui trouve l'air d'un gangster. Et grognon et désagréable, en plus. A peine s'il ouvre la bouche. Et si grossier, si fruste, si…

— Il est malheureux, je crois, glissa miss Marple.

— Je ne vois pas pourquoi il le serait… mise à part la conduite de Gina, bien entendu. Ici, on a vraiment tout essayé pour lui. Lewis lui a fait je ne sais combien de propositions pour qu'il tâche de se rendre utile… mais il préfère rôder dans le parc sans rien faire.

Soudain, elle éclata :

— Ah ! cet endroit est impossible, absolument impossible ! Lewis est incapable de penser à autre chose que ces jeunes criminels. Et Mère ne jure que par lui. Tout ce que fait Lewis est parfait. Regardez un peu l'état du jardin… Les mauvaises herbes… Tout pousse n'importe comment… Et la maison – rien qui soit arrangé comme il faut… Oh ! je sais bien qu'il est difficile de trouver du personnel par les temps qui courent, mais ce n'est pas une raison. Ça n'est même pas comme si on manquait d'argent. C'est simplement que tout le monde *s'en fiche.* Si c'était *ma* maison…

Elle s'interrompit.

— Je crains bien, dit miss Marple, que nous ne devions tous admettre que les temps ont changé. Ces grandes propriétés deviennent lourdes à entretenir. D'une certaine façon, ce doit être triste pour vous de revenir ici et de trouver tout si différent. Vous préférez vraiment vivre ici plutôt que… Eh bien… quelque part où vous seriez chez vous ?

Mildred Strete rougit :

— C'est ma maison, non ? C'était la maison de mon père. Personne n'y peut rien changer. J'ai le droit d'être ici si je le veux. Et je le veux. Si seulement Mère n'était pas aussi impossible ! Elle n'est même pas capable de s'acheter des vêtements convenables. Jolly s'en inquiète beaucoup.

— J'allais justement vous demander de me parler de miss Bellever.

— C'est un vrai réconfort de l'avoir ici. Elle adore Mère. Il y a longtemps maintenant qu'elle est avec elle. Elle est arrivée du temps de John Restarick. Et, à mon avis, elle a été merveilleuse pendant toute cette triste histoire. Je suis sûre que vous avez entendu dire qu'il est parti avec une affreuse Yougoslave… Une créature tout ce qu'il y a de dévergondée. Un amant n'attendait pas l'autre, je crois. Mère a fait face à tout avec beaucoup de dignité. Elle a divorcé aussi discrètement que possible. Elle est allée jusqu'à accueillir ici les fils Restarick pour les vacances – ce qui était inutile. On aurait pu trouver d'autres arrangements. Même s'il était inimaginable de les laisser aller chez leur père et cette femme. Quoi qu'il en soit, Mère a voulu les avoir ici… Et miss Bellever, solide comme un roc, l'a soutenue pendant toute cette période. Quelquefois, il me semble qu'en prenant en charge toutes les choses pratiques, elle encourage Mère à se montrer encore plus distraite. Mais je ne vois vraiment pas comment Mère pourrait se débrouiller sans elle.

Elle s'interrompit, pour ajouter d'un ton surpris :

— Voilà Lewis. Comme c'est curieux ! Il sort rarement dans le jardin.

Mr Serrocold se dirigeait vers elles avec la concentration qu'il apportait à tout. Il parut ne porter aucune attention à Mildred, parce que c'était miss Marple qu'il voulait voir.

— Je suis désolé, lança-t-il. Je voulais vous faire faire le tour de l'institution et tout vous montrer. Caroline me l'avait demandé. Malheureusement, il faut que je parte pour Liverpool. Pour l'affaire de ce garçon qui a volé des bagages dans une consigne. Mais Maverick va s'occuper de vous. Il sera là dans quelques minutes. Je ne serai pas de retour avant après-demain. Ce sera merveilleux si nous arrivons à éviter les poursuites.

Mildred Strete se leva et s'en alla, sans que Lewis Serrocold le remarque. Ses yeux pleins de sérieux fixaient miss Marple à travers ses épaisses lunettes.

— Comprenez-vous, dit-il, les magistrats voient presque toujours les choses de travers. Quelquefois, ils sont trop sévères, mais, souvent, ils sont trop indulgents. Si ces garçons ne sont condamnés qu'à quelques mois de prison, cela n'a aucun effet dissuasif... On pourrait même dire que cela les stimule. Ils s'en vantent auprès de leurs petites amies. Mais, en général, une condamnation sévère les calme. Ils comprennent que le jeu n'en vaut pas la chandelle. Ou alors, il vaut mieux carrément ne pas les condamner à la prison du tout. Une formation corrective... une formation constructive, comme celle que nous donnons ici...

Miss Marple l'interrompit :

— Mr Serrocold, êtes-vous content du jeune Mr Lawson ? Est-il... est-il normal ?

La contrariété se peignit sur les traits de Lewis Serrocold :

— J'espère qu'il n'est pas en train de nous faire une rechute... Qu'a-t-il encore raconté ?

— Il m'a dit qu'il était le fils de Winston Churchill et...

— Bien sûr, bien sûr... Ses histoires habituelles.

C'est un enfant illégitime, le pauvre garçon, comme vous l'avez sans doute deviné, et d'une très humble origine. Il m'a été recommandé par une association charitable de Londres. En pleine rue, il avait attaqué un homme qui, croyait-il, l'espionnait. C'est bien banal… Le Dr Maverick vous le dira. J'ai examiné ses antécédents. Sa mère appartenait à une famille pauvre, mais parfaitement respectable, de Plymouth. Quant au père, c'était un marin… Elle n'a jamais su son nom… Le garçon a grandi dans des conditions difficiles. Il a commencé à fantasmer sur son père, puis sur lui-même. Il s'est mis à porter l'uniforme, et des décorations auxquelles il n'avait pas droit. Des symptômes typiques. Mais Maverick estime que le pronostic est encourageant, pourvu que nous puissions lui rendre confiance en lui-même. Je lui ai donné des responsabilités ici, en essayant de lui faire comprendre que ce qui compte pour un homme, ce n'est pas où et comment il est né, mais ce qu'il est. J'ai essayé de lui faire prendre conscience de ses propres capacités. L'amélioration était très nette. J'étais très content de lui. Et maintenant vous me dites que…

Lewis Serrocold secoua la tête.

— Ne risque-t-il pas de devenir dangereux, Mr Serrocold ?

— Dangereux ? Je ne sache pas qu'il ait fait preuve de tendances suicidaires.

— Je ne pensais pas au suicide. Il m'a parlé d'ennemis… de persécution. N'est-ce pas là, pardonnez-moi… le signe d'une personnalité dangereuse ?

— Je ne crois pas qu'il en soit arrivé à ce point. Mais j'en toucherai un mot à Maverick. Jusqu'à présent, il avait de l'espoir… beaucoup d'espoir.

Il regarda sa montre :

— Il faut que j'y aille. Ah ! voici notre chère Jolly. Elle va s'occuper de vous.

Miss Bellever arrivait d'un pas vif.

— La voiture est à la porte, Mr Serrocold. Le Dr Maverick a appelé de l'Institut. Je lui ai dit que j'amènerais miss Marple. Il nous attendra à l'entrée.

— Merci. Il faut que je file. Ma valise ?

— Déjà dans la voiture, Mr Serrocold.

Lewis Serrocold partit à grandes enjambées, ce qui inspira à miss Bellever ce commentaire :

— Un de ces jours, cet homme va tomber raide. C'est contre nature de ne jamais se détendre ni se reposer. Il ne dort que quatre heures par nuit.

— Il est tout dévoué à la cause qu'il a choisie.

— Il est incapable de penser à quoi que ce soit d'autre, grinça miss Bellever. Il ne regarde même pas sa femme, ne s'intéresse pas à elle. C'est une créature adorable, comme vous le savez, miss Marple, et elle devrait recevoir de l'amour et des attentions. Mais, ici, on ne pense à rien, on ne s'intéresse à rien d'autre qu'à un tas de garçons pleurnichards qui veulent vivre dans la facilité et la malhonnêteté, et qui n'ont pas la moindre envie de travailler un peu dur. Et les garçons convenables qui viennent de familles convenables, alors ? Pourquoi est-ce qu'on ne fait rien pour ceux-là ? Pour des agités comme Mr Serrocold et le Dr Maverick et la bande de sentimentaux à la mie de pain que nous avons ici, l'honnêteté ne présente aucun intérêt. Mes frères et moi, miss Marple, nous avons été élevés à la dure, et on ne nous encourageait pas à pleurnicher. Amolli, voilà ce que le monde est devenu de nos jours !

Tout en devisant, elles avaient traversé le jardin, franchi un passage dans une palissade et étaient parvenues à l'arche de pierre qu'Eric Gulbrandsen avait fait édifier à l'entrée de son collège, bâtiment de brique rouge lourd et sans grâce.

Le Dr Maverick – qui avait lui-même, décida miss Marple, l'air franchement anormal – vint à leur rencontre :

— Merci, miss Bellever. Maintenant, miss... euh... ah oui : miss Marple... Je suis sûr que vous serez très intéressée par ce que nous faisons ici et par notre manière étonnante d'envisager notre grand problème. Mr Serrocold est un homme d'une grande intelligence – un homme qui a une vision. Et nous avons l'appui de sir John Stilwell – mon ancien patron. Il était au Home Office jusqu'à sa retraite, et c'est grâce à son influence que nous avons pu faire démarrer notre projet. Notre problème est d'ordre *médical* – c'est ce qu'il nous faut faire comprendre aux autorités légales. La psychiatrie a pu devenir une discipline autonome pendant la guerre. C'est tout ce qu'elle nous a apporté de positif... A titre d'introduction, je voudrais que vous voyiez par vous-même par quoi nous commençons. Regardez.

Miss Marple leva les yeux pour déchiffrer l'inscription gravée au-dessus de l'entrée :

VOUS QUI ENTREZ ICI,
RETROUVEZ L'ESPERANCE

— N'est-ce pas formidable ? N'est-ce pas aller droit à l'essentiel ? Il ne s'agit pas de réprimander ces garçons – ni de les punir. D'ailleurs, la moitié du temps, c'est à cela qu'ils aspirent, à la punition. Nous voulons leur faire ressentir à quel point ils sont des êtres doués.

— Comme Edgar Lawson ? interrogea miss Marple.

— Un cas intéressant, lui. Lui avez-vous parlé ?

— C'est lui qui est venu me parler. Je me demandais… est-ce qu'il ne serait pas un petit peu *fou* ?

Le Dr Maverick éclata de rire :

— Nous sommes tous fous, chère mademoiselle, déclara-t-il en la faisant pénétrer dans le collège. C'est le grand secret de l'existence. Nous sommes tous un peu fous.

6

Dans l'ensemble, la journée avait été épuisante.

L'enthousiasme lui-même, pensait miss Marple, peut se révéler éprouvant. Elle ressentait un mécontentement diffus vis-à-vis d'elle-même et de ses réactions. Il y avait bien à Stonygates une combinaison de faits suspects – peut-être même plusieurs combinaisons. Et pourtant elle se trouvait dans l'incapacité de la – ou de les – distinguer clairement. L'inquiétude imprécise qui l'habitait tournait autour du personnage pathétique, mais insignifiant, qu'était Edgar Lawson. Si seulement elle parvenait à tirer de sa mémoire à qui, ou à quoi, il lui faisait penser...

Laborieusement, elle écarta tour à tour le souvenir de la conduite étrange du livreur de Mr Selkirk, du facteur distrait, du jardinier qui travaillait le lundi de Pentecôte et de la très curieuse affaire des combinaisons-culottes d'été.

Il y avait chez Edgar Lawson, sans qu'elle puisse le définir avec précision, quelque chose qui ne collait pas – quelque chose qui se situait au-delà des faits visibles et patents. Mais elle avait beau réfléchir, miss Marple ne voyait pas comment ce quelque chose, quel qu'il fût, pouvait affecter son amie

Carrie-Louise. Dans la trame confuse de la vie à Stonygates, les problèmes et les désirs de chacun affectaient leur entourage. Mais – encore une fois, pour autant qu'elle puisse en juger – aucun d'eux n'affectait Carrie-Louise.

Carrie-Louise... Tout à coup, miss Marple se rendit compte qu'elle était la seule, avec Ruth Van Rydock, à utiliser ce diminutif. Pour son mari, elle était Caroline, et, pour miss Bellever, Cara. Stephen Restarick, en général, l'appelait Madonna. Wally s'en tenait à un Mrs Serrocold conventionnel, et Gina avait choisi Bonne-Ma – forme abrégée, avait-elle expliqué, de Bonne-Maman.

Se pouvait-il qu'il y eût un sens aux différents noms donnés à Caroline Louise Serrocold ? Etait-il possible d'imaginer que, pour chacun de ses proches, elle était plus un symbole qu'un être de chair et de sang ?

Quand, le lendemain matin, Carrie-Louise, traînant un peu la jambe, descendit au jardin pour s'asseoir auprès de son amie et lui demanda à quoi elle pensait, miss Marple répondit vivement :

— A vous, Carrie-Louise.

— A moi ? Pourquoi ?

— Dites-moi franchement... Y a-t-il quelque chose qui vous inquiète ?

— Qui m'inquiète ?

Carrie-Louise leva sur miss Marple un regard bleu étonné :

— Mais, Jane, qu'est-ce qui pourrait donc m'inquiéter ?

— Eh bien, répliqua miss Marple, l'œil pétillant,

la plupart d'entre nous ont des soucis. J'en ai. Avec les limaces, par exemple. Avec la difficulté qu'il y a à avoir du linge convenablement reprisé. Avec l'impossibilité de trouver du sucre candi pour faire ma liqueur de prune. Oh ! tout un tas de broutilles... Il ne me semble pas naturel que vous n'ayez pas de soucis du tout.

— Je suppose que je dois en avoir, concéda vaguement Carrie-Louise. Lewis travaille trop, Stephen s'épuise tant au théâtre qu'il en oublie de manger, et Gina est beaucoup trop nerveuse... Mais je n'ai jamais été capable de faire changer les gens – et je ne vois pas comment on le pourrait. Aussi est-il bien inutile de se faire du souci, non ?

— Mildred non plus n'est pas très heureuse, n'est-ce pas ?

— Oh ! non. Mildred n'est jamais heureuse. Enfant, elle était déjà malheureuse. Pas du tout comme Pippa, qui rayonnait en permanence.

— Peut-être Mildred avait-elle des raisons de ne pas être heureuse, glissa miss Marple.

— Parce quelle était jalouse ? déclara Carrie-Louise avec placidité. Oui, je crois qu'on peut le dire. Mais les gens n'ont pas vraiment besoin de raisons pour éprouver ce qu'ils éprouvent. Ils sont ainsi faits. N'êtes-vous pas de cet avis, Jane ?

Miss Marple se souvint brièvement de miss Moncrieff, qui avait servi d'esclave à une mère tyrannique et grabataire. Pauvre miss Moncrieff, qui ne rêvait que de voyager et de voir le vaste monde. Tout St. Mary Mead s'était réjoui – dans la dignité, est-il besoin de le préciser ? – quand

Mrs Moncrieff avait enfin trouvé sa place au cimetière et que miss Moncrieff, dotée d'un revenu confortable, avait ainsi accédé à la liberté. Miss Moncrieff, se lançant dans les voyages, n'avait pas dépassé Hyères où, rendant visite à « l'une des plus vieilles amies de mère », elle avait été si émue par les maux d'une hypocondriaque âgée qu'elle avait annulé ses projets et pris ses quartiers dans sa villa, pour y être tyrannisée et surchargée de travail, aspirant tristement, à nouveau, aux joies des grands horizons.

— Je crois que vous avez raison, Carrie-Louise, convint miss Marple.

— Bien entendu, si je suis libre de tout souci, c'est dû en partie à Jolly. Chère Jolly… Elle est arrivée alors que Johnnie et moi venions tout juste de nous marier, et elle a été merveilleuse dès le premier jour. Elle prend soin de moi comme si j'étais un bébé, ou totalement impotente. Elle ferait n'importe quoi pour moi. Parfois, je me sens un peu honteuse. Jane, je crois réellement que Jolly serait prête à assassiner pour moi. N'est-ce pas une chose affreuse à dire ?

— Elle vous est certainement très dévouée.

— Elle est capable de s'indigner à un point !

Le rire cristallin de Carrie-Louise s'éleva :

— Elle voudrait toujours que je me commande des vêtements de haute couture, que je m'entoure de luxe, et elle pense que tout un chacun devrait me mettre sur un piédestal et se rouler à mes pieds. C'est la seule personne que l'enthousiasme de Lewis laisse absolument de marbre. A son avis, tous nos pauvres garçons ne sont que de jeunes criminels trop choyés, qui ne valent pas le mal que l'on se donne pour eux. Elle trouve que cet endroit est humide et mauvais pour mes rhumatismes, et que je devrais partir pour l'Egypte, ou pour un pays sec et chaud.

— Vos rhumatismes vous font beaucoup souffrir ?

— Ça s'est aggravé ces derniers temps. J'ai de la peine à marcher. D'horribles crampes dans les jambes…

Elle eut un sourire enchanteur :

— Enfin, il faut bien vieillir.

Miss Bellever fit son apparition par une des portes-fenêtres et se hâta vers les deux amies :

— Un télégramme, Cara, qu'on vient de nous téléphoner : « Arrive cet après-midi. Christian Gulbrandsen. »

— Christian ? s'étonna Carrie-Louise. J'ignorais tout à fait qu'il était en Angleterre.

— Nous le mettons dans la suite lambrissée, j'imagine ?

— Oui, s'il vous plaît, Jolly. Comme cela, il n'aura pas d'escaliers à monter.

Miss Bellever se contenta de hocher la tête et repartit vers la maison.

— Christian Gulbrandsen est mon beau-fils, expliqua Carrie-Louise. Le fils aîné d'Eric. En fait, il a deux ans de plus que moi. C'est l'un des administrateurs de l'Institut… l'administrateur principal. Comme c'est fâcheux que Lewis ne soit pas là. Christian ne reste jamais guère plus d'une nuit.

C'est un homme extrêmement occupé. Et je suis sûre qu'ils ont à discuter d'une foule de questions.

Christian Gulbrandsen arriva à l'heure du thé. Il était de haute et forte stature, et s'exprimait avec lenteur et méthode. Il salua Carrie-Louise avec toutes sortes de marques d'affection :

— Et comment va notre petite Carrie-Louise ? Vous n'avez pas pris une ride. Non, pas une ride.

Il lui avait posé les mains sur les épaules et, debout, lui souriait. Une main s'agrippa à sa manche.

— Christian !

Il se retourna :

— Ah ! mais c'est Mildred ? Comment vas-tu, Mildred ?

— Pas trop bien, je dois le dire.

— C'est ennuyeux. Oui, c'est ennuyeux.

Il y avait une ressemblance profonde entre Christian Gulbrandsen et sa demi-sœur Mildred. Presque trente ans les séparaient, et on les aurait pris plutôt pour le père et la fille. Mildred paraissait enchanté de sa venue. Le teint vif, animée, elle n'avait cessé, depuis la matinée, de parler de « mon frère », de « mon frère Christian », de « mon frère Mr Gulbrandsen ».

— Et comment va ma petite Gina ? demanda Gulbrandsen à la jeune femme. Alors, ton mari et toi, vous êtes encore là ?

— Oui. Nous nous sommes presque installés. N'est-ce pas, Wally ?

— On dirait, marmonna Wally.

Les yeux pénétrants de Christian Gulbrandsen

parurent, en un instant, prendre la mesure de Wally qui, comme à son habitude, arborait une mine maussade et revêche.

— Eh bien, me voici de nouveau avec toute la famille, se félicita Gulbrandsen.

Son ton se voulait plein de bonne humeur. Mais il sembla à miss Marple que Christian Gulbrandsen n'était pas, en fait, d'humeur vraiment enjouée. Un pli soucieux marquait sa bouche, et son attitude dénotait une certaine préoccupation.

On le présenta à miss Marple. Il la parcourut du regard, comme sil lui fallait donner une estimation de cette inconnue.

— Nous ne savions pas le moins du monde que vous étiez en Angleterre, Christian, fit observer Carrie-Louise.

— Non. Je suis venu presque à l'improviste.

— C'est bien dommage que Lewis ne soit pas là. Combien de temps allez-vous rester ?

— J'avais l'intention de repartir demain. Quand Lewis sera-t-il de retour ?

— Demain, dans l'après-midi, ou dans la soirée.

— Alors j'ai l'impression que je vais devoir rester une nuit de plus.

— Si vous nous aviez prévenus…

— Ma chère Carrie-Louise, mes arrangements, j'ai dû les faire à toute vitesse.

— Vous resterez pour voir Lewis ?

— Oui. Il est nécessaire que je le voie.

— Mr Gulbrandsen et Mr Serrocold sont tous les deux administrateurs de l'Institut Gulbrandsen, expliqua miss Bellever à miss Marple. Les autres sont l'évêque de Cromer et Mr Gilfoy.

On pouvait donc supposer que Christian Gulbrandsen était venu à Stonygates pour affaire concernant l'Institut Gulbrandsen, et chacun, à commencer par miss Bellever, en paraissait convaincu. Pourtant, miss Marple s'interrogeait.

En une ou deux occasions, elle remarqua que le vieil homme posait sur Carrie-Louise – quand elle ne pouvait s'en apercevoir – un œil pensif et perplexe, ce qui la surprit. Puis il examinait les autres, un par un, avec un air de les évaluer discrètement qui paraissait plutôt étrange.

Après le thé, miss Marple, avec tact, battit en retraite jusqu'à la bibliothèque où elle s'installa avec son tricot, mais, à sa grande surprise, Christian Gulbrandsen vint la rejoindre et s'assit près d'elle.

— J'ai cru comprendre, commença-t-il, que vous êtes une vieille amie de notre chère Carrie-Louise.

— Nous avons été pensionnaires ensemble en Italie, Mr Gulbrandsen. il y a de cela bien, bien des années.

— Oui… Et vous l'aimez beaucoup ?

— Ah ! certainement, affirma miss Marple avec chaleur.

— Oui. Et je crois que c'est le cas de tout le monde. Oui, je le crois vraiment. Et il ne peut en être autrement. Parce que c'est une personne adorable et qui enchante. Toujours, depuis que mon père l'a épousée, mes frères et moi nous l'avons beaucoup aimée. Pour nous, elle a été comme une sœur très chère. Pour mon père, elle a été une épouse fidèle, attachée à toutes ses idées. Elle n'a jamais égoïstement pensé à elle-même, et elle a toujours fait passer d'abord le bien d'autrui.

— Ç'a toujours été une idéaliste, remarqua miss Marple.

— Une idéaliste ? Oui. Oui, c'est vrai. Et c'est pour cela qu'elle ne voit pas clairement le mal qu'il peut y avoir en ce bas monde.

Miss Marple, étonnée, fixa Christian Gulbrandsen dont les traits s'étaient durcis.

— Dites-moi, reprit-il. Comment est sa santé ?

Nouvelle surprise pour miss Marple :

— Elle me semble aussi bonne que possible. Son arthrite – ou ses rhumatismes – mis à part.

— Des rhumatismes ? Oui. Et son cœur ? Est-ce que son cœur est bon ?

— Oui, pour autant que je le sache.

Miss Marple allait décidément de surprise en surprise :

— Mais, jusqu'à hier, il y avait des années que je ne l'avais pas revue. Si vous voulez avoir plus de précisions sur son état de santé, il vous faut interroger quelqu'un de la maison. Miss Bellever, par exemple.

— Miss Bellever... Oui, miss Bellever. Ou bien Mildred ?

— Ou bien, comme vous le dites, Mildred.

Miss Marple ressentait un léger embarras.

Christian Gulbrandsen la dévisageait intensément :

— Ne diriez-vous pas qu'il n'y a pas grande sympathie entre la mère et la fille ?

— Non, en effet, je ne le pense pas.

— Je suis d'accord. Quel dommage... sa seule enfant... mais c'est ainsi. Maintenant, cette miss Bellever, vous pensez qu'elle lui est réellement attachée ?

— Absolument.

— Et Carrie-Louise se repose entièrement sur miss Bellever ?

— Je le crois.

Gulbrandsen fronçait les sourcils. Quand il reprit la parole, on eût dit qu'il s'adressait plus à lui-même qu'à miss Marple :

— Il y a la petite Gina... Mais elle est si jeune. C'est difficile de...

Il s'interrompit, puis reprit tout uniment :

— C'est quelquefois dur de savoir ce qu'il y a de mieux à faire. Je souhaite profondément agir pour le mieux. Je suis très anxieux qu'aucun mal, et qu'aucun malheur, n'arrive à cette chère femme. Mais ce n'est pas facile... pas facile du tout.

A cet instant, Mildred Strete fit irruption :

— Oh ! vous êtes là, Christian. Nous nous demandions où vous étiez passé. Le Dr Maverick voudrait savoir si vous désirez évoquer certains problèmes avec lui.

— C'est le nouveau médecin ? Non... non, j'attendrai le retour de Lewis.

— Il attend dans le bureau de Lewis. Voulez-vous que je lui dise que...

— Je vais le voir deux minutes moi-même.

Christian Gulbrandsen s'en fut, pressé. Mildred Strete le regarda partir, puis fixa miss Marple :

— Je me demande si quelque chose ne va pas. Christian n'est pas lui-même… Vous a-t-il dit quoi que ce soit sur…

— Il m'a seulement interrogée sur la santé de votre mère.

— Sa santé ? Pourquoi vous avoir demandé ça à vous ?

Mildred avait presque aboyé sa question. Et son visage empâté s'était crispé de fureur.

— Je n'en ai pas la moindre idée.

— Mère est en parfaite santé. Etonnamment parfaite pour une femme de son âge. Et, en fait, bien meilleure que la mienne.

Elle marqua un temps. Puis :

— J'espère que c'est ce que vous lui avez dit ?

— En fait, je ne suis pas du tout au courant de ces choses, répondit miss Marple. Il m'a questionnée sur son cœur

— Son *cœur* ?

— Oui.

— Mère n'a pas le moindre problème cardiaque. Pas le moindre !

— Je suis ravie de vous l'entendre dire, ma chère.

— Qu'est-ce qui a pu mettre des idées aussi bizarres dans la tête de Christian ?

— Je n'en sais fichtre rien, concéda miss Marple.

7

A ne se fier qu'aux apparences, la journée du lendemain se déroula sans la moindre anicroche, mais il n'en semblait pas moins à miss Marple que certains signes révélaient une tension interne. Christian Gulbrandsen passa la matinée à faire le tour de l'Institut avec le Dr Maverick et à s'entretenir avec lui des résultats obtenus chez les pensionnaires. Au début de l'après-midi, Gina l'emmena faire une promenade, après quoi, nota miss Marple, il s'arrangea pour pousser miss Bellever à lui montrer on ne savait trop quoi dans le jardin. Miss Marple estima qu'il avait trouvé là un prétexte pour se ménager un tête-à-tête avec cette femme peu avenante.

Et pourtant, si la visite inattendue de Christian Gulbrandsen avait un but purement professionnel, pourquoi recherchait-il la compagnie de miss Bellever qui, à Stonygates, ne s'occupait que des problèmes d'ordre domestique ?

Mais en tout cela, miss Marple pouvait se dire qu'elle faisait preuve d'un excès d'imagination. Le seul incident réellement contrariant se produisit vers 4 heures. Elle avait roulé son tricot et était sortie dans le jardin pour faire quelques pas avant le thé. Au détour d'un rhododendron étique, elle tomba nez à nez avec Edgar Lawson qui marchait à grands pas, marmonnant tout seul, et qui manqua la heurter de plein fouet.

— Je vous demande pardon, dit-il en hâte.

Miss Marple fut frappée par l'étrange fixité de son regard :

— Vous ne vous sentez pas bien, Mr Lawson ?

— Bien ? Comment est-ce que je pourrais me sentir bien ? Je viens d'éprouver un choc… un choc terrible.

— Quel genre de choc ?

Le jeune homme jeta un rapide coup d'œil derrière elle, puis, mal à l'aise, regarda de droite et de gauche. Ce qui rendit miss Marple un peu nerveuse.

— Dois-je vous le dire ? s'interrogea-t-il en la considérant d'un œil dubitatif. Je ne sais pas. Je ne sais *vraiment* pas. On m'a tellement espionné…

Miss Marple n'hésita pas et le prit par le bras d'une main ferme :

— Empruntons cette allée… Regardez : aucun buisson, aucun arbre. Personne ne peut nous entendre.

— Non… non, vous avez raison.

Il respira profondément, baissa la tête et murmura plus qu'il ne dit :

— J'ai fait une découverte. Une découverte épouvantable.

Edgar Lawson se mit à trembler de la tête aux pieds. Il pleurait presque.

— Dire que j'ai fait confiance à quelqu'un ! Dire

que j'ai cru… et ce n'étaient que des mensonges… rien que des mensonges. Des mensonges pour m'empêcher de découvrir la vérité. Je ne peux pas le supporter. C'est trop cruel. Vous comprenez, c'était la seule personne en qui j'avais confiance, et voilà que je découvre maintenant que, depuis le début, c'était lui qui était derrière tout ça. C'était *lui* qui était mon véritable ennemi ! C'était *lui* qui me faisait suivre et espionner. Mais il ne pourra plus continuer comme ça. Je parlerai. Je lui dirai que je sais ce qu'il a fait.

— Mais qui est ce « il » ? interrogea miss Marple.

Edgar Lawson se redressa de toute sa hauteur. Il aurait pu offrir une apparence tragique et digne. Mais en fait, il paraissait seulement ridicule.

— Je parle de mon père.

— Lord Montgomery ? Ou bien faites-vous allusion à Winston Churchill ?

Une lueur de mépris s'alluma dans ses yeux :

— C'est ce qu'ils me faisaient croire… juste pour m'empêcher de deviner la vérité. Mais maintenant, je sais. J'ai trouvé un ami… un ami véritable. Un ami qui me dit la vérité et me révèle comment on m'a trompé. Eh bien, mon père va devoir compter avec moi. Je lui jetterai ses mensonges à la figure ! Armé de la vérité, je le défierai. Nous verrons bien ce qu'il aura à répondre.

S'interrompant soudain, Edgar Lawson partit en courant et disparut dans le parc.

Le visage grave, miss Marple s'en revint vers la maison.

« Nous sommes tous un peu fous, chère mademoiselle », lui avait dit le Dr Maverick.

Mais il semblait bien que, dans le cas d'Edgar Lawson, il se soit agi de plus qu'un peu.

*

Lewis Serrocold fut de retour à 18 h 30. Sa voiture le déposa à l'entrée du parc et il marcha jusqu'à la maison à travers les jardins. Regardant par la fenêtre de sa chambre, miss Marple vit Christian Gulbrandsen sortir pour aller à sa rencontre, et les deux hommes, après s'être salués, se mirent à arpenter la terrasse.

Miss Marple avait pris soin d'emporter avec elle les jumelles qui lui servaient à observer les oiseaux. A ce moment précis, elle décida de les utiliser : n'était-ce pas, par hasard, une volée de bouvreuils qu'elle apercevait au loin, au-dessus de ce bouquet d'arbres ?

Elle constata, en ajustant sa visée, que les deux hommes semblaient sérieusement perturbés. Elle se pencha un peu davantage. Des bribes de conversation lui parvinrent. Si Gulbrandsen ou Serrocold avaient levé les yeux, ils n'auraient vu qu'une ornithologue passionnée dont l'attention se concentrait sur un point bien éloigné d'eux.

— ... comment épargner à Carrie-Louise la révélation de..., disait Christian Gulbrandsen.

Quand les deux hommes repassèrent sous la fenêtre de miss Marple, c'était Lewis Serrocold qui parlait :

— ... si l'on *peut* la tenir à l'écart de tout ça. Je suis bien d'accord que c'est à elle qu'il faut penser...

Quelques autres lambeaux de phrases arrivèrent encore aux oreilles de miss Marple :

— « ... vraiment sérieux... » « ... tout à fait injustifié... » « ... une responsabilité trop lourde à assumer... » « ... nous devrions, peut-être, solliciter un avis extérieur... »

A la fin, miss Marple entendit Christian Gulbrandsen conclure :

— Brrr ! il commence à faire frais. Nous devrions rentrer.

Le front barré par un pli soucieux, miss Marple s'écarta de sa fenêtre. Les propos qu'elle avait surpris étaient trop fragmentaires pour qu'elle en puisse reconstituer la trame... Mais ils ne faisaient que confirmer les craintes imprécises qu'elle ressentait de plus en plus, et celles à propos desquelles Ruth Van Rydock s'était montrée tellement affirmative.

Quoi que puisse être ce qui n'allait pas à Stonygates, cela visait directement Carrie-Louise.

*

Ce soir-là, l'ambiance du dîner fut plutôt morne. Aussi bien Christian Gulbrandsen que Lewis Serrocold paraissaient distraits, perdus dans leurs pensées. Walter Hudd boudait plus encore qu'à l'ordinaire, et, une fois n'est pas coutume, Gina et Stephen semblaient n'avoir rien à se dire ni à confier aux autres. Pour l'essentiel, le soin de la conversation revint au Dr Maverick, qui se lança dans un long débat scientifique avec Mr Baumgarten, l'un des ergothérapeutes.

Quand, le repas achevé, les convives se rendirent dans le grand salon, Christian Gulbrandsen les quitta presque immédiatement car, expliqua-t-il, il avait une lettre importante à écrire :

— Aussi, ma chère Carrie-Louise, si vous voulez bien me pardonner, je m'en vais rejoindre ma chambre.

— Vous avez tout ce qu'il vous faut ? Jolly a bien fait le nécessaire ?

— Oui, oui. Tout. J'ai demandé une machine à écrire, et on m'en a installé une. Miss Bellever a été très aimable et pleine d'attentions.

Il sortit du salon par la porte de gauche, qui conduisait au pied du grand escalier, puis à un corridor au bout duquel se trouvaient une chambre et une salle de bains.

— Tu ne vas pas au théâtre, ce soir, Gina ? interrogea Carrie-Louise après son départ.

La jeune femme se contenta de secouer la tête. Elle alla s'asseoir près de la fenêtre qui donnait sur l'allée principale et sur la cour.

Stephen lui lança un regard, puis prit place devant le piano à queue et se mit à jouer, très doucement, une mélodie d'une étrange mélancolie. Les deux ergothérapeutes, Mr Baumgarten et Mr Lacy, ainsi que le Dr Maverick, souhaitèrent le bonsoir à chacun et s'en furent à leur tour. Walter tourna l'interrupteur d'une lampe de lecture et, avec un craquement caractéristique, la moitié des lumières du salon s'éteignirent.

— Ce sacré machin ne marche jamais, gronda-t-il. Je vais changer le fusible.

Il quitta le salon, et Carrie-Louise murmura :

— Wally se débrouille tellement bien avec tous les appareils électriques et les choses de ce genre… Vous rappelez-vous comment il a réparé le grille-pain ?

— Il semble que ce soit tout ce qu'il est capable de faire ici, grinça Mildred. Mère, avez-vous pris votre fortifiant ?

Miss Bellever afficha un air contrit :

— J'avoue que, ce soir, j'ai complètement oublié de le lui donner.

Elle se dressa d'un bond, passa dans la salle à manger et en revint avec un petit verre contenant un liquide de couleur rosâtre.

Esquissant un sourire, Carrie-Louise tendit une main résignée :

— Une mixture épouvantable, et personne ne me permet de l'oublier, grimaça-t-elle.

Mais soudain, à la stupeur générale, on entendit Lewis Serrocold déclarer tout à trac :

— Je pense que vous ne devriez pas le prendre aujourd'hui, ma chère. Je ne suis pas sûr qu'il vous convienne tout à fait.

Tranquillement, mais avec l'énergie maîtrisée qui transparaissait toujours chez lui, il prit le verre des mains de miss Bellever et le posa sur le grand dressoir de chêne.

— Mr Serrocold, franchement, je ne suis pas

d'accord avec vous, protesta miss Bellever. Mrs Serrocold va beaucoup mieux depuis que…

Elle s'interrompit et pivota sur ses talons.

Poussée avec violence, la porte donnant sur le parc venait de s'ouvrir à grand fracas. Edgar Lawson pénétra dans le salon, de l'air d'une vedette entrant en scène sous les applaudissements.

C'en était presque ridicule – presque seulement.

— Ainsi, je vous ai percé à jour, ô vous, mon ennemi ! lança-t-il à Lewis Serrocold d'un ton mélodramatique.

Lewis Serrocold n'afficha qu'une surprise modérée :

— Eh bien, mon cher Edgar, que se passe-t-il ?

— C'est vous qui me le demandez !… Vous !… Vous le savez, ce qui se passe. Vous m'avez trompé. Vous m'avez espionné. Main dans la main avec mes adversaires, vous avez marché contre moi.

Serrocold le prit par le bras :

— Allons, allons, mon garçon, ne vous excitez pas comme ça. Venez dans mon bureau pour me raconter tout cela bien tranquillement.

Il lui fit traverser le salon et tous deux passèrent par une porte située à la droite de la pièce. On entendit alors le bruit caractéristique d'une clef que l'on tournait dans la serrure.

Miss Bellever et miss Marple se regardèrent. Elles partageaient toutes deux la même idée : *ce n'était pas Lewis Serrocold qui avait fermé à clef.*

— A mon avis, ce garçon est en train de perdre la tête, s'alarma miss Bellever. C'est dangereux.

— Il est complètement déséquilibré, renchérit

Mildred Strete, et il n'a aucune reconnaissance pour tout ce que l'on a fait pour lui. Mère, vous devriez y mettre le holà.

— Il ne présente guère de danger, soupira Carrie-Louise. Il aime beaucoup Lewis. Oui, il l'aime beaucoup.

Miss Marple observa son amie avec curiosité. Elle n'avait pas décelé la moindre affection, loin de là, dans l'expression qu'Edgar Lawson avait eue pour Lewis Serrocold. Et elle se demanda, comme elle se l'était déjà demandé, si Carrie-Louise ne tournait pas délibérément le dos à la réalité.

— Il avait quelque chose dans sa poche, intervint vivement Gina. Edgar, je veux dire. Il jouait avec.

Stephen leva les mains du clavier :

— Dans un film, ce serait un revolver…

Miss Marple toussota.

— Vous savez, souffla-t-elle, comme s'excusant, je pense qu'il s'agit bel et bien d'un revolver.

Derrière la porte fermée du bureau de Lewis, les voix des deux hommes, d'abord à peine perceptibles, devenaient clairement audibles. Lewis Serrocold conservait une tonalité posée tandis qu'Edgar Lawson glapissait :

— Mensonges ! Mensonges ! Mensonges ! Rien que des mensonges ! Vous *êtes* mon père. Je *suis* votre fils. Vous m'avez privé de ce qui m'est dû. C'est *moi* qui devrais posséder cet endroit. Vous me haïssez… Vous voulez vous débarrasser de moi !

Lewis murmura des mots apaisants, mais, hystérique, Edgar grimpait à l'aigu, déversant des flots d'injures. Il semblait perdre tout contrôle de lui-même. Lewis tentait bien de glisser de-ci de-là quelques mots lénifiants : « Du calme... restez calme... Vous savez bien que ce n'est pas vrai... » Mais, loin d'apaiser le jeune homme, cela ne faisait qu'alimenter sa fureur.

Peu à peu, dans le grand salon, chacun avait fait silence, l'oreille tendue, pour saisir ce qui parvenait du bureau de Lewis.

— Je vous obligerai à m'écouter ! hurlait Edgar. J'arracherai de votre visage cette expression dédaigneuse. J'aurai ma revanche, c'est moi qui vous le dis ! Je me vengerai des souffrances que vous m'avez infligées.

Soudain, Lewis parla d'une voix cassante, qui ne lui ressemblait pas :

— *Posez ce revolver !*

— Edgar va le tuer ! cria Gina. Il est fou. Ne peut-on pas appeler la police... faire quelque chose ?

Mais Carrie-Louise, toujours très paisible, trancha :

— Il n'y a pas lieu de s'inquiéter, Gina. Edgar a infiniment d'affection pour Lewis. Ce garçon se montre juste un peu mélodramatique, c'est tout.

A travers la porte, on entendit la voix d'Edgar se changer en ce que miss Marple dut bien considérer comme un rire dément :

— Oui, j'ai un revolver... et il est chargé ! Non, pas un mot ! Pas un geste ! Vous allez m'écouter. C'est *vous* qui avez monté ce complot contre moi, et, maintenant, *vous* allez le payer.

Un bruit, comme la détonation sèche d'un coup de feu, les fit tous sursauter.

— Ce n'est rien, dit Carrie-Louise. Ça vient de dehors, du parc.

Derrière la porte fermée, Edgar poursuivait ses hurlements :

— Vous êtes là, à me regarder… à me regarder… à simuler l'indifférence. Vous devriez tomber à mes genoux et implorer mon pardon ! Je vais tirer, je vous le jure. Je vais vous tuer ! Je suis votre fils… le fils que vous n'avez pas reconnu et que vous méprisez… vous vouliez me cacher, me faire quitter ce monde, peut-être. Vous m'avez fait suivre par vos espions… pour me traquer… vous avez comploté contre moi. Vous, mon père ! Mon père ! Je ne suis qu'un bâtard, hein ? Rien qu'un bâtard. Et vous m'avez bourré le crâne de vos mensonges. Vous vouliez me faire croire que vous étiez bon pour moi, et tout ce temps… tout ce temps… Vous ne méritez pas de vivre. Et je ne vous laisserai pas vivre.

Et Edgar, à nouveau, se répandit dans un torrent d'injures. Dans le tumulte ambiant, miss Marple entendit miss Bellever qui disait, avant de sortir du salon :

— Il *faut* que nous fassions quelque chose.

On eut l'impression qu'Edgar Lawson reprenait sa respiration, puis il hurla :

— Vous allez mourir, mourir ! Vous allez mourir *maintenant* ! Prends *ça*, espèce de salopard, et encore *ça* !

Deux déflagrations résonnèrent – pas dans le parc, cette fois, mais bien derrière la porte.

Une voix – miss Marple pensa que c'était celle de Mildred – gémit :

— Oh ! Seigneur… Que devons-nous faire ?

Du bureau de Lewis leur parvint un bruit sourd, puis, presque plus effrayant que tout ce qui avait précédé, celui de profonds sanglots.

Quelqu'un frôla miss Marple et se mit à secouer en tous sens la poignée de la porte.

C'était Stephen Restarick.

— Ouvrez cette porte ! criait-il. Ouvrez cette porte !

Miss Bellever était de retour avec un trousseau de clefs :

— Essayez une de celles-ci, ordonna-t-elle dans un souffle.

Au même moment, les lumières se rallumèrent, et le grand salon, sortant de l'obscurité sinistre qui l'avait envahi, retrouva ses dimensions.

Stephen Restarick essayait les clefs l'une après l'autre. On entendit tomber la clef de l'autre côté.

A l'intérieur, on sanglotait toujours aussi désespérément.

Walter Hudd, qui revenait d'un pas nonchalant, s'arrêta net :

— Dites, il se passe quoi, ici ?

— Cet horrible jeune névrosé a tué Mr Serrocold, expliqua Mildred en chevrotant.

— Je t'en prie, coupa Carrie-Louise.

Elle se leva et se dirigea vers la porte du bureau dont, avec douceur, elle écarta Stephen :

— Laissez-moi lui parler. Edgar… Edgar… Laissez-moi entrer, s'il vous plaît. C'est moi qui vous le demande, Edgar.

Ils entendirent tous la clef que l'on remettait dans la serrure et que l'on tournait. La porte s'ouvrit lentement.

Mais ce n'était pas Edgar qui l'avait ouverte. C'était Lewis Serrocold, un peu hors d'haleine comme s'il avait couru, mais, pour le reste, d'un calme olympien.

— Tout va bien, ma chérie, dit-il. Chérie, tout va bien.

— Nous pensions qu'il vous avait tiré dessus, grogna miss Bellever.

Les sourcils de Lewis Serrocold se froncèrent. Il répliqua, avec une pointe d'agacement :

— Bien sûr que non. Je n'ai pas été touché.

Ils pouvaient tous, maintenant, voir l'intérieur du bureau. Edgar Lawson, effondré sur la table de travail, sanglotait et hoquetait. Le revolver qu'il avait lâché gisait sur le plancher.

— Mais nous avons entendu les coups de feu ! s'exclama Mildred.

— Oui, il a tiré deux fois.

— Et il vous a manqué ?

— Bien sûr qu'il m'a manqué, dit sèchement Lewis.

Pour miss Marple, le « bien sûr » n'avait rien d'évident. Les coups devaient avoir été tirés presque à bout portant.

— Où est Maverick ? reprit Lewis, irrité. C'est de Maverick dont nous avons besoin.

— Je vais le chercher, répliqua miss Bellever. Est-ce que j'appelle aussi la police ?

— La police ? Certainement pas.

— Il nous faut absolument appeler la police, observa Mildred. Il est dangereux.

— Sottises ! coupa Lewis. Pauvre garçon… Vous trouvez qu'il a l'air dangereux ?

Il faut dire qu'Edgar Lawson n'avait pas l'air dangereux du tout. Il avait l'air jeune, pathétique, et un peu répugnant. Les intonations étudiées qu'il avait acquises au prix de tant d'efforts avaient disparu :

— J'voulais pas, grommelait-il. J'sais pas c'qui m'a pris… raconter ces idioties… Faut croire que j'étais dingo.

On entendit Mildred renifler.

— Franchement, je crois que j'étais dingo. Je voulais pas. S'il vous plaît, Mr Serrocold, je voulais pas.

Lewis Serrocold lui tapotait l'épaule :

— Tout va bien, mon garçon. Il n'y a pas de mal.

— J'aurais pu vous tuer, Mr Serrocold.

Traversant la pièce, Walter Hudd examina le mur derrière le bureau :

— Les balles sont entrées dans le mur, là.

Son regard s'abaissa sur le bureau et le fauteuil placé derrière :

— Ça n'est pas passé loin.

— J'ai perdu la tête. Je savais plus ce que je faisais. Je pensais qu'il m'avait fait du tort. Je pensais…

Miss Marple posa la question qui lui brûlait les lèvres depuis un moment :

— Qui donc vous a dit que Mr Serrocold était votre père ?

Durant une seconde, un éclair sournois passa sur le visage hagard d'Edgar Lawson :

— Personne. Je me le suis juste mis dans la tête.

Wally Hudd ne quittait pas des yeux le revolver :

— Et où diable avez-vous trouvé ce pétard ? interrogea-t-il.

— Un pétard ? s'étonna Edgar, sans comprendre.

— Ça ressemble bougrement au mien, reprit Walter.

Il se baissa pour ramasser l'arme :

— Bon Dieu, c'est lui ! Vous l'avez piqué dans ma chambre, sale petite crapule !

Lewis Serrocold s'interposa entre Edgar, apeuré, et le grand Américain qui le menaçait :

— On pourra voir tout cela plus tard. Ah ! voici Maverick. Examinez-le, Maverick, voulez-vous ?

Le Dr Maverick, très professionnel, s'avança vers Edgar :

— Ça ne va pas, ça, Edgar. Ça ne va pas du tout.

— C'est un fou furieux, coassa Mildred Strete. Il délire, et il tire des coups de revolver. Il a manqué mon beau-père d'un cheveu.

Edgar Lawson émit un faible gémissement.

— Attention à ce que vous dites, s'il vous plaît, Mrs Strete, intervint Maverick, sévère.

— J'en ai assez. Plus qu'assez de tout ce qui se passe ici ! Je vous dis que cet homme est fou.

Avec un soubresaut, Edgar s'arracha au Dr Maverick et se jeta aux pieds de Lewis Serrocold :

— Aidez-moi… Aidez-moi … Ne les laissez pas m'enfermer… Ne les laissez pas …

Une scène des plus déplaisantes, pensa miss Marple.

Mildred répéta, furieuse :

— Je vous dis qu'il est…

— Je t'en prie, Mildred, la coupa gentiment sa mère. Pas maintenant. Il souffre.

— Tu parles qu'il souffre, marmonna Walter. Ils sont tous mabouls, ici.

— Je m'occupe de lui, annonça le Dr Maverick. Venez avec moi, Edgar. Au lit, avec un sédatif… Et nous tirerons tout cela au clair demain matin. Vous avez confiance en moi, n'est-ce pas ?

Se remettant sur ses pieds, tremblant un peu, Edgar Lawson fixa, plein de doute, d'abord le jeune médecin, puis Mildred Strete :

— Elle a dit… elle a dit que j'étais fou.

— Non, non, vous n'êtes pas fou.

On entendit dans le salon le pas décidé de miss Bellever. Elle entra dans la pièce, lèvres pincées, le feu aux joues :

— J'ai téléphoné à la police, lâcha-t-elle. Ils seront là dans quelques minutes.

— Jolly ! s'écria Carrie-Louise, consternée.

Edgar émit un long gémissement.

La fureur crispait les traits de Lewis Serrocold :

— Je vous ai dit, Jolly, que je ne voulais *pas* qu'on appelle la police. C'est un problème médical.

— Peut-être bien, répliqua miss Bellever. J'ai mon avis là-dessus. Mais il fallait bien que j'appelle la police. Mr Gulbrandsen a été assassiné.

8

Il fallut un moment à chacun avant de comprendre ce que miss Bellever venait de dire.

— Christian ? Assassiné ? balbutia Carrie-Louise, incrédule. C'est impossible, voyons !

— Si vous ne me croyez pas, répliqua miss Bellever, agacée, s'adressant autant au reste de la compagnie qu'à Carrie-Louise, vous n'avez qu'à aller voir par vous-mêmes.

Elle était en colère, et cela s'entendait à la vibration métallique de sa voix.

Lentement, comme malgré elle, Carrie-Louise se dirigea vers la porte. Mais Lewis Serrocold lui posa la main sur l'épaule :

— Non, chérie, laissez-moi y aller.

Il franchit le seuil. Accompagné de miss Bellever, le Dr Maverick le suivit, non sans avoir lancé sur Edgar Lawson un coup d'œil dubitatif.

Prévenante, miss Marple guida Carrie-Louise jusqu'à un fauteuil. Elle s'y laissa tomber, le regard perdu, l'air d'un animal blessé.

— Christian ? Assassiné ? répéta-t-elle du ton douloureux d'un enfant qui a du chagrin.

Walter Hudd était resté près d'Edgar Lawson,

qu'il surveillait en lui lançant des regards mauvais. A la main, il tenait le revolver qu'il avait ramassé.

Carrie-Louise s'interrogeait, perplexe :

— Mais qui donc pouvait bien vouloir tuer *Christian* ?

Pourtant, sa question n'attendait pas de réponse.

— Tous dingues, sans exception, grommela Walter Hudd.

Comme pour la protéger, Stephen s'était rapproché de Gina, dont le jeune visage aux traits mobiles apportait au grand salon sa seule note d'animation.

Tout à coup, la grande porte vitrée s'ouvrit. Une bouffée d'air froid envahit la pièce pendant qu'un homme à l'épais manteau faisait son entrée.

— Salut, tout le monde ! s'écria-t-il avec une jovialité parfaitement incongrue. Qu'est-ce qui se passe, ce soir ? Il y avait un brouillard, sur la route ! J'ai dû rouler au pas.

Un instant, miss Marple crut qu'elle voyait double : ce ne pouvait pas être le seul et même homme qui se tenait près de Gina et qui venait d'entrer. Puis elle comprit qu'il ne s'agissait que d'une ressemblance et, à y mieux regarder, d'une ressemblance assez superficielle. Les deux hommes, évidemment, étaient frères et se ressemblaient, rien de plus.

Mais alors que la maigreur de Stephen Restarick le faisait paraître émacié, le nouveau venu éclatait de santé. Bien coupé, son manteau à col d'astrakan mettait en valeur une silhouette impeccable. C'était un beau jeune homme, d'où émanaient l'autorité et la bonne humeur que procure le succès.

Mais miss Marple avait remarqué autre chose : à peine entré, il avait immédiatement tourné les yeux vers Gina.

— Vous m'attendiez bien ? demanda-t-il, un peu inquiet. Vous aviez reçu mon télégramme ?

Il s'adressait maintenant à Carrie-Louise, et s'approcha d'elle.

Machinalement, Carrie-Louise lui offrit sa main. Il se pencha pour la baiser, en un geste d'hommage affectueux, qui n'avait rien de théâtral.

— Bien sûr, Alex chéri, bien sûr, souffla-t-elle. Seulement, vois-tu... Il s'est passé des choses et...

— Des choses ?

C'est Mildred qui le mit au courant, avec une sorte de satisfaction sinistre que miss Marple jugea du plus mauvais goût :

— Christian Gulbrandsen... Mon frère, Christian Gulbrandsen... On l'a trouvé mort.

— Bon Dieu ! s'exclama Alex Restarick avec une intense surprise. Un suicide, vous voulez dire ?

— Oh ! non, intervint vivement Carrie-Louise. Ça ne peut pas être un suicide. *Pas Christian* ! Oh ! non.

— Oncle Christian ne se serait jamais fait sauter la cervelle, renchérit Gina.

Le regard d'Alex Restarick se porta tour à tour sur ceux qui l'entouraient. Son frère Stephen lui adressa un bref mouvement de tête affirmatif. Walter Hudd lui rendit son regard, avec un certain ressentiment. Apercevant miss Marple, Alex fronça les sourcils, comme s'il avait découvert un accessoire surnuméraire sur un plateau de tournage. On eût dit qu'il souhaitait se voir expliquer les raisons de sa présence. Mais personne n'expliqua rien, et miss Marple resta pour lui une vieille demoiselle aux cheveux d'argent, légèrement étonnée.

— Quand ? demanda Alex. Quand est-ce arrivé, veux-je dire ?

— Juste avant votre entrée, répondit Gina. Il y a… environ trois ou quatre minutes, j'imagine. Mais bien sûr, nous avons entendu le coup de feu, en fait. Seulement, nous n'y avons pas prêté attention… enfin, pas vraiment.

— Pas prêté attention ? Et pourquoi ?

Gina hésita :

— Eh bien, vous comprenez, il se passait d'autres choses…

— Pour ça, oui, renchérit Walter.

Juliet Bellever arrivait de la bibliothèque :

— Mr Serrocold suggère que nous allions tous attendre dans la bibliothèque. Ce sera plus commode pour la police. Sauf Mrs Serrocold. Vous venez de subir un choc, Cara. J'ai demandé qu'on mette quelques bouillottes dans votre lit. Je vous emmène là-haut, et…

Se mettant debout, Carrie-Louise secoua la tête :

— Je dois voir Christian d'abord.

— Oh ! non, ma chère. Cela va vous bouleverser…

Doucement, Carrie-Louise l'écarta :

— Chère Jolly… Vous ne comprenez pas.

Elle se tourna vers miss Marple :

— Jane ?

Miss Marple s'était déjà levée.

— Venez avec moi, Jane, voulez-vous ?

Ensemble, elles se dirigèrent vers la porte et faillirent se heurter au Dr Maverick qui arrivait.

— Dr Maverick ! cria miss Bellever. Empêchez-la ! C'est tellement stupide…

Mais Carrie-Louise se contenta de poser sur le jeune médecin un œil paisible, parvenant même à sourire.

— Vous voulez… vous voulez le voir ? interrogea le Dr Maverick.

— Il le faut.

— Bien. Si vous pensez que c'est indispensable, Mrs Serrocold. Mais après, je vous en conjure, montez vous étendre et laissez miss Bellever prendre soin de vous. Pour le moment, vous ne ressentez pas encore les effets du choc, mais je vous assure que cela va venir.

— Oui. Vous avez sans doute raison. Je serai raisonnable. Venez, Jane.

Les deux femmes sortirent du salon, passèrent au pied du grand escalier et suivirent le corridor qui s'ouvrait, à droite, sur la salle à manger, et, à gauche, sur la cuisine et l'office, avec une porte latérale sur la terrasse, et qui menait à la suite lambrissée qui avait été attribuée à Christian Gulbrandsen. La suite se composait d'une chambre, meublée davantage comme un petit salon, avec un lit dans une alcôve, et une porte conduisant à un cabinet de toilette et à une salle de bains.

Sur le seuil, Carrie-Louise s'arrêta. Avant de

mourir, Christian Gulbrandsen s'était installé à un grand bureau d'acajou sur lequel était posée une petite machine à écrire portative. Son corps était toujours à la même place, mais penché sur le côté, retenu par les accoudoirs de son fauteuil.

Lewis Serrocold se tenait près de la fenêtre. Il avait légèrement écarté le rideau et fixait la nuit. Il se retourna et fronça les sourcils :

— Ma chérie, vous n'auriez pas dû venir.

Il vint à sa rencontre. Elle lui tendit la main. Miss Marple recula d'un pas ou deux.

— Oh ! si, Lewis. Il le fallait… il fallait que je le voie. On a besoin de savoir exactement ce qu'il en est.

Elle s'approcha du bureau à petits pas.

— Ne touchez à rien, l'avertit Lewis. La police doit tout trouver dans l'état où nous l'avons découvert.

— Bien sûr. Quelqu'un lui a délibérément tiré dessus, alors ?

— Cela va de soi.

Lewis Serrocold semblait surpris que la question puisse être posée :

— Je pensais que… que vous le saviez.

— Je le savais, en fait. Christian ne se serait pas suicidé. Et c'était un homme si compétent que ce ne pouvait pas être un accident.

Elle marqua un temps d'hésitation :

— Ça ne laisse que… que la possibilité d'un meurtre.

Passant derrière le bureau, elle regarda

longuement le cadavre. Le chagrin et l'affection se lisaient sur son visage...

— Cher Christian, soupira-t-elle. Il a toujours été si bon pour moi.

Elle effleura doucement les cheveux du mort :

— Que Dieu vous bénisse, et merci, cher Christian.

— Caroline, j'aurais tant voulu vous épargner cela, déclara Lewis Serrocold avec une émotion que miss Marple ne lui avait jamais vue.

Sa femme secoua doucement la tête.

— En réalité, on ne peut rien épargner à personne, répondit-elle. Les réalités, il nous faut les affronter tôt ou tard. Et le plus tôt est encore le mieux. Je vais monter m'étendre, maintenant. Je suppose, Lewis, que vous restez ici jusqu'à l'arrivée de la police ?

— Oui.

Carrie-Louise se détourna, et miss Marple lui passa le bras autour de la taille pour la soutenir.

9

Quand l'inspecteur Curry et ses assistants arrivèrent, ils trouvèrent miss Bellever seule dans le grand salon.

Elle fit preuve de son efficacité coutumière :

— Je suis Juliet Bellever, dame de compagnie et secrétaire de Mrs Serrocold.

— C'est vous qui avez découvert le corps et qui nous avez téléphoné ?

— Oui. Presque tout le monde est dans la bibliothèque – c'est cette porte, là… Mr Serrocold est resté dans la chambre de Mr Gulbrandsen pour veiller à ce que rien ne soit dérangé. Le Dr Maverick, qui a examiné le cadavre, sera ici d'une minute à l'autre. Il a dû emmener un… un patient dans l'autre aile. Je vous montre le chemin ?

— S'il vous plaît.

« Une femme compétente, pensa l'inspecteur. Elle a l'air du genre à qui on ne la fait pas. »

Il la suivit le long du corridor.

Pendant les vingt minutes qui suivirent, la routine de la procédure d'enquête fut dûment lancée. Le photographe prit les indispensables clichés. Le médecin de la police, rejoint par le Dr Maverick, procéda à ses constatations. Une demi-heure plus tard, une ambulance emportait la dépouille mortelle de Christian Gulbrandsen, et l'inspecteur Curry entreprit ses interrogatoires officiels.

Emmené dans la bibliothèque par Lewis Serrocold, il fit, d'un regard aigu, le tour des gens qui s'y étaient rassemblés, et prit mentalement de brèves notes : une vieille dame aux cheveux blancs, une femme d'âge moyen, la ravissante jeune femme qu'il avait déjà vue au volant de sa voiture dans la région, et son Américain de mari qui avait toujours l'air de faire la tête. Deux ou trois jeunes gens qui jouaient un rôle quelconque dans la maison, et cette femme si capable, miss Bellever, qui l'avait appelé au téléphone et l'avait accueilli à son arrivée.

L'inspecteur Curry avait préparé un petit discours, qu'il ne manqua pas de prononcer :

— Je crains bien que tout ceci ne soit assez bouleversant pour vous tous, et j'ai l'intention de ne pas vous retenir trop longtemps ce soir. Nous pourrons aller plus au fond des choses demain. C'est miss Bellever qui a trouvé Mr Gulbrandsen mort, et je vais lui demander de me donner un aperçu de la situation générale, ce qui nous évitera bien des répétitions. Mr Serrocold, si vous voulez monter voir votre épouse, n'hésitez pas, mais j'aimerais avoir deux mots avec vous quand j'en aurai fini avec miss Bellever. Tout cela est bien clair ? Peut-être y a-t-il une petite pièce où…

— Mon bureau, Jolly ? suggéra Lewis Serrocold.

Miss Bellever acquiesça :

— J'allais justement le proposer.

Elle précéda à travers le grand salon l'inspecteur Curry et le sergent qui l'accompagnait.

Miss Bellever les fit s'installer, et s'installa elle même selon la manière qui, à son avis, convenait le mieux. On aurait pu croire que c'était elle, et non l'inspecteur, qui était chargée de l'enquête.

Cependant, le moment était venu pour lui de prendre l'initiative. L'inspecteur Curry avait une voix et des manières agréables. Il offrait une apparence calme et sérieuse, discrète même, et certains commettaient l'erreur de le sous-estimer. Mais en fait, dans son domaine, il était aussi compétent que miss Bellever dans le sien. Il préférait cependant ne pas en faire étalage.

Il se racla la gorge :

— Mr Serrocold m'a déjà exposé les principaux faits. Mr Christian Gulbrandsen était le fils aîné de feu Eric Gulbrandsen, créateur de la Fondation Gulbrandsen, des bourses Gulbrandsen, et du reste. C'était l'un des administrateurs de L'Institut, et il est arrivé hier à l'improviste. C'est bien exact ?

— Oui.

La concision de miss Bellever plut à l'inspecteur, qui poursuivit :

— Mr Serrocold se trouvait à Liverpool. Il est rentré par le train de 18 h 30.

— Oui.

— Ce soir, à la fin du dîner, Mr Gulbrandsen a fait part de son intention d'aller travailler dans sa chambre, et a quitté le reste de la compagnie après le café. Exact ?

— Oui.

— Maintenant, miss Bellever, voulez-vous me dire, dans vos propres termes, comment vous avez découvert sa mort.

— Eh bien, il y avait eu ce soir un incident assez déplaisant. Un jeune homme, un cas de psychopathie, a fait une crise, et a menacé Mr Serrocold avec un revolver. Ils étaient enfermés dans cette pièce même. Finalement, le jeune homme a fait feu – vous pouvez voir les impacts des balles, là, sur le mur. Heureusement, Mr Serrocold n'a pas été touché. Après avoir tiré, ce garçon s'est complètement effondré. Mr Serrocold m'a envoyée chercher le Dr Maverick. Je l'ai appelé par le téléphone intérieur, mais il n'était pas dans sa chambre. Je l'ai trouvé avec un de ses collègues, je lui ai transmis le message, et il est venu ici immédiatement. En revenant, je suis allée dans la chambre de Mr Gulbrandsen. Je voulais savoir s'il n'avait besoin de rien – un lait chaud, ou du whisky... – avant de se mettre au lit. J'ai frappé, mais il n'y a pas eu de réponse, alors j'ai ouvert la porte. J'ai vu que Mr Gulbrandsen était mort. C'est alors que je vous ai téléphoné.

— Quelles sont les issues de la maison ? Et comment sont-elles fermées ? Etait-il possible à quelqu'un de venir de l'extérieur et d'entrer sans être vu ?

— N'importe qui pourrait être passé par la porte latérale, celle de la terrasse. Elle n'est pas verrouillée avant que nous n'allions tous nous coucher, parce que les uns ou les autres vont et viennent entre la maison et les bâtiments du collège.

— Et vous avez, je crois, entre deux cents et deux cent cinquante jeunes délinquants dans l'établissement ?

— Oui. Mais les bâtiments du collège sont bien gardés, et surveillés en permanence. Je dirais qu'il est plus qu'improbable que qui que ce soit puisse quitter le collège sans être dûment accompagné.

— Nous devrons vérifier ce point, naturellement. Est-ce que Mr Gulbrandsen avait pu provoquer des… disons, des rancœurs ? Avait-il pris des décisions impopulaires dans sa gestion du collège ?

Miss Bellever secoua la tête :

— Oh ! non. Mr Gulbrandsen n'avait rien à voir avec la direction du collège, ni sa gestion quotidienne.

— Quel était le but de sa visite ?

— Je n'en ai pas la moindre idée.

— Mais il s'est montré contrarié de l'absence de Mr Serrocold, et a immédiatement décidé d'attendre son retour ?

— Oui.

— Donc, à l'évidence, c'est à Mr Serrocold qu'il voulait avoir affaire ?

— Oui. Mais c'était logique – parce qu'il s'agissait certainement d'affaires concernant l'Institut.

— C'est effectivement ce que l'on peut présumer. A-t-il eu une réunion de travail avec Mr Serrocold ?

— Non. Il n'en a pas eu le temps. Mr Serrocold est rentré ce soir juste avant le dîner.

— Pourtant, après le dîner, Mr Gulbrandsen a dit qu'il avait des lettres importantes à écrire, et il est parti les rédiger. Il n'a pas suggéré à Mr Serrocold de s'entretenir avec lui ?

Miss Bellever eut une seconde d'hésitation :

— Non. Non, il ne l'a pas fait.

— C'est un peu étrange, non ? Alors qu'il s'était donné la peine d'attendre le retour de Mr Serrocold…

— Oui, c'est étrange.

Mais cette étrangeté semblait frapper miss Bellever pour la première fois.

— Mr Serrocold ne l'a pas accompagné à sa chambre ?

— Non. Mr Serrocold est resté dans le grand salon.

— Et vous n'avez pas idée de l'heure à laquelle Mr Gulbrandsen a pu être tué ?

— Je crois qu'il est possible que nous ayons entendu le coup de feu. Si c'est bien cela, il était 21 h 23.

— Vous avez entendu un coup de feu ? Et cela ne vous a pas alarmée ?

— Les circonstances étaient un peu particulières.

Juliet Bellever fit le récit détaillé de la scène qui avait opposé en cet instant précis Lewis Serrocold et Edgar Lawson.

— Ainsi, releva l'inspecteur, il n'est venu à la pensée de personne que ce coup de feu pouvait avoir été tiré dans la maison ?

— Non. Non, certainement pas. Vous comprenez, nous étions tous très soulagés que ça ne vienne pas d'ici.

Elle eut une moue sombre :

— Quand on assiste à une tentative de meurtre, on ne s'attend pas à ce qu'un meurtre soit commis dans la même maison, et le même soir.

L'inspecteur Curry en convint.

— Tout de même, ajouta soudain miss Bellever, je crois que c'est ce qui m'a poussée à aller jusqu'à sa chambre par la suite. Je n'avais pas vraiment l'intention de lui demander s'il avait besoin de quelque chose. C'était plutôt un prétexte pour m'assurer que tout allait bien.

L'inspecteur Curry la regarda fixement un moment :

— Qu'est-ce qui vous faisait penser que tout pourrait ne pas aller bien ?

— Je ne sais pas. Je pense que c'était ce coup de feu, dehors. Sur le moment, je n'y avais pas prêté attention. Mais ça m'est revenu plus tard. Je me suis dit que ce n'était qu'une pétarade de la voiture de Mr Restarick et…

— La voiture de Mr Restarick ?

— Oui. Alex Restarick. Il est arrivé ce soir en voiture – juste après que tout cela se fut passé.

— Je vois. Quand vous avez découvert le corps de Mr Gulbrandsen, avez-vous touché à quoi que ce soit dans sa chambre ?

— Bien sûr que non.

Miss Bellever paraissait choquée.

— Je savais naturellement qu'il ne fallait pas toucher ni déplacer quoi que ce soit. Mr Gulbrandsen avait reçu une balle dans la tête, mais je n'ai vu aucune arme à feu, alors j'ai compris qu'il s'agissait d'un meurtre.

— Et là, maintenant, quand vous nous avez emmenés dans la chambre, tout était exactement comme quand vous avez trouvé le corps ?

Miss Bellever réfléchit en plissant les paupières. Elle était de ceux, pensa l'inspecteur, qui ont une mémoire photographique.

— Il y avait une différence, finit-elle par admettre. Il n'y avait plus de feuille engagée dans le chariot de la machine à écrire.

— Vous voulez dire que quand vous êtes entrée la première fois, il y avait une lettre, celle que Mr Gulbrandsen avait été en train d'écrire, et que, depuis, cette lettre a été enlevée ?

— Oui. Je suis presque certaine d'avoir vu dépasser un bout de papier blanc.

— Je vous remercie, miss Bellever. Qui d'autre est entré dans cette chambre avant que nous n'arrivions ?

— Mr Serrocold, bien sûr. Il y est resté pendant que je venais vous accueillir. Et puis Mrs Serrocold et miss Marple y sont allées. Mrs Serrocold avait insisté.

— Mrs Serrocold et miss Marple… Laquelle est miss Marple ?

— La vieille demoiselle aux cheveux blancs. C'est une ancienne camarade de classe de Mrs Serrocold. Elle séjourne ici depuis trois ou quatre jours.

— Eh bien, merci beaucoup, miss Bellever. Tout ce que vous nous avez dit me paraît assez clair. Je vais passer les choses en revue avec Mr Serrocold, maintenant. A moins que peut-être... Miss Marple est une vieille demoiselle, n'est-ce pas ? Autant que je la voie deux minutes, et elle pourra ensuite aller se coucher. Ce serait cruel d'obliger une personne âgée comme elle à rester debout, ajouta-t-il vertueusement. Pour elle, ça a dû être un grand choc.

— Voulez-vous que je lui dise de venir ?

— Si cela ne vous ennuie pas.

Miss Bellever sortit du bureau. L'inspecteur Curry contempla le plafond.

— Gulbrandsen ? interrogea-t-il. Pourquoi Gulbrandsen ? Plus de deux cents adolescents inadaptés sur les lieux. Il n'y a pas de raison pour que l'un d'eux n'ait pas fait le coup. Et c'est probablement l'un d'eux. Mais pourquoi Gulbrandsen ? C'était un parfait étranger.

— Nous ne savons pas encore tout, fit observer le sergent Lake.

— Pour le moment, nous ne savons rien du tout, répliqua l'inspecteur.

Courtois, il sauta sur ses pieds à l'arrivée de miss Marple. Elle semblait un peu en émoi, et il se hâta de la mettre à l'aise :

— Ne vous inquiétez pas, madame.

Les personnes âgées, pensait-il, aiment à s'entendre appeler « madame ». Pour elles, les policiers appartiennent aux couches inférieures de la société et doivent faire preuve de respect envers ceux qui sont situés au-dessus d'eux sur l'échelle sociale.

— Tout cela est très perturbant, je sais, reprit

l'inspecteur. Mais nous sommes obligés de tirer les faits au clair. D'éclaircir toute cette histoire.

— Oh ! oui, je sais, répondit miss Marple. C'est si difficile, n'est-ce pas ? De tirer tout au clair, veux-je dire. Parce que quand vous voyez un élément, vous ne pouvez pas en voir un autre en même temps. Et on a si souvent tendance à prêter attention à ce qui ne compte pas, de son propre chef ou parce qu'on vous y incite – c'est toujours difficile à dire. Les prestidigitateurs appellent cela détourner l'attention. Ils sont très forts, non ? Voyez-vous, je n'ai jamais réussi à comprendre comment ils se débrouillent avec leur bocal de poissons rouges... ils ne peuvent quand même pas le plier en quatre ?

L'inspecteur Curry battit des paupières.

— Tout à fait, répondit-il d'un ton apaisant. Bien. J'ai déjà eu, grâce à miss Bellever, un récit des événements de ce soir. Un moment très difficile pour vous tous, j'imagine.

— Oui, certainement. Tout était si *dramatique,* voyez-vous.

— D'abord, cet affrontement entre Mr Serrocold et...

L'inspecteur consulta ses notes :

— ... et cet Edgar Lawson.

— Un jeune homme tout à fait bizarre, dit miss Marple. Depuis le début, j'ai toujours su qu'il y avait chez lui quelque chose d'étrange.

— J'en suis convaincu. Et ensuite, cette scène terminée, quand les choses se sont calmées, il y a eu la mort de Mr Gulbrandsen. J'ai cru comprendre que vous êtes allée avec Mrs Serrocold voir le... euh... le cadavre.

— Oui. Elle m'a demandé de venir avec elle. Nous sommes de vieilles amies.

— Je comprends. Vous êtes donc allées ensemble dans la chambre de Mr Gulbrandsen. Est-ce que l'une de vous deux a touché à quelque chose ?

— Oh ! non Mr Serrocold nous avait dit de ne pas le faire.

— Auriez-vous remarqué, par hasard, madame, s'il y avait une lettre – ou, en tout cas, une feuille de papier – engagée dans le chariot de la machine à écrire ?

— Non, il n'y en avait pas, répondit miss Marple sans hésitation. Je l'ai remarqué tout de suite, parce que cela m'a paru curieux. Mr Gulbrandsen était assis devant la machine à écrire. Donc il devait être en train de taper quand on l'a tué. Oui, j'ai trouvé ça curieux.

L'inspecteur Curry lui lança un regard pénétrant :

— Aviez-vous eu l'occasion de parler avec Mr Gulbrandsen depuis son arrivée ?

— Bien peu.

— Pouvez-vous vous souvenir de quelque chose de particulier ? Ou de significatif ?

Miss Marple prit le temps de réfléchir :

— Il m'a interrogée sur la santé de Mrs Serrocold. Sur son cœur, notamment.

— Son cœur ? Elle a des problèmes cardiaques ?

— Aucun, à ce qu'on m'a dit.

L'inspecteur Curry garda le silence un instant, puis :

— Pendant l'altercation entre Mr Serrocold et Edgar Lawson, vous avez entendu un coup de feu ?

— Non, pas moi. Je suis un peu dure d'oreille, voyez-vous. Mais Mrs Serrocold a dit que ça venait du parc.

— Si j'ai bien compris, Mr Gulbrandsen s'était éclipsé tout de suite après le dîner ?

— Oui. Il a dit qu'il avait des lettres à écrire.

— Il n'a manifesté aucun désir de s'entretenir avec Mr Serrocold ?

— Non. Voyez-vous, ils s'étaient déjà parlé.

— Ah bon ? Quand cela ? Je croyais que Mr Serrocold n'était revenu que juste avant le dîner.

— C'est tout à fait vrai, mais il a traversé le parc à pied, et Mr Gulbrandsen est venu à sa rencontre. Et ils ont arpenté ensemble la terrasse.

— Qui d'autre que vous le sait ?

— Personne, je pense. Sauf si Mr Serrocold en a parlé à sa femme. Il se trouve que j'étais à ma fenêtre… j'observais des oiseaux.

— Des oiseaux ?

— Des oiseaux, oui. Je pensais que c'étaient peut-être des bouvreuils.

Les bouvreuils n'intéressaient guère l'inspecteur Curry :

— Et, par hasard, vous… vous n'auriez pas entendu ce qu'ils se disaient ?

Miss Marple offrit au policier l'innocence de ses yeux bleus :

— Rien que des bribes, j'en ai peur.

— Et ces bribes ?

Miss Marple attendit un instant avant de répondre :

— Je n'ai pas compris de quoi ils parlaient, mais leur premier souci était de laisser Mrs Serrocold dans l'ignorance de quelque chose. De l'épargner… C'est le terme qu'a employé Mr Gulbrandsen. Et Mr Serrocold a répondu : « Je suis d'accord avec vous, c'est d'abord à elle qu'il faut penser. » Ils ont également parlé d'une « lourde responsabilité », et ajouté qu'ils devraient peut-être « solliciter un avis extérieur ».

Miss Marple prit le temps d'une pause, puis :

— Vous savez, je crois que vous feriez mieux d'interroger Mr Serrocold lui-même à ce sujet.

— Nous n'y manquerons pas, madame. Y a-t-il autre chose d'inhabituel qui vous ait frappée ce soir ?

Miss Marple médita un instant :

— Tout était inhabituel, si vous voyez ce que je veux dire…

— Absolument, absolument.

Un souvenir revint à miss Marple :

— Il y a bien eu un incident assez curieux. Mr Serrocold a empêché sa femme de prendre son médicament. Miss Bellever en a été assez fâchée.

Elle esquissa un sourire plein d'humilité :

— Mais bien sûr, c'est si peu de chose…

— Oui, évidemment. Eh bien, merci, miss Marple.

Miss Marple sortit de la pièce.

— Elle n'est plus toute jeune, mais elle a encore l'œil, constata le sergent Lake.

10

Lewis Serrocold entra à son tour dans le bureau, et l'atmosphère en fut immédiatement transformée. Il se retourna pour fermer la porte derrière lui, créant ainsi une ambiance d'intimité. Puis il alla s'asseoir, non dans le fauteuil que venait de libérer miss Marple, mais dans celui qui était normalement le sien, derrière la table de travail. Miss Bellever avait installé l'inspecteur Curry dans un fauteuil placé à côté de la table, comme si, inconsciemment, elle avait voulu réserver à Lewis Serrocold son siège habituel.

Songeur, il regarda les deux policiers. Il avait les traits tirés, marqués des stigmates de la fatigue : le visage d'un homme qui traverse une épreuve pénible. Et cela surprit quelque peu l'inspecteur ; la mort de Christian Gulbrandsen devait, certes, avoir été un choc pour Lewis Serrocold, mais il ne s'agissait pas pour lui d'un ami intime ni d'un proche, seulement d'un parent éloigné, et par alliance.

Curieusement, le rapport des forces avait changé. On eût pu croire que Lewis Serrocold n'était pas venu répondre à un interrogatoire de police, mais bien plutôt qu'il venait assurer la présidence d'une commission d'enquête.

L'inspecteur Curry en éprouva quelque agacement.

— Eh bien, Mr Serrocold..., commença-t-il d'un ton brusque.

Lewis Serrocold donnait le sentiment d'être encore perdu dans ses pensées.

— Comme il est difficile de savoir ce qu'il y a de mieux à faire, soupira-t-il.

— Je crois que c'est *nous* qui en sommes juges, Mr Serrocold, répliqua l'inspecteur. En ce qui concerne Mr Gulbrandsen, je crois avoir compris qu'il était arrivé à l'improviste.

— Tout à fait à l'improviste, en effet.

— Vous ne saviez pas qu'il devait venir ?

— Je n'en avais pas la moindre idée.

— Et vous ne savez pas non plus pourquoi il est venu.

— Oh ! si, je sais pourquoi il est venu, répondit paisiblement Lewis Serrocold. Il me l'a dit.

— Quand cela ?

— Je suis rentré de la gare à pied. Il me guettait, et il est venu à ma rencontre. C'est à ce moment-là qu'il m'a expliqué ce qui l'amenait ici.

— Des problèmes concernant l'Institut Gulbrandsen, j'imagine ?

— Oh ! non, cela n'avait rien à voir avec l'Institut.

— Miss Bellever en paraissait persuadée.

— Naturellement. C'est ce que l'on devait supposer. Et Gulbrandsen n'avait rien fait pour corriger cette impression. Ni moi non plus.

— Et pourquoi, Mr Serrocold ?

— Parce qu'il nous semblait important à tous les deux, répondit Lewis avec lenteur, que rien ne transpire du but réel de sa venue.

— Et quel était ce but réel ?

Lewis Serrocold garda un instant le silence, puis soupira :

— Gulbrandsen venait ici régulièrement, deux fois par an, pour la réunion du conseil d'administration. La dernière réunion s'était tenue il y a un mois. Il n'aurait donc pas dû revenir avant cinq mois. Je pense, par conséquent, que tout le monde pouvait se rendre compte que le problème qui l'amenait était de nature urgente, mais je crois qu'il était naturel, malgré cela, qu'on suppose qu'il s'agissait d'une visite d'ordre professionnel, et que le problème, quelle qu'en soit l'urgence, avait trait à la Fondation. Pour autant que je le sache, Gulbrandsen n'a rien fait pour contredire cette impression, ou, du moins, a cru n'avoir rien fait dans ce sens… Oui, c'est peut-être plus juste : il a cru n'avoir rien fait dans ce sens.

— Je crains bien, Mr Serrocold, d'avoir peine à vous suivre.

Lewis Serrocold marqua une pause, puis, très grave :

— Je comprends pleinement qu'avec la mort de Gulbrandsen, qui, sans conteste, est le fruit d'un meurtre, je me dois de vous donner tous les faits. Mais, très franchement, je m'inquiète pour le bonheur de ma femme et pour sa tranquillité d'esprit. Inspecteur, ce n'est pas à moi de vous dicter une ligne de conduite, mais si vous pouviez trouver un moyen de la tenir à l'écart de certaines choses, je vous en serais très reconnaissant. Parce que, voyez-vous, inspecteur, Christian Gulbrandsen était venu ici dans le seul but de me prévenir qu'il pensait que l'on était en train d'empoisonner lentement et délibérément ma femme.

— Quoi ?

Incrédule, l'inspecteur s'était penché vers Lewis, qui hocha la tête :

— Oui. Cette révélation, vous l'imaginez bien, m'a causé un choc épouvantable. Je ne nourrissais pas moi-même le moindre soupçon. Mais, dès que Christian m'a parlé, j'ai compris que certains des symptômes dont mon épouse s'était plainte ces dernières semaines corroboraient ses allégations. Ce qu'elle avait pris pour des rhumatismes, des crampes dans les jambes, de vagues douleurs, ou des malaises occasionnels… En fait, tout cela coïncide parfaitement avec *les symptômes d'un empoisonnement à l'arsenic*.

— Miss Marple nous a déclaré que Christian Gulbrandsen l'avait interrogée sur l'état du cœur de Mrs Serrocold.

— Ah bon ? C'est intéressant. Il a dû penser qu'on utilisait contre elle un cardio-toxique, qui aurait fini par provoquer un décès subit sans donner prise à la suspicion. Mais je crois davantage à l'utilisation de l'arsenic.

— Autrement dit, vous pensez que les affirmations de Christian Gulbrandsen étaient dûment fondées ?

— Oh ! oui, c'est ce que je pense. Ne serait-ce

que parce que Gulbrandsen ne serait jamais venu me voir avec de pareilles insinuations s'il n'avait été convaincu de la matérialité des faits. C'était un homme prudent et têtu, difficile à convaincre, mais extrêmement subtil.

— Avait-il des preuves ?

— Nous n'avons pas eu le temps d'en parler. Notre entretien a été bref. Il lui a seulement permis de m'expliquer le pourquoi de sa visite, et, à nous deux, de décider d'un commun accord que rien ne devait en être dit à ma femme tant que nous n'aurions pas d'absolue certitude.

— Et qui soupçonnait-il d'administrer le poison ?

— Il ne me l'a pas dit et, en fait, je pense qu'il ne le savait pas. *Peut-être* soupçonnait-il quelqu'un. Mais maintenant que j'y réfléchis, je me dis qu'il *devait* soupçonner quelqu'un… Sinon, pourquoi l'aurait-on tué ?

— Mais il ne vous a confié aucun nom en particulier ?

— Pas de nom… Nous avions conclu que cette histoire devait faire l'objet d'une enquête approfondie, et il avait suggéré que nous sollicitions l'opinion et l'aide du Dr Galbraith, l'évêque de Cromer. Le Dr Galbraith est un vieil ami de la famille Gulbrandsen, et l'un des administrateurs de l'Institut. C'est un homme d'une infinie sagesse, plein d'expérience, qui aurait été d'un grand secours pour mon épouse si… s'il nous avait fallu lui faire part de nos craintes. Nous avions l'intention de nous fier à son avis pour décider, ou non, de consulter la police.

— Voilà qui sort de l'ordinaire, souffla l'inspecteur Curry.

— Après le dîner, Gulbrandsen nous a quittés pour aller écrire au Dr Galbraith. Et il était en train de taper cette lettre quand il a été abattu.

— Comment le savez-vous ?

— Parce que j'ai pris la lettre sur la machine à écrire, expliqua Lewis Serrocold avec sang-froid. La voici.

D'une poche intérieure de son veston, il tira une feuille de papier tapée à la machine et pliée en quatre, et la donna à l'inspecteur.

— Vous n'auriez pas dû la prendre, ni toucher à quoi que ce soit dans la pièce, lança aigrement le policier.

— Je n'ai touché à rien d'autre. Je sais qu'à vos yeux, j'ai commis une faute grave en emportant ceci, mais j'avais plus que de bonnes raisons. J'étais certain que mon épouse insisterait pour venir dans la chambre de Gulbrandsen, et je craignais qu'elle ne lise ce qui est écrit là-dessus. Je reconnais mes torts, mais j'avoue que je le referais si c'était à refaire. Je ferais n'importe quoi – *n'importe quoi* – pour préserver le bonheur de ma femme.

Sans rien ajouter, l'inspecteur se mit à lire la lettre à haute voix :

Cher Dr Galbraith,

Je vous saurais infiniment gré de venir à Stonygates, si cela vous est possible, dès que vous recevrez cette lettre. Un problème d'une gravité extraordinaire a surgi, et je me sens désarmé pour y faire face. Je sais comme est profonde l'affection que vous avez pour notre chère Carrie-Louise, et le souci que vous causerait tout ce qui pourrait l'atteindre.

Que doit-elle savoir ? Que pouvons-nous lui cacher ? Voilà les questions auxquelles je ne trouve pas de réponse.

Sans me perdre en circonlocutions, j'ai des raisons de croire qu'on empoisonne lentement cette femme douce et innocente. J'ai commencé à m'en douter quand…

Là s'arrêtait, brutalement, le dernier message de Christian Gulbrandsen.

— Et Gulbrandsen a été tué alors qu'il en était arrivé à ces mots-là ? demanda l'inspecteur.

— Oui.

— Mais, sapristi, pourquoi cette lettre était-elle restée sur la machine à écrire ?

— Je n'envisage que deux motifs. Ou bien le meurtrier ne savait pas à qui la victime écrivait et ne connaissait pas non plus le sujet de sa lettre. Ou bien il n'a pas eu le temps de la faire disparaître. Je veux dire qu'il a peut-être entendu quelqu'un arriver et qu'il a fallu qu'il s'échappe à toutes jambes avant d'être vu.

— Et Gulbrandsen ne vous a pas laissé entendre qui il soupçonnait… si tant est qu'il ait soupçonné quelqu'un en particulier ?

Peut-être y eut-il une seconde d'hésitation avant que Lewis Serrocold ne réponde :

— Pas le moins du monde.

Puis il ajouta, obscur :

— Christian était un juste.

— A votre avis, comment le poison – que ce soit de l'arsenic ou une autre substance – était-il administré ?

— J'y ai réfléchi pendant que je me changeais pour le dîner, et il m'a semblé que ce qu'il y avait de plus probable, c'était que l'on se servait du médicament, un fortifiant, que prend ma femme. Parce qu'en ce qui concerne les aliments, nous partageons tous les mêmes plats et on ne prépare rien de spécial pour elle. Mais n'importe qui peut introduire de l'arsenic dans un flacon de pharmacie.

— Nous devons saisir ce médicament et le faire analyser.

— J'en ai déjà pris un échantillon avant le dîner, déclara tranquillement Lewis.

D'un tiroir de la table, il sortit une fiole de verre contenant un liquide rougeâtre.

L'inspecteur Curry le scruta avec curiosité :

— Vous pensez à tout, Mr Serrocold.

— Je crois à l'action immédiate. Ce soir, j'ai empêché ma femme d'absorber sa dose habituelle. Elle se trouve toujours dans un verre, sur le dressoir de chêne du grand salon. Le flacon de fortifiant lui-même est dans la salle à manger.

Confidentiel, l'inspecteur s'inclina vers l'oreille de son interlocuteur. A voix basse, abandonnant son ton officiel, il questionna :

— Pardonnez-moi, Mr Serrocold, mais *pourquoi* êtes-vous si anxieux de tenir votre femme en dehors de tout cela ? Redoutez-vous une réaction de panique ? Je suis sûr, que, pour son propre bien, il vaudrait mieux qu'elle soit avertie.

— Oui… oui, peut-être, en effet… Mais je crois que vous ne comprenez pas bien. Mon épouse, inspecteur, est une idéaliste, une personne qui fait confiance à tous. On peut dire d'elle, en vérité, qu'elle ne voit pas le mal, qu'elle ne l'entend pas, et qu'elle n'en dit pas non plus. Pour elle, il serait inconcevable que n'importe qui veuille la tuer. Mais il y a plus que cela. Il ne s'agit pas de n'importe qui. Il s'agit – vous le voyez sûrement par vous-même – d'un proche, d'un être cher.

— C'est ce que vous croyez ?

— Il faut voir les choses en face. Nous avons sous la main deux cents personnalités perverties et mal épanouies, qui se sont déjà exprimées, le plus souvent, dans la violence brutale et gratuite. Mais, par la nature même des choses, aucun de nos garçons ne peut être suspecté. Un empoisonneur de longue main est nécessairement quelqu'un qui partage l'intimité de la famille. Et pensez un peu à qui est dans la maison : son mari, sa fille, sa petite-fille, le mari de sa petite-fille, son beau-fils, qu'elle considère comme son propre fils, et miss Bellever, sa dame de compagnie dévouée et son amie depuis de longues années. Tous lui sont proches. Tous lui sont chers. Et, cependant, il faut bien formuler explicitement nos soupçons : est-ce l'un d'entre eux ?

— Il y a des étrangers, fit observer l'inspecteur Curry.

— Oui, dans un sens. Il y a le Dr Maverick, deux ou trois membres de notre équipe sont souvent avec nous, il y a aussi les domestiques... Mais, pour parler franc, quel mobile auraient-ils ?

— Et puis il y a ce jeune – comment s'appelle-t-il déjà ? – ce jeune Edgar Lawson.

— Oui. Mais il n'est venu parmi nous qu'en tant que visiteur occasionnel, ces derniers temps. Je ne lui vois pas de mobile. En outre, il est très attaché à Caroline... comme nous le sommes tous.

— Mais c'est un déséquilibré. Ne vous a-t-il pas attaqué ce soir ?

Impatienté, Lewis Serrocold balaya l'objection :

— Pur enfantillage. Il n'avait aucune intention de me faire du mal.

— Et ces deux impacts de balles dans le mur ? Il vous a tiré dessus, n'est-ce pas ?

— Il ne voulait pas me blesser. C'était du théâtre, rien de plus.

— Du théâtre, peut-être, mais dangereux, Mr Serrocold.

— Vous ne comprenez pas. Vous devriez en parler avec notre psychiatre, le Dr Maverick. Edgar est un enfant illégitime. Il a compensé son absence de père et ses humbles origines en se persuadant qu'il est le fils d'un homme célèbre. C'est un phénomène bien classique, je vous assure. Edgar allait mieux. Beaucoup mieux. Et puis, pour je ne sais quelle raison, il a eu une rechute. Il m'a identifié avec son «père» et m'a attaqué de façon mélodramatique, en agitant un revolver et en proférant des menaces. Ça ne m'a pas inquiété une seconde. Quand il a fini par tirer des coups de feu, il s'est effondré en larmes. Le Dr Maverick l'a emmené et lui a donné un sédatif. Il sera probablement de nouveau normal demain matin.

— Vous ne voulez pas porter plainte contre lui ?

— Ce serait la pire des choses... pour lui, j'entends.

— Bien franchement, Mr Serrocold, il me semble qu'il devrait être tenu sous bonne garde. Les gens qui se mettent à tirer des coups de revolver pour fortifier leur ego ! On doit aussi penser au bien de la communauté, vous savez.

— Parlez de cela avec le Dr Maverick ! Il vous donnera son point de vue de praticien. En tout état de cause, ce pauvre Edgar n'a certainement pas tué Gulbrandsen. Il était ici, en train de menacer de me tuer *moi*.

— C'était là que je voulais en venir, Mr Serrocold. Nous avons fait le tour de l'extérieur. N'importe qui, à ce quil paraît, pouvait venir *du dehors* et tirer sur Mr Gulbrandsen, puisque la porte de la terrasse n'était pas fermée au verrou. Mais le champ de nos investigations doit aussi s'étendre *à l'intérieur* de la maison, et, compte tenu de ce que vous venez de me dire, il me semble que nous devons y porter une attention particulière. On peut tenir pour possible qu'à la seule exception de la vieille miss... euh... oui, c'est ça, miss Marple, qui, par hasard, se trouvait à sa fenêtre, nul n'ait su que Christian Gulbrandsen et vous-même aviez eu un entretien en tête-à-tête. Si c'est le cas, on a pu vouloir l'abattre pour l'empêcher de vous communiquer ses soupçons. Il est bien entendu trop tôt pour relever s'il pouvait exister d'autres mobiles. Je présume que Mr Gulbrandsen était riche ?

— Oui, absolument. Il a des fils, des filles, et des petits-enfants, et tous vont probablement bénéficier de sa mort. Mais je ne crois pas qu'aucun deux soit présent dans ce pays, et tous sont des gens sérieux et parfaitement respectables. Je ne sache pas qu'il y ait parmi eux de brebis galeuse.

— Avait-il des ennemis ?

— A mon avis, c'est peu probable. Ce n'était… non, ce n'était pas son genre.

— Alors, cela nous ramène à la maison et à ceux qui y vivent. Qui *de l'intérieur* de la maison peut l'avoir tué ?

— Cela m'est difficile à dire, répondit Lewis Serrocold avec lenteur. Il y a les domestiques, les membres de la famille, et nos hôtes. De votre point de vue, ce sont tous des suspects possibles, je suppose. Mais je puis seulement vous dire qu'à ma connaissance, tout le monde, en dehors des domestiques, était dans le grand salon quand Christian en est sorti, et que personne n'en est parti pendant que j'y étais moi-même.

— Absolument personne ?

— Je crois…

Lewis Serrocold fronça les sourcils :

— Ah ! si… Des plombs ont sauté… Mr Walter Hudd est allé les réparer.

— C'est ce jeune Américain ?

— Oui… Bien entendu, je ne sais pas ce qui s'est passé après qu'Edgar et moi sommes entrés ici.

— Et vous ne pouvez rien me dire de plus précis, Mr Serrocold ?

Lewis Serrocold secoua la tête :

— Non, j'ai peur de ne pas pouvoir vous aider davantage. Cette affaire est... oui, cette affaire est inimaginable.

L'inspecteur Curry laissa échapper un long soupir :

— Mr Gulbrandsen a été tué avec un pistolet automatique de petit calibre. Savez-vous si, dans la maison, quelqu'un possède une telle arme ?

— Pas la moindre idée. Mais c'est peu probable.

Nouveau soupir de l'inspecteur :

— Vous pouvez dire aux autres d'aller se coucher, je les verrai demain.

Après le départ de Lewis Serrocold, l'inspecteur se tourna vers le sergent Lake :

— Eh bien ? Qu'en pensez-vous ?

— Il connaît, ou croit connaître, le coupable.

— Oui. Je suis d'accord avec vous. Et ça ne lui plaît pas du tout...

11

Le lendemain matin, quand miss Marple descendit pour le petit déjeuner, Gina l'accueillit par un flot de paroles :

— La police est revenue. Cette fois-ci, ils sont dans la bibliothèque. Ils fascinent absolument Wally. Il ne peut pas comprendre comment ils font pour rester si calmes et si détachés. J'ai l'impression que toute cette histoire l'excite beaucoup. Moi pas. Je déteste ça. Je trouve ça horrible. Pourquoi est-ce que je suis aussi bouleversée, à votre avis ? Parce que je suis à moitié italienne ?

— C'est bien possible. En tout cas, sourit miss Marple, cela explique que vous ne soyez pas honteuse de montrer ce que vous ressentez.

— Jolly est sacrément furieuse, reprit Gina en s'emparant du bras de miss Marple pour la faire entrer dans la salle à manger. En réalité, je pense que c'est parce que les policiers sont responsables de l'enquête, et qu'elle ne peut pas les mener par le bout du nez comme elle mène tout le monde.

Elle ajouta, sévère, en pénétrant dans la salle à manger où les deux frères terminaient leur petit déjeuner :

— Alex et Stephen s'en fichent complètement.

— Gina chérie, répliqua Alex, vous êtes très désagréable. Oh ! bonjour, miss Marple. Non, je ne m'en fiche pas du tout. Mis à part le fait que je connaissais à peine votre oncle Christian, je suis le meilleur suspect, et de loin. Vous vous en rendez compte, j'espère.

— Pourquoi ?

— Eh bien, il semble que j'étais en route pour la maison à peu près au moment du crime. Ils ont fait leurs vérifications, et ils trouvent que j'ai mis beaucoup de temps entre la loge des gardiens et ici – ce qui sous-entend assez de temps pour sauter de la voiture, courir, entrer par la porte de la terrasse, tuer Christian Gulbrandsen, cavaler et remonter dans la voiture.

— Et vous faisiez quoi, en réalité ?

— Je croyais qu'on enseignait aux petites filles à ne pas poser de questions indiscrètes. Comme un idiot, je suis resté plusieurs minutes à observer l'effet de mes phares dans le brouillard et à étudier comment je pourrais l'utiliser pour une mise en scène. Pour « Limehouse », mon nouveau ballet.

— Mais vous pouvez leur dire ça !

— Certainement. Mais vous savez bien comment sont les policiers. Ils vous disent « merci beaucoup » avec politesse, prennent tout par écrit, et vous n'avez pas la moindre idée de ce qu'ils pensent vraiment, sauf qu'on a le sentiment que ce sont des esprits très sceptiques.

— Cela m'amuserait de te voir sous le feu d'un projecteur, Alex, déclara Stephen avec un sourire mince et cruel. Mais *moi*, je ne risque rien. Je n'ai pas quitté le grand salon hier soir.

— Mais ils ne peuvent quand même pas croire que c'est l'un de *nous* ! s'écria Gina, les yeux écarquillés par la surprise.

— Ne dites surtout pas que ce doit avoir été un rôdeur, ma chère, lui conseilla Alex en puisant largement dans le pot de marmelade. Ça fait cliché.

Miss Bellever apparut sur le seuil :

— Miss Marple, quand vous aurez fini de déjeuner, voudrez-vous passer dans la bibliothèque ?

— Encore vous, grinça Gina, l'air vexé. Avant tout le monde.

— Hé, qu'est-ce que c'était que ça ? interrogea Alex.

— Rien entendu, dit Stephen.

— C'était un coup de pistolet.

— Ils tirent des coups de feu dans la chambre où a été tué oncle Christian, expliqua Gina. Je ne sais pas pourquoi. Et dehors aussi.

La porte s'ouvrit encore une fois et Mildred Strete fit son entrée. Elle était vêtue de noir et portait un collier de perles d'onyx.

Elle murmura un vague bonjour, sans regarder quiconque, et prit place à table.

A voix basse, elle demanda :

— Un peu de thé, Gina, s'il te plaît. Rien à manger... Juste un toast.

Délicatement, elle effleura son nez et ses yeux du mouchoir qu'elle gardait à la main. Puis, sans paraître les voir, elle porta son regard sur les deux frères. Alex et Stephen finirent par s'en sentir gênés. Ils baissèrent la voix jusqu'au murmure, puis se levèrent et partirent.

— Même pas de cravate noire ! remarqua aigrement Mildred Strete, sans qu'on puisse savoir si elle prenait à témoin miss Marple ou l'univers tout entier.

— Je ne pense pas, fit valoir miss Marple, qu'ils auraient pu savoir d'avance qu'un meurtre allait être commis.

Gina laissa échapper un rire étouffé, ce qui lui valut un reproche muet de la part de Mildred, puis une question :

— Où est donc Walter, ce matin ?

Gina rougit.

— Je ne sais pas. Je ne l'ai pas vu.

Elle se tortillait sur sa chaise comme une enfant coupable.

Miss Marple se leva :

— Je vais à la bibliothèque.

*

Lewis Serrocold se tenait près de la fenêtre de la bibliothèque.

Il était seul dans la pièce.

Il vint à elle et lui prit la main :

— J'espère, dit-il, que vous ne vous ressentez pas trop du choc. Etre mêlée de si près à ce qui est sans conteste un meurtre constitue une épreuve pour qui n'a pas connu pareil événement auparavant.

La modestie interdisait à miss Marple de lui

répondre qu'elle était devenue, avec le temps, une familière de la mort violente. Elle se contenta de glisser que la vie à St. Mary Mead pouvait se révéler plus agitée qu'on le croyait en général.

— Il se passe de bien vilaines choses dans un village, je vous assure. Et on y a la possibilité, mieux qu'en ville, d'étudier la nature humaine.

Lewis Serrocold l'écoutait avec indulgence, mais d'une oreille distraite. Il dit simplement :

— J'ai besoin de votre aide.

— Mais bien sûr, Mr Serrocold.

— Il s'agit d'un problème qui concerne ma femme… qui concerne Caroline. Je crois que vous lui êtes réellement attachée ?

— Oui, bien sûr. Comme tout le monde.

— C'était ce que je croyais. Il semble que je me sois trompé. Avec l'autorisation de l'inspecteur Curry, je vais vous révéler quelque chose que personne ne sait encore. Ou peut-être devrais-je dire : que sait une seule personne.

En termes brefs, il refit à miss Marple le récit qu'il avait fait la veille à l'inspecteur Curry.

Miss Marple afficha une mine horrifiée :

— Je ne peux pas le croire, Mr Serrocold. Je ne peux vraiment pas le croire.

— J'ai réagi de la même façon quand Christian Gulbrandsen m'en a informé.

— J'aurais mis ma main au feu que notre chère Carrie-Louise n'avait pas un ennemi au monde.

— Il semble incroyable qu'elle puisse en avoir. Mais voyez-vous ce que cela implique ? Un empoisonnement – un empoisonnement lent –, c'est une affaire de famille. Ce ne peut être que quelqu'un de notre cercle familial si soudé…

— Si toutefois c'est bien *vrai*. Vous êtes sûr que Mr Gulbrandsen ne se trompait pas ?

— Christian ne se trompait pas. Il était d'une nature bien trop prudente pour se livrer à de pareilles affirmations sans un solide fondement. D'autre part, la police a emporté le flacon de fortifiant de Caroline, et un échantillon séparé de son contenu. Il y avait de l'arsenic dans les deux – et on ne lui avait pas prescrit d'arsenic. Les analyses quantitatives prendront un peu plus de temps, mais la présence d'arsenic a été définitivement établie.

— Alors ses rhumatismes… ses difficultés à marcher… tout cela…

— Oui. Les crampes dans les jambes sont un signe typique, à ce que j'ai compris. Et puis, avant que vous n'arriviez, Caroline avait souffert d'une ou deux sévères crises gastriques. Mais je n'aurais jamais imaginé, jusqu'à ce que Christian me mette au courant, que…

Il s'interrompit.

— Ainsi, Ruth avait raison ! souffla miss Marple.

— Ruth ?

Lewis Serrocold ne cachait pas sa surprise. Miss Marple rougit :

— Il y a quelque chose que je ne vous ai pas dit. Ma venue ici n'était pas tout à fait innocente. Si je puis vous expliquer… mais je m'exprime si mal. Soyez patient, je vous en prie.

Attentif, Lewis Serrocold écouta miss Marple lui faire part du malaise qu'avait éprouvé Ruth Van Rydock, et de son insistance.

— C'est extraordinaire, commenta-t-il. Je ne me doutais pas de tout cela.

— Mais c'était si vague, ajouta miss Marple. Ruth elle-même ne pouvait préciser l'origine de ses alarmes. Elles avaient sûrement une sérieuse raison d'être – d'après mon expérience, il y en a toujours une –, mais elle n'arrivait pas à aller plus loin que « quelque chose qui ne colle pas ».

— Eh bien, il semble qu'elle ait vu juste, grimaça Lewis. Maintenant, miss Marple, vous comprenez ma situation. Dois-je parler de tout cela à Caroline ?

— Oh non ! intervint promptement miss Marple, une note d'émotion dans la voix.

Elle rougit et, dubitative, le fixa.

Il hocha la tête :

— Alors vous pensez comme moi ? Comme pensait Christian Gulbrandsen ? Penserions-nous ainsi avec une femme ordinaire ?

— Carrie-Louise n'est *pas* une femme ordinaire. Elle est guidée par sa confiance, par sa foi dans la nature humaine… Oh ! Seigneur, je m'exprime de travers. Mais je pense que tant que nous ne savons pas qui…

— Oui, c'est bien là le nœud du problème. Mais vous voyez bien, miss Marple, qu'il y a un risque à ne rien dire…

— Et vous souhaitez que je – comment dirais-je ? – que je veille sur elle ?

— Vous êtes, comprenez-le, la seule personne en qui je puisse avoir confiance, répondit Lewis Serrocold avec simplicité. Ici tout le monde paraît l'adorer. Mais est-ce bien vrai ? Vous, votre affection pour elle remonte à bien des années.

— Et je ne suis arrivée que depuis quelques jours, releva miss Marple avec pertinence.

— Exactement, sourit Lewis Serrocold.

— J'ai une question très intéressée, s'excusa miss Marple. A qui, précisément, profiterait le décès de Carrie-Louise ?

— L'argent ! jeta Lewis, amer. On en revient toujours à l'argent, hein ?

— Eh bien, je crois qu'il faut y revenir dans ce cas. Parce que Carrie-Louise est une femme très douce, pleine de charme et qu'on ne peut imaginer que quelqu'un la haïsse. Je veux dire qu'elle ne peut pas s'être fait un *ennemi*. Donc, comme vous le disiez, cela nous ramène à une affaire d'argent, puisque, comme je n'ai nul besoin de vous le rappeler, Mr Serrocold, les gens sont souvent prêts à faire n'importe quoi pour de l'argent.

— Oui, il faut bien que je l'admette. Naturellement, l'inspecteur Curry s'est déjà intéressé à cet aspect des choses. Mr Gilfoy arrivera de Londres dans la journée, et pourra nous donner des renseignements détaillés. Le cabinet Gilfoy, Gilfoy, Jaimes & Gilfoy est tout à fait renommé. Le père de Mr Gilfoy avait été désigné comme l'un des premiers administrateurs de la Fondation, et ce sont eux qui ont préparé le testament de Caroline comme celui d'Eric Gulbrandsen. Pour vous les résumer en termes simples...

— Merci. J'ai toujours trouvé ces affaires juridiques si mystérieuses...

— Eric Gulbrandsen, après des dotations pour le collège, les bourses, diverses fondations et autres œuvres charitables, avait décidé d'une somme égale pour sa fille Mildred et pour sa fille adoptive Pippa – la mère de Gina. Le reste de sa vaste fortune a été placé en fidéicommis, et le revenu devait en aller à Caroline sa vie durant.

— Et après sa mort ?

— Après sa mort, il devait être distribué à parts égales entre Mildred et Pippa – ou entre leurs enfants, si leur décès avait précédé celui de Caroline.

— Autrement dit, il irait à Mrs Strete et à Gina.

— Oui. Caroline, de son côté, jouit d'une fortune considérable – pas du même niveau que celle de Gulbrandsen, évidemment. Elle m'a fait une donation entre vifs de la moitié, il y a quatre ans. En ce qui concerne l'autre moitié, elle lègue dix mille livres à Juliet Bellever, et le reste sera partagé également entre ses deux beaux-fils, Alex et Stephen Restarick.

— Seigneur ! murmura miss Marple, voilà qui est fâcheux. Très fâcheux.

— Plaît-il ?

— Cela veut dire que, dans cette maison, tout le monde avait un mobile financier.

— Certes... Et cependant, voyez-vous, je n'arrive pas à croire qu'aucun d'entre eux puisse commettre un meurtre. Je ne peux pas, tout simplement... Mildred est sa fille – et elle ne manque de rien. Gina adore sa grand-mère. Elle est généreuse et prodigue, mais ce n'est pas une rapace. Jolly Bellever a pour Caroline un dévouement fanatique. Quant aux deux Restarick, ils l'aiment comme si elle était leur propre mère. Ils n'ont, pour ainsi dire, pas d'argent, mais une bonne part des revenus de Caroline a servi à financer leurs projets – en particulier ceux d'Alex. Je ne peux pas concevoir que l'un des deux ait décidé de l'empoisonner simplement pour hériter à sa mort. Je n'y crois pas, miss Marple.

— Il y a encore le mari de Gina, non ?

— Oui, dit gravement Lewis. Il y a le mari de Gina.

— Vous ne savez pas grand-chose de lui. Et on voit bien qu'il n'est pas heureux du tout.

— Il n'a pas trouvé sa place ici, soupira Lewis Serrocold. Non. Il n'a ni intérêt ni sympathie pour ce que nous essayons de faire. Mais pourquoi en aurait-il ? Il est jeune, assez fruste, et il vient d'un pays où l'on juge un homme à l'aune de sa réussite.

— Alors qu'ici nous préférons les ratés, releva miss Marple.

Ce qui lui valut un coup d'œil méfiant de Lewis Serrocold.

Le pourpre lui vint aux joues et elle se lança dans un discours embarrassé :

— Vous savez, je pense quelquefois qu'on peut exagérer dans le mauvais sens... Je pense que les jeunes gens qui ont une bonne hérédité, qui ont été élevés avec sagesse dans un bon foyer… qui ont du cran et du courage, et savent affronter les difficultés de la vie… ce sont ceux-là – quand on y réfléchit sérieusement – dont un pays a *vraiment* besoin.

Lewis Serrocold fronça les sourcils. Miss Marple était très rouge, et s'emmêlait de plus en plus :

— Ne croyez pas que je ne juge pas à sa juste valeur… j'apprécie, bien sûr… Carrie-Louise et vous… un travail d'une vraie noblesse… plein de compassion… et chacun devrait en avoir parce qu'après tout, c'est la *personne* qui compte… ceux qui ont de la chance, et ceux qui n'en ont pas… et on attend davantage, et à juste titre, de ceux qui sont chanceux. Mais je pense quelquefois que le sens de la mesure… Oh ! ce n'est pas à vous que je fais allusion, Mr Serrocold. En fait, je ne sais pas très bien ce que je veux dire… Mais, dans ce domaine, les Anglais se comportent de manière bizarre. Même pendant la guerre, ils étaient plus fiers de leurs défaites et de leurs reculs que de leurs victoires. Les étrangers ne comprennent jamais pourquoi Dunkerque nous inspire un tel orgueil. Eux, ils préfèrent ne pas parler de leurs échecs. Mais nous, nous avons toujours l'air embarrassés par une victoire… Et nous nous comportons comme s'il était malséant de s'en réjouir. Et pensez à tous nos poètes ! La charge de la Brigade légère, et le pauvre petit *Revenge* qui a coulé pavillon haut au large de Gibraltar. Quand on y réfléchit, c'est tout de même un trait de caractère tout à fait bizarre !

Miss Marple s'accorda une pause pour reprendre sa respiration :

— Ce que je voulais dire, c'est que tout ici doit paraître bien étrange au jeune Walter Hudd.

— Oui, concéda Lewis Serrocold. Je comprends. Et Walter s'est certainement distingué pendant la guerre. On ne peut douter de son courage.

— Ce qui ne nous aide pas beaucoup, reconnut miss Marple, candide. Parce que la guerre est une chose, et la vie quotidienne une autre. Et pour commettre un meurtre, je crois qu'il faut un certain courage… ou peut-être, la plupart du temps, une bonne dose de suffisance. Oui, de la suffisance.

— Mais je ne vois pas en quoi Walter Hudd avait un mobile.

— Vraiment ? demanda miss Marple. Il déteste cette maison. Il veut partir. Il veut sortir Gina de tout cela. Et si, en fait, c'est réellement de l'argent qu'il recherche, il serait important pour lui que Gina entre en possession de sa fortune avant que… euh… avant qu'elle ne s'attache pour de bon à quelqu'un d'autre.

— Avant qu'elle ne s'attache à quelqu'un d'autre ? s'étonna Lewis, incrédule.

Miss Marple commençait à s'interroger sur l'aveuglement de ceux qui veulent changer l'univers.

— Vous m'avez bien entendue. Les deux frères Restarick sont amoureux de Gina, vous savez.

— Bah ! je ne crois pas, répondit distraitement Lewis. Pour nous, Stephen est irremplaçable

– absolument irremplaçable. La manière dont il arrive à intéresser tous ces jeunes gens, à les enthousiasmer… Il y a un mois, ils ont monté un spectacle formidable. La mise en scène, les costumes, tout… Ça démontre bien, comme je l'ai toujours dit à Maverick, que c'est le manque de dramatisation dans leur vie qui a conduit tous ces garçons sur la voie du crime. Pour les enfants, l'instinct dramatique est tout ce qu'il y a de naturel. Maverick dit toujours… Ah ! oui, Maverick…

Lewis s'interrompit.

— Je veux que Maverick parle à l'inspecteur Curry, à propos d'Edgar. Cette histoire est complètement ridicule.

— Que savez-vous vraiment d'Edgar Lawson, Mr Serrocold ?

— Tout, affirma Lewis. Enfin, tout ce qu'il faut savoir. Ses origines, son éducation… Son profond manque de confiance en lui…

Miss Marple l'interrompit :

— Edgar Lawson pourrait-il avoir empoisonné Mrs Serrocold ?

— J'en doute. Il n'est là que depuis quelques semaines. Et puis, à la fin, c'est idiot ! Pourquoi Edgar voudrait-il empoisonner ma femme ? Qu'aurait-il à y gagner ?

— Rien de concret, je sais. Mais il pourrait avoir un motif – un motif bizarre. Il est *bizarre*, vous savez.

— Vous voulez dire déséquilibré ?

— Oui, je crois. Non… pas tout à fait. Ce que je veux dire, *c'est qu'il a tout faux*.

Ce n'était pas un exposé très clair de ce que miss Marple éprouvait. Lewis Serrocold prit ses paroles au pied de la lettre :

— Oui, soupira-t-il. Il a tout faux, le pauvre garçon. Dire qu'il allait tellement mieux... Je ne comprends pas pourquoi il nous a fait une telle rechute.

Miss Marple se rapprocha, l'air intéressé :

— Oui, c'est ce que je me suis demandé. Si...

Elle se tut, car l'inspecteur Curry entrait dans la pièce.

12

Lewis Serrocold s'en fut. L'inspecteur Curry s'assit et adressa à miss Marple un sourire ambigu :

— Alors, Mr Serrocold vous a demandé de jouer les chiens de garde ?

— Eh bien… c'est-à-dire que oui… J'espère que vous n'y voyez pas d'inconvénient.

— Je n'y vois aucun inconvénient. Je pense que c'est une bonne idée. Mais Mr Serrocold sait-il à quel point vous êtes qualifiée pour cette fonction ?

— Je ne vous suis pas bien, inspecteur.

— Je vois. Il croit que vous n'êtes qu'une charmante vieille demoiselle qui a été en pension avec sa femme.

L'inspecteur secoua la tête :

— Mais vous n'êtes pas que cela, n'est-ce pas, miss Marple ? Le crime, c'est votre rayon. Mr Serrocold ne connaît que l'un des aspects du crime : celui des débutants prometteurs… Quelquefois, ça me rend malade. On peut dire que je me trompe, et que je suis vieux jeu. Mais ce ne sont quand même pas les garçons convenables qui manquent, des garçons auxquels un petit coup de pouce au départ ferait du bien… Mais là, l'honnêteté doit trouver en soi sa propre récompense. Les millionnaires ne créent pas des fondations pour aider ceux qui en valent la peine. Enfin… ne faites pas attention à mes radotages… Je suis vieux jeu, je vous l'ai dit. J'ai vu des garçons – et des filles – qui avaient tout contre eux, une famille épouvantable, la malchance, tous les handicaps, et qui ont quand même eu assez de cran pour s'en sortir. Ça, c'est le genre de gens à qui je laisserais volontiers ma fortune, si j'en avais une. Mais évidemment, je n'en aurai jamais. Rien que ma retraite, et mon petit bout de jardin.

Il adressa à miss Marple un clin d'œil de connivence.

— Le super intendant Blacker m'a parlé de vous hier soir. Il m'a dit que vous aviez une certaine expérience des vilains côtés de la nature humaine. Eh bien, j'attends votre point de vue. Dans cette bergerie, qui est la brebis galeuse ? Le mari G.I. ?

— Cela arrangerait bien tout le monde, répliqua miss Marple.

L'inspecteur Curry esquissa un sourire :

— Un G.I. m'a piqué ma petite copine, autrefois. Alors, bien sûr, j'ai des préjugés. Et son attitude n'arrange rien… Revenons-en au point de vue de l'amateur. Qui donc s'est mis à empoisonner méthodiquement Mrs Serrocold ?

— Eh bien, répondit miss Marple d'un air docte, les êtres humains étant ce qu'ils sont, on est toujours porté à penser au *mari*. Ou, en sens inverse, à la femme. Dans une affaire d'empoisonnement, c'est la première hypothèse à formuler, vous ne croyez pas ?

— J'approuve des deux mains.

— Mais vraiment, dans cette affaire-ci…

Miss Marple secoua la tête :

— Non, franchement non… Je ne peux pas m'arrêter sérieusement sur Mr Serrocold. Parce que, voyez-vous, inspecteur, il *adore* sa femme. On pourrait naturellement imaginer que ce n'est que pour la galerie… mais ce n'est pas pour la galerie. C'est un amour discret, mais sincère. Il aime sa femme, et je suis certaine qu'il ne pourrait pas l'empoisonner.

— Sans parler du fait qu'il n'aurait pas de mobile : son épouse lui a déjà donné son argent.

— Il va de soi, reprit miss Marple, très collet monté, qu'un monsieur peut avoir d'autres raisons pour écarter son épouse de son chemin. Des liens avec une jeune femme, par exemple… Mais, là, je n'en décèle aucun signe. Mr Serrocold n'agit pas comme un homme qui entretient une idylle clandestine. Je crains bien…

Le ton de miss Marple n'était pas exempt d'une nuance de regret :

— … que nous n'ayons à l'écarter définitivement.

— C'est bien dommage, non ? sourit l'inspecteur. Et de toute façon, il ne peut pas avoir tué Gulbrandsen. Or, il me semble incontestable que ces deux éléments sont liés. Celui qui empoisonnait Mrs Serrocold a assassiné Gulbrandsen pour l'empêcher de vendre la mèche. Ce à quoi il faut nous attacher maintenant, c'est à découvrir qui peut avoir eu l'occasion de descendre Gulbrandsen hier soir. Et notre suspect de choix – il n'y a pas de doute là-dessus –, c'est le jeune Walter Hudd. C'est lui qui a allumé la lampe qui a fait sauter les plombs, ce qui lui a donné la possibilité de quitter le grand salon et d'aller au tableau des fusibles. Ce tableau se trouve dans le petit couloir de la cuisine qui donne sur le grand corridor. Et c'est pendant son absence qu'on a entendu le coup de feu. Voilà donc notre suspect numéro un en situation idéale pour commettre le crime.

— Et le suspect numéro deux ?

— Le numéro deux, c'est Alex Restarick, qui était tout seul dans sa voiture entre la loge des gardiens et la maison, et qui a mis bien longtemps à arriver ici.

— Et qui d'autre ?

Miss Marple était dévorée de curiosité. Mais elle n'oubliait pas les règles de la courtoisie :

— C'est tellement gentil à vous de me dire tout cela.

— Ce n'est pas de la gentillesse, répliqua l'inspecteur. J'ai besoin de votre aide. Vous avez mis le doigt dessus en demandant « Qui d'autre ? ». Parce que c'est là que *vous* m'êtes nécessaire. Hier soir, vous étiez dans le grand salon, et vous pouvez me dire qui en est sorti…

— Oui… oui, je devrais pouvoir vous le dire… Mais le puis-je ? Vous comprenez… dans ces circonstances…

— Vous voulez dire que vous étiez tous à écouter la bagarre qui se déroulait dans le bureau de Mr Serrocold ?

Miss Marple acquiesça vivement :

— Nous étions tous très inquiets, vous comprenez. Mr Lawson donnait vraiment l'impression d'être en proie à une crise de démence. Sauf Mrs Serrocold, que tout cela semblait laisser indifférente, nous redoutions tous qu'il n'ait un geste irréparable. Il hurlait, vous savez, et proférait des paroles horribles… Nous les entendions très bien… Et avec ça, et presque toutes les lumières éteintes… je n'ai pas fait attention à grand-chose d'autre.

— Vous êtes en train de me dire que, pendant cet épisode, n'importe qui aurait pu s'échapper furtivement du salon, traverser le corridor, tuer Mr Gulbrandsen, et revenir tranquillement ?

— Je crois qu'on ne peut pas l'exclure.

— Et pourriez-vous me citer, avec certitude, ceux qui n'ont à aucun moment quitté le grand salon ?

Miss Marple s'accorda un instant de réflexion :

— Mrs Serrocold, c'est certain… parce que je l'observais. Elle était assise tout près de la porte du bureau, et elle n'a pas bougé de son fauteuil. Ça m'a étonnée, vous savez, de la voir rester si calme.

— Et les autres ?

— Miss Bellever est sortie, mais je pense… oui, j'en suis presque sûre… que c'était *après* le coup de feu. Mrs Strete ? Ça, je ne sais pas. Elle était derrière moi, comprenez-vous. Gina se tenait près de la grande baie. Je *crois* qu'elle est restée là tout le temps, mais je n'en mettrais pas ma main au feu. Et Stephen était au piano, mais il a arrêté de jouer quand la querelle a commencé à s'échauffer…

— Il ne faut pas que nous nous laissions égarer par l'heure à laquelle vous avez entendu le coup de feu, remarqua l'inspecteur. C'est un truc qui a déjà été utilisé. On tire, ou on fait tirer, un coup à blanc pour donner une fausse heure du crime. Si miss Bellever avait concocté une combine de ce genre – je reconnais que c'est un peu tiré par les cheveux, mais on ne sait jamais –, elle aurait pu quitter le salon, comme elle l'a fait, au vu et au su de tous, après le coup de feu. Non, nous ne pouvons pas retenir ce coup de feu comme indice probant. Les limites que nous devons nous fixer se situent entre le moment où Christian Gulbrandsen a regagné sa chambre, et celui où miss Bellever l'a trouvé mort ; les seules personnes que nous pouvons écarter sont celles dont nous sommes sûrs qu'ils n'ont pas eu la possibilité matérielle de tuer. Ce qui nous donne Lewis Serrocold et Edgar Lawson, qui étaient dans le bureau, et Mrs Serrocold. Il va de soi qu'il est bien malencontreux que Gulbrandsen ait été assassiné le soir même de ce ramdam entre Serrocold et le jeune Lawson.

— Malencontreux, vous trouvez ? murmura miss Marple.

— Oh ? A quoi pensez-vous ?

— Il m'est venu à l'esprit que ce pouvait être *voulu*.

— C'est donc votre théorie ?

— Eh bien, tout le monde paraît juger étonnant qu'Edgar Lawson ait fait si soudainement une rechute. Vous savez, il souffrait de ce curieux complexe, si c'est bien le terme adéquat, au sujet de son père inconnu. Winston Churchill, le maréchal Montgomery, tout cela était assez logique, dans son état d'esprit. En fait, le premier homme célèbre qui lui passait par la tête. Mais supposez que quelqu'un lui insuffle l'idée que c'est Lewis Serrocold qui est son père, que c'est Lewis Serrocold qui le persécute… et que lui devrait être, en quelque sorte, le prince héritier de Stonygates. Compte tenu de sa faiblesse d'esprit, il accepte cette idée… Dans sa tête, ça se met à bouillonner et, tôt ou tard, il se livrera au genre de scène que nous avons vue. Et quel merveilleux camouflage cela fera ! Chacun fixera son attention sur la situation dangereuse qui est en train de se développer… surtout si quelqu'un a eu la prévenance de le munir d'un revolver.

— Hum, oui… Le revolver de Walter Hudd.

— Eh oui. J'y ai pensé. Mais, voyez-vous, s'il est vrai que Walter est peu communicatif, qu'il boude et qu'il est désagréable, je ne le crois quand même pas *stupide.*

— Alors vous écartez Walter ?

— Je pense que tout le monde serait soulagé que ce soit lui. Cela peut paraître injuste, mais c'est parce qu'il est étranger à la famille.

— Et sa femme ? demanda l'inspecteur. Elle serait soulagée, elle ?

Miss Marple ne répondit pas. Elle se souvenait de Gina et de Stephen Restarick si proches l'un de l'autre, comme elle les avait vus le premier jour. Elle se rappelait aussi la manière qu'avait eue Alex Restarick de regarder Gina en entrant dans le grand salon la veille au soir. Que pensait Gina elle-même de tout cela ?

*

Deux heures plus tard, l'inspecteur Curry se renversa contre le dossier de son fauteuil et s'étira :

— Eh bien, soupira-t-il, nous avons sacrément déblayé le terrain.

Le sergent Lake en convint.

— Les domestiques sont hors de cause, commenta-t-il. Ceux qui logent ici se trouvaient tous ensemble pendant la période critique. Et les autres étaient rentrés chez eux.

L'inspecteur approuva d'un signe de tête. Il se sentait l'esprit fatigué.

Il avait interrogé successivement les physiothérapeutes, les membres du corps enseignant, et ceux qu'il surnommait « les deux jeunes chevaux de retour », dont ç'avait été le tour de partager le repas de la famille ce soir-là. Tous leurs récits coïncidaient et se corroboraient les uns les autres. Tous étaient de tempérament grégaire, et il n'y avait pas d'âme solitaire parmi eux. Ce qui était bien commode pour les alibis. Il pouvait donc les écarter. L'inspecteur avait gardé pour la fin le Dr Maverick qui était, pour autant qu'il en pût juger, le principal responsable de l'Institut,

— Nous allons le voir maintenant, Lake.

C'est ainsi que le jeune médecin fit son entrée, net et pimpant, le regard un tantinet inhumain derrière son pince-nez.

Maverick confirma les déclarations de son équipe et tomba d'accord avec les conclusions de l'inspecteur. Il n'y avait eu aucun relâchement, aucune faille dans la surveillance du collège. La mort de Christian Gulbrandsen ne pouvait donc être imputée à l'un des « jeunes patients », comme Curry lui-même avait failli les appeler, tant il était fasciné par la ferveur de l'atmosphère médicale.

— Mais nos patients sont exactement ce qu'ils sont, déclara le Dr Maverick avec un petit sourire.

C'était un sourire un peu hautain, et l'inspecteur n'aurait pas appartenu à l'espèce humaine s'il n'en avait éprouvé quelque agacement. Il prit son ton le plus professionnel :

— Maintenant, en ce qui concerne vos propres mouvements, Dr Maverick ? Pouvez-vous m'en donner le détail ?

— Certainement. Je les ai notés pour vous, avec les heures approximatives.

Le Dr Maverick avait quitté le grand salon à 21 h 15, en compagnie de Mr Lacy et du Dr Baumgarten. Tous trois s'étaient rendus dans le logement du Dr Baumgarten, où ils avaient discuté de l'évolution de certains traitements jusqu'à ce que miss Bellever arrive en hâte et demande au Dr Maverick d'aller au grand salon. Ce qui se situait aux environs de 21 h 30. Il était immédiatement descendu, et avait trouvé Edgar Lawson en plein collapsus psychologique.

L'inspecteur Curry s'agita un peu sur son siège :

— Un instant, Dr Maverick. A votre avis, peut-on

affirmer que ce jeune homme souffre de troubles mentaux ?

Le médecin arbora à nouveau un sourire plein de supériorité :

— Nous souffrons tous de troubles mentaux, inspecteur Curry.

« Tu parles d'une réponse », pensa le policier. Il savait bien qu'il ne souffrait pas, *lui,* de troubles mentaux, quoi qu'il en puisse être du Dr Maverick !

— Est-il responsable de ses actes ? Il sait ce qu'il fait, j'imagine ?

— Absolument.

— Par conséquent, quand il a tiré sur Mr Serrocold, il s'agissait ni plus ni moins d'une tentative de meurtre ?

— Non, non, inspecteur. Cela n'a rien à voir.

— Voyons, Dr Maverick. J'ai vu les impacts des deux balles dans le mur. Elles ont dû passer bien près de la tête de Mr Serrocold.

— Peut-être. Mais Lawson n'avait pas l'intention de le tuer, ni même de le blesser. Il aime beaucoup Mr Serrocold.

— C'est une façon curieuse de lui prouver son affection.

Le Dr Maverick sourit une fois encore. L'inspecteur trouvait ce sourire insupportable.

— Toutes nos actions sont intentionnelles. Chaque fois que vous, inspecteur, vous oubliez un nom ou un visage, c'est parce que, dans votre inconscient, vous *souhaitez* l'oublier.

L'inspecteur Curry se borna à afficher son incrédulité…

— Chaque fois que vous commettez un lapsus, reprit le médecin, ce lapsus a une signification. Edgar Lawson ne se tenait qu'à quelques pas de Mr Serrocold. Il aurait pu facilement le tuer. Au lieu de cela, il l'a manqué. Et pourquoi l'a-t-il manqué ? Parce qu'il *voulait* le manquer. C'est aussi simple que cela. Mr Serrocold n'a jamais été en danger… et il le savait parfaitement lui-même. Il a considéré le geste d'Edgar comme ce qu'il était en réalité : un acte de défi et de révolte contre un univers qui l'a privé de ce qui est nécessaire à tout enfant : la sécurité et l'affection.

— Je pense que j'aimerais voir ce jeune homme.

— Mais bien sûr, si vous le désirez. Sa crise d'hier soir a eu un effet cathartique. Aujourd'hui, nous constatons une très nette amélioration. Mr Serrocold en sera enchanté.

L'inspecteur Curry adressa au médecin un regard acéré, mais le Dr Maverick était aussi sérieux que de coutume.

Le policier soupira :

— Détenez-vous de l'arsenic ?

— De l'arsenic ?

Le Dr Maverick était visiblement pris au dépourvu :

— Quelle question étonnante ! Pourquoi de l'arsenic ?

— Répondez simplement à ma question, je vous prie.

— Non. Je ne détiens pas d'arsenic, sous quelque forme que ce soit.

— Mais vous avez bien des médicaments ?

— Oh ! évidemment. Des sédatifs. De la morphine. Des barbituriques. Les médicaments habituels.

— Soignez-vous Mrs Serrocold ?

— Non. Le médecin de la famille est le Dr Gunter de Market Kimble. J'ai, bien entendu, un doctorat en médecine, mais, en tant que praticien, je m'en tiens strictement à l'exercice de la psychiatrie.

— Je vois. Eh bien, merci beaucoup, Dr Maverick.

Pendant que le Dr Maverick s'en allait, l'inspecteur Curry murmura au sergent Lake que les psychiatres lui tapaient sur le système.

— Nous allons maintenant passer à la famille, ajouta-t-il. Je verrai le jeune Walter Hudd pour commencer.

L'attitude de Wally Hudd reflétait une certaine défiance. Mais il ne s'en montra pas moins raisonnablement coopératif.

Une bonne partie de l'installation électrique de Stonygates était défectueuse, expliqua-t-il, et l'ensemble très vétuste. Aux Etats-Unis, on ne l'aurait jamais acceptée.

— Je crois, sourit l'inspecteur, que c'est feu Mr Gulbrandsen qui l'avait fait monter, quand l'électricité était encore une nouveauté.

— Je l'aurais parié ! Ça remonte à ce bon vieux déluge, et ça n'a jamais été modernisé.

Le fusible dont dépendait l'essentiel de l'éclairage du grand salon, continua Walter Hudd, avait sauté, et il était allé au tableau pour le réparer. La réparation effectuée, il était revenu.

— Pendant combien de temps vous êtes-vous absenté ?

— Alors ça, je ne pourrais pas dire au juste. Le tableau des fusibles est dans un endroit mal placé. Il a fallu que je prenne un escabeau et une bougie. Je dirais dix minutes… peut-être un quart d'heure.

— Avez-vous entendu un coup de feu ?

— Ma foi non, je n'ai rien entendu de ce genre. Le passage qui mène aux cuisines est fermé par des doubles portes, et il y en a une qui est capitonnée avec une espèce de feutre.

— Je vois. Et, quand vous êtes revenu dans le grand salon, qu'avez-vous vu ?

— Ils étaient tous agglutinés autour de la porte du bureau de Mr Serrocold. Mrs Strete disait que Mr Serrocold avait été abattu – mais, en fait, ce n'était pas vrai. Mr Serrocold était sain et sauf. L'autre ballot l'avait manqué.

— Vous avez reconnu le revolver. ?

— Je pense bien que je l'ai reconnu ! C'était le mien.

— Quand l'aviez-vous vu pour la dernière fois ?

— Il y a deux ou trois jours.

— Où le rangez-vous ?

— Dans un tiroir de ma chambre.

— Qui savait qu'il était là ?

— Dans cette maison, on ne sait pas qui sait quoi.

— Qu'entendez-vous par là, Mr Hudd ?

— Qu'ils sont tous frappés !

— Quand vous êtes revenu dans le salon, tout le monde était là ?

— Ça veut dire quoi, tout le monde ?

— Les mêmes personnes qui s'y trouvaient quand vous étiez parti réparer les plombs.

— Gina était là… et la vieille demoiselle qui a les cheveux blancs… et puis miss Bellever… Je n'ai pas fait particulièrement attention… Mais c'est ce que je dirais.

— Mr Gulbrandsen était arrivé avant-hier de manière tout à fait inattendue, n'est-ce pas ?

— Je crois, oui. Ce n'était pas ce qu'il faisait d'habitude, si j'ai bien compris.

— Est-ce que quelqu'un vous a paru ennuyé de son arrivée ?

Walter Hudd réfléchit un instant avant de répondre, à nouveau prudent :

— Non… Je ne dirais pas ça.

— Avez-vous la moindre idée du motif de sa venue ?

— C'était pour leur précieuse Fondation Gulbrandsen, je suppose. Toute cette boîte n'a ni queue, ni tête.

— Mais vous avez aussi des boîtes de ce genre, comme vous le dites, aux Etats-Unis.

— C'est une chose que de créer une fondation, et une autre de la faire tourner n'importe comment, comme ça se passe ici. Des psychiatres, je croyais en avoir vu en pagaille, à l'armée. Mais ce n'était rien à côté d'ici, où il en sort de tous les coins. Ils apprennent à des jeunes voyous à faire des paniers en raphia et à sculpter des râteliers à pipes. Des jeux de gamins ! Des trucs de chochottes !

L'inspecteur Curry s'abstint de commenter ces critiques. Peut-être les partageait-il.

Observant attentivement Walter Hudd, il demanda :

— Ainsi, vous ne savez pas qui pourrait avoir tué Mr Gulbrandsen ?

— Un des petits génies du collège, pour faire des travaux pratiques, si vous voulez que je vous dise.

— Non, Mr Hudd, c'est exclu. Le collège, malgré l'ambiance de liberté qui y est soigneusement entretenue, n'en est pas moins un lieu de détention, et fonctionne en tant que tel. Personne ne peut en sortir et y rentrer en pleine nuit après avoir commis un meurtre.

— Ils en seraient bien capables ! Mais si vous cherchez parmi les proches, à votre place, je parierais sur Alex Restarick.

— Qu'est-ce qui vous fait dire ça ?

— Il en avait la possibilité. Il était dans le coin, tout seul dans sa voiture.

— Et quelle raison aurait-il eue pour vouloir tuer Christian Gulbrandsen ?

Walter Hudd haussa les épaules :

— Je suis un étranger. Je ne connais pas les dessous de la famille. Peut-être que le vieux avait appris quelque chose sur Alex, et qu'il allait vendre la mèche aux Serrocold.

— Et alors ?

— Ils auraient pu lui couper les vivres. Il a besoin

de pognon en tout cas, il le dépense à pleines poignées.

— Vous voulez dire... Dans ses projets théâtraux ?

— C'est comme ça qu'il les appelle ?

— Vous sous-entendez qu'il pourrait s'agir d'autre chose ?

A nouveau, Walter Hudd haussa les épaules :

— Je n'en sais rien, lâcha-t-il.

13

Volubile, Alex Restarick gesticulait d'abondance :

— Je sais, je sais ! Je suis le suspect idéal. Je conduisais seul pour arriver ici et, en chemin, j'ai eu un accès de créativité. Mais je ne pense pas que vous puissiez comprendre ça. Comment le pourriez-vous, d'ailleurs ?

— Je pourrais, coupa sèchement l'inspecteur.

Mais Alex poursuivait :

— C'est comme ça ! Ça vous tombe dessus, sans qu'on sache ni quoi ni qu'est-ce. Un effet… Une idée… Et on oublie tout le reste ! Je lance « Limehouse Nights » le mois prochain. Tout à coup, hier soir, une ambiance merveilleuse… *La* lumière parfaite. Le brouillard… et le pinceau des phares qui perçait la brume… qui le réfléchissait pour donner un éclairage glauque à la masse des bâtiments. Une harmonie sublime ! Les coups de feu… la course des pas… le bourdonnement du groupe électrogène… Ç'aurait pu être une péniche sur la Tamise. Et je me suis dit : voilà ce que je cherchais… mais comment vais-je faire pour obtenir le même effet ? Et…

— Vous avez entendu des coups de feu ? coupa le policier. Où cela ?

— Dans le coton du brouillard, inspecteur.

Alex esquissait des gestes vagues de ses mains potelées, manucurées avec soin :

— Dans le brouillard… C'était *ça*, ce qu'il y avait de merveilleux.

— Il ne vous est pas venu à l'esprit que ce pourrait être grave ?

— Grave ? Pourquoi aurais-je pensé cela ?

— Des coups de feu, ça vous paraît banal ?

— Ah, je savais bien que vous ne comprendriez pas ! Les coup de feu s'intégraient à la scénographie que j'étais en train d'imaginer. Pour mon atmosphère, j'avais *besoin* de coups de feu. De danger… d'opium… de folie… Pourquoi me serais-je soucié de ce dont il s'agissait en réalité ? De la pétarade d'un camion sur la route ? D'un braconnier tirant le lapin ?

— Dans le coin, ils sont en général plutôt portés sur les collets, glissa l'inspecteur.

Alex Restarick balaya la remarque :

— Un gamin lançant des pétards ? Je ne les ai même pas perçus comme… comme des coups de feu… J'étais à Limehouse… Ou, plutôt, non… J'étais au fond de la salle… observant Limehouse.

— Combien de coups de feu ?

— Je ne sais pas, lâcha Alex, indifférent. Deux ou trois… Si, deux, très rapprochés, je m'en souviens.

L'inspecteur hocha la tête :

— Et vous avez parlé de quelqu'un qui courait, je crois ? Où ça ?

— Dans le brouillard, aussi. Quelque part près de la maison.

— Cela pourrait nous pousser à croire que le meurtrier de Christian Gulbrandsen venait *de l'extérieur*, releva le policier d'une voix douce.

— Bien entendu. Pourquoi pas ? Vous ne voulez quand même pas dire qu'il venait *de l'intérieur* de la maison ?

Toujours très doucement, l'inspecteur répliqua :

— Nous devons envisager toutes les hypothèses.

— Oui, je comprends, concéda généreusement Alex. Mais quel travail sans âme est le vôtre, inspecteur ! Tous ces détails, ces heures à déterminer, ces localisations à établir... toute la mesquinerie de la procédure... Et pour quoi, en fin de compte, je vous le demande ? Est-ce que cela peut rappeler à la vie ce malheureux Christian Gulbrandsen ?

— Pour nous, Mr Restarick, il y aurait une vraie satisfaction à attraper notre homme.

— Ça, c'est le côté western !

— Vous connaissiez bien Mr Gulbrandsen ?

— Pas suffisamment pour avoir envie de l'assassiner, inspecteur. Depuis que j'ai vécu ici, dans mon adolescence, je l'ai vu de temps à autre. Il faisait de brèves apparitions. C'était un capitaine d'industrie. Un genre que je ne prise pas énormément. Je crois qu'il avait toute une collection de statues de Thorwaldsen...

Alex frissonna :

— Ça veut tout dire, non ? Mon Dieu, le goût des gens riches !

L'inspecteur Curry, songeur, l'observait. Il finit par lâcher :

— Vous intéressez-vous aux poisons, Mr Restarick ?

— Aux poisons ? Mais enfin, cher monsieur, Gulbrandsen n'a quand même pas été empoisonné, d'abord, et revolvérisé ensuite. Ça ferait franchement trop roman policier.

— Il n'a pas été empoisonné. Mais vous n'avez pas répondu à ma question.

— Le poison possède un certain charme… Il n'a pas la brutalité d'une balle de revolver ou d'une arme blanche. Mais je n'ai pas de connaissances particulières sur ce sujet, si c'est ce que vous voulez savoir.

— Avez-vous jamais eu de l'arsenic en votre possession ?

— Pour des sandwiches ? Après le spectacle ? Tiens, ça, c'est une idée intéressante. Vous ne connaissez pas Rose Gildon ? Seigneur, ces actrices qui croient s'être trouvé un nom ! Non, je n'ai jamais pensé à l'arsenic. On peut l'extraire du désherbant, ou du papier tue-mouches, je crois ?

— Vous venez souvent ici, Mr Restarick ?

— Cela dépend, inspecteur. Quelquefois, pas pendant des semaines. Mais j'essaie toujours, quand je le peux, de faire un saut pour le week-end. J'ai toujours considéré Stonygates comme mon vrai foyer.

— Mrs Serrocold vous y avait encouragé ?

— Je ne pourrai jamais lui rendre tout ce que je lui dois… La sympathie, la compréhension, l'affection…

— Et un joli paquet d'argent, si j'ai bien compris ?

Une expression de dégoût se peignit sur les traits d'Alex Restarick :

— Elle me traite comme un fils, et elle a foi en mon travail.

— Vous a-t-elle jamais parlé de son testament ?

— Certainement. Mais puis-je vous demander le pourquoi de toutes ces questions, inspecteur ? Il n'y a pas de problème avec Mrs Serrocold.

— Il vaudrait mieux qu'il n'y en ait pas, répliqua le policier d'un air sombre.

— Qu'entendez-vous par là, je vous prie ?

— Si vous ne le savez pas, tant mieux pour vous… Et si vous le savez… Considérez cela comme un avertissement.

Après le départ d'Alex, le sergent Lake émit un commentaire :

— Faux comme un jeton, pas vrai ?

L'inspecteur Curry afficha une moue dubitative.

— C'est difficile à dire. Il a peut-être réellement un talent créatif. Ou bien il aime se la couler douce et faire du vent. On ne peut jamais savoir. Il a entendu quelqu'un qui courait, hein ? Je serais prêt à parier que ça, il l'a inventé.

— Pour une raison précise ?

— Pour une raison très précise. On ne s'en est pas encore occupé, mais on va y venir.

— Après tout, patron, un de ces petits malins

peut s'être tiré du collège en douce. Dans le lot, il y a probablement quelques monte-en-l'air, et si c'est le cas…

— C'est ce qu'on voudrait nous faire croire. Très pratique. Mais si c'est vrai, Lake, je mangerai séance tenante mon chapeau neuf.

*

— J'étais au piano, déclara Stephen Restarick. Je pianotais en sourdine quand la bagarre a éclaté. Entre Lewis et Edgar.

— Qu'est-ce que vous en avez pensé ?

— Bof… Pour dire la vérité, je n'ai pas pris ça très au sérieux. Le pauvre bougre a des crises comme ça. Il n'est pas vraiment dingo, vous savez. Toutes ces sornettes, c'est, en quelque sorte, pour décompresser. A dire vrai, il nous a tous pris en grippe… en particulier Gina, bien sûr.

— Gina ? Mrs Hudd ? Pourquoi l'a-t-il prise en grippe ?

— Parce que c'est une femme… et une très jolie femme… et parce qu'elle pense qu'il est toqué ! Elle est à moitié italienne, vous savez, et les Italiens ont un penchant inconscient à la cruauté. Ils sont sans pitié pour ceux qui sont vieux, ou laids, ou différents. Ils les montrent du doigt et ils ricanent. C'est ce qu'a fait Gina. Métaphoriquement, s'entend. Le jeune Edgar, elle s'en moquait. Il était ridicule, vaniteux, et surtout, manquait fondamentalement de confiance en lui. Il voulait faire de l'esbroufe, mais il n'arrivait qu'à avoir l'air idiot. Pour elle, ça n'avait aucune importance si elle en faisait baver un bon coup à ce pauvre garçon.

— Vous insinuez qu'Edgar Lawson est amoureux de Mrs Hudd ?

Un large sourire éclaira le visage de Stephen Restarick :

— Oh ! ça, oui. En fait, nous le sommes tous plus ou moins ! Elle nous préfère comme ça.

— Et cela plaît à son mari ?

— Il voit ça d'un sale œil. Il est malheureux, lui aussi, le pauvre bougre. Ça ne peut pas durer, vous comprenez. Leur mariage, je veux dire. Ça va casser d'ici peu. Vous savez, ces mariages de guerre…

— Tout cela est très intéressant, trancha l'inspecteur. Mais ça nous éloigne de notre sujet, à savoir l'assassinat de Christian Gulbrandsen.

— Tout à fait. Mais je ne peux rien vous dire là-dessus. J'étais assis au piano, et j'y suis resté jusqu'à ce que Jolly arrive avec un lot de vieilles clefs rouillées, et essaie de voir s'il y en avait une qui ouvrait la serrure de la porte du bureau.

— Vous êtes resté au piano. Vous avez continué à jouer ?

— Le genre musique de fond pour un combat à mort ? Non, je me suis arrêté de jouer quand l'affaire a pris de l'ampleur. Remarquez bien que je me suis toujours douté du résultat. Lewis a ce que j'appellerais l'œil dynamique. Il aurait pu faire plier Edgar juste en le regardant.

— Et pourtant Edgar Lawson a tiré deux fois sur lui.

Stephen Restarick hocha la tête en souriant :

— Du mélo, c'est tout. Il s'amusait. Ma chère mère avait l'habitude de faire la même chose. Elle est morte, ou elle est partie avec je ne sais qui, quand j'avais quatre ans, mais je me souviens qu'elle brandissait un pistolet chaque fois que quelque chose la contrariait. Une fois, elle a joué à ça dans une boîte de nuit. Elle a fait de la dentelle sur les murs. Une tireuse d'élite, vous savez. Vous imaginez le raffut... C'était une danseuse russe, vous comprenez.

— Bien sûr. Pourriez-vous me dire, Mr Restarick, qui est sorti du grand salon, hier soir, pendant que vous vous y trouviez ? Au moment présumé du crime ?

— Wally – pour réparer les plombs. Et Juliet Bellever, pour trouver une clef pour la porte du bureau. Personne d'autre, à ma connaissance.

— Si quelqu'un d'autre était sorti, l'auriez-vous remarqué ?

Le jeune homme se donna le temps de réfléchir :

— Probablement pas. Si on avait marché sur la pointe des pieds... Il faisait sombre, dans le grand salon... Et puis il y avait cette bagarre que nous suivions tous avec avidité.

— Y a-t-il quelqu'un dont vous soyez *certain* qu'il est resté là tout le temps ?

— Mrs Serrocold... oui, et puis Gina. Je le jurerais.

— Je vous remercie, Mr Restarick.

Stephen se dirigea vers la porte. Mais il hésita, et revint sur ses pas :

— Qu'est-ce que c'est que cette histoire d'arsenic ? interrogea-t-il.

— Qui donc vous a parlé d'arsenic ?

— Mon frère.

— Ah… oui.

— On administrait de l'arsenic à Mrs Serrocold ? demanda Stephen.

— Pourquoi faites-vous allusion à Mrs Serrocold ?

— J'ai lu quelque part les symptômes de l'empoisonnement à l'arsenic. Des névrites périphériques, non ? Ça collerait d'assez près avec ce dont elle a souffert ces derniers temps. Et puis il y a Lewis qui s'est emparé de son analeptique, hier soir. C'est de *cela* qu'il s'agit, réellement ?

— Ce sujet fait effectivement l'objet d'une enquête, répliqua l'inspecteur de son ton le plus officiel.

— Elle est au courant ?

— Mr Serrocold tient particulièrement à ce qu'on veille à ne pas… l'affoler.

— Affoler est un terme qui ne convient pas, inspecteur. Mrs Serrocold ne *s'affole* jamais… Mais c'est donc cela qu'il y avait derrière la mort de Christian Gulbrandsen ? Il avait découvert qu'on l'empoisonnait ? Mais comment aurait-il pu le découvrir ? De toute façon, ça me semble incroyable. Ça n'a pas de sens.

— Cela vous étonne beaucoup, n'est-ce pas, Mr Restarick ?

— Ah ! certainement. Quand Alex m'en a parlé, je n'en croyais pas mes oreilles.

— A votre avis, qui serait susceptible d'administrer de l'arsenic à Mrs Serrocold ?

Un instant, un grand sourire illumina les traits réguliers de Stephen Restarick :

— Pas le coupable habituel. Vous pouvez exclure le mari. Lewis Serrocold n'aurait rien à y gagner. Et, en plus, il vénère sa femme. Il ne peut même pas supporter qu'elle ait un bobo au petit doigt.

— Qui, alors ? Vous avez une idée ?

— Plus qu'une idée. Une certitude.

— Expliquez-vous, je vous prie.

De la tête, Stephen refusa :

— Ce n'est une certitude que psychologiquement parlant. Pas autrement. Il n'y a pas de preuve. Et je pense que vous ne seriez pas d'accord.

Ayant dit, Stephen Restarick s'en fut d'un pas nonchalant, et l'inspecteur Curry se mit à dessiner des chats sur son bloc-notes.

Il en venait à tirer trois conclusions : a) que Stephen Restarick avait très bonne opinion de lui-même ; b) que Stephen Restarick et son frère Alex présentaient un front uni ; et enfin c) que Stephen Restarick était bel homme, alors que Walter Hudd possédait un physique très ordinaire.

L'inspecteur se posait aussi deux questions : que voulait dire Stephen Restarick par « psychologiquement parlant » ? Et, du piano où il était assis la veille, avait-il pu voir Gina ?

L'inspecteur Curry pensait que non.

*

Dans la pénombre gothique de la bibliothèque, Gina apportait des brillances exotiques. Malgré lui, l'inspecteur Curry se sentit ébloui par la radieuse jeune femme qui s'asseyait, et se penchait au-dessus de la table.

— Eh bien ? demanda-t-elle.

Notant son chemisier écarlate et son pantalon vert foncé, il remarqua, d'un ton pincé :

— Je constate que vous ne portez pas le deuil, Mrs Hudd ?

— Je n'ai rien à me mettre. Je sais que tout le monde devrait toujours avoir dans sa penderie une petite robe noire, à agrémenter d'un rang de perles. Mais moi pas. Je déteste le noir. Je pense que c'est horrible et que ça devrait être réservé aux réceptionnistes, aux gouvernantes, et aux gens comme ça. De toute manière, je n'étais pas parente de Christian Gulbrandsen. Il n'était que le beau-fils de ma grand-mère.

— Et j'imagine que vous ne le connaissiez pas très bien ?

Gina secoua la tête :

— Il a dû venir ici trois ou quatre fois quand j'étais enfant, mais pendant la guerre, je suis partie pour les Etats-Unis. Je ne suis revenue vivre ici que depuis six mois.

— Vous êtes revenue ici pour y vivre à titre définitif ? N'est-ce pas une simple visite ?

— Je n'y ai pas vraiment réfléchi.

— Hier soir, vous étiez dans le grand salon quand Mr Gulbrandsen est parti pour sa chambre ?

— Oui. Il a dit bonsoir et il est sorti. Bonne-Ma lui a demandé s'il avait tout ce qu'il lui fallait, et il a répondu oui… Il a dit que Jolly l'avait très bien installé. Enfin, pas ces mots-là, mais quelque chose d'approchant. Il a dit qu'il avait des lettres à écrire.

— Et puis ?

Gina entama le récit de l'altercation qui avait opposé Edgar Lawson à Lewis Serrocold. L'inspecteur l'avait déjà entendu à plusieurs reprises, mais, dans la bouche de Gina, il acquérait une dimension nouvelle, une saveur dramatique.

— C'était le revolver de Wally. Imaginer qu'Edgar a eu assez de culot pour entrer dans sa chambre et le piquer ! Je n'aurais jamais cru qu'il aurait assez de cran.

— Etiez-vous inquiète quand ils sont entrés dans le bureau, et que vous avez entendu Edgar Lawson verrouiller la porte ?

— Oh ! non, jeta Gina, écarquillant ses grands yeux noirs. J'étais enchantée. C'était si outré, si furieusement mélo… Tout ce que fait Edgar est ridicule. On ne peut pas le prendre une seconde au sérieux.

— Tout de même, il a tiré !

— Oui. Et nous avons tous pensé qu'il avait abattu Lewis, finalement.

— Et ça vous amusait ? ne put s'empêcher de demander l'inspecteur.

— Oh, non ! A ce moment-là, j'étais terrifiée. Tout le monde l'était, sauf Bonne-Ma. Elle n'a pas bronché.

— C'est tout à fait étonnant.

— Pas vraiment. C'est son genre. Elle n'est pas de ce monde. C'est une personne qui ne croit jamais que *quoi que ce soit* de mal puisse arriver. Elle est adorable.

— Pendant cet épisode, qui se trouvait dans le salon ?

— Oh ! nous étions tous là. A part oncle Christian, bien sûr.

— Pas *tous,* Mrs Hudd. Il y a des gens qui sont entrés et sortis.

— Ah bon ? demanda distraitement Gina.

— Votre mari, par exemple, est sorti pour réparer les plombs.

— Oui. Wally est très doué pour réparer les trucs.

— J'ai cru comprendre que, pendant son absence, on a entendu un coup de feu. Et vous avez tous pensé qu'il venait du parc ?

— Je ne me rappelle pas... Ah ! si, c'était juste après que les lumières se furent rallumées et que Wally fut revenu.

— Quelqu'un d'autre a quitté le salon ?

— Je ne crois pas. Je ne me souviens pas.

— Où étiez-vous assise, Mrs Hudd ?

— A côté de la fenêtre.

— Près de la porte de la bibliothèque ?

— Oui.

— Vous-même, êtes-vous sortie du salon ?

— Sortie ? Avec tout ce qui se passait ? Bien sûr que non.

L'hypothèse paraissait scandaliser Gina.

— Et où étaient assis les autres ?

— Autour de la cheminée, je pense. Tante Mildred tricotait, et tante Jane – je veux dire, miss Marple – aussi. Bonne-Ma ne faisait rien de particulier.

— Et Mr Stephen Restarick ?

— Stephen ? Au début, il s'est mis au piano. Je ne sais pas où il est allé ensuite.

— Et miss Bellever ?

— Elle s'agitait, comme toujours. Elle ne s'assied pratiquement jamais. Elle cherchait des clefs ou je ne sais quoi.

Elle ajouta soudain :

— Qu'est-ce que c'est que cette histoire à propos du fortifiant de Bonne-Ma ? Le pharmacien s'est trompé dans sa préparation, ou quoi ?

— Qu'est-ce qui vous fait croire cela ?

— Le flacon a disparu, et Jolly a failli devenir folle à force de le chercher, et elle en a fait tout un plat. Alex dit que c'est la police qui l'a emporté. C'est vrai ?

Au lieu de répondre, l'inspecteur reprit :

— Miss Bellever était agitée, dites-vous ?

— Oh ! Jolly s'agite en permanence, répliqua Gina, distraite. Elle adore s'agiter. Parfois, je me demande comment Bonne-Ma peut la supporter.

— Une dernière question, Mrs Hudd. Vous n'avez pas idée vous-même de qui a pu tuer Christian Gulbrandsen, et pourquoi ?

— Je dirais que c'est l'un des cinglés. Les malfrats, dans leur genre, sont très raisonnables. Je veux dire qu'ils ne vous estourbissent que pour piquer un tiroir-caisse, ou chauffer de l'argent ou des bijoux mais pas pour le plaisir. Un des cinglés, par contre – vous savez, ceux qu'on appelle des inadaptés mentaux – pourrait l'avoir fait pour rigoler, vous ne croyez pas ? Parce que moi, je ne vois pas quelle raison on pourrait avoir de vouloir tuer oncle Christian, sauf pour rigoler. Et vous ? Enfin, ce n'est pas exactement rigoler que je veux dire, mais…

— Mais vous ne voyez pas de mobile ?

— C'est le mot que je cherchais, répondit Gina, reconnaissante. On ne lui a rien volé, n'est-ce pas ?

— Mais vous savez bien, Mrs Hudd, que les bâtiments du collège sont fermés, bouclés. Personne ne peut en sortir sans autorisation.

Gina éclata de rire :

— Ne croyez pas ça. Ces garçons sont capables de sortir de n'importe où ! Ils m'ont appris tout un tas de trucs.

— Celle-là, elle a une sacrée santé, déclara le sergent Lake après le départ de Gina. C'est la première fois que je la vois de près. Jolie frimousse, non ? Le type un peu étranger, si vous me suivez.

L'inspecteur Curry darda un regard noir sur son subordonné, qui se hâta de poursuivre :

— Et puis c'est un heureux caractère. On dirait que tout ça l'a bien amusée.

— Que Stephen Restarick ait raison ou non sur la prochaine rupture de son mariage, je constate qu'elle a pris la peine de souligner que Walter Hudd était de retour dans le salon avant qu'on entende le coup de feu.

— Ce qui n'était pas le cas, à en croire tous les autres.

— Exactement.

— Elle ne nous a pas dit non plus que miss Bellever était sortie du salon pour aller chercher les clefs.

— Non, répondit pensivement l'inspecteur. Elle ne l'a pas dit…

14

Dans la bibliothèque, Mildred Strete s'accordait mieux au décor que Gina. Elle n'avait rien d'exotique. Vêtue de noir, avec une broche d'onyx, elle portait un filet pour enserrer ses cheveux gris coiffés avec minutie.

Elle ressemblait très exactement, pensait l'inspecteur, à l'image que doit donner la veuve d'un chanoine de l'Eglise établie. C'en devenait presque étrange, parce qu'au fond, bien peu de gens ont l'air de ce qu'ils sont en réalité.

Même la ligne mince de ses lèvres exprimait un certain ascétisme ecclésiastique. Mildred Strete incarnait à la perfection la patience, et peut-être la force d'âme, que l'on attend d'un chrétien. Mais non, de l'avis de l'inspecteur, la charité chrétienne.

Qui plus est, il était clair que Mrs Strete s'estimait offensée :

— Je me serais attendue, inspecteur, à ce que vous me donniez *au moins* une petite idée de l'heure à laquelle vous aviez besoin de moi. J'ai été contrainte de passer toute la matinée à vous attendre.

C'était son sens de sa propre importance qui

avait été blessé, jugea le policier. Il se hâta de mettre un baume à ses blessures :

— Je suis absolument confus, Mrs Strete. Mais peut-être ne savez-vous pas exactement comment nous organisons nos interrogatoires. Nous commençons par les témoignages les moins importants – pour nous en débarrasser, si j'ose dire. Il nous est précieux de garder pour la fin une personne au jugement de laquelle nous pouvons nous fier, quelqu'un d'observateur, auprès de qui nous pouvons vérifier tout ce qui nous a été raconté jusque-là.

Mrs Strete s'adoucit visiblement :

— Oh ! je vois. Je n'avais pas compris…

— Bien. Vous êtes une femme d'expérience, Mrs Strete. Une femme qui a vécu. Et puis vous êtes ici chez vous – vous êtes la fille de la maison, et vous pouvez me parler de ceux qui y vivent.

— Je le puis certainement, en effet.

— Ainsi, vous voyez que, si nous en venons à la question de savoir qui a pu tuer Christian Gulbrandsen, vous pouvez nous être d'un grand secours.

— Mais la question se pose-t-elle vraiment ? La réponse n'est-elle pas parfaitement évidente ?

L'inspecteur Curry se laissa aller contre le dossier de son fauteuil. Du doigt, il effleura sa petite moustache bien taillée :

— Eh bien, il nous faut rester prudents, dit-il. Vous pensez que c'est évident ?

— Cela va de soi. Cet épouvantable Américain, le mari de cette pauvre Gina. C'est le seul étranger ici. Nous ne savons rigoureusement rien de lui, C'est sans doute l'un de ces affreux gangsters américains.

— Mais cela ne justifierait pas le fait qu'il ait tué Christian Gulbrandsen. Pourquoi l'aurait-il tué ?

— Parce que Christian avait découvert quelque chose à son sujet. C'est pour cela qu'il était revenu si vite à Stonygates après sa dernière visite.

— Vous en êtes sûre, Mrs Strete ?

— Encore une fois, cela me paraît évident. Il nous a laissés penser que son arrivée inopinée était liée à la Fondation... Mais il est clair que cela ne tenait pas debout. Il était venu ici il y a un mois seulement. Et il ne s'est rien passé d'important depuis. Par conséquent, il était revenu pour une affaire privée. Lors de sa dernière visite, on lui avait présenté Walter, et il se peut qu'il l'ait reconnu... Ou bien peut-être avait-il fait prendre des renseignements sur lui aux Etats-Unis – mon frère avait naturellement des représentants dans le monde entier – et appris quelque chose de vraiment grave. Gina est une fille des plus écervelées. Elle l'a toujours été. C'était bien d'elle d'épouser un garçon dont elle ignorait tout – elle a toujours couru après les hommes ! –, un individu recherché par la police, peut-être, ou bien déjà marié, ou un personnage douteux du Milieu. Mais on ne trompait pas facilement un homme comme mon frère Christian. Il était venu ici, j'en suis persuadée, pour régler cette affaire une bonne fois pour toutes. Pour dénoncer Walter et révéler qui il était réellement. C'est pourquoi, naturellement, Walter l'a assassiné.

L'inspecteur Curry prit le temps d'ajouter des moustaches géantes à l'un des chats qu'il avait dessinés :

— Hum… oui.

— N'êtes-vous pas d'accord avec moi que c'est ce qui a *dû* se passer ?

— Ce n'est pas impossible… oui, concéda le policier.

— Quelle autre hypothèse peut-on envisager ? Christian n'avait pas d'ennemis. Je ne peux pas comprendre que vous n'ayez pas encore arrêté Walter.

— Eh bien, voyez-vous, Mrs Strete, c'est qu'il nous faut des preuves.

— Vous n'aurez sans doute pas de difficulté à en trouver. Si vous vous donnez la peine de télégraphier en Amérique…

— Oh ! oui, nous vérifierons le dossier de Mr Walter Hudd, je vous rassure tout de suite. Mais tant que nous n'avons pas de mobile avéré, nos recherches ne reposent pas sur grand-chose. Evidemment, il en avait la possibilité.

— Il est parti juste après Christian, en prétendant que les plombs avaient sauté…

— Ils avaient bel et bien sauté.

— Il pouvait facilement arranger ça.

— C'est vrai.

— Ça lui donnait un prétexte. Il a suivi Christian dans sa chambre, l'a tué, a réparé le fusible, et il est revenu dans le grand salon.

— Sa femme affirme qu'il était revenu avant que vous n'entendiez ce coup de feu à l'extérieur.

— Pas le moins du monde ! Gina raconte n'importe quoi. Ces Italiens mentent comme des arracheurs de dents. Et en plus, naturellement, elle est catholique.

L'inspecteur Curry décida de laisser de côté l'aspect confessionnel du problème.

— Vous pensez que sa femme était aussi dans le coup ?

Mildred Strete marqua un instant d'hésitation :

— Non… Non, je n'irais pas jusque-là.

Elle paraissait déçue de ne pas pouvoir aller « jusque-là » :

— Mais cela devait faire partie de son mobile… empêcher Gina d'apprendre la vérité à son sujet. Après tout, Gina est son gagne-pain.

— C'est aussi une femme ravissante.

— Certes. J'ai toujours dit que c'était une belle plante. D'un genre très banal en Italie, bien sûr. Mais, si vous voulez mon avis, c'est de *l'argent* que veut Walter Hudd. C'est pour cela qu'il est venu ici, et qu'il s'est installé aux crochets des Serrocold.

— Mais Mrs Hudd est très à l'aise, si j'ai bien compris ?

— Pas pour le moment. Mon père avait légué un montant équivalent à la mère de Gina et à moi-même. Mais elle avait dû prendre la nationalité de son mari – je crois que la loi a été modifiée, maintenant –, et avec la guerre, et comme c'était un fasciste… Bref, Gina n'a plus grand-chose à elle… Ma mère la gâte outrageusement, et sa tante américaine, Mrs Van Rydock, a dépensé des sommes fabuleuses pour elle, et lui a acheté tout ce qu'elle voulait pendant la guerre. Quoi qu'il en soit du point de vue de Walter, il ne peut guère mettre la main sur un joli magot avant la mort de ma mère, qui permettra à Gina d'hériter d'une fortune confortable.

— A vous aussi, Mrs Strete.

Un peu de couleur apparut sur les joues de Mildred Strete :

— A moi aussi, comme vous dites. Mon mari et moi avons toujours mené une vie très rangée. Il dépensait très peu, sauf pour les livres – c'était un grand érudit. Ma propre fortune a presque doublé. C'est plus qu'assez pour mes modestes besoins. Mais on peut toujours dépenser son argent pour le bien d'autrui. Je considérerais comme un dépôt sacré tout argent qui m'arriverait désormais.

L'inspecteur fit mine de ne pas comprendre :

— Dépôt… Mais pas en fidéicommis ? L'argent vous appartiendra en propre, sans restriction ?

— Oh ! oui, dans ce sens-là… Oui, il m'appartiendra en propre.

Une nuance dans le ton de cette dernière phrase amena le policier à lever vivement les yeux. Mrs Strete ne le regardait pas. Ses yeux étincelaient, et un sourire de triomphe éclairait sa bouche en lame de couteau.

L'inspecteur Curry reprit, d'une voix méditative :

— Ainsi, à votre avis – et vous êtes bien placée pour en juger –, notre ami Mr Walter Hudd attend que sa femme hérite à la mort de Mrs Serrocold. A propos, votre mère n'est pas très solide, n'est-ce pas, Mrs Strete ?

— Elle a toujours été d'une santé délicate.

— J'entends bien. Mais les gens de santé délicate peuvent vivre aussi longtemps, sinon plus, que ceux qui jouissent d'une santé de fer.

— Oui, sans doute.

— Vous n'avez pas remarqué que la santé de votre mère avait empiré ces derniers temps ?

— Elle a ses rhumatismes. Mais il faut s'y attendre, quand on vieillit. J'avoue que je n'ai pas beaucoup de compassion pour ceux qui font toute une histoire de maux et de douleurs inévitables.

— Mrs Serrocold en fait toute une histoire ?

Mildred Strete s'accorda un temps de réflexion :

— Elle ne fait pas d'histoires, mais elle est habituée à ce qu'on s'occupe d'elle. Mon beau-père est bien trop prévenant. Quant à miss Bellever, elle se rend franchement ridicule. De toute façon, miss Bellever a une très mauvaise influence dans cette maison. Elle est ici depuis bien des années, et son dévouement à ma mère, aussi admirable qu'il puisse être, est en réalité devenu une véritable plaie. Pour ma mère, c'est un vrai tyran. Elle fait marcher tout le monde à la baguette, et elle en prend trop à son aise. Je pense parfois que cela agace Lewis. Je ne serais pas étonnée s'il lui demandait un jour de partir. Elle n'a aucune délicatesse – pas le moindre tact, et, pour un homme, c'est exaspérant de découvrir que son épouse est dominée par une femme autoritaire.

L'inspecteur Curry branla lentement du chef :

— Je vois… je vois…

Songeur, il étudia le visage de Mildred Strete :

— Il y a quelque chose que je ne comprends pas très bien, Mrs Strete. Où se situent les deux frères Restarick, là-dedans ?

— Encore un excès de sentimentalité. Leur père avait épousé ma pauvre mère pour son argent. Deux ans plus tard, il a levé le pied avec une chanteuse yougoslave d'une moralité plus que douteuse. C'était un homme de peu. Ma mère a eu la faiblesse de s'attendrir sur ces deux garçons. Comme il était hors de question qu'ils passent leurs vacances avec une femme aussi scandaleuse, elle les a plus ou moins adoptés. Depuis, on les a toujours eus ici, en parasites. Oh ! ce ne sont pas les pique-assiette qui font défaut dans cette maison, je vous le dis.

— Alex Restarick a eu la possibilité de tuer Christian Gulbrandsen. Il se trouvait seul dans sa voiture – entre la loge des gardiens et ici… Et Stephen ?

— Stephen était avec nous, dans le grand salon. Je n'apprécie pas beaucoup Alex Restarick – il affiche des airs de plus en plus vulgaires, et je suis persuadée qu'il mène une vie déréglée – mais je ne le vois pas en meurtrier. Et d'ailleurs, pourquoi aurait-il voulu tuer mon frère ?

— On en revient toujours là, n'est-ce pas ? lança l'inspecteur, cordial. Qu'avait donc appris Christian Gulbrandsen – concernant quelqu'un – qui obligeait ce quelqu'un à le tuer ?

— Exactement ! exulta Mrs Strete. C'est *forcément* Walter Hudd.

— Sauf si c'est quelqu'un de plus proche.

— Que voulez-vous dire, je vous prie ? demanda sèchement Mildred.

— Apparemment, Mr Gulbrandsen, pendant son séjour ici, s'est beaucoup inquiété de la santé de Mrs Serrocold, fit valoir l'inspecteur.

Mildred Strete fronça les sourcils :

— Les hommes s'inquiètent toujours de Mère, parce que sa fragilité les émeut. Je pense que ça lui plaît, à elle ! Ou alors, Christian avait trop écouté Juliet Bellever.

— Vous-même, Mrs Strete, vous ne vous inquiétez pas de la santé de votre mère ?

— Non. Je crois me conduire en être raisonnable. Evidemment, ma mère n'est plus si jeune, et…

— Et la mort nous guette tous, compléta l'inspecteur. Mais pas avant que le moment n'en soit venu. Et nous autres policiers sommes là pour empêcher les décès prématurés.

L'inspecteur Curry avait mis dans ses paroles toute sa force de conviction. Mildred Strete s'anima soudain :

— Ah ! c'est épouvantable… épouvantable ! Personne d'autre dans cette maison ne semble s'en affecter. Et pourquoi s'en soucierait-on ? Je suis la seule qui avait des liens du sang avec Christian. Pour Mère, ce n'était qu'un beau-fils adulte. Et pour Gina, ce n'était même pas un parent, en fait. Mais *moi*, c'était mon propre frère.

— Votre demi-frère, corrigea l'inspecteur.

— Demi-frère, oui. Mais malgré notre différence d'âge, nous étions tous les deux des Gulbrandsen.

— Oui… oui, je comprends, murmura le policier.

Les yeux pleins de larmes, Mildred Strete quitta la bibliothèque.

L'inspecteur Curry se tourna vers le sergent Lake :

— Alors elle est plus que persuadée que c'est Walter Hudd… Elle ne peut pas imaginer une seconde que ce soit quelqu'un d'autre.

— Et elle a peut-être raison.

— Certainement. Avec Wally, tout concorde. La possibilité, et le mobile. Parce que s'il veut de l'argent vite fait, il faut que la grand-mère de sa femme meure. Donc l'ami Wally met un bouillon d'onze heures dans son fortifiant, et Christian Gulbrandsen s'en aperçoit – ou en a vent, d'une façon ou d'une autre. Oui, tout ça colle très bien.

Il s'interrompit, puis reprit :

— A propos, Mildred Strete aime l'argent… Peut-être bien qu'elle ne le dépense pas, mais elle l'aime. Je ne suis pas sûr de savoir pourquoi… C'est peut-être une avare – mue par son avarice. Ou il se peut qu'elle aspire au pouvoir que donne l'argent. De l'argent pour les bonnes œuvres, si ça se trouve ? C'est une Gulbrandsen. Elle pourrait avoir envie de faire la pige à son papa.

— C'est complexe, hein ? conclut le sergent Lake en se grattant le crâne.

— Nous ferions mieux de voir ce jeune cinglé de

Lawson, décida l'inspecteur. Après ça, nous irons au salon pour étudier qui se trouvait où... et si... et pourquoi... et comment. Je crois que, ce matin, on nous a dit deux ou trois petites choses dignes d'intérêt.

*

Il est bien difficile, songeait l'inspecteur, de parvenir à une bonne évaluation d'une personnalité à partir de ce que les autres en disent.

Ce matin-là, celle d'Edgar Lawson avait été tracée par nombre de gens, mais, à le voir en personne devant lui, l'inspecteur éprouvait une impression si différente que c'en devenait presque comique.

Edgar ne lui donnait pas le sentiment d'être « cinglé », ni « dangereux », et pas davantage « arrogant » ni « anormal ». Il lui faisait l'impression d'un jeune homme tout ce qu'il y a de banal, très déprimé, et aussi humble que Uriah Heep – l'air juvénile, plutôt ordinaire, et assez pathétique.

Il n'était que trop soucieux de parler et de s'excuser :

— Je sais que je me suis très mal conduit. Je ne sais pas ce qui m'a pris... vraiment, je ne sais pas. Faire une scène pareille, déclencher une telle histoire... Et tirer des coups de pistolet... sur Mr Serrocold qui est si bon et si patient avec moi.

Nerveux, il tordait ses mains maigres et osseuses :

— Si je dois être puni pour ça, je viens avec vous tout de suite. Je le mérite. Je plaide coupable.

— Aucune plainte n'a été déposée contre vous, trancha l'inspecteur. Nous n'aurions donc pas de base légale pour vous arrêter. A en croire Mr Serrocold, les coups sont partis par accident.

— Il dit cela parce qu'il est trop bon. Il n'y a jamais eu sur terre un homme aussi bon que lui ! Il a tout fait pour moi. Et moi, je me suis acquitté de ma dette en me conduisant comme je me suis conduit.

— Qu'est-ce qui vous a poussé à vous comporter de cette façon ?

— Je me suis couvert de ridicule, confessa Edgar, embarrassé.

— On le dirait. Vous avez déclaré à Mr Serrocold, en présence de témoins, que vous aviez découvert qu'il était votre père. Etait-ce vrai ?

— Non, ce n'était pas vrai.

— Qu'est-ce qui vous a mis cette idée dans la tête ? Quelqu'un vous l'a suggérée ?

— Eh bien, c'est un peu difficile à expliquer...

Songeur, l'inspecteur l'examina attentivement.

— Essayez toujours, dit-il gentiment. *Nous*, nous n'avons pas l'intention de vous rendre les choses difficiles.

— Voyez-vous, quand j'étais gosse, j'ai passé des moments pénibles. Les autres garçons se moquaient de moi. Parce que je n'avais pas de père. Ils disaient que j'étais un petit bâtard – et c'était vrai, bien sûr. Maman était ivre la plupart du temps, et elle recevait sans arrêt des hommes. Mon père était un marin étranger, je crois. La maison était toujours dans un état répugnant, et la vie infernale. Alors je me suis mis à penser : et si mon vrai père n'était pas je ne sais quel marin étranger, mais quelqu'un d'important… Et je me suis mis à me raconter des histoires. Des histoires de gamin, d'abord… Qu'il y avait eu substitution à ma naissance… Que j'étais l'héritier légitime… ce genre de choses. Et puis on m'a inscrit dans une nouvelle école, et j'ai laissé entendre des choses une fois ou deux. Que mon père était en réalité amiral dans la Royal Navy. Et j'ai fini par y croire moi-même. Comme ça, je me sentais mieux.

Il s'interrompit un instant :

— Et puis, plus tard, j'ai fabriqué d'autres idées. Je m'installais dans des hôtels, et je racontais un tas d'histoires idiotes… que j'avais été pilote de chasse… ou espion dans les services de renseignement. J'étais complètement embrouillé. Je n'arrivais plus à m'arrêter de dire des mensonges.

» Mais je n'essayais pas réellement d'en tirer de l'argent. C'était juste de l'esbroufe, pour me faire remarquer. Je ne voulais pas être malhonnête. Mr Serrocold vous le dira – et aussi le Dr Maverick – ils sont au courant de tout ça.

L'inspecteur Curry hocha la tête. Il avait déjà examiné le curriculum vitae d'Edgar Lawson et son dossier de police.

— Mr Serrocold m'en a sorti, reprit Edgar Lawson, et il m'a amené ici. Il disait qu'il avait besoin d'un secrétaire pour l'aider… Et je l'ai aidé !

Vraiment aidé. Mais les autres se moquaient de moi. Ils se moquaient de moi tout le temps.

— Quels autres ? Mrs Serrocold ?

— Non, pas Mrs Serrocold. C'est une dame – elle est toujours aimable et gentille avec moi. Mais Gina me traite comme un chien. Et aussi Stephen Restarick. Et Mrs Strete me regarde de haut parce que je ne suis pas un *gentleman*. C'est comme miss Bellever… Elle se prend pour qui, celle-là ? C'est jamais qu'une dame de compagnie, non ?

Le policier ne manqua pas de noter l'excitation croissante d'Edgar Lawson.

— Autrement dit, vous trouvez qu'ils ne manifestent pas beaucoup de sympathie à votre égard ?

Edgar s'exclama avec passion :

— C'est parce que je ne suis qu'un bâtard. Si j'avais un père, un vrai, ils ne se comporteraient pas comme ça.

— Et c'est pour cela que vous vous êtes attribué une série de pères célèbres ?

Edgar rougit :

— Il faut croire que je ne peux pas m'arrêter de mentir, marmonna-t-il.

— Mais vous avez fini par dire que c'était Mr Serrocold qui était votre père. Pourquoi ?

— Parce qu'avec ça, ils s'arrêteraient une bonne fois pour toutes, non ? Si c'était *lui* qui était mon père, ils ne pourraient plus rien me faire.

— J'entends bien. Mais vous l'avez accusé d'être votre ennemi – de vous persécuter.

— Je sais.

Edgar Lawson se frotta le front :

— J'avais tout compris de travers. Il y a des moments où... où je ne comprends plus grand-chose. Je m'embrouille.

— Et vous avez pris ce revolver dans la chambre de Mr Hudd ?

Edgar eut l'air surpris :

— J'ai fait ça ? C'est là que je l'ai pris ?

— Vous ne vous en souvenez pas ?

— Je voulais m'en servir pour menacer Mr Serrocold. Je voulais lui faire peur. C'était puéril, une fois de plus.

Patient, l'inspecteur reposa sa question :

— Comment vous êtes-vous procuré ce revolver ?

— Vous venez de le dire... dans la chambre de Walter.

— Vous vous en souvenez, maintenant ?

— J'ai dû le prendre dans sa chambre. Je n'aurais pas pu me le procurer d'une autre façon, si ?

— Je ne sais pas. Quelqu'un aurait pu vous le donner...

Edgar Lawson demeura silencieux, le visage fermé.

— C'est comme cela que ça s'est passé ? insista l'inspecteur.

— Je ne me souviens pas, répondit Edgar, exalté. J'étais tellement énervé. Quand je suis descendu dans le jardin, j'étais en pleine fureur. Je pensais qu'on m'espionnait, qu'on me surveillait, qu'on me traquait. Même cette gentille vieille demoiselle aux cheveux blancs... Je ne comprends plus, maintenant.

Je pense que j'étais fou. Je ne me rappelle même plus où j'étais, ni ce que je faisais !

— Mais vous vous souvenez certainement de la personne qui vous a dit que Mr Serrocold était votre père ?

Edgar arbora à nouveau un visage fermé :

— Personne ne me l'a dit. Ça m'est venu tout seul.

L'inspecteur soupira. L'interrogatoire ne le satisfaisait pas, mais il estimait que, pour le moment, il ne pourrait plus progresser.

— A l'avenir, faites attention où vous mettez les pieds, conseilla-t-il.

— Oui, monsieur. Oui, je ferai attention.

Comme Edgar s'en allait, l'inspecteur hocha lentement la tête :

— Ces cas pathologiques, c'est franchement le diable et son train !

— Vous le croyez fou, patron ?

— Bien moins fou que je ne l'aurais imaginé. Faible d'esprit, vantard, menteur… Et pourtant, il a une certaine simplicité, pas déplaisante. Très influençable, je pense…

— Vous pensez qu'on a pu lui suggérer certaines choses ?

— Oh ! oui, la vieille miss Marple avait bien raison. Elle est fine mouche, celle-là. Mais je voudrais bien savoir qui c'était. Evidemment, il ne le dira pas. Si seulement nous savions ça… Allez, Lake, venez, allons au grand salon procéder à une reconstitution complète.

*

— Ça colle au petit poil.

L'inspecteur Curry avait pris place sur le tabouret de piano. Le sergent Lake s'était installé dans un fauteuil, près de la fenêtre qui donnait sur le lac.

— Du tabouret, si je me tourne vers la porte du bureau, je ne peux pas vous voir, reprit l'inspecteur.

Le sergent Lake se leva lentement et se glissa vers la porte de la bibliothèque.

— Tout ce côté de la pièce était dans la pénombre. Les seules lumières qui restaient étaient près de la porte du bureau. Non, Lake, je ne vous ai pas vu sortir. Une fois dans la bibliothèque, vous en sortez par la porte qui donne sur le corridor… deux minutes pour aller à la suite lambrissée, tuer Gulbrandsen, et revenir à votre fauteuil en repassant par la bibliothèque.

» Ces dames, devant la cheminée, vous tournent le dos. Mrs Serrocold était assise *ici* – à droite de la cheminée, près de la porte du bureau. Tout le monde est d'accord pour dire qu'elle n'a pas bougé, et c'est la seule qui soit dans le champ de vision directe. Miss Marple était *là*. Elle regardait vers la porte du bureau, derrière Mrs Serrocold. Et Mrs Strete se tenait sur la gauche de la cheminée – près de la porte du corridor, et c'est un coin très sombre. Elle aurait *pu* sortir et revenir. Oui, c'est possible.

L'inspecteur grimaça tout à coup :

— Et moi aussi, je pourrais filer.

Il abandonna le tabouret, longea le mur et franchit le seuil où il s'arrêta :

— La seule personne qui pourrait remarquer que je ne suis plus au piano, ce serait Gina Hudd. Et vous vous souvenez de ce qu'elle nous a dit : « Au début, Stephen s'est mis au piano. *Je ne sais pas où il est allé ensuite.* »

— Alors, vous pensez que c'est Stephen le coupable ?

— Je ne sais pas qui c'est. Ce n'était ni Edgar Lawson, ni Lewis Serrocold, ni Mrs Serrocold, ni miss Jane Marple. Mais pour le reste...

L'inspecteur poussa un soupir :

— C'est probablement l'Américain. Ces plombs sautés, c'était vraiment trop commode – une coïncidence. Et cependant, vous savez, ce type me plaît bien. Et tout ça ne fait pas une preuve.

Songeur, il examina une pile de partitions qui se trouvaient à côté du piano :

— Hindemith ? Qui est-ce ? Jamais entendu parler. Chostakovitch ! Ils ont de ces noms !

Il se leva et souleva le couvercle du tabouret à l'ancienne.

— Enfin du classique. Le *largo* de Haendel, les exercices de Czerny... Ça date du vieux Gulbrandsen, ça. Tiens ! la *Valse des adieux*... La femme du vicaire nous la chantait quand j'étais petit garçon...

Il s'interrompit soudain, les pages jaunies à la main. En dessous, sur les *Préludes* de Chopin, reposait un petit pistolet automatique.

— Stephen Restarick ! s'exclama joyeusement le sergent Lake.

L'inspecteur doucha son enthousiasme :

— N'allez pas trop vite en besogne. Dix contre un que c'est ce qu'on essaie de nous faire croire.

15

Miss Marple monta l'escalier et frappa à la porte de la chambre de Mrs Serrocold :

— Puis-je entrer, Carrie-Louise ?

— Bien sûr, ma chère Jane.

Assise devant sa coiffeuse, Carrie-Louise brossait sa chevelure argentée. Elle regarda par-dessus son épaule :

— Cest pour la police ? Je serai prête dans quelques minutes.

— Vous vous sentez bien ?

— Oui, bien sûr. Jolly a insisté pour que je prenne mon petit déjeuner dans mon lit. Et Gina m'a apporté mon plateau sur la pointe des pieds, comme si j'étais déjà aux portes du tombeau ! Je ne crois pas que les gens comprennent qu'une tragédie comme la mort de Christian est bien moins éprouvante pour une personne âgée. Parce qu'en vieillissant, on finit par savoir que *n'importe quoi* peut arriver. Et on sait aussi que, dans ce monde, bien peu de choses sont réellement importantes.

— Hum… oui, souffla miss Marple, dubitative.

— Ce n'est pas ce que vous pensez, Jane ? Je l'aurais cru, pourtant.

— Christian a été assassiné, fit lentement miss Marple.

— Oui… Je comprends ce que vous voulez dire. Vous pensez que ça, c'est important, n'est-ce pas ?

— Pas vous ?

— Pas pour Christian, répondit Carrie-Louise avec une belle simplicité. Mais sûrement pour celui qui l'a tué.

— Avez-vous la moindre idée de qui peut l'avoir tué ?

Mrs Serrocold secoua la tête en signe de dénégation :

— Non, j'y perds mon latin. Je ne peux même pas imaginer un mobile. Cela doit avoir un rapport avec sa dernière visite, il y a juste un mois. Parce qu'autrement, je ne pense pas qu'il serait revenu si vite sans raison précise. Quoi que cela puisse être, cela a dû démarrer à ce moment-là. J'y ai réfléchi, et réfléchi encore, mais je ne peux pas me souvenir de quoi que ce soit d'anormal.

— Qui se trouvait alors à Stonygates ?

— Oh ! les mêmes qu'aujourd'hui… Oui, Alex était venu de Londres… et puis… oui, Ruth était là, elle aussi.

— Ruth ?

— Oui, un de ses habituels passages en coup de vent.

— Ruth, répéta miss Marple.

Elle réfléchissait. Christian Gulbrandsen et Ruth ? Ruth était revenue de Stonygates inquiète et pleine d'appréhension, mais sans savoir pourquoi. Tout ce qu'elle pouvait dire, c'était que quelque chose n'allait pas. Donc Christian Gulbrandsen avait découvert, ou soupçonné, quelque chose que Ruth n'avait pas su voir. Il avait appris, ou suspecté, que quelqu'un essayait d'empoisonner Carrie-Louise. Comment Christian Gulbrandsen en était-il arrivé à nourrir pareils soupçons ? Qu'avait-il vu, ou entendu ? S'agissait-il de quelque chose que Ruth, elle aussi, avait vu ou entendu, mais dont elle n'avait pas saisi la pleine signification ?

Miss Marple aurait voulu savoir de quoi il s'agissait. Sa propre intuition, si vague soit-elle, selon laquelle ce « quelque chose » était en rapport avec Edgar Lawson, lui paraissait improbable, puisque Ruth n'avait pas fait allusion au jeune homme.

Elle soupira.

— Vous êtes tous en train de me cacher quelque chose, n'est-ce pas ? interrogea Carrie-Louise.

Miss Marple sursauta au son de cette voix tranquille :

— Pourquoi me dites-vous cela ?

— Parce que c'est le cas. Pas Jolly. Mais tous les autres. Même Lewis. Il est passé pendant que je prenais mon petit déjeuner, et s'est comporté très bizarrement. Il a bu un peu de café, et il a même mangé un toast avec de la marmelade. Cela ne lui ressemble pas, parce qu'il boit toujours du thé et qu'il déteste la marmelade. Donc il devait avoir la tête ailleurs… et je suppose qu'il avait oublié de prendre son propre petit déjeuner. Ça lui arrive, d'oublier les repas. Et il avait l'air soucieux et préoccupé.

— Un meurtre…, commença miss Marple.

— Oh ! je sais, coupa Carrie-Louise. C'est terrible. Je n'avais jamais été mêlée à rien de semblable. Mais vous, Jane, oui, n'est-ce pas ?

— Hum… oui… effectivement, admit miss Marple.

— Ruth me l'avait dit.

— Elle vous en a parlé la dernière fois qu'elle est venue ici ?

— Non, je ne pense pas. Je ne sais plus quand…

Carrie-Louise restait vague, distraite.

— A quoi pensez-vous, Carrie-Louise ?

Mrs Serrocold sourit et parut revenir de très loin :

— Je pensais à Gina, et à ce que vous m'avez dit à propos de Stephen Restarick. Gina est un ange, vous savez, et elle aime vraiment Wally. Oui, j'en suis persuadée.

Miss Marple resta silencieuse.

— Les jeunes femmes comme Gina aiment bien se laisser conter fleurette, reprit Mrs Serrocold comme si elle prononçait un plaidoyer. Elles sont jeunes, et ça leur plaît d'exercer leur pouvoir de séduction. C'est bien naturel. Je sais que Wally Hudd n'appartient pas au genre d'homme qu'elle aurait dû normalement épouser. Leurs chemins n'auraient jamais dû se croiser. Mais elle l'a rencontré et en est tombée amoureuse… Et elle est assez grande pour savoir ce qui est bon pour elle.

— On peut le supposer, murmura miss Marple.

— Mais c'est *tellement* important que Gina soit heureuse.

Miss Marple dévisagea son amie non sans étonnement :

— Je crois qu'il est important que *tout le monde* soit heureux.

— Oh ! oui. Mais Gina est un cas très particulier. Quand nous avons adopté sa mère – quand nous avons adopté Pippa – nous estimions que c'était une expérience qui devait *absolument* réussir. Voyez-vous, la mère de Pippa…

Carrie-Louise s'interrompit.

— Qui était la mère de Pippa ? demanda miss Marple.

— Eric et moi, nous étions convenus que nous ne le dirions jamais à âme qui vive. Elle-même ne l'a jamais su.

— J'aimerais savoir.

Mrs Serrocold fixa sur miss Marple un regard incertain.

— Ce n'est pas simple curiosité de ma part, se défendit cette dernière. J'ai vraiment… euh… oui, vraiment *besoin* de le savoir. Je sais tenir ma langue, vous savez.

— Vous avez toujours su garder un secret, Jane, se souvint Carrie-Louise avec un sourire. Le Dr Galbraith – c'est l'actuel évêque de Cromer –, le Dr Galbraith est au courant. Mais personne d'autre. La mère de Pippa était Katherine Elsworth.

— Elsworth ? N'était-ce pas cette femme qui avait empoisonné son mari à l'arsenic ? Une affaire célèbre, dites-moi !

— Oui.

— Et elle a été pendue ?

— Oui. Mais, voyez-vous, sa culpabilité n'a jamais été réellement prouvée. Le mari prenait de l'arsenic… En ce temps-là, ces choses étaient encore mal connues.

— Elle extrayait le poison du papier tue-mouches.

— Nous avons toujours pensé que le témoignage de la bonne était dicté par la malveillance.

— Et Pippa était sa fille ?

— Oui. Eric et moi voulions absolument donner à cette enfant un nouveau départ dans la vie… avec de l'amour, de l'attention, tout ce dont un enfant a besoin. Nous avons réussi. Pippa était… ce qu'elle était : la créature la plus mignonne et la plus heureuse que vous puissiez imaginer.

Miss Marple demeura silencieuse un long moment.

Carrie-Louise se leva :

— Je suis prête. Peut-être voudriez-vous demander à l'inspecteur, ou je ne sais quoi, de venir dans mon boudoir. Je suis sûre qu'il n'y verra pas d'objection.

*

L'inspecteur Curry n'y voyait pas d'objection.

En fait, il appréciait d'affronter Mrs Serrocold sur son propre terrain.

En l'attendant, il regarda, curieux, autour de lui.

Ce qu'il voyait ne correspondait pas à son idée reçue du « boudoir d'une femme riche ».

Il y avait un vieux canapé, et des chaises victoriennes, d'aspect inconfortable, aux dossiers de bois tarabiscotés. Les teintes du chintz imprimé à l'image du Crystal Palace qui les recouvrait avaient pâli. Quoique de dimensions supérieures à celles du salon de bien des intérieurs modernes, le boudoir était l'une des plus petites pièces de la maison. Mais, avec ses petites tables, son bric-à-brac, ses multiples photographies, il n'en offrait pas moins une apparence d'intimité confortable. L'inspecteur se pencha sur un vieux cliché représentant deux fillettes. L'une brune, aux yeux vifs, l'autre ingrate, qui, sous une frange drue, jetait sur le monde un regard maussade. Il avait vu cette expression le matin même. En travers de la photo, on avait écrit « Pippa et Mildred ». Au mur pendait un grand portrait d'Eric Gulbrandsen, au lourd cadre d'ébène à filets dorés. L'inspecteur Curry venait de tomber sur le cliché d'un homme de belle apparence à l'œil rieur – sans doute John Restarick –, quand Mrs Serrocold fit son entrée.

Elle portait le deuil, dans un ensemble d'un noir vaporeux et diaphane. Son petit visage rose et ivoire paraissait plus minuscule encore sous sa couronne de cheveux argentés, et elle dégageait une telle impression de fragilité que le cœur du policier s'en émut. Il comprit, à l'instant, une bonne part de ce qui l'avait laissé perplexe toute la matinée. Il comprenait pourquoi chacun se montrait si anxieux d'épargner à Caroline Louise Serrocold tout ce qui pouvait lui être épargné.

Et pourtant, pensa-t-il, elle n'est pas du genre à faire des histoires…

Elle le salua, le pria de s'asseoir, et s'installa dans un fauteuil près de lui. C'était elle qui le mettait à l'aise, et non l'inverse. Il commença l'interrogatoire, et elle répondit volontiers et sans hésitation. Les plombs qui avaient sauté, l'altercation entre Edgar Lawson et son mari, le coup de feu qu'ils avaient entendu…

— Il ne vous a pas semblé que ce coup de feu venait de l'intérieur de la maison ?

— Non. J'ai pensé que cela venait du dehors. J'ai cru que c'étaient les ratés d'un moteur de voiture.

— Pendant cette scène, dans le bureau, entre votre mari et le jeune Edgar Lawson, avez-vous vu quelqu'un quitter le grand salon ?

— Wally était déjà sorti pour s'occuper des fusibles. Miss Bellever est partie peu après… pour aller chercher quelque chose, mais je ne me rappelle plus quoi.

— Qui d'autre a quitté le salon ?

— Personne, à ma connaissance.

— Mais pouvez-vous en être sûre, Mrs Serrocold ?

Elle réfléchit un moment :

— Non, peut-être pas, effectivement.

— Toute votre attention n'était-elle pas concentrée sur ce qui se passait dans le bureau ?

— Si.

— Et vous redoutiez ce qui risquait d'arriver ?

— Non… non, je ne dirais pas cela. Je ne pensais pas qu'il puisse en sortir quoi que ce soit de grave.

— Mais Edgar Lawson avait un revolver ?

— Oui.

— Et il en menaçait votre mari ?

— Oui. Mais ce n'était pas sérieux.

Comme d'habitude, l'inspecteur se sentit un tantinet agacé par cette affirmation. Ainsi, même elle pensait comme tous les autres !

— Vous ne pouviez tout de même pas en être sûre, Mrs Serrocold.

— Mais si, j'en étais sûre. C'était ma conviction, veux-je dire. Comment donc les jeunes appellent-ils ça ? Faire du cirque ? C'était à cela que je pensais. Edgar n'est qu'un gamin. Il jouait un mélodrame, il faisait l'idiot, et il se prenait pour un personnage audacieux et désespéré. Il se voyait comme le héros trahi dans une histoire romanesque… J'étais persuadée qu'il ne se servirait jamais de ce revolver.

— Mais il s'en est servi, Mrs Serrocold.

— Je suis convaincue que ce n'était qu'un accident, sourit-elle.

Nouvelle poussée d'agacement chez l'inspecteur Curry :

— Ce n'était pas un accident. Lawson a tiré deux fois – deux fois sur votre mari. Les balles l'ont manqué de peu.

La stupeur, puis la gravité, se peignirent sur les traits de Carrie-Louise :

— Réellement, je ne puis le croire. Bien entendu…

Elle se hâta de prévenir les protestations du policier :

— Bien entendu, je le crois, si vous me le dites. Mais je pense tout de même qu'il doit y avoir une explication simple. Le Dr Maverick pourra peut-être me la donner.

— Oh ! oui, le Dr Maverick vous l'expliquera certainement, grinça l'inspecteur, le Dr Maverick peut *tout* expliquer, j'en suis bien convaincu.

— Je sais que beaucoup de ce que nous faisons ici peut vous paraître ridicule et dénué de sens, et je sais aussi que les psychiatres peuvent se montrer quelquefois très irritants, dit-elle tout à trac. Mais nous obtenons des *résultats,* vous savez. Nous essuyons des échecs, mais nous avons aussi des succès. Et ce que nous essayons de faire *en vaut la peine.* Peut-être ne me croirez-vous pas, mais Edgar est vraiment très dévoué à mon mari. Il ne s'est lancé dans cette histoire ridicule, selon laquelle Lewis serait son père, que parce qu'il voudrait *tellement* avoir un père comme Lewis. Mais ce que je ne peux arriver à comprendre, c'est pourquoi il est soudain devenu *violent.* Il s'était tant amélioré... Il était pratiquement normal. D'ailleurs, moi, je l'ai toujours considéré comme un être normal.

L'inspecteur choisit de ne pas discuter ce point de vue :

— Le revolver qu'avait Edgar Lawson appartient au mari de votre petite-fille. Il l'avait probablement pris dans la chambre de Walter Hudd. Mais dites-moi maintenant, aviez-vous déjà vu *cette arme-ci* auparavant ?

Dans la paume de sa main, le policier tenait le petit automatique noir.

Carrie-Louise l'examina attentivement :

— Non, je ne crois pas.

— Je l'ai trouvé dans le tabouret de piano. On l'a utilisé récemment. Nous n'avons pas encore eu le temps de procéder à toutes les vérifications, mais je suis quasiment certain que c'est l'arme dont on s'est servi pour tuer Mr Gulbrandsen.

Elle fronça les sourcils :

— Et vous l'avez trouvé dans le tabouret de piano ?

— Sous de très vieilles partitions. Des partitions que personne n'avait sorties depuis des années.

— On l'avait caché, alors ?

— Oui. Vous vous rappelez qui était au piano hier soir ?

— Stephen Restarick.

— Jouait-il ?

— Oui. *Pianissimo*. Une petite mélodie assez mélancolique.

— Quand s'est-il arrêté de jouer, Mrs Serrocold ?

— Quand il s'est arrêté ? Je ne sais pas.

— Mais il s'est bien arrêté ? Il n'a quand même pas joué pendant toute la querelle ?

— Non. C'est comme si la musique s'était évanouie.

— A-t-il quitté le piano ?

— Je ne sais pas. Je n'ai pas la moindre idée de ce qu'il a pu faire avant de venir à la porte du bureau pour essayer les clefs.

— Voyez-vous une raison pour laquelle Stephen Restarick aurait pu vouloir tuer Mr Gulbrandsen ?

— Pas la moindre.

Et elle ajouta, pensive :

— Je ne pense pas qu'il l'ait tué.

— Mr Gulbrandsen aurait pu découvrir un incident déshonorant le concernant.

— Cela me paraît bien invraisemblable.

L'inspecteur Curry se sentit pris d'une envie folle de répliquer :

« Les cochons peuvent voler, mais ils n'en font pas moins des oiseaux bien invraisemblables. »

C'était l'un des dictons de sa grand-mère.

Miss Marple, il en était convaincu, le connaissait aussi.

*

Carrie-Louise descendait le grand escalier. Trois personnes vinrent à sa rencontre : Gina, arrivant du corridor principal, miss Marple, de la bibliothèque, et Juliet Bellever, du grand salon.

— Bonne-Ma chérie ! s'exclama Gina. Tout va bien ? Ils ne vous ont pas houspillée, ou fait subir la question, ou je ne sais trop quoi d'autre ?

— Bien sûr que non, Gina. Tu en as, de ces idées… L'inspecteur Curry a été charmant, et parfaitement courtois.

— C'est la moindre des choses ! lança miss Bellever. Tenez, Cara, voilà votre courrier et puis un paquet. J'allais vous les monter.

— Apportez-les dans la bibliothèque, dit Carrie-Louise.

Elle y entra, suivie des trois autres.

Carrie-Louise s'assit et commença à ouvrir les enveloppes. Il y en avait vingt, ou trente.

Au fur et à mesure, elle les passait à miss Bellever qui les rangeait en piles, tout en expliquant à miss Marple :

— Il y a trois catégories. Celles-là... elles viennent des familles ou des amis de nos garçons. Je les donne au Dr Maverick. Les lettres de solliciteurs, je m'en charge moi-même. Le reste est personnel, et Cara me donne ses instructions pour y répondre.

En ayant terminé avec son courrier, Mrs Serrocold en vint au paquet dont elle coupa la ficelle avec des ciseaux.

De l'emballage soigné, elle tira une superbe boîte de chocolats, fermée d'un ruban doré.

— Quelqu'un doit avoir cru que c'est mon anniversaire, commenta-t-elle, souriante.

Elle fit glisser le ruban et souleva le couvercle, découvrant une carte de visite. Elle la lut, un peu étonnée :

— *De la part d'Alex, avec tendresse,* dit-elle. Comme c'est bizarre de sa part de m'avoir envoyé des chocolats par la poste le jour même où il venait ici...

Une vague inquiétude s'empara de miss Marple :

— Attendez une seconde, Carrie-Louise, lança-t-elle avec vivacité. Ne les goûtez pas tout de suite.

Mrs Serrocold ne cacha pas son étonnement :

— Mais j'allais vous en proposer.

— Ne le faites pas. Attendez que je me sois renseignée… Gina, vous savez si Alex est dans la maison ?

— Il était dans le salon à l'instant, je crois.

Gina sortit et appela le jeune homme.

Alex Restarick apparut sur le seuil.

— Madonna chérie ! Vous êtes levée ? En pleine forme, j'espère.

Il vint à elle et l'embrassa tendrement.

— Carrie-Louise voulait vous remercier pour les chocolats, lui dit miss Marple.

Alex donna tous les signes de la plus vive stupéfaction :

— Quels chocolats ?

— Ceux-là, intervint Carrie-Louise.

— Mais je ne vous ai jamais envoyé ces chocolats, chérie…

— Il y avait votre carte de visite dans la boîte, releva miss Bellever.

Alex se pencha pour la regarder :

— En effet… Ça, c'est étonnant… Ce n'est pas moi qui vous les ai envoyés, en tout cas.

— Voilà qui est extraordinaire ! s'écria miss Bellever.

— Ils ont l'air drôlement bons, commenta Gina. Regardez, Bonne-Ma, là, au milieu, ceux que vous préférez, au kirsch !

Doucement, mais avec fermeté, miss Marple s'empara de la boîte. Sans dire un mot, elle sortit de la pièce et partit à la recherche de Lewis Serrocold.

Il lui fallut un bon moment pour le trouver, parce qu'il s'en était allé au collège. Elle le découvrit dans le bureau du Dr Maverick. Elle posa la boîte devant lui.

En silence, Lewis écouta miss Marple lui faire brièvement le récit de ce qui venait de se passer. Peu à peu, la gravité figea puis durcit ses traits.

Avec des gestes minutieux, Lewis Serrocold et le Dr Maverick prirent un chocolat après l'autre et les examinèrent.

— Je pense, dit le Dr Maverick, que ceux-là, ceux que j'ai mis de côté, ont été presque certainement trafiqués. Vous voyez comme la couche de chocolat est irrégulière ? La première chose, c'est de les faire analyser.

— Mais c'est incroyable ! souffla miss Marple. Enfin, toute la maison aurait pu être empoisonnée !

Lewis acquiesça, les traits toujours pâles et tendus :

— Oui. Il y a là une brutalité... une indifférence... Ces chocolats qui sont là, à part... ils sont parfumés au kirsch. Ce sont ceux que Caroline préfère. Il s'agit donc de quelqu'un qui connaît ses goûts.

Miss Marple reprit, très calme :

— Si, comme vous le soupçonnez... il y a... oui, *du poison*... dans ces chocolats, je crains bien qu'il ne nous faille informer Carrie-Louise de ce qui est en train de se passer. Il faut qu'elle soit sur ses gardes.

— Absolument, martela Lewis Serrocold. Il faut qu'elle sache que quelqu'un essaie de la tuer. Mais je suis bien certain qu'elle ne pourra pas le croire.

16

— Eh ! m'zelle... C'est-y vrai qu'y a un empoisonneur au travail dans les parages ?

Gina sursauta au son de la voix rauque qui l'interpellait et, de la main, dégagea ses cheveux de son front. Il y avait de la peinture sur sa joue et sur son pantalon. Elle s'activait, avec les aides qu'elle s'était choisis, à achever le fond de scène destiné à la représentation « Nil au crépuscule », la prochaine pièce, dont on pressait les préparatifs.

C'est justement l'un de ses assistants qui l'avait ainsi interrogée : Ernie Gregg, celui qui lui avait donné des conseils très éclairés sur le maniement des verrous et serrures. Ernie se montrait tout aussi doué pour la construction des décors, et il manifestait un vif enthousiasme pour le théâtre.

L'idée qu'un crime était en train de se commettre illuminait son regard d'une joie manifeste. Il cligna de l'œil :

— On cause que d'ça, dans les piaules. Mais, voyez, m'zelle, c'est pas un de *nous*. Pas pour un turbin comme ça. Y en a pas un qui lèverait seulement le p'tit doigt sur Mrs Serrocold. Même Jenkins, eh bien, il oserait pas l'estourbir, *elle*. Si c'était pour l'aut' vieille garce, j'dis pas. Ça m'déplairait pas d'l'empoisonner, celle-là.

— Ne parle pas comme ça de miss Bellever !

— Pardon, m'zelle. Ça m'a comme qui dirait échappé. Et c'est quoi comme poison, m'zelle ? De la stryckligne ? Ce machin-là, ça vous fait s'tortiller comme un ver, avec des douleurs qu'elles sont terribles. Ou bien c'est-y d'l'acide prussien ?

— Ernie, je ne sais pas de quoi tu parles.

Nouveau clin d'œil d'Ernie :

— Tu parles que vous le savez ! On dit qu'c'est m'sieur Alex qu'a fait l'coup. Avec des chocos qu'il a ram'nés de Londres. Mais ça, c'est pas vrai, hein ? M'sieur Alex, il ferait pas une saleté de c'genre, pas vrai, m'zelle ?

— Bien sûr que non, s'indigna Gina.

— J'dirais bien, moi, qu'c'est Mr Baumgarten. Quand y nous fait la gym, il nous tire toujours une de ces gueules, et Don et moi, on pense qu'il est givré.

— Enlève-moi cette bâche de là.

Ernie obtempéra, non sans marmonner pour lui-même :

— C'te vie qu'on vit ici ! L'vieux Gulbrandsen qui s'fait dessouder hier, et maint'nant, un empoisonneur ! Vous croyez qu'c'est l'même type qu'a fait les deux ? Vous diriez quoi, m'zelle, si j'vous disais que j'sais qui c'est qui l'a descendu ?

— Tu n'en sais rien du tout !

— Sans blague ! J'en sais rien, alors ? Et si j'vous disais qu'j'étais dehors hier soir, et qu'j'ai vu des choses ?

— Comment aurais-tu pu sortir, hein ? Le collège est bouclé après l'appel de 7 heures.

— Oh ! l'appel... Moi, m'zelle, j'sors quand j'veux. Y a pas une serrure qui m'résiste. J'sors et j'fais un petit tour quand l'envie m'prend, moi.

— Ernie, je t'en prie, arrête de raconter des histoires.

— Qui c'est qui raconte des histoires ?

— Toi. Tu me racontes des histoires, et tu te vantes de choses que tu n'as pas faites.

— C'est c'que vous croyez, m'zelle. Attendez juste un peu qu'les flics rappliquent et qu'y me d'mandent c'que j'ai vu l'aut' soir.

— Eh bien, qu'est-ce que tu as vu ?

— Ah..., se rengorgea Ernie, vous aimeriez bien l'savoir, hein ?

Gina se jeta sur lui, et il jugea plus prudent de battre en retraite. Au même instant, Stephen s'approcha d'eux. Il discuta avec la jeune femme de divers problèmes techniques, puis, côte à côte, ils quittèrent le bâtiment pour se diriger vers la maison.

— Apparemment, ils sont tous au courant, pour les chocolats de Bonne-Ma, dit Gina. Les garçons, j'entends. Comment l'ont-ils appris ?

— Ils ont leur téléphone arabe, vous savez.

— Et ils savent aussi pour la carte de visite d'Alex. Enfin, Stephen, c'était complètement idiot de mettre cette carte alors qu'Alex venait ici.

— Oui. Mais qui savait qu'il arrivait ? Il a pris sa décision au dernier moment, et il a envoyé un télégramme. Le paquet avec les chocolats avait probablement déjà été mis à la poste. Mais, s'il n'était pas venu, le coup de la carte de visite pouvait être une bonne idée. Parce qu'il lui arrive d'envoyer des chocolats à Madonna. Ce que je n'arrive pas à comprendre, c'est pourquoi...

— C'est pourquoi on voudrait empoisonner Bonne-Ma, coupa Gina. Je sais. C'est tout bonnement inconcevable ! Elle est tellement adorable... Et *tout le monde* l'adore.

Stephen resta silencieux. Gina le fixait sévèrement.

— Je sais à quoi vous pensez, Steve, reprit-elle.

— Je n'en suis pas sûr.

— Vous pensez que Wally... que Wally, lui, ne l'adore pas. Mais Wally n'empoisonnerait jamais personne. Ce serait une idée risible.

— Ah ! la loyauté des épouses !

— Ne prenez pas ce ton méprisant, je vous prie.

— Je ne me moquais pas de vous. Je sais que *vous* lui êtes loyale. Et je vous en admire. Mais, Gina chérie, ça ne peut pas continuer comme ça, vous savez.

— Que voulez-vous dire, Steve ?

— Vous savez très bien ce que je veux dire. Wally et vous, ce n'est pas le même monde. Votre couple fait partie des choses qui ne peuvent pas marcher. Il le sait, lui aussi. Votre séparation n'est qu'une question de jours. Et vous serez tous les deux beaucoup plus heureux quand ça se sera passé.

— Ne soyez pas idiot, rétorqua Gina.

Stephen éclata de rire :

— Allons, vous n'allez quand même pas me faire croire que vous êtes bien assortis l'un à l'autre, ni que Wally est heureux ici.

— Je ne sais pas ce qu'il a, s'écria Gina. Il fait tout le temps la tête. A peine s'il ouvre la bouche. Je... je ne sais plus quoi faire avec lui. Pourquoi n'est-il pas heureux, ici ? Nous nous amusions beaucoup, avant... Tout nous amusait... Et maintenant, ce n'est plus le même homme. Pourquoi les gens changent-ils autant ?

— J'ai changé, moi ?

— Non, Steve chéri. Vous êtes toujours mon Steve. Vous vous souvenez, j'étais toujours pendue à vos basques, pendant les vacances...

— Et je pensais que vous étiez vraiment une enquiquineuse... Cette chipie de Gina... Mais les choses ont changé. Vous avez obtenu ce que vous vouliez de moi, pas vrai, Gina ?

— Espèce d'idiot... A votre avis, est-ce qu'Ernie m'a raconté des histoires ? Il m'a prétendu qu'il s'était promené dans le brouillard, hier soir, et m'a laissée entendre qu'il pourrait faire des révélations sur le meurtre. Vous croyez que c'est vrai ?

— Vrai ? Bien sûr que non. Vous savez bien qu'il invente toujours. Pour faire l'important.

— Oui, je sais. Mais je me demandais...

Gina et Stephen poursuivirent leur chemin en silence.

*

Sous les yeux de l'inspecteur Curry, le soleil couchant illuminait la façade ouest de la maison.

— C'est à peu près par ici que vous aviez garé votre voiture hier soir ? demanda-t-il.

Alex Restarick se recula un peu et réfléchit :

— Oui, à peu près. C'est difficile de vous dire exactement où, à cause du brouillard. Mais, oui, je dirais que c'est à peu près là.

L'inspecteur regarda autour de lui, évaluant les distances.

A cet endroit, l'allée tapissée de gravier s'infléchissait en un large virage d'où, à travers un écran de rhododendrons, on distinguait soudain l'aile occidentale de la demeure principale, avec la terrasse, les haies d'ifs, et les marches menant aux gazons. Elle continuait ensuite, de courbe en courbe, contournant un rideau d'arbres et serpentant entre le lac et la bâtisse, avant de s'achever dans la cour principale.

— Dodgett ! appela l'inspecteur.

L'agent Dodgett, qui s'était tenu prêt à démarrer, se mit à courir comme un dératé. En diagonale, il traversa la prairie en direction de la maison, atteignit la terrasse, et entra par la porte latérale. Quelques instants plus tard, on agitait frénétiquement les rideaux d'une des fenêtres. Puis l'agent Dodgett réapparut à la porte du jardin et, courant toujours, haletant comme une locomotive à vapeur, rejoignit les deux hommes.

— Deux minutes et quarante-deux secondes, constata l'inspecteur en arrêtant son chronomètre.

Ces choses-là, ajouta-t-il sur le ton de la conversation, ne prennent vraiment pas longtemps, non ?

— Je ne cours pas aussi vite que votre agent, répliqua Alex. Car je présume que ce sont mes mouvements supposés que vous avez chronométrés ?

— Je me contentais d'établir que vous auriez eu le temps de commettre le meurtre. Rien de plus, Mr Restarick. Je ne formule aucune accusation… pour le moment, du moins.

Alex remarqua gentiment à l'adresse de l'agent Dodgett, toujours suant et soufflant :

— Je ne cours pas aussi vite que vous, mais je crois que je suis en meilleure forme.

— C'est depuis c'te bronchite que j'ai eue c't'hiver, expliqua l'agent.

Se tournant vers l'inspecteur, Alex reprit :

— Non, sérieusement, même si vous essayez de me mettre en porte à faux pour observer mes réactions… – et rappelez-vous bien, ajouta-t-il en adoptant une intonation moqueuse, que nous autres artistes, nous sommes… ah ! fragiles à l'extrême… sensibles comme la violette ! – Même en ce cas, disais-je, vous n'imaginez quand même pas que j'aie à voir quelque chose dans tout ça ? A supposer que j'aie envoyé à Mrs Serrocold une boîte de chocolats empoisonnés, je n'aurais pas été jusqu'à mettre ma carte de visite dedans…

— C'est peut-être ce que l'on veut nous faire penser, Mr Restarick. Le mensonge à double détente, cela existe.

— Oh ! je vois. Vous êtes rusé. A propos, ces chocolats étaient *vraiment* empoisonnés ?

— Oui, les six chocolats au kirsch du dessus étaient empoisonnés. Ils contenaient de l'aconitine.

— Ça n'est pas mon poison préféré, inspecteur. Personnellement, j'ai un faible pour le curare.

— Pour agir, Mr Restarick, le curare doit pénétrer dans le système circulatoire. Pas dans l'estomac.

Alex s'extasia de manière ostentatoire :

— Notre police en sait, des choses... Merveilleux...

Discrètement, l'inspecteur observa le jeune homme. Il nota le contour légèrement pointu des oreilles, les hautes pommettes saillantes, et la flamme d'ironie cruelle qui dansait dans le regard. Il ne serait jamais facile de savoir ce que pensait Alex Restarick. Etait-ce un satyre – ou plutôt un faune ? En tout cas, un faune trop bien nourri, se dit le policier tout à coup. Et cette vision lui déplaisait.

Un escroc trop malin : voilà comment l'inspecteur Curry aurait résumé la personnalité d'Alex Restarick. Plus intelligent que son frère. Une mère russe, à ce qu'on disait... Le mot « Russe » faisait à l'inspecteur le même effet que « Boney » aux Britanniques du début du XIXe siècle ou « Boche » à ceux qui avaient connu la Grande Guerre. Aux yeux de l'inspecteur Curry, tout ce qui avait rapport, de près ou de loin, avec la Russie, était mauvais, et si Alex Restarick avait tué Gulbrandsen, il ferait un coupable des plus satisfaisants. Mais, par malheur, l'inspecteur Curry n'était pas le moins du monde convaincu de sa culpabilité.

Ayant récupéré son souffle, l'agent Dodgett prit la parole :

— J'ai bougé les rideaux comme vous m'l'aviez dit, patron, et j'ai compté jusqu'à trente. J'ai r'marqué qu'les rideaux, ils ont un crochet de déchiré en haut. Ça veut dire qu'ça laisse un intervalle. De dehors, on doit voir d'la lumière.

— Vous avez vu de la lumière à cette fenêtre, hier soir ? demanda l'inspecteur à Alex.

— A cause du brouillard, je ne voyais même pas la maison. Je vous l'ai dit.

— Le brouillard s'étend par nappes. Quelquefois, il s'éclaircit une minute ici ou là.

— Il ne s'est jamais assez éclairci pour que je puisse voir la maison – le corps central, j'entends. Mais le gymnase, qui est plus proche d'ici, s'élevait dans la brume de façon magnifiquement irréelle. Cela donnait l'illusion parfaite d'un entrepôt dans les docks. Comme je vous l'ai dit, inspecteur, je monte un ballet, « Limehouse », et…

— Vous me l'avez dit, en effet.

— On prend l'habitude, comprenez-vous, de regarder les choses du point de vue de la scène, pas sous l'angle de la réalité.

— Je le conçois. Et pourtant un décor, Mr Restarick, c'est bien réel, n'est-ce pas ?

— Je ne vous suis pas très bien, inspecteur.

— Eh bien, les décors sont construits avec des matériaux très concrets – de la toile, du bois, de la peinture et du carton-pâte. L'illusion réside dans le regard du spectateur, pas sur la scène. La scène elle-même, comme je le disais, est bien réelle, aussi bien devant le décor que dans les coulisses.

Alex fixa le policier :

— Mais, inspecteur, c'est une remarque très pénétrante, ça. Et ça me donne des idées.

— Pour un nouveau ballet ?

— Non, pas pour un nouveau ballet... Mon Dieu, je me demande comment nous avons tous pu être aussi bêtes ?

*

L'inspecteur et Dodgett repartirent vers la maison en traversant le pré. (Ils cherchent des empreintes de pas, pensait Alex. Mais il se trompait. Les deux policiers s'étaient livrés à cette recherche très tôt dans la matinée, sans succès, car il avait plu abondamment pendant la nuit, vers 2 heures.) Alex emprunta l'allée, méditant sur sa nouvelle idée et les prolongements d'icelle.

Mais il s'arracha à sa méditation en apercevant Gina, qui cheminait le long du lac. La maison avait été construite sur une légère éminence, et le terrain s'étendait en pente douce jusqu'au plan d'eau bordé de rhododendrons et de massifs de fleurs.

Alex traversa en courant l'allée tapissée de gravier et s'approcha de la jeune femme :

— Si on pouvait effacer cette monstruosité victorienne, dit-il en plissant les yeux, cela nous ferait un très beau Lac des Cygnes, et vous, Gina, vous tiendriez le rôle de la princesse. Non, à y réfléchir, vous seriez bien meilleure en Reine des Neiges. Dure, déterminée à parvenir à vos fins, complètement dénuée de pitié, de douceur ou d'une seule once de compassion. Ma chère Gina, vous êtes très, *très* féminine.

— Ce que vous pouvez être malveillant, Alex chéri !

— Parce que je me refuse à marcher dans votre jeu ? Vous êtes très contente de vous, Gina. Vous nous menez tous par le bout du nez. Stephen, et moi, et votre grand benêt de mari…

— Vous dites des bêtises.

— Oh ! non, pas du tout. Stephen est amoureux de vous, je suis amoureux de vous, et votre Wally se vautre dans le désespoir. Qu'est-ce qu'une femme pourrait vouloir de plus ?

Gina se contenta d'en rire.

Alex hocha la tête avec vigueur :

— Je suis heureux de voir, continua-t-il, que vous avez quand même un brin d'honnêteté. C'est votre côté latin. Vous ne vous croyez pas obligée de faire semblant d'ignorer votre pouvoir de séduction sur les hommes… ni d'être chagrinée quand vous leur plaisez. Vous adorez que les hommes soient amoureux de vous, cruelle Gina ! Même ce pauvre petit Edgar Lawson !

Gina fixa le jeune homme avec calme :

— Ça ne dure pas très longtemps, vous savez, répliqua-t-elle, soudain sérieuse. Ce monde est bien plus dur pour les femmes que pour les hommes. Elles sont plus vulnérables. Ce sont elles qui ont des enfants… et leurs enfants leur causent de terribles soucis. Dès qu'elles perdent leur éclat, les hommes qu'elles aiment cessent de les aimer. Ils les trahissent, ils les délaissent, ils les rejettent. Je n'en veux pas aux hommes. Je ferais comme eux. Je n'aime pas les gens vieux, les gens laids ou ceux qui sont malades ; je n'aime pas ceux qui gémissent sur leurs problèmes, ou les gens ridicules, comme Edgar, qui passe son temps à faire du vent et à jouer les importants. Vous dites que je suis cruelle ? Mais c'est le monde dans lequel nous vivons qui est cruel ! Et, tôt ou tard, c'est *moi* qui subirai sa cruauté ! Mais pour l'instant, je suis jeune, je suis belle, et on me trouve séduisante.

Ses dents resplendirent dans un sourire plein de chaleur :

— Oui, c'est vrai, j'en profite, Alex. Et pourquoi pas ?

— Pourquoi pas, en effet ? Mais je voudrais bien savoir ce que vous allez décider. C'est Stephen que vous allez épouser, ou bien c'est moi ?

— Je suis mariée avec Wally.

— C'est provisoire. Dans le domaine du mariage, chaque femme a droit à une erreur… Mais il n'est pas nécessaire de persévérer. Vous avez rodé votre spectacle en province. Il est temps de le monter dans le West End.

— Et le West End, c'est vous ?

— Incontestablement.

— Vous voulez vraiment m'épouser ? Je ne vous vois pas marié, Alex.

— J'insiste pour un mariage. J'ai toujours pensé qu'une liaison fait très démodé. Ça crée des problèmes pour les passeports, dans les hôtels, et ainsi de suite. Je n'aurai *jamais* de maîtresse, sauf si je ne peux pas l'avoir autrement !

Le rire de Gina s'éleva, cristallin :

— Alex, vous m'amusez.

— C'est mon meilleur atout. Stephen est bien plus attirant que moi. Il est très beau et très passionné, ce que, naturellement, toutes les femmes adorent. Mais, dans un foyer, la passion, c'est épuisant. Avec moi, Gina, vous auriez une vie distrayante.

— Vous ne me dites pas que vous m'aimez comme un fou ?

— Même si c'était vrai, je ne le dirais jamais. Si je le disais vous seriez deux jeux à zéro contre moi. Non, j'entends seulement vous faire une demande en mariage des plus bourgeoises.

— Je vais devoir y réfléchir, sourit Gina.

— Cela va de soi. Entre nous, il faudrait d'abord sortir Wally de ses malheurs. Il m'inspire beaucoup de sympathie. Je pense que, pour lui, c'est l'enfer que d'être marié avec vous, et de se sentir la cinquième roue de votre carrosse dans cette ambiance pesante de philanthropie familiale.

— Alex, vous êtes une brute !

— Une brute, oui. Mais intuitive.

— Parfois, j'ai l'impression que Wally se fiche de moi complètement. Il ne fait même plus attention à moi.

— Vous l'avez cravaché et il ne réagit plus ? C'est bien ennuyeux.

En un éclair, Gina le gifla, de sa main grande ouverte.

— Touché ! s'écria Alex.

D'un mouvement à la fois souple et vif, il la prit dans ses bras et, avant même qu'elle ait pu esquisser la moindre résistance, il scella ses lèvres aux siennes pour un baiser ardent et prolongé. Elle se débattit un moment, puis s'abandonna…

— Gina !

Ils se séparèrent vivement. Mildred Strete, très rouge, les lèvres tremblantes, les observait avec une expression de dégoût. Un instant, l'émotion la fit bafouiller :

— Répugnant… répugnant ! Fille perdue !… Tu es bien comme ta mère… tu es vicieuse !… J'ai toujours su que tu étais vicieuse !… Dépravée au dernier degré !… Et pas seulement adultère… Tu es aussi une meurtrière… Non, pas la peine de nier… Je sais ce que je sais !

— Et vous savez quoi ? Ne soyez pas ridicule, tante Mildred.

— Je ne suis pas ta tante, Dieu merci… Nous ne sommes pas du même sang. Tu ne sais même pas qui était ta mère, ni d'où elle venait ! Mais tu sais comment étaient mon père et ma mère. Et, à ton avis, quel genre d'enfant auraient-ils adopté ? La fille d'une criminelle, ou d'une prostituée, probablement ! Ils étaient comme cela. Ils auraient dû se souvenir que la voix du sang est la plus forte. Mais j'imagine que c'est ton sang italien qui t'a conduite au *poison*.

— Comment osez-vous dire des choses pareilles ?

— Je dis ce que je veux. Tu ne nieras pas, j'espère, que quelqu'un a essayé d'empoisonner Mère ? Et cela profiterait à qui ? Qui donc hériterait d'une immense fortune si Mère venait à mourir ? C'est toi, Gina, et tu peux être sûre que ça n'a pas échappé à la police.

Tremblant de tout son corps, Mildred Strete tourna les talons et s'en fut.

— C'est pathologique, commenta Alex. Absolument pathologique. Mais *très* intéressant. On en vient à se poser des questions sur feu le chanoine Strete… Scrupules religieux, peut-être… ? Ou impuissant, à votre avis ?

— Ne soyez pas dégoûtant, Alex. Oh ! je la hais, je la hais, je la hais !

Les poings crispés par la colère, Gina tremblait de rage.

— Encore heureux que vous n'ayez pas serré un petit poignard dans votre jarretière, observa Alex. Sinon, cette chère Mrs Strete aurait été en mesure d'envisager le meurtre du point de vue de la victime. Calmez-vous, Gina. Nous ne sommes ni dans un mélo ni dans un opéra italien.

— Comment ose-t-elle dire que j'ai essayé d'empoisonner Bonne-Ma ?

— Chérie, *quelqu'un* a bien essayé de l'empoisonner. Et si on en vient aux mobiles, vous n'en manquez pas, non ?

— Alex !

Gina lui lança un regard effrayé :

— C'est ce que pense la police ?

— Il est extrêmement difficile de savoir ce que pense la police. Ce sont des gens qui gardent leurs petites idées pour eux. Ils sont loin d'être stupides, vous savez. Ça me rappelle…

— Où allez-vous, Alex ?

— Il faut que j'aille vérifier ma petite théorie à moi.

17

Carrie-Louise ne cachait pas sa stupéfaction, ni son incrédulité :

— Vous me dites que quelqu'un a essayé de m'empoisonner, *moi* ? Vous savez, je n'arrive pas à le croire.

Les yeux mi-clos, elle se tut.

— Très chère, dit Lewis, j'aurais tant voulu vous épargner cela.

Comme absente, elle lui tendit sa main. Il la prit.

Assise à côté d'eux, miss Marple hocha la tête en signe de sympathie.

Puis Carrie-Louise rouvrit les yeux :

— C'est bien vrai, Jane ?

— J'en ai bien peur, ma chère.

— Alors *tout*...

Elle s'interrompit un instant, puis :

— J'ai toujours cru que je savais faire la distinction entre ce qui est réel et ce qui ne l'est pas... *Ça*, ça paraît irréel... Mais ce ne l'est pas... Alors, je me suis trompée du tout au tout... Mais qui pourrait vouloir me faire cela ? Personne dans cette maison ne pourrait vouloir... me *tuer* ?

— J'aurais cru la même chose, intervint Lewis. Mais je me trompais.

— Et Christian le savait ? Cela explique tout.

— Cela explique quoi ? demanda Lewis.

— Son attitude, répondit Carrie-Louise. C'était très bizarre, vous savez. Il n'était pas lui-même. Il paraissait... oui, il paraissait gêné avec moi... Comme s'il avait voulu me dire quelque chose sans y parvenir. Et puis il m'a demandé si j'avais le cœur solide. Et si je n'avais pas été plus mal dans les dernières semaines... Il essayait peut-être de me faire comprendre... Mais pourquoi ne pas le dire franchement ? C'est tellement plus simple, d'être franc.

— Il ne voulait pas... vous faire souffrir, Caroline.

— Souffrir ? Mais pourquoi ?... Oh, je comprends...

Carrie-Louise ouvrait de grands yeux :

— C'est donc *ça* que vous croyez, très cher. Mais vous vous trompez, Lewis, vous vous trompez complètement. Je vous assure.

Lewis Serrocold évitait le regard de sa femme.

— Je suis désolée, continua-t-elle, mais je n'arrive pas à croire que tout ce qui vient de se passer est vrai. Edgar qui vous tire dessus, Gina et Stephen, cette boîte de chocolats ridicule... Ce ne *peut* pas être vrai.

Personne ne répondit.

Carrie-Louise Serrocold soupira :

— Je suppose que j'ai dû vivre en dehors de la réalité depuis trop longtemps... Soyez gentils, vous deux, laissez-moi seule… Il faut que j'arrive à comprendre…

*

En arrivant au pied du grand escalier, miss Marple découvrit, devant la large entrée de style gothique du salon, Alex Restarick qui l'accueillit d'un geste généreux.

— Faites donc, faites donc ! s'écria-t-il avec exubérance comme s'il était le propriétaire du salon en personne. Je suis justement en train de réfléchir à ce qui s'est passé hier soir.

Lewis Serrocold, qui avait suivi miss Marple depuis le boudoir de Carrie-Louise, traversa la pièce pour rejoindre son bureau dont il referma la porte derrière lui.

— Vous essayez de faire une reconstitution du crime ? demanda-t-elle avec une curiosité à peine voilée.

— Hein ?

Alex fronça les sourcils, puis ses traits se détendirent :

— Oh, *ça* ! Non, pas exactement. J'envisage toute cette affaire sous un angle entièrement différent. Je pensais à cette pièce en termes de théâtre. Ce n'est plus la réalité qui compte, c'est l'artifice ! Tenez, venez ici. Imaginez que vous ayez eu devant vous une scène avec son décor. Tout y était : le jeu des éclairages, les praticables, les acteurs du drame. Des bruits dans les coulisses. C'est bien intéressant. Ça n'est pas mon idée, d'ailleurs. C'est l'inspecteur qui me l'a donnée. Je pense que c'est un homme assez cruel. Ce matin, il a fait de son mieux pour me flanquer la frousse.

— Et il vous a fait peur ?

— Je n'en suis pas sûr.

Alex décrivit à miss Marple l'expérience à laquelle s'était livré le policier, et le rôle qu'y avait joué le poussif agent Dodgett.

— Ces histoires de temps, confia-t-il, sont trompeuses. On croit que telle chose a pris tant de minutes, mais, en réalité, ça a été plus court ou plus long.

— Oui, concéda miss Marple.

S'imaginant dans le public, miss Marple changea de position. Devant elle, la scène et son décor se composaient d'un mur recouvert d'une vaste tapisserie aux teintes fanées, avec un grand piano côté jardin, et, côté cour, une fenêtre et un fauteuil. Juste à côté du fauteuil, la porte menant à la bibliothèque. Le tabouret du piano se trouvait à deux mètres à peine de la porte menant au vestibule carré qui donnait sur le corridor. Deux sorties bien pratiques ! Dans le public, naturellement, on les voyait très bien toutes les deux…

Mais, la veille au soir, il n'y avait pas eu de spectateurs. Ou, plus précisément, personne pour contempler les lieux comme miss Marple les voyait maintenant. Le public avait, en quelque sorte, tourné le dos à la scène.

Combien de temps aurait-il fallu, se demandait miss Marple, pour se glisser hors du salon, courir dans le couloir, assassiner Christian Gulbrandsen, et revenir ? Pas aussi longtemps que certains pourraient le croire. Un bien court délai, si l'on décomptait minutes et secondes…

Et qu'avait donc voulu dire Carrie-Louise quand elle avait répliqué à son mari : « C'est ce que vous croyez, Lewis. Mais vous vous trompez, je vous assure » ?

Alex interrompit ses réflexions :

— Je dois avouer que l'inspecteur a eu une remarque très subtile. Il disait qu'un décor était bien réel… Fait de bois et de carton-pâte et construit avec de la colle, mais aussi réel dans les coulisses que sur la scène. Il m'a dit : « L'illusion réside dans le regard des spectateurs. »

— Comme les prestidigitateurs, murmura miss Marple l'air absent. Je crois qu'ils ont une formule : « *Tout est dans les jeux de glaces.* »

Stephen Restarick, un peu essoufflé, fit irruption :

— Salut, Alex. Ce petit rat d'Ernie Gregg… Je ne sais pas si tu te souviens de lui ?

— Celui qui jouait Feste quand vous avez monté *La Nuit des Rois* ? Pas mal de talent, j'avais trouvé.

— Oui, il a quelques dons… Et très habile de ses dix doigts. Il fait beaucoup de menuiserie pour nous. Mais ce n'est pas de ça qu'il s'agit. Il s'est vanté auprès de Gina de sortir du collège le soir et de se balader dans le parc. Et il lui a dit que, justement, il faisait un petit tour hier soir, et il s'est vanté d'avoir vu quelque chose.

Alex pivota sur place :

— Il a vu quoi ?

— Il ne veut pas le dire. En fait, je suis quasiment certain qu'il fait seulement du cirque pour être sous les feux de la rampe. C'est un fieffé menteur, mais je me demandais si ça ne vaudrait pas quand même la peine de l'interroger.

— M'est avis qu'il ne serait pas mauvais de le laisser moisir un moment, trancha Alex. Qu'il n'aille surtout pas croire que nous sommes intéressés.

— Oui, peut-être… tu as sans doute raison. Ce soir, alors.

Stephen entra dans la bibliothèque.

Miss Marple, qui, dans son rôle de spectatrice, se déplaçait avec lenteur, se heurta à Alex qui reculait brusquement.

— Je vous demande pardon, souffla-t-elle.

Alex plissa le front, et, distrait :

— Pardon… Oh, c'est *vous* !

Miss Marple jugea cet étonnement bizarre de la part d'un homme avec lequel elle venait d'avoir une longue conversation.

— Je pensais à autre chose. Cet Ernie…

Des deux mains, il esquissait des gestes incertains.

Puis, tout à coup, il quitta la pièce pour passer dans la bibliothèque.

A travers la porte fermée, le murmure des voix des deux frères parvenait à miss Marple, mais elle n'y prêta guère attention. Elle ne s'intéressait pas à cet Ernie aux capacités multiples, ni à ce qu'il avait vu ou prétendu voir. Elle soupçonnait même le jeune Ernie de n'avoir rien vu du tout. Elle doutait fort que, par une soirée froide et pleine de brouillard, le jeune Ernie se soit donné la peine d'user de ses connaissances en serrurerie pour une promenade dans les jardins. Selon toute probabilité, il n'était même jamais sorti du collège le soir. Il se vantait, un point, c'est tout.

« Comme Johnnie Backhouse », pensa miss Marple qui avait toujours en réserve un parallèle à tirer avec l'un ou l'autre de ses concitoyens de St. Mary Mead.

« Je vous ai vu hier soir », affirmait méchamment Johnnie Backhouse à tous ceux que cela pouvait ennuyer.

Et sa remarque avait obtenu des effets surprenants. Tant de gens, songea miss Marple, s'étaient trouvés à des endroits où ils auraient bien préféré ne pas être vus !

Elle chassa Johnnie de son esprit et tâcha de se concentrer sur une pensée imprécise qu'Alex avait suscitée en elle en lui contant les remarques de l'inspecteur Curry. Ces remarques avaient donné une idée à Alex. Il était possible qu'elles lui aient donné, à elle aussi, une idée. La même ? Ou une autre ?

Elle s'installa à la place même où s'était tenu Alex Restarick.

« Ce n'est pas le vrai salon, se disait-elle. Ce n'est que du carton-pâte, de la toile et du bois. C'est un décor… » Des bribes de phrases lui revenaient : « Illusion »… « Dans le regard des spectateurs »… *« Tout est dans les jeux de glaces »…* Le bocal de poissons rouges… Les flots de rubans de couleur… La femme qui disparaît... Toute la panoplie, tous les stratagèmes des prestidigitateurs...

Une image se formait dans sa conscience, provoquée par le récit d'Alex... Une description... L'agent Dodgett suant et soufflant... Essoufflé... Soudain, c'est une autre image qui lui apparut...

— Mais bien sûr ! s'exclama miss Marple. Ça doit être ça...

18

— Oh, Wally, comme tu m'as fait peur !

Emergeant des profondeurs du théâtre, Gina avait sursauté quand la haute silhouette de Walter Hudd était apparue dans l'ombre. Ce n'était pas une obscurité profonde et donc, paradoxalement, rassurante, mais cette pénombre incertaine dans laquelle les objets perdent de leur réalité pour s'envelopper des formes fantasmatiques du cauchemar.

— Qu'est-ce que tu viens chercher ici ? reprit la jeune femme. Tu t'es fait une règle de ne jamais venir au théâtre.

— Peut-être bien que je te cherchais, Gina. En général, c'est le meilleur endroit pour te trouver, non ?

Dans la voix douce, un peu traînante, de Wally, on ne décelait pas de sous-entendu, mais Gina n'en répliqua pas moins aigrement :

— C'est un vrai travail, et il me plaît. J'aime l'odeur de la peinture et du carton-pâte, et l'atmosphère des coulisses.

— Oui. Pour toi, c'est important. Je m'en suis aperçu. Dis-moi, Gina, tu penses que ça va durer combien de temps avant que cette affaire ne soit éclaircie ?

— L'enquête criminelle sera officiellement ouverte demain. Elle ne devrait guère durer plus d'une quinzaine de jours. Au moins si j'en crois ce que l'inspecteur Curry a bien voulu laisser échapper.

— Une quinzaine..., murmura Wally, songeur. Je vois... Mettons trois semaines au bas mot. Et après ça... nous serons libres. Ce qui fait que je pourrai rentrer aux Etats-Unis.

— Oh ! mais je ne peux pas partir aussi vite que ça ! s'écria Gina. Je ne peux pas abandonner Bonne-Ma. Et puis il y a ces deux pièces qu'on est en train de monter...

— Je n'ai pas dit « *nous* ». J'ai dit que *je* pourrai rentrer.

La jeune femme leva les yeux pour observer son mari. Dans cette lumière indécise, il paraissait très grand, tranquille... Et, cependant, crut-elle, menaçant... Il la dominait. Il la menaçait... mais de quoi ?

— Tu veux dire...

Elle hésita :

— Tu veux dire que tu ne veux pas que je vienne avec toi ?

— Mais non, voyons... je n'ai pas dit ça.

Elle se mit soudain en colère :

— Tu te fiches que je vienne ou non ? C'est ça ?

— Ecoute, Gina. Il faut que nous ayons une explication. Quand nous nous sommes mariés, nous ne savions pas grand-chose l'un de l'autre...

Pas grand-chose sur le passé de l'autre, pas grand-chose sur sa famille. Nous pensions que ça n'avait pas d'importance. Nous croyions que rien n'avait d'importance, sauf de passer du bon temps ensemble… Eh bien, la première étape est terminée. Ta famille n'a pas pensé – et ne pense pas – beaucoup de bien de moi. Ils ont peut-être raison. Je ne suis pas de leur monde. Mais si tu crois que je vais rester ici à attendre que ça se passe et à faire des boulots idiots pour ce que je considère comme une boîte de dingues… Tu te trompes ! Je veux vivre dans mon propre pays, et avoir le genre de travail que j'aime et que je sais faire. Pour moi, une femme doit ressembler à celles des pionniers d'autrefois, prêtes à tout affronter, les difficultés, le danger, un pays inconnu, un environnement inquiétant… C'est peut-être trop te demander, mais c'est ça ou rien ! Peut-être que je t'ai poussée à te marier trop vite. Si c'est le cas, tu ferais mieux de me quitter et de refaire ta vie. A toi de choisir. Si tu préfères un de tes deux artistes… Eh bien, c'est ta vie à toi, et c'est toi qui décides. Moi, je rentre au pays.

— Je trouve que tu te conduis comme un *salaud* répliqua Gina. Moi, je me plais ici.

— Oui ?… Eh bien, moi pas. Même le meurtre te plaît, j'imagine.

Gina respira profondément :

— C'est méchant et cruel de dire ça. J'aimais beaucoup oncle Christian. Et tu ne te rends pas compte que quelqu'un empoisonne tranquillement Bonne-Ma depuis des mois ? C'est horrible !

— Je t'ai dit qu'ici, ça ne me plaisait pas. Je n'aime pas ce qui s'y passe. Je me tire.

— Si on te le permet ! Tu ne comprends donc pas que tu vas probablement être arrêté pour le meurtre d'oncle Christian ? Je déteste la façon dont l'inspecteur Curry t'observe. On dirait un chat qui guette une souris, prêt à l'attraper dans ses griffes. Je suis sûre qu'ils vont te le mettre sur le dos, tout ça, parce que tu étais sorti du salon pour réparer les plombs, et parce que tu n'es pas anglais.

— Il leur faudra des preuves, d'abord.

— J'ai peur pour toi, Wally, gémit Gina. J'ai peur depuis le début.

— Tu n'as pas besoin de t'inquiéter. Je te dis qu'ils n'ont rien contre moi !

En silence, ils se mirent en marche vers la maison. Puis Gina murmura :

— Je ne crois pas que tu aies vraiment envie que je rentre en Amérique avec toi....

Walter Hudd ne répondit pas, et la jeune femme tapa du pied:

— Je te déteste ! Je te déteste ! Tu es horrible... une brute... une brute cruelle et indifférente. Après tout ce que j'ai essayé de faire pour toi ! Tu veux te débarrasser de moi. Tu t'en fiches, de ne plus jamais me revoir... Eh bien, *moi*, je me fiche de ne plus jamais te revoir, *toi* ! Je me suis conduite comme la dernière des gourdes quand je t'ai épousé. Je veux divorcer aussi vite que possible. J'épouserai Stephen ou Alex, et je serai plus heureuse que je ne l'aurais jamais été avec toi. Et j'espère qu'aux Etats-Unis, tu te remarieras avec une femme affreuse qui te rendra vraiment malheureux !

— C'est parfait ! constata Wally. Maintenant, nous savons au moins où nous en sommes !

*

Miss Marple avait vu Gina et Wally rentrer ensemble dans la maison.

Elle se tenait à l'endroit même où l'inspecteur Curry s'était livré en compagnie de l'agent Dodgett, au début de l'après-midi, à sa petite expérience.

La voix de miss Bellever la fit sursauter :

— Vous allez prendre froid, miss Marple, à rester comme ça dehors, après le coucher du soleil.

Docile, miss Marple lui emboîta le pas et elles se dirigèrent vers la grande demeure.

— Je réfléchissais aux tours de prestidigitation, déclara miss Marple. Quand on les voit, on n'arrive pas à comprendre comment ils se font, mais, quand on vous les explique, c'est d'une simplicité enfantine. Cela dit, même maintenant, je n'ai toujours pas compris comment on peut sortir d'un chapeau un bocal de poissons rouges… Vous avez déjà vu le coup de la femme coupée en deux ? C'est prodigieux ! Je me souviens qu'il me fascinait quand j'avais onze ans. Et je n'avais jamais réussi à imaginer comment on le faisait. Mais, l'autre jour, dans un journal, il y avait un article qui dévoilait le pot aux roses. Je trouve qu'un journal ne devrait pas écrire des choses pareilles, pas vous ? Bref, il semble qu'il n'y ait pas *une* femme, mais *deux*. On voit la tête de l'une, et les pieds de l'autre. Le spectateur pense qu'il y a une seule femme, et en réalité, elles sont deux. Mais, dans l'autre sens, ça marcherait aussi bien, non ?

Miss Bellever ne cacha pas une certaine surprise.

Il était rare que miss Marple se montre aussi futile et incohérente, pensait la dame de compagnie. « Tous ces événements, ç'a été trop pour cette pauvre vieille », se dit-elle.

Mais miss Marple poursuivait :

— Quand vous ne regardez qu'un côté des choses, vous ne voyez que ce côté-là. Mais tout se met parfaitement en place si vous parvenez à faire la distinction entre ce qui est réalité et ce qui est illusion.

Elle changea soudain de sujet :

— Et notre chère Carrie-Louise ? interrogea-t-elle abruptement. Elle va bien ?

— Oui. Elle va bien, mais je pense qu'elle a subi un grand choc, vous savez – apprendre que quelqu'un voulait la tuer… Le choc a dû être d'autant plus dur pour elle qu'elle ne comprend pas la violence.

— Carrie-Louise comprend des choses que nous, nous ne comprenons pas, rétorqua miss Marple, pensive. Elle l'a toujours fait.

— Je sais bien ce que vous voulez dire… mais elle ne vit pas dans le monde du réel.

— Vous croyez ?

Miss Bellever s'étonna :

— Personne n'a jamais été plus dans les nuages que Cara et…

— Vous ne pensez pas que, peut-être…

Miss Marple s'interrompit : Edgar Lawson passait devant elles, marchant à vive allure. Le jeune homme esquissa un vague salut de la tête, mais détourna son regard.

— J'ai retrouvé à qui il me faisait penser, dit miss Marple. Ça m'est revenu, tout à coup, il y a quelques instants. Il me rappelle un jeune homme du nom de Leonard Wylie. C'était le fils d'un dentiste. Son père était devenu vieux, il n'y voyait plus très bien, et sa main tremblait. Alors les gens préféraient s'adresser au jeune Leonard. Mais le vieux monsieur en éprouvait beaucoup de chagrin, broyait du noir, et gémissait qu'il n'était plus bon à rien. Et Leonard, qui avait le cœur tendre mais pas beaucoup de cervelle, s'est mis à essayer de faire croire qu'il buvait plus que de raison. Il sentait toujours le whisky et, quand les patients arrivaient, il faisait semblant d'être éméché. Son idée, c'était qu'ils penseraient qu'il était dangereux, et s'adresseraient de nouveau à son père.

— C'est ce qu'ils ont fait ?

— Bien sûr que non. Il est arrivé ce que tout être doué d'une once de raison aurait prédit au jeune Leonard ! Les patients sont allés chez l'autre dentiste, le Dr Reilly. Il y a tant de gens qui ont bon cœur mais pas de bon sens… Et puis Leonard Wylie n'était franchement pas convaincant… Quand il jouait les hommes ivres, ça ne ressemblait pas le moins du monde à une ivresse véritable, et il exagérait toujours pour le whisky… Il en répandait sur ses vêtements à un degré parfaitement impossible.

Les deux femmes rentrèrent dans la maison par la porte latérale.

19

La famille s'était rassemblée dans la bibliothèque. Lewis Serrocold allait et venait. L'atmosphère exsudait une tension palpable.

— Quelque chose ne va pas ? s'enquit miss Bellever.

— Ernie Gregg a manqué à l'appel du soir, lâcha Lewis d'un ton sec.

— Il s'est enfui ?

— Nous ne savons pas. Maverick et son équipe fouillent le parc. Si nous ne le retrouvons pas, il nous faudra avertir la police.

— Bonne-Ma !

Impressionnée par sa pâleur, Gina venait de se précipiter sur sa grand-mère :

— Vous n'avez pas l'air bien.

— Je suis si triste… Ce pauvre garçon…

— J'avais l'intention, coupa son mari, de lui demander ce soir s'il avait vraiment vu quelque chose. J'ai reçu une très belle offre d'emploi pour lui, et j'avais pensé qu'après lui en avoir parlé, j'aborderais cet autre sujet. Mais maintenant…

— L'insensé… Le malheureux jeune fou…, murmura miss Marple.

Elle secouait la tête, et Mrs Serrocold demanda doucement :

— Alors, *vous aussi*, Jane, vous pensez que... ?

Stephen Restarick entra :

— On s'est manqués au théâtre, Gina. Je croyais que vous m'aviez dit que... Hé ! Qu'est-ce qui se passe ?

Lewis répéta ce qu'il savait. Il n'avait pas achevé que le Dr Maverick fit son entrée, accompagné d'un blondinet aux joues roses dont l'expression angélique paraissait trop belle pour être vraie. Miss Marple se souvint de l'avoir vu au dîner, le soir de son arrivée à Stonygates.

— J'ai amené Arthur Jenkins, expliqua le psychiatre. Apparemment, il est la dernière personne à avoir parlé avec Ernie.

— Alors, Arthur, l'interrogea Lewis, tu dois nous aider autant que possible. Où est passé Ernie ? Il nous fait une escapade ?

— J'sais pas, m'sieur. Vraiment, j'sais pas. Il m'a rien dit du tout. Il faisait que d'parler d'la pièce de théâtre. Il disait qu'il avait eu une sacrée idée de mise en scène, et que Mrs Hudd et m'sieur Stephen l'avaient trouvée vachement bien.

— Il y a autre chose, Arthur. Ernie affirme qu'il s'est promené dans le parc, hier soir, après la fermeture des portes du collège. C'est vrai ?

— Sûr que non. Il fait que s'vanter. Un fichu menteur, c't'Ernie. *Lui*, il est jamais sorti l'soir. Il racontait toujours qu'il pouvait, mais il était pas si fortiche que ça pour craquer les serrures ! Y savait pas s'y prendre avec une vraie serrure. D'toute façon, il était au dortoir hier soir, ça je l'sais.

— Arthur, tu ne nous dis pas ça pour nous faire plaisir ?

— Croix de bois, croix de fer, répondit vertueusement Arthur.

Lewis Serrocold ne paraissait pas convaincu.

— Ecoutez, jeta le Dr Maverick. Qu'est-ce que c'est que ça ?

On entendait des voix qui se rapprochaient. La porte s'ouvrit à la volée et, pâle et échevelé, Mr Baumgarten entra d'un pas chancelant.

— Nous l'avons... Nous les avons trouvés, balbutia-t-il. C'est affreux...

Il s'effondra dans un fauteuil et s'épongea le front.

— Comment ça, vous les avez trouvés ? intervint Mildred Strete, agressive.

Baumgarten tremblait de tout son corps :

— Au théâtre... Le crâne défoncé... Le gros contrepoids des décors doit leur être tombé dessus... Alexis Restarick et ce garçon, Ernie Gregg... Ils sont morts tous les deux...

20

— Carrie-Louise, je vous ai apporté une tasse de bouillon bien chaud. Et, maintenant, vous allez me faire le plaisir de le prendre tout de suite, je vous prie.

Obéissant à miss Marple, Mrs Serrocold se redressa sur les oreillers de son grand lit de chêne à baldaquin. Ses joues avaient perdu toute couleur, et elle avait un regard étrangement distant.

Elle prit la tasse et, pendant qu'elle commençait de boire le liquide odorant à petites gorgées, miss Marple s'assit dans un fauteuil à son chevet.

— D'abord Christian, soupira Carrie-Louise. Et maintenant Alex... et ce pauvre écervelé d'Ernie... Est-ce qu'il... est-ce qu'il savait réellement quelque chose ?

— Je ne crois pas, répliqua miss Marple. Ce n'étaient que des balivernes, pour faire l'important, en essayant de donner à croire qu'il savait, ou qu'il avait vu... Le malheur, c'est que quelqu'un l'a pris au mot...

Un frisson s'empara de Carrie-Louise. Mais son regard s'anima :

— Nous voulions tant faire pour ces garçons... Et nous avons fait beaucoup. Un grand nombre d'entre eux ont vraiment très bien réussi. Certains occupent aujourd'hui des postes de responsabilité. D'autres sont retombés… On n'y peut rien. Le monde d'aujourd'hui est si complexe… Trop complexe pour des êtres primaires et immatures… Savez-vous, Jane, quel est le grand projet de Lewis ? Il a toujours pensé qu'autrefois, la transportation avait assuré le salut de bien des délinquants potentiels. On les emmenait par bateau dans les colonies… Et ils pouvaient entreprendre une vie nouvelle, dans un environnement moins difficile. Eh bien, Lewis veut reprendre cette idée, en la modernisant. Acheter un immense territoire… ou un groupe d'îles. Assurer le financement pendant le temps qu'il faudra pour former une communauté qui se suffise à elle-même… dans laquelle chacun aurait sa part. Mais assez éloignée du monde pour que la tentation de revenir au pays et aux mauvais penchants du passé puisse être dominée. C'est le rêve de Lewis. Mais ça coûtera beaucoup d'argent, bien sûr. Et, de nos jours, il n'est plus guère de philanthropes visionnaires. Il nous faudrait un autre Eric… Eric aurait été enthousiasmé.

Miss Marple s'empara d'une petite paire de ciseaux, qu'elle examina avec curiosité :

— Que voilà d'étonnants ciseaux… D'un côté, il y a de la place pour deux doigts, et pour un seul de l'autre.

— Alex me les avait donnés ce matin, expliqua Carrie-Louise. Avec eux, en principe, on se coupe plus facilement les ongles de la main droite. Ce cher Alex les trouvait extraordinairement ingénieux. Il a voulu que je les essaie tout de suite.

— Et j'imagine, dit miss Marple, qu'il avait soigneusement recueilli vos rognures d'ongles, et les avait emportées ?

— Oui, souffla Carrie-Louise. Il... Mais pourquoi dites-vous cela ?

— Je pensais à Alex. Il était malin. Oui, très malin.

— Vous voulez dire... C'est à cause de cela qu'il est mort ?

— Oui... C'est ce que je crois.

— Ernie et lui... c'est vraiment affreux. A votre avis, quand est-ce arrivé ?

— En début de soirée. Probablement entre 6 et 7...

— Après la fin de leur journée de travail ?

— Oui.

Miss Marple se souvenait que Gina, à ce moment-là, était au théâtre... Avec Wally Hudd. Et Stephen, qui la cherchait...

Mais, à cet égard, n'importe qui aurait pu...

Le tourbillon des pensées qui assaillait miss Marple fut brisé net.

Carrie-Louise, d'une voix calme, lui demanda soudain :

— Que savez-vous de tout ça, Jane ?

Miss Marple leva un œil aigu. Les regards des deux femmes se trouvèrent.

— Si j'avais une certitude..., murmura miss Marple.

— Je pense que vous avez une certitude, Jane.

— Que voulez-vous que je fasse ? demanda lentement miss Marple.

Carrie-Louise se laissa aller contre ses oreillers :

— Jane, tout est entre vos mains. Faites ce que vous jugerez bon.

Elle ferma les paupières.

— Demain, balbutia miss Marple. J'essaierai de parler à l'inspecteur Curry… S'il veut bien m'écouter…

21

L'inspecteur Curry ne cachait pas son agacement :

— Oui, miss Marple ?

— Ne pourrions-nous pas, si vous le permettez, passer dans le grand salon ?

Du regard, le policier fit le tour du bureau et laissa paraître sa surprise :

— Vous avez une drôle d'idée de la discrétion… Ici…

— Je ne me soucie pas de la discrétion, inspecteur. Mais je veux vous montrer quelque chose. Quelque chose qu'Alex Restarick m'avait conduite à voir.

Réprimant avec peine un soupir, l'inspecteur se leva et suivit miss Marple.

— Quelqu'un vous a fait des confidences ? demanda-t-il, plein d'espoir.

— Non. il ne s'agit pas de confidences. Il s'agit d'un tour de magie. Tout est dans les jeux de glaces, comme on dit… ce genre de choses… si vous me suivez.

L'inspecteur ne suivait plus. Il fixa miss Marple, en se demandant si elle n'était pas devenue gâteuse.

Miss Marple se planta au milieu du salon et invita l'inspecteur à se placer à côté d'elle.

— Inspecteur, reprit-elle, je voudrais que vous considériez cette pièce comme une scène de théâtre. Une scène de théâtre organisée comme le soir où Christian Gulbrandsen a été assassiné. Vous êtes là au milieu des spectateurs, et vous observez ceux qui sont sur la scène : Mrs Serrocold et moi, Mrs Strete, et puis Gina et Stephen... Et, comme au théâtre, on entre et on sort de scène, et les personnages vont et viennent. Mais, quand vous êtes dans le public, vous ne vous demandez pas où ils vont en réalité. Ils sont censés aller « à la porte de l'appartement » ou bien « dans la cuisine », et, quand ils ouvrent la porte, vous ne voyez qu'un morceau de toile peinte. Mais, *en vérité,* les acteurs vont dans les coulisses... Ou derrière la scène, où ils retrouvent des machinistes, des électriciens, ou d'autres acteurs qui attendent leur entrée... Quand ils sortent, ils vont dans un monde différent.

— Miss Marple, je ne vois pas très bien où...

— Je sais, je sais... Cela paraît stupide... Mais si vous imaginez que nous jouions tous une pièce de théâtre... Le lieu de l'action, c'est « le grand salon de Stonygates »... Qu'y a-t-il exactement *derrière* la scène ? Ici, concrètement ?... Il y a *la terrasse,* n'est-ce pas ?... La terrasse et *toutes les fenêtres qui donnent dessus* !

» C'est comme cela, voyez-vous, que l'on a fait le tour de magie. Et c'est le coup de la femme coupée en deux qui m'y a fait penser.

— La femme coupée en deux ?

Cette fois, l'inspecteur Curry était convaincu que miss Marple souffrait de démence sénile :

— Un formidable tour de prestidigitation, reprit la vieille demoiselle. Vous l'avez sûrement déjà vu... Il n'y a pas une jeune femme, mais deux. La tête de l'une et les pieds de l'autre. On dirait une personne, mais il y en a deux. Et alors j'ai pensé que ça pouvait aussi marcher *dans l'autre sens*. *Deux* personnes peuvent, en réalité, n'en être qu'*une*.

— Deux personnes qui n'en sont, en réalité, qu'une ?

L'inspecteur Curry ne songeait plus à dissimuler son désespoir.

— Oui. Mais pendant un court instant seulement. Combien de temps a-t-il fallu à votre agent, depuis le parc, pour courir jusqu'à la maison et pour en revenir ? Deux minutes quarante-cinq secondes, non ? Il faudrait bien moins que cela. Nettement moins de deux minutes.

— Pour quoi faudrait-il moins de deux minutes ?

— Pour le tour de magie. Le tour où il n'y avait pas deux personnes, mais une seule. Là-bas... Dans le bureau. Nous, dans le public, nous ne voyons que la partie visible de la scène. Mais ici, derrière la scène, il y a la terrasse *et une rangée de fenêtres*. Quand il y a deux personnes dans le bureau, rien de plus facile que d'ouvrir la fenêtre, de sortir, de courir le long de la terrasse (ces pas qu'Alex Restarick avait entendus), de rentrer dans la maison par la porte latérale, de tuer Christian Gulbrandsen, et de revenir. Et, pendant ce temps-là, celui qui est resté dans le bureau parle et imite la voix de l'autre, de telle manière que nous sommes tous persuadés qu'il y avait bien *deux* personnes. Ce qui a été vrai, sauf pendant ce petit intervalle de moins de deux minutes.

L'inspecteur Curry éprouva quelque peine à retrouver la parole :

— Vous voulez dire que c'est *Edgar Lawson* qui a couru sur la terrasse pour aller tuer Christian Gulbrandsen ? Edgar Lawson qui empoisonnait Mrs Serrocold ?

— Mais non. Voyez-vous, inspecteur, *personne n'a empoisonné Mrs Serrocold*. Cette histoire ne servait qu'à détourner l'attention. Quelqu'un, très habilement, a utilisé le fait que les symptômes de l'arthrite dont souffre bien Mrs Serrocold ressemblent assez à ceux d'un empoisonnement à l'arsenic. C'est le vieux truc de la carte forcée. Rien de plus facile que de mettre de l'arsenic dans un flacon d'analeptique... Rien de plus facile que d'ajouter quelques lignes à une lettre tapée à la machine. Mais la *vraie* raison à la venue ici de Mr Gulbrandsen était aussi la plus évidente – elle était en rapport avec la Fondation. L'argent, en fait. Imaginez une seconde qu'il y ait eu détournements de fonds... Des détournements sur une très grande échelle ... Vous voyez où ça nous conduit ? A une personne en particulier...

L'inspecteur eut un haut-le-corps :

— Lewis Serrocold ? souffla-t-il, incrédule.

— *Lewis Serrocold*, confirma miss Marple.

22

Gina Hudd écrivait à sa tante, Mrs Ruth Van Rydock :

... et vous voyez, chère tante Ruth, que tout cela s'est déroulé comme dans un cauchemar. Surtout la fin. Je vous avais déjà parlé de ce drôle de zigoto, Edgar Lawson. Il avait toujours été froussard comme un lièvre. Et quand l'inspecteur a commencé à l'interroger à fond, il a complètement perdu son sang-froid, et il a détalé comme un lièvre... Oui, il s'est mis à courir. Comme un lièvre. Il a sauté par la fenêtre, il a fait le tour de la maison et il s'est élancé dans l'allée. Mais là, un des hommes de l'inspecteur l'attendait. Alors, il a changé de direction et s'est précipité vers le lac. Il est monté dans une vieille barque qui pourrissait là depuis des années et il a commencé à ramer. C'était complètement idiot, bien entendu, mais il était comme un lièvre en pleine panique. Alors Lewis a hurlé : « *Cette barque est pourrie* », *et il a couru au lac lui aussi. La barque s'est mise à couler, et Edgar se débattait dans l'eau. Il ne savait pas nager. Lewis a nagé jusqu'à lui, mais ils se sont trouvés tous les deux en difficulté parce qu'ils étaient au milieu des roseaux. L'un des hommes de l'inspecteur s'est mis à l'eau avec une corde autour de la taille, mais il s'est*

emmêlé lui aussi, et on a dû le tirer pour le ramener sur la rive. Tante Mildred s'est mise à dire stupidement : « Ils se noient... Ils se noient... Ils se noient tous les deux », et Bonne-Ma a simplement répondu : « Oui. » Je ne pourrais pas vous décrire l'intonation qu'elle a mise dans ce mot. Rien que « OUI » »... Et on aurait dit... je ne sais pas... un coup de poignard.

Je suis peut-être bêtement mélodramatique en disant ça. Ça sonne comme un mauvais mélo, en tout cas. Mais c'était comme ça.

Et puis, quand tout a été fini, qu'ils les ont tirés de là et qu'on a essayé la respiration artificielle – mais ça n'a servi à rien -, l'inspecteur est venu vers nous, et il a dit à Bonne-Ma :

« J'ai bien peur, Mrs Serrocold, qu'il n'y ait plus d'espoir. »

Bonne-Ma a répondu tranquillement...

« Merci, inspecteur. »

Elle nous a tous regardés. *Moi, j'aurais voulu* faire *quelque chose, mais je ne savais pas quoi. Jolly avait l'air sombre et attendrie, et prête à s'occuper de tout, comme d'habitude. Stephen se tordait les mains. Cette drôle de vieille miss Marple était triste et lasse, et même Wally, était bouleversé. On aurait tous voulu faire QUELQUE CHOSE pour elle.*

Mais Bonne-Ma a appelé : « Mildred. » Et tante Mildred a *répondu : « Mère. » Elles sont rentrées ensemble dans la maison. Bonne-Ma paraissait si petite et si fragile, appuyée sur tante Mildred. Jusqu'alors, je n'avais jamais compris à quel point elles s'aimaient. Ça ne se voyait pas, vous savez, mais c'était comme ça.*

Gina s'arrêta, suçota le capuchon de son stylo, et reprit sa lettre :

En ce qui nous concerne, Wally et moi… nous allons rentrer aux Etats-Unis dès que nous pourrons…

23

— Comment aviez-vous deviné, Jane ?

Miss Marple ne répondit pas tout de suite. Songeuse, elle observait ses deux interlocuteurs : Carrie-Louise, plus diaphane, plus frêle, et cependant semblable à elle-même. Et un vieil homme au doux sourire et à l'épaisse toison argentée, le Dr Galbraith, évêque de Cromer.

L'évêque prit la main de Carrie-Louise :

— Cela a été un grand chagrin pour vous, ma pauvre enfant, et un grand choc.

— Un chagrin, oui, mais pas vraiment un choc.

— Eh non, dit miss Marple. C'est ce que j'ai découvert, vous savez. Chacun allait répétant que notre Carrie-Louise vivait dans un autre monde que le nôtre et qu'elle avait perdu le sens de la réalité. Mais en fait, Carrie-Louise, c'était vous qui saviez discerner le réel de l'artifice. Vous ne vous laissez jamais prendre au jeu des illusions, au contraire de la plupart d'entre nous. Quand je l'ai soudain compris, j'ai vu qu'il fallait que je m'attache à ce que *vous* pensiez et à ce que *vous* sentiez. Vous étiez sûre que personne n'aurait essayé de vous empoisonner, vous ne vouliez pas y croire… Et vous aviez bien raison de ne pas le croire, parce que ce n'était pas vrai ! Vous n'avez jamais cru qu'Edgar risquait de faire du mal à Lewis… Et, là encore, vous aviez raison. Il n'aurait *jamais* levé la main sur Lewis. Vous étiez persuadée que Gina n'aimait personne d'autre que son mari… Et, cela aussi, c'était la vérité.

» Donc, s'il me fallait vous suivre, tout ce qui *paraissait* vrai n'était qu'illusion. Une illusion créée dans un but bien précis… tout comme les prestidigitateurs recourent à des artifices, pour tromper leur public. Nous, nous étions le public.

» Alex Restarick a été le premier à entrevoir la vérité, parce qu'il avait eu l'occasion de considérer les faits sous un angle différent : *du dehors…* Il était dans l'allée, avec l'inspecteur, il a regardé la maison, et c'est là qu'il a compris les possibilités qu'offraient les fenêtres… Et qu'il s'est souvenu de la galopade qu'il avait entendue dans la nuit. En plus, le chronométrage de la course de l'agent Dodgett lui a démontré que les événements avaient pu se dérouler bien plus vite qu'on ne l'avait imaginé au départ. L'agent Dodgett était très essoufflé, m'avait raconté Alex. Et quand j'y ai repensé, je me suis souvenue que Lewis, ce soir-là, m'avait semblé hors d'haleine quand il avait ouvert la porte du bureau. C'est que, voyez-vous, il venait de courir bien vite…

» Mais, à mes yeux, c'est Edgar Lawson qui était le pivot de toute l'affaire. J'avais toujours pensé qu'il y avait en lui quelque chose « qui ne collait pas ». Tout ce qu'il faisait, tout ce qu'il disait correspondait exactement à ce qu'il faisait semblant d'être. Et c'était en réalité *lui* qui n'allait pas avec son personnage. Parce que c'était au bout du compte un jeune homme tout ce qu'il y a de normal, qui tentait de jouer le rôle d'un schizophrène... Et, si je puis m'exprimer de façon triviale, il en faisait trop. Il manquait de naturel.

» Tout cela a dû être soigneusement prévu et imaginé. En fait, lors de la dernière visite de Christian, Lewis avait compris, je pense, qu'il nourrissait des soupçons. Et il connaissait assez Christian pour savoir que s'il commençait à soupçonner quelque manigance, il ne connaîtrait ni trêve ni repos tant qu'il n'aurait pas obtenu l'assurance que ses doutes étaient, ou non, justifiés.

Carrie-Louise s'anima :

— Oui. Christian était comme ça. Lent et laborieux, mais, en fait, d'une grande finesse. Je ne sais pas ce qui a pu attirer ses soupçons, mais il s'est lancé dans des investigations... et il a découvert la vérité.

— Je me reproche de ne m'être pas montré un administrateur assez consciencieux, déplora l'évêque.

— On n'attendait pas de vous que vous vous intéressiez aux finances de la Fondation répondit Carrie-Louise. Ça, ce devait être le domaine de Mr Gilfoy. Mais quand il est mort, la grande expérience de Lewis lui a donné la maîtrise complète des questions financières. Et ça lui est monté à la tête.

Le rouge lui revint aux joues :

— Lewis était un grand homme. Un vrai visionnaire, qui avait une foi passionnée dans ce que l'on pouvait accomplir… avec de l'argent. Il ne le voulait pas pour lui-même – je veux dire qu'il n'était pas animé par une cupidité vulgaire – mais il voulait le pouvoir qu'il donne, il voulait le pouvoir de faire le bien…

— Il voulait être Dieu, coupa l'évêque, soudain grave. Il avait oublié que l'homme n'est que l'humble instrument de la volonté divine.

— Et en conséquence, il avait détourné l'argent de la Fondation ? interrogea miss Marple.

Le Dr Galbraith hésita :

— S'il n'y avait que cela…

— Dites-le-lui, ordonna Carrie-Louise. C'est ma plus vieille amie.

— Lewis Serrocold était ce que l'on peut appeler un sorcier de la finance, expliqua le prélat. Pendant les années où il avait pratiqué la comptabilité au plus haut niveau, il s'était amusé à mettre au point des méthodes d'escroquerie à peu près indécelables. Il ne s'agissait, à l'origine, que d'un exercice purement intellectuel, d'un jeu. Mais quand il a commencé à envisager les vastes horizons que lui ouvrirait la possession de sommes gigantesques, il a mis ces méthodes en pratique. Il avait à sa disposition, voyez-vous, des auxiliaires d'élite. Parmi les garçons qui passaient ici, il avait sélectionné un petit groupe. Des jeunes gens extrêmement doués, naturellement portés à la fraude et à la malversation, qui aimaient l'exaltation du danger. Nous n'avons pas encore pu aller au fond des choses, mais il semble bien que les adeptes de cette petite bande secrète recevaient une formation spéciale, puis étaient placés à des postes de responsabilité où, suivant les instructions de Lewis, ils truquaient les livres comptables, de telle sorte que de gros montants pouvaient s'évanouir dans la nature sans éveiller l'attention. Je crois pouvoir dire que ces opérations avaient des ramifications si complexes qu'il faudra des mois avant que les commissaires aux comptes ne parviennent à en démêler l'écheveau. Mais il apparaît déjà que sous divers noms, à travers des comptes bancaires et des sociétés multiples, Lewis Serrocold aurait pu disposer de sommes colossales grâce auxquelles il avait l'intention de créer outre-mer une colonie en vue d'une expérience de rééducation collective. Tout aurait dû déboucher sur un avenir où les jeunes délinquants auraient possédé ce territoire et l'auraient administré. Peut-être était-ce un rêve fantastique…

— C'est un rêve qui aurait pu se réaliser, observa Carrie-Louise.

— Certes. Il aurait pu se réaliser. Mais pour y parvenir, Lewis Serrocold avait choisi la voie de la malhonnêteté, et Christian Gulbrandsen l'avait percé à jour. Il en avait été bouleversé, notamment parce qu'il comprenait ce que sa découverte, et les poursuites qui seraient à coup sûr intentées contre Lewis, signifieraient pour vous, Carrie-Louise.

— C'est pour cela qu'il m'a demandé si j'avais le cœur solide, et qu'il s'est tant inquiété de ma santé. Sur le moment, je ne l'avais pas compris.

— Et puis, continua l'évêque, Lewis est revenu de Liverpool. Christian est allé à sa rencontre et lui a révélé qu'il n'ignorait plus ce qui se passait. Lewis a pris cela avec calme, je pense. Tous les deux sont convenus de faire tout ce qui serait en leur pouvoir pour vous épargner. Christian a ajouté qu'il allait m'écrire pour me demander de venir ici, en tant qu'administrateur, pour discuter de la situation.

— Mais bien entendu, releva miss Marple, Lewis Serrocold s'était préparé à une telle crise. Tout avait été prévu. Il avait fait venir ce jeune homme pour tenir le rôle d'Edgar Lawson. Naturellement, il existait bien un véritable Edgar Lawson, au cas où la police vérifierait son dossier. Le faux Edgar savait précisément ce qu'il avait à faire : passer pour un schizophrène atteint d'un complexe de persécution – et donner à Lewis Serrocold un alibi pour les quelques minutes cruciales dont il avait besoin.

» L'étape suivante avait été prévue, elle aussi. C'était cette fable de Lewis, selon laquelle on était en train, Carrie-Louise, de vous empoisonner lentement – et quand on y réfléchit, il ne s'agissait que de prétendues révélations de Christian rapportées par Lewis – cela, et puis aussi quelques lignes tapées à la machine pendant qu'il attendait la police. Introduire de l'arsenic dans votre analeptique ne présentait pas de difficulté. Et en ce qui vous concerne, c'était sans danger, puisqu'il était là pour vous empêcher de le prendre. Les chocolats n'étaient qu'un faux indice de plus – et bien entendu, ils n'étaient pas empoisonnés, à l'origine. Il n'y avait d'arsenic que dans ceux qu'il a remis à l'inspecteur Curry.

— Et Alex avait deviné, souffla Carrie-Louise.

— Oui. C'est la raison pour laquelle il a ramassé vos rognures d'ongles. A l'analyse, elles auraient démontré si de l'arsenic vous avait été administré pendant une longue période.

— Pauvre Alex... Et pauvre Ernie.

Il y eut un moment de silence. Miss Marple et le Dr Galbraith pensaient à Christian Gulbrandsen, à Alex Restarick, et au jeune Ernie... Et à la vitesse à laquelle un meurtre peut gauchir et déformer une âme.

— Mais, tout de même, nota l'évêque, Lewis prenait un énorme risque en persuadant Edgar d'être son complice... Même s'il le tenait d'une façon ou d'une autre...

Carrie-Louise hocha la tête :

— On ne peut pas dire qu'il le tenait. Edgar lui était très dévoué.

— Oui, intervint miss Marple. Comme Leonard Wylie à son père. Je me demandais si, peut-être...

Par délicatesse, elle se tut.

— Vous avez noté leur ressemblance, j'imagine ? murmura Carrie-Louise.

— Alors, vous aviez toujours su ?

— Je l'avais deviné. Je savais qu'autrefois, Lewis s'était brièvement entiché d'une actrice, avant de me rencontrer. Il m'en avait parlé. Ça n'avait pas été sérieux. Cette femme était une croqueuse de diamants, et elle ne l'aimait pas. Mais je suis certaine qu'Edgar était bien le fils de Lewis...

— Oui, concéda miss Marple. Ça explique tout...

— Et à la fin, il a donné sa vie pour lui, reprit Carrie-Louise.

Elle adressa au prélat un regard suppliant :

— C'est ce qu'il a fait, vous savez. Je suis heureuse que cela se soit terminé ainsi… qu'il ait donné sa vie dans l'espoir de sauver ce garçon… Ceux qui sont très bons peuvent, aussi, s'avérer très mauvais. J'ai toujours su que c'était le cas de Lewis. Mais… mais il m'aimait… Et je l'aimais.

— Est-ce que vous… Enfin, est-ce que vous l'avez jamais soupçonné ? demanda miss Marple.

— Non. Parce que cette histoire d'empoisonnement me laissait perplexe. J'étais sûre que Lewis n'aurait jamais essayé de m'empoisonner, et pourtant la lettre de Christian affirmait avec certitude que quelqu'un était en train de m'empoisonner… Alors j'ai pensé que tout ce que je croyais savoir sur les gens était faux…

— Mais quand on a trouvé Alex et Ernie assassinés… vous n'avez rien soupçonné ?

— Si, murmura Carrie-Louise. Parce que je ne pensais pas que qui que ce soit d'autre que Lewis aurait osé. Et j'ai commencé à avoir peur de ce qui pourrait se passer ensuite.

Elle fut prise d'un léger frisson :

— J'admirais Lewis. J'admirais… comment dire ?… J'admirais sa bonté. Mais je vois maintenant que lorsque l'on est bon, on se doit également de faire preuve d'humilité.

— C'est cela, Carrie-Louise, que j'ai toujours apprécié en vous : votre humilité, dit le Dr Galbraith.

Les tendres yeux bleus s'écarquillèrent de surprise :

— Mais je ne suis pas intelligente, moi… et pas vraiment bonne. Tout ce dont je suis capable, c'est d'admirer la bonté chez les autres.

— Chère Carrie-Louise…, conclut miss Marple.

Epilogue

— Je pense que Bonne-Ma sera très bien avec tante Mildred, déclara Gina. Tante Mildred a l'air bien plus gentille, maintenant... Enfin, plus aussi difficile à vivre, si vous voyez ce que je veux dire ?

— Tout à fait, dit miss Marple.

— Et Wally et moi, nous rentrons aux Etats-Unis dans une quinzaine de jours.

La jeune femme lança à son mari un regard en coin.

— J'oublierai tout de Stonygates, de l'Italie, de ma jeunesse, et je deviendrai américaine à cent pour cent. Nous appellerons toujours notre fils *Junior*. Je ne peux pas me montrer plus accommodante, n'est-ce pas, Wally ?

— En effet, Kate, intervint miss Marple.

Wally sourit avec indulgence à une vieille demoiselle qui, croyait-il, mélangeait les prénoms.

— Pas Kate. Gina.

La jeune femme éclata de rire :

— Elle sait très bien ce qu'elle dit ! Tu sais, dans une minute, elle va t'appeler Petruchio !

— Mon cher garçon, j'estime que vous avez agi avec beaucoup de sagesse, reprit miss Marple.

— Elle pense que tu es le mari qu'il me faut, traduisit Gina.

Les yeux de miss Marple allaient de l'un à l'autre. Comme c'est beau, pensait-elle, de voir deux jeunes êtres si amoureux. Ce Walter Hudd, qu'elle avait connu bougon et grognon, s'était transformé en un géant souriant et épanoui.

— Vous me faites penser, tous les deux, à...

Mais Gina se précipita et posa sa main sur la bouche de miss Marple.

— Non, tante Jane chérie. Ne le dites pas. Je me méfie de vos parallèles avec les gens de votre village. Il y a toujours un petit fond de méchanceté dans vos comparaisons. Vous êtes vraiment une vieille chipie, vous savez.

Le regard de la jeune femme se brouilla :

— Quand je pense que tante Ruth, et Bonne-Ma, et vous, vous avez été jeunes ensemble... Je me demande bien comment vous étiez ! Je n'arrive pas à imaginer...

— Je ne crois pas que vous le puissiez jamais, trancha miss Marple. C'était il y a si longtemps...

Composition et mise en pages réalisées
par IND - 39100 Brevans

Achevé d'imprimer par GGP Media GmbH, Pößneck
en Juillet 2007
pour le compte de France Loisirs,
Paris

N° d'éditeur : 49220
Dépôt légal : Août 2007

Imprimé en Allemagne